Le Club des Tricoteuses du Vendredi soir

KATE JACOBS

Traduit de l'anglais par
Jocelyne Barsse

City
Poche

Du même auteur:

- Le Club des Tricoteuses : d'une vie à l'autre (City Editions, 2011)

Publié aux États-Unis par Putnam, une division de Penguin Books Ltd, sous le titre *Knit Two.*
Couverture : © Helena Inkeri/Getty Images

ISBN : 978-2-8246-0251-6
Code Hachette : 51 0439 3

Rayon : Roman / Poche
Collection dirigée par Christian English & Frédéric Thibaud

Catalogue et manuscrits : www.city-editions.com

Dépôt légal : premier trimestre 2013
Imprimé en France par France Quercy - Mercuès - N° 30646/

Débutante

Ce n'est pas parce que vous voyez un modèle que vous saurez immédiatement comment le réaliser. Procédez par étapes : ne vous fiez pas aux personnes qui ont un niveau bien supérieur au vôtre. Lorsque vous entreprenez quelque chose, ou que vous n'avez pas pratiqué une activité depuis longtemps, vous avez sans doute le sentiment que vous n'y arriverez jamais. Le moindre faux pas peut vous donner une bonne raison de tout laisser tomber. Vous enviez toutes les personnes qui semblent savoir ce qu'elles font. Qu'est-ce qui vous pousse à continuer alors ? La certitude qu'un jour vous serez comme elles : élégante, compétente, confiante, expérimentée. Et vous avez raison. Tout ce dont vous avez besoin, c'est d'une bonne dose d'enthousiasme. D'un peu de courage. Et, toujours, de beaucoup d'humour.

1

La boutique de fils à tricoter Walker & Fille était fermée à présent. Dakota se tenait au milieu du magasin de laines de Manhattan et se débattait avec du ruban adhésif. Elle avait passé plus de vingt minutes à essayer d'envelopper une poussette pour jumeaux en toile Peg Perego avec un papier-cadeau jaune chatoyant. Malheureusement, le carton ne cessait de glisser sur le sol de la boutique et de s'échapper du papier qui semblait se déployer sur des kilomètres tout en se froissant et en se déchirant au moindre mouvement.

Quel désastre ! Il aurait été beaucoup plus simple de fixer un ballon sur le carton d'emballage, pensa Dakota, mais Peri avait bien insisté pour que tous les présents soient emballés et ornés de rubans.

Des cadeaux, dans du papier représentant des lapins ou des animaux de la jungle, étaient entassés sur la table en bois robuste qui trônait au centre du magasin. Les casiers contenant les écheveaux de laine avaient été rangés, si bien qu'il ne manquait pas une teinte, du rouge framboise au vert céleri. Peri avait également pensé à une série de devinettes qui allaient certainement faire grincer des dents (devinez combien le bébé pèsera à la naissance ; goûtez différents plats pour bébés et essayez de déterminer leur parfum ; estimez la taille du ventre de la mère). Si la mère de Dakota avait été là, elle aurait certainement secoué la tête. Georgia Walker n'avait jamais été une adepte des jeux ridicules.

« Tu vas voir, on va bien s'amuser, dit Peri tandis que Dakota protestait. On n'a pas fait une telle fête en l'honneur d'un bébé depuis que Lucy a accouché de Ginger il y a cinq ans. Et qui n'aime pas les *baby showers* ? Toutes ces grenouillères et ces adorables sorties de bain avec des oreilles d'animaux. Moi, ça me donne la chair de poule. Tu n'aimes pas ?

— Euh… non, dit Dakota. Vraiment pas. Mes amies et moi sommes un peu trop occupées par nos études. » Les mains posées sur la taille de son jean bleu indigo, elle regardait Peri qui feignait de ne pas remarquer les paquets désastreux qu'elle avait faits. La poussette ressemblait à une banane jaune géante. Une banane déchirée, ratatinée. Dakota était une jeune femme superbe, à la peau mate et lisse. Elle avait hérité des longs cheveux sombres et bouclés de sa mère. Pourtant, elle avait gardé une allure un peu dégingandée, comme si elle n'était pas encore très à l'aise avec la transformation de sa silhouette. À dix-huit ans, elle continuait à changer.

« Dieu merci », répondit Peri tout en essayant discrètement d'ôter le scotch du papier-cadeau pour reprendre les bords. Qu'il s'agisse de gérer la boutique ou de concevoir des sacs à main pour son propre compte, Peri abordait désormais toutes ses activités avec le maximum de précision. Georgia avait été une excellente formatrice et c'est en la voyant travailler qu'elle avait appris à gérer un commerce, deux commerces même. Sa propre société de sacs à main, Peri Pocketbook, ainsi que la boutique de Georgia.

Pourtant, Peri avait le sentiment de s'être beaucoup investie, depuis le décès de Georgia, pour que les choses suivent leur cours, et à présent qu'elle approchait de la trentaine, elle commençait à ressentir le besoin de bouger. Dans quelle direction ? Elle l'ignorait encore. Elle était cependant sûre d'une chose : Walker & Fille ne pourrait pas survivre sans elle.

Parfois, c'était un peu frustrant de travailler si dur pour un commerce qui appartenait en grande partie à quelqu'un d'autre. C'était sa boutique sans l'être vraiment au bout du compte.

Il faut dire que, depuis un an environ, Dakota se désintéressait de plus en plus du magasin. Elle arrivait le samedi en maugréant et était systématiquement en retard. On aurait même dit parfois qu'elle était tombée du lit et qu'elle avait tout simplement enfilé les premiers vêtements à sa portée. Ce n'était plus comme lorsqu'elle était tout juste adolescente et semblait vraiment apprécier le temps qu'elle passait à la boutique. Pourtant, il y avait de brefs instants où son attitude blasée disparaissait et où Peri reconnaissait les murmures de la petite fille aux grands yeux et aux commentaires ironiques qui aimait faire des gâteaux et qui pouvait passer des heures à tricoter avec sa mère dans l'arrière-boutique ou dans l'appartement qu'elles occupaient au-dessus du magasin de laines.

La boutique était située à l'angle de la 77e Rue et de Broadway, juste au-dessus du *deli* de Marty, au milieu de magasins et de restaurants de l'Upper West Side à Manhattan. C'était un quartier agréable de la ville, à quelques rues seulement de la verdure de Central Park et de la fraîcheur du fleuve Hudson dans la direction opposée. Certes, il y avait beaucoup de bruit : les klaxons des taxis, le grondement du métro sous les rues, le claquement des talons sur les trottoirs et les bribes de conversations au téléphone. C'était justement ce brouhaha qui avait plu à Georgia Walker lorsqu'elle s'était installée ici. Ça ne la dérangeait pas d'entendre le klaxon du camion qui livrait les canettes de Coca-Cola au *deli* de Marty à 5 heures du matin. Ce qui lui importait, c'était d'être au centre de l'action et de montrer à sa fille un monde qu'elle n'aurait même pas osé imaginer lorsqu'elle était enfant, elle qui avait grandi dans une ferme en Pennsylvanie.

Certes, Peri vivait à présent dans l'appartement à l'étage qu'occupait Georgia avant sa mort, et l'arrière-boutique avait disparu. Le mur avait été cassé récemment pour créer une vitrine destinée exclusivement aux sacs à main qu'elle créait et vendait. Chaque sac était exposé sur une étagère finition acrylique de couleur claire posée contre un mur peint en gris sombre.

Les transformations dans la boutique avaient été lancées après de longues heures de discussions avec Anita et Dakota. Elles avaient également consulté

James, le père de Dakota, naturellement, mais avant tout pour son expérience d'architecte. Ces changements étaient tout à fait logiques financièrement parlant : Peri avait transformé la chambre d'enfant de Dakota dans l'appartement en bureau, de sorte qu'elle n'était plus obligée de compter les recettes dans la boutique.

Et pourquoi gaspiller la valeur immobilière de la boutique ? Il avait toujours été clair entre Georgia et elle, puis entre James, Anita et elle après la mort de Georgia, que sa société de sacs à main aurait une chance de prospérer. Elle le leur avait rappelé tout en évitant soigneusement de formuler l'ultimatum que chacun redoutait, elle le savait bien : elle abandonnerait la boutique si elle ne pouvait pas la rénover à son goût. La menace planait dans l'air et elle s'abstenait de l'exprimer tant que cela n'était pas absolument nécessaire.

Après tout, qu'arriverait-il à la boutique si Peri s'en allait ? Anita, qui avait désormais soixante-dix-huit ans, ne pourrait certainement pas prendre la relève, même si elle paraissait tout juste assez âgée pour toucher la retraite. Même si elle continuait à venir deux fois par semaine pour aider Peri et pour s'occuper, comme elle le disait, Anita faisait de nombreuses escapades avec Marty, en train ou en car, dans de merveilleux manoirs en Nouvelle-Angleterre ou au Canada. Ces deux-là semblaient toujours être en vacances, et Peri se réjouissait pour eux tout en les enviant un peu. Vraiment même. Elle espérait qu'un jour, elle vivrait la même chose. Et si le collègue du service juridique dont sa copine KC n'arrêtait pas de parler était au pire un peu moins mignon qu'elle ne le décrivait, qui sait ce qui pourrait arriver ?

Et puis, il y avait Dakota, qui venait de terminer sa première année à l'Université de New York. Elle n'allait certainement pas pouvoir tout à coup s'occuper de la boutique. D'ailleurs, elle semblait n'en avoir aucune envie désormais.

Les enfants ne désirent pas toujours reprendre l'entreprise familiale.

Lorsque Peri avait décidé de travailler dans la boutique de fils à tricoter et de créer sa propre collection de sacs à main, sa famille n'avait pas vraiment apprécié. Comme ses parents voulaient qu'elle devienne juriste, elle avait passé consciencieusement son examen d'entrée à la faculté de droit et avait même obtenu une place. Place qu'elle avait refusée, laissant ses parents dans le désarroi le plus total. Georgia ne s'était pas laissé intimider par sa mère, qui avait pris l'avion de Chicago pour la persuader de renvoyer sa fille, et Peri ne l'avait jamais oublié. Même lorsqu'il y avait des problèmes à la boutique, Peri repensait à ce que Georgia avait fait pour elle.

Ça l'aidait à tenir le coup. Pourtant, la gestion des deux commerces occupait toutes ses journées et la plupart de ses soirées, et Peri n'avait pas vu passer les cinq dernières années. C'est comme si elle s'était réveillée un jour et avait soudain réalisé qu'elle avait presque trente ans, qu'elle était toujours célibataire et pas franchement satisfaite de cette situation. Il était difficile de rencontrer des types à New York. Non, pas des types. Des hommes. Des hommes comme James Foster. Peri s'en était un peu entichée depuis qu'il était revenu pour Georgia, et il restait pour elle l'incarnation même du partenaire brillant et confiant dont elle rêvait.

Bien sûr, James ne s'intéressait à la boutique que parce qu'il voulait protéger le legs de Georgia à Dakota. Quant à Catherine, la vieille amie de Georgia, elle se débattait avec son bric-à-brac dans la vallée de l'Hudson où elle tenait une boutique d'antiquités et de belles choses…

Vous m'en direz tant, pensa Peri. De plus, Catherine ne savait même pas tricoter. Peri et elle n'avaient jamais vraiment eu d'atomes crochus. Elles avaient certes des amies en commun, mais n'avaient pas réussi, même après toutes ces années, à faire réellement connaissance. Peri se sentait souvent jugée lorsque Catherine entrait sans bruit dans la boutique, enregistrant le moindre détail avec ses yeux gris cendré parfaitement maquillés, ses cheveux blonds parfaitement coiffés.

Non, au fur et à mesure que le temps passait, il était devenu de plus en plus clair que, si Peri arrêtait de faire tourner la boutique Walker & Fille, il serait temps de mettre la clé sous la porte et de fermer définitivement. Le désir de laisser chaque chose comme avant, de figer le temps, restait très fort parmi le groupe d'amies. C'est pourquoi, lorsque Peri plaida pour un changement, elle se sentit presque coupable. C'était un sentiment pratiquement irrésistible, découlant d'un rêve qu'elles partageaient toutes, mais dont elles ne parlaient jamais : tout devait rester en place pour Georgia. Pour quoi au juste ? Pour qu'elle ait envie de revenir ? Pour qu'elle continue à se sentir à la maison ? Parce que le fait de changer la boutique de Georgia, en son absence et sans la consulter, signifiait que son départ était vraiment définitif ? Que tous les moments que les membres du Club de tricot du vendredi soir et que la famille de Georgia avaient partagés – les bons comme les mauvais – étaient bel et bien réels.

Que la boutique de fils à tricoter de Georgia était l'endroit où des femmes, formant un groupe improbable, s'étaient liées d'amitié autour d'une table qui trônait au milieu du magasin. Où Anita, l'élégante dame, la plus âgée du groupe, qui était aussi le plus grand soutien de Georgia, avait appris à accepter Catherine, l'amie de lycée de Georgia. Elle avait même applaudi lorsque Catherine avait retrouvé son amour-propre et qu'elle avait eu le courage de renoncer à un mariage vide et peu épanouissant. C'était dans la boutique de Georgia que Darwin, l'étudiante en troisième cycle, solitaire et austère, avait trouvé une vraie amie en la personne de Lucy, la réalisatrice, qui s'était lancée à la quarantaine dans les joies de la maternité. C'était là que Darwin avait réalisé à quel point elle tenait à son mariage avec Dan après une courte nuit d'infidélité. C'était dans la boutique de Georgia que son employée, Peri, avait reconnu qu'elle ne voulait pas aller à la fac de droit et que son amie de longue date, KC, avait avoué qu'elle voulait y aller. C'était là que James, l'ancien amour de Georgia, était revenu dans sa vie et qu'ils s'étaient tous deux rendu compte que la flamme ne s'était jamais éteinte. Et c'était dans cette boutique que Dakota, la fille unique de Georgia et de James, faisait autrefois ses devoirs, qu'elle proposait ses muffins aux amies de sa mère et qu'elle s'endormait sur le canapé dans le bureau en attendant la fermeture de la boutique, pour que Georgia et elle puissent prendre un repas rapide avant de monter dans l'appartement à l'étage et se coucher.

Et si tout cela s'était produit, cela signifiait que Georgia Walker était bel et bien tombée malade, qu'elle était atteinte d'un cancer de l'ovaire à un stade avancé et qu'elle était morte subitement à la suite de complications, laissant ses amies poursuivre leur route sans elle.

Pendant un peu plus de cinq ans, elles avaient continué à faire exactement comme avant, à se retrouver régulièrement, même si KC ne prenait jamais une aiguille et même si le pull que Darwin avait tricoté pour son mari était constellé d'erreurs et que c'était sans doute l'ouvrage le plus complexe qu'elle ait réalisé. Et Peri n'avait pratiquement pas touché à l'agencement de la boutique. Année après année, elle avait résisté à son désir de changer le décor et les sacs couleur lavande avec le logo Walker & Fille, de rénover l'arrière-boutique avec son canapé usé ou d'enlever la vieille table en bois qui trônait au milieu de la pièce. Elle avait tout laissé intact et avait tenu la boutique avec l'énergie et l'attention aux détails dont Georgia avait fait preuve, elle avait enregistré des bénéfices chaque semestre, même si les ventes étaient toujours meilleures en hiver, bien sûr, et avait profité de chaque moment de répit pour créer sa propre collection de sacs à main tricotés ou en feutre. Elle avait même trouvé l'énergie d'étendre son activité en créant de nouveaux types, de nouveaux modèles.

Et puis un jour, elle en avait eu assez de travailler sur ses sacs à main jusqu'à point d'heure et de ne jamais se sentir reposée. Elle avait posé ses aiguilles à tricoter et avait écrit un e-mail au milieu de la nuit. Elle avait exigé que le groupe se réunisse et avait abordé le sujet du réagencement de la boutique. C'était une idée impossible, bien sûr, de changer les choses. Dakota et Anita avaient mis longtemps à accepter. Pourtant, Peri avait tenu bon, et le mur avait enfin été cassé, les cloisons, repeintes, et même les sièges simples mais fonctionnels autour de la grande table avaient été remplacés par des fauteuils plus rembourrés et aux teintes plus fraîches. La boutique avait été revitalisée : elle était toujours aussi accueillante, mais plus fraîche et plus épurée. Peri avait voulu faire une surprise à Dakota et l'inciter par là même à approuver émotionnellement les changements ; elle avait ainsi demandé à Lucy d'imprimer une chute de son documentaire sur la boutique – le premier film qu'elle avait réalisé à être sélectionné dans le cadre des festivals – et avait fait encadrer une photo de Dakota et de Georgia enregistrant les ventes ensemble. Dakota n'avait alors que douze ans, et Georgia était encore en parfaite santé. Peri avait suspendu la photo, fort à propos, derrière la caisse enregistreuse, juste à côté du logo Walker & Fille.

« Ça lui aurait plu, dit Dakota en hochant la tête. Par contre, je ne sais pas si elle aurait apprécié les changements dans la boutique. Nous devrions peut-être remonter le mur.

— Georgia aimait aller de l'avant, dit Peri. Elle a aussi essayé de nouvelles choses dans la boutique. Pense au Club, par exemple.

— J'sais pas, dit Dakota. Et si je finis par oublier à quoi ça ressemblait. Et si tout s'effaçait ? Alors quoi ? »

Ce soir, le groupe allait voir pour la première fois la boutique réaménagée dans sa version définitive. C'était un soir d'avril agréablement chaud, et le Club de tricot du vendredi soir se réunissait comme à l'ordinaire. Si, autrefois, les femmes se retrouvaient dans la boutique de Georgia toutes les semaines, la combinaison de leurs carrières trépidantes et d'un changement de situation familiale pour certaines ne leur permettait plus de se voir aussi souvent qu'avant.

Pourtant, chaque réunion commençait par des étreintes et des embrassades, et toutes se lançaient sans préambule dans le récit des événements qui avaient ponctué leurs journées. Ces femmes ne faisaient pas semblant quand elles étaient ensemble, elles se fichaient de leur apparence ou de leur posture, elles partageaient juste un sens de la communauté qui restait immuable, qu'elles se retrouvent une fois par semaine ou une fois par an. Cela avait été le dernier cadeau de Georgia à chacune d'elles : celui d'une solidarité féminine sincère et inconditionnelle.

Toutefois, si le temps n'avait pas changé leurs sentiments mutuels, il ne leur avait pas épargné son empreinte sur leur corps, leur carrière, leur vie amoureuse et leurs cheveux. Il s'était passé beaucoup de choses au cours des cinq dernières années. KC

Silverman avait étudié avec succès le droit à l'Université de Columbia et avait réussi l'examen haut la main pour se retrouver finalement chez Churchill Publishing, la société qui l'avait précisément licenciée cinq ans auparavant alors qu'elle occupait un poste dans le département éditorial. Elle travaillait à présent comme juriste interne à la maison d'édition.

« En fin de compte, j'ai une valeur inestimable, avait-elle dit au groupe lorsqu'elle avait pris ses nouvelles fonctions. Je maîtrise tous les aspects de l'activité. »

Son nouveau salaire était investi, sur les conseils de Peri, dans une merveilleuse collection de tailleurs. Elle avait renoncé à la coupe à la garçonne des jours passés et portait à présent les cheveux plus longs dans un dégradé qui convenait mieux à son poste de juriste. Elle avait envisagé, l'espace d'une milliseconde, de laisser ses cheveux dans leur teinte naturelle, le gris, mais avait finalement décidé qu'elle était trop jeune, à cinquante-deux ans, pour un tel sérieux et avait finalement opté pour un châtain clair.

« Si j'avais tes magnifiques cheveux argentés, avait-elle dit à Anita, ça aurait été une tout autre histoire. »

Le documentaire de Lucy Brennan, qui avait été projeté dans le cadre de plusieurs festivals, lui avait permis d'obtenir un job temporaire et de réaliser un clip pour le compte d'une musicienne qui aimait tricoter chez Walker & Fille. Lorsque la chanson figura dans le Top Ten du magazine *Billboard*, Lucy passa rapidement de réalisatrice à mi-temps sur une chaîne câblée locale à un poste stable où elle était chargée de réaliser des clips, tandis que sa petite fille, Ginger, chantait en play-back à ses côtés, dans sa grenouillère.

À quarante-huit ans, elle était très occupée et savourait un succès qu'elle n'avait jamais osé espérer. L'appartement qu'elle occupait désormais reflétait ces changements. Elle n'était plus locataire, mais propriétaire d'un deux-pièces ensoleillé dans le quartier de l'Upper West Side. Un magnifique canapé couleur fauve trônait dans la salle de séjour, et il arrivait que Lucy, qui souffrait toujours d'insomnies occasionnelles, s'y allonge au beau milieu de la nuit.

À présent, toutefois, elle ne tricotait plus pour trouver le sommeil, mais réfléchissait généralement aux prises de vue qu'elle allait faire lors du tournage du lendemain. Et les lunettes à monture d'écaille qu'elle portait autrefois tous les jours avaient été complétées par une collection de montures différentes et de lentilles de contact pour ses yeux bleus. Ses cheveux d'un brun roux naturel étaient désormais plutôt poivre et sel. Elle les avait donc teints un peu plus foncés que le blond vénitien de Ginger et avait opté pour des reflets acajou.

Darwin Chiu avait fini sa thèse de doctorat ; elle avait publié son premier livre (sur le lien entre les activités manuelles, le développement d'Internet et le mouvement féministe) basé sur les recherches qu'elle avait menées chez Walker & Fille. Elle avait également obtenu un poste de professeur à l'université Hunter tandis que son mari, Dan Leung, avait trouvé un poste aux urgences locales. Ils avaient acheté un petit appartement dans l'East Side près de l'hôpital et de l'université. Les murs de leur salle de séjour étaient couverts d'étagères envahies de papiers et de notes. Contrairement aux autres femmes, Darwin n'avait pas le moindre cheveu blanc, bien qu'elle ait déjà atteint la trentaine. Elle portait les cheveux longs, sans frange et paraissait ainsi aussi jeune que ses étudiantes à l'université.

Peri Gayle était superbe, avec ses yeux bruns profonds, sa peau acajou et ses cheveux coiffés en tresses africaines. Elle tenait naturellement la boutique.

Anita Lowenstein était heureuse en couple avec son ami Marty, même si leur décision de ne pas se marier revenait de temps en temps sur le tapis.

« Je vis ma vie à l'envers, dit-elle au groupe. Même si ma mère ne peut plus rien faire là où elle est, je me rebelle contre les attentes de la société. » Elle plaisantait, bien sûr. Ils s'étaient installés ensemble, car c'était la solution la plus simple en termes de planification patrimoniale et successorale, et, comme le disent les stars de cinéma, ni elle ni Marty n'avaient besoin d'un morceau de papier pour prouver leur engagement.

« Contentons-nous de dire que c'est mon partenaire, corrigeait Anita lorsqu'une de ses amies, une de plus, gaffait en voulant définir leur relation. Il serait un peu exagéré de parler de petit ami à mon âge. »

Ils avaient en tout cas acheté un nouvel appartement ensemble et avaient quitté le rez-de-jardin de l'immeuble en grès brun où habitait auparavant

Marty dans l'Upper West Side. La nièce de Marty avait ainsi pu intégrer ce niveau à son domicile. Anita avait désormais soixante-dix-huit ans, elle mentait toutefois sur son âge si on venait à le lui demander et paraissait assurément plus jeune avec ses cheveux argentés coiffés en dégradé et ses mains très soignées.

Grâce à Anita, Catherine appréciait vraiment la valeur d'un indice de protection solaire élevé. Le petit commerce de Catherine Anderson prospérait au nord de la ville à Cold Spring, même si elle continuait souvent à prendre le train pour passer certains jours dans le cottage minuscule et meublé à grands frais qu'elle avait acheté récemment et d'autres dans l'appartement du San Remo qu'Anita occupait autrefois avec son défunt mari, Stan.

Cinq ans, c'était exactement le nombre d'années qu'il avait fallu pour que tout ce qui s'était passé soit digéré et pour que l'envie d'essayer quelque chose de différent se manifeste.

« Ce n'est pas vraiment une surprise si tous les cadeaux sont exposés ici ! » s'exclama KC alors qu'elle entrait dans la boutique Walker & Fille, tirant derrière elle un chariot rouge rempli de peluches : un singe, une girafe et deux nounours blancs à poils très longs. Peri délaissa un instant le paquet de Dakota qu'elle essayait de reprendre pour saluer KC d'un signe de la main.

« Nous devrions essayer de nous cacher dans l'arrière-boutique, puis en sortir tout à coup pour lui faire la surprise ! dit KC en faisant un signe à son tour, même si elle ne se trouvait qu'à quelques pas de Peri. Qu'est-ce que vous en dites ? »

Peri et elle n'étaient pas de la même génération. KC avait vingt-trois ans de plus que Peri, mais elles étaient, comme l'aimait à le dire à qui voulait l'entendre – ou non – la volubile KC, l'incarnation même des « meilleures amies du monde ».

« Nous nous aidons à aller de l'avant, expliqua KC lorsque Dakota demanda au cours d'une de leurs réunions pourquoi elles passaient autant de temps ensemble alors qu'à première vue leur apparence et leur attitude étaient si différentes. Nous papotons, nous allons au cinéma, elle choisit mes vêtements et je lui donne des conseils juridiques pour sa société de sacs à main. » Ce qui les unissait : leur dévouement à leur carrière et les années d'expérience de KC dont Peri pouvait profiter ! Même si elle était très fière de sa reconversion professionnelle, KC n'avait fait qu'échanger un travail très prenant contre un autre. Si, lorsqu'elle était éditrice, elle passait de longues journées au bureau et ses soirées à lire des manuscrits, elle occupait désormais une partie de ses nuits à lire des contrats sur le canapé de son appartement d'avant-guerre à loyer plafonné dans l'Upper West Side, l'appartement qui avait été le foyer de ses parents.

Pourtant, tandis que Peri avait gardé contact avec toute une série de copines des cours de design qu'elle avait suivis, sa relation avec KC comblait un peu le vide laissé par Georgia qui était une jeune assistante d'édition lorsque KC l'avait rencontrée. Si KC ne se considérait pas particulièrement comme une femme dévouée aux autres, elle n'en avait pas moins pour habitude de s'occuper des gens et de les guider. Et elle avait une grande tendresse pour Dakota qui semblait exaspérée par sa dernière invention.

« Premièrement, il n'y a plus d'arrière-boutique, dit-elle en inclinant la tête vers KC et en l'invitant à jeter un coup d'œil derrière elle. Alors, ça ne marcherait pas.

— Et deuxièmement, nous ne voulons pas effrayer les femmes enceintes », ajouta Anita qui venait de franchir la porte et se trouvait à deux pas de KC.

Comme toujours, Anita portait un tailleur-pantalon élégant et des bijoux sélectionnés avec le meilleur goût. Dans ses bras, elle tenait un hortensia bleu géant, Marty en tenait un deuxième, rose celui-là. Elle hocha la tête d'un air solennel.

« La boutique est vraiment bien comme ça, ma chère », dit-elle, même si Peri soupçonna que ses paroles s'adressaient plutôt à Dakota pour faire tomber ses dernières réticences. Anita n'avait-elle pas en effet suivi l'avancement des travaux ?

« Je suis là, je suis là », dit une voix depuis la cage d'escalier. C'était Catherine, qui faisait son entrée dans la pièce avec un effet théâtral soigneusement travaillé. Elle était chargée de paquets aux couleurs vives et aux contours impeccables et portait un grand sac en toile rempli de bouteilles.

« Bonsoir, mes chères », dit-elle en envoyant trois baisers à chaque personne dans la pièce.

« Salut, Miss Ronchon », dit-elle à Dakota en enroulant son bras autour de ses épaules tout en inspectant la pièce.

« J'avais peur d'être en retard, dit Catherine. Elle

est arrivée ? » Le téléphone de la boutique sonna. C'était Lucy : il lui était impossible de partir du travail pour le moment. Il valait donc mieux ne pas l'attendre, dit-elle. Peri consulta sa montre et laissa échapper un petit cri inquiet. KC sortit rapidement une boîte de cupcakes du fond de son chariot rouge, et Catherine ouvrit un magnum de champagne bien frais sans faire sauter le bouchon.

« Quand je pense au Club de tricot du vendredi soir, je pense toujours aux gobelets en plastique. Ça ajoute une touche de je ne sais quoi. » Elle fit un clin d'œil à Dakota et parvint à lui soutirer un haussement d'épaules. Les deux avaient forgé un lien de grande sœur à petite sœur depuis que Georgia avait recueilli Catherine des années auparavant et l'avait laissée coucher dans la chambre de Dakota pendant son divorce. Au cours des années qui suivirent le décès de Georgia, le cynisme et le penchant mélodramatique de Catherine avaient été le parfait antidote à l'humeur maussade d'adolescente de Dakota. Anita restait la source d'amour inconditionnel de Dakota. Catherine savait très bien garder les secrets et aurait été la partenaire idéale pour fomenter un coup, si seulement elles avaient eu une idée géniale !

« À Walker & Fille, dit Catherine en buvant une gorgée, puis une autre. À la rénovation, à ma gamine préférée et au Club. » Les autres femmes levèrent leurs verres.

Même si un certain malaise persistait par rapport au réagencement de la boutique, Peri eut le sentiment qu'elles allaient passer une bonne soirée. C'était évident. Le groupe s'était reformé. Le brouhaha était déjà assourdissant, tandis que tout le monde parlait en même temps pour rattraper en quelques minutes un mois de petits et grands événements. Elle commença à se détendre lorsqu'elle vit Dakota se laisser tomber dans l'un des nouveaux fauteuils, jeter sa jambe vêtue de jean par-dessus l'accoudoir et piquer un peu de champagne à Catherine en jetant un coup d'œil avec sa complice à Anita pour s'assurer qu'elle n'avait rien vu.

Ce soir, Georgia aurait été fière du Club de tricot du vendredi soir. Ses membres tenaient une réunion spéciale pour une *baby shower* spéciale en l'honneur de Darwin Chiu qui, après des années d'espoir et de tentatives, attendait enfin ses premiers enfants.

Darwin et Dan allaient avoir des jumeaux.

2

Lorsqu'Anita était jeune, elle ne s'était jamais posé la question de savoir si elle aurait des enfants ou non. C'était tout simplement dans l'ordre des choses à l'époque. Le mariage devait être suivi d'une naissance ou une naissance annoncée d'un mariage. Et si un bébé n'arrivait pas rapidement après les noces, tout le monde s'en étonnait. Un couple comme Darwin et Dan qui espérait tellement fonder une famille et qui avait dû attendre si longtemps n'aurait bénéficié d'aucune aide. Les mères célibataires, comme Georgia l'avait été, ou comme Lucy avait choisi de l'être, avaient une vie très difficile en ce temps-là.

Certes, Lucy paraissait ces derniers temps très fatiguée et stressée, et sa fille, la petite Ginger, n'était pas toujours aussi gentille que Dakota à son âge. Cependant, c'était plutôt bien que les choses soient différentes. Qu'elles puissent être différentes. Anita croyait beaucoup aux choix qui s'offrent à chacun. D'un autre côté, il était parfois difficile de s'y retrouver aujourd'hui.

Anita venait tout juste d'avoir vingt ans lorsqu'elle s'était mariée. Elle ne pouvait réaliser à l'époque à quel point cet âge lui paraîtrait jeune un jour. Elle se voyait comme une véritable adulte dans sa robe de mariée blanche, qui descendait jusqu'aux genoux, et son voile en dentelle. Stan semblait si fort et si sage. Il avait réponse à tout, ce qui l'avait rassurée au départ, amusée quelques années plus tard, et enfin agacée à l'occasion. Pourtant, sa confiance dans l'ordre des choses lui avait permis de protéger Anita du monde, et elle lui en restait éternellement reconnaissante.

À vingt et un ans, elle avait vu sa vie se dérouler lentement devant elle, heure après heure, année après année. C'étaient les années 1950 : elle était suffisamment vieille pour se marier et fonder une famille, suffisamment naïve pour effacer délibérément les deux guerres mondiales de sa mémoire. Elle croyait en un avenir radieux d'épouse et de mère comblée où tout serait simple et facile. Sa nuit de noces semblait lui ouvrir un avenir plein de promesses et apparemment infini : elle était impatiente de se retrouver seule avec Stan et de lui montrer ce qu'elle pensait avoir appris dans un livre. Quelle n'avait pas été sa surprise quand elle avait découvert, plus tard, que le sexe ne résolvait pas tout, qu'il pouvait se transformer en routine et devenir parfois carrément irritant quand elle n'en avait pas envie. Que l'amour n'empêchait pas les contrariétés et les frustrations passagères. Et que même les couples les plus unis, les plus complices pouvaient traverser des moments difficiles.

Après toutes ces années, Anita avait perdu contact avec ses sept amies qui avaient été ses demoiselles d'honneur et elle aurait été bien incapable de retrouver la petite fille qui portait une réplique vert menthe de sa propre robe et qui l'avait suivie partout serrant dans ses mains son petit panier de pétales de roses. Elle lui avait dit au revoir à contrecœur lorsqu'elle avait quitté la pièce avec Stan. Sa petite sœur qui lui faisait signe en guise d'adieu.

C'était vraiment incroyable que les membres du Club de tricot du vendredi soir aient su garder le contact. Ces femmes avaient bien mieux réussi à maintenir leurs liens qu'Anita ne l'avait fait avec ses demoiselles d'honneur. Les filles du vendredi soir la soutiendraient-elles si elle épousait Marty ? Elle savait que oui. Mais, si Anita et Marty venaient à se marier, cela n'aurait rien de féerique. Ils avaient une relation d'égal à égale. Fermement ancrée dans la réalité. De plus, comment peut-on se marier quand on ne sait même pas combien de temps on sera encore de ce monde ?

« Redescends sur terre, Anita. »

Anita leva les yeux en sursautant, un écheveau de laine vert pâle dans la main. KC se tenait devant elle et souriait.

« Tu semblais un peu à l'écart, ma chère, dit KC. Pourquoi ne viens-tu pas t'asseoir dans un des nouveaux fauteuils et te joindre à nous ? »

Anita se laissa conduire vers le centre de la pièce non sans se sentir un peu ridicule. Elle n'aimait pas du tout quand les filles la traitaient comme si elle était vieille et avait besoin d'attention et de soins particuliers. Ah ! j'aimerais bien les voir, à près de quatre-vingts ans, travailler debout plusieurs jours par semaine, par choix, et supporter trois fils qui ont des opinions sur tout. Y compris sur le choix de son partenaire, qu'ils désapprouvaient. Ces garçons auraient dû s'occuper de leur propre famille au lieu de s'immiscer dans ses affaires.

Anita serra l'écheveau de laine dans sa main tout en s'asseyant. Il lui rappelait tellement la couleur de la robe de la petite fille. Elle adressa un sourire contraint à KC, qui pensait vraiment être serviable. Qui trouvait réellement qu'Anita devenait un peu gâteuse. Mais Anita n'était pas désorientée. Elle était préoccupée. Par le mariage. Par le passé. Par le futur. Par ses fils qui, à la cinquantaine, piquaient des crises de colère dès que son idylle avec Marty menaçait de s'inscrire dans la durée. Par tous les amis de sa génération qui disparaissaient régulièrement. Et plus uniquement vers la Floride.

« Tu travailles sur quelque chose ? » C'était Dakota qui tendait la main pour toucher l'écheveau. Les vestes avaient été le vêtement de prédilection d'Anita pendant de si longues années qu'il était toujours surprenant de la voir travailler sur autre chose. Des vestes qu'elle tricotait toujours pour Stan, dans des modèles et des couleurs qu'elle imaginait elle-même. Une artiste. C'est ainsi que la voyait son défunt mari. Depuis qu'elle était avec Marty, elle ne tricotait plus autant de vestes, car elles étaient indissociables de Stan. Bien sûr, la familiarité des projets, des modèles qu'elle connaissait par cœur, le sentiment de la veste qui prenait forme comme si elle lui donnait vraiment naissance, tout cela lui manquait. Mais il n'aurait pas été correct de continuer à tricoter des vêtements pour son défunt mari alors que son nouveau partenaire était assis à côté d'elle sur le canapé et qu'il regardait un énième match à la télé. Oh ! elle lui avait bien tricoté un blouson avec le logo des Yankees, il l'adorait d'ailleurs, ainsi qu'une housse de coussin à apporter au stade, mais il n'y avait pas autant de possibilités créatives qu'avec les vestes. Il n'y avait qu'un logo, le logo bleu des Yankees.

Elle avait pourtant une veste en cours – c'était son petit secret, et elle était bien cachée au fond d'un panier. La simple présence du tricot inachevé l'apaisait et maintenait un lien avec les jours passés. Ce n'est pas parce qu'elle avançait qu'il lui fallait oublier le passé, Stan, Georgia. Il s'agissait plutôt d'accepter qu'ils n'étaient plus là dans sa vie de tous les jours, et vivre en conséquence. Le chagrin, le deuil avaient leur propre rythme. Elle le savait très bien.

C'est ainsi qu'elle avait commencé à faire des chapeaux pour des œuvres de charité. Histoire d'avoir quelque chose à tricoter pendant les matchs avec les Yankees. Et qu'elle avait poussé les membres du Club de tricot du vendredi soir à trouver un projet commun pour une association caritative. Au début (comme c'était loin à présent), le Club avait essayé d'avoir des règles, des activités et même de travailler sur le même modèle de pull. Un véritable désastre : KC abandonna avant même d'avoir vraiment essayé, Catherine ne fit aucune tentative, Darwin s'y mit avec acharnement et tricota un horrible pull, et Lucy tricota plusieurs pulls magnifiques et d'autres projets pendant ce temps. Après l'enterrement, le club se retrouva souvent, mais les filles étaient la plupart du temps distraites par leurs émotions, puis par leur vie trépidante et, même si elles continuaient à se voir, le tricot finit par être abandonné.

C'est alors qu'Anita avait décidé, en remontant Broadway par un beau matin ensoleillé, plusieurs mois après la mort de Georgia, qu'il lui fallait retravailler le modèle de la couverture que le Club avait tricotée pour Georgia quand elle était malade. Chacune avait tricoté des carrés qu'elles avaient ensuite assemblés. Le résultat était un peu bancal, mais Georgia adorait sa couverture en tricot malgré son manque d'élégance.

Pour faire aboutir son idée, Anita avait refait le modèle de la couverture qui ressemblait plus à un plaid à présent, plus compacte donc et plus facile à manipuler. Elle avait également pris des aiguilles plus grosses pour que chacune puisse progresser plus rapidement, ce qui était crucial si elle voulait que KC, qui tricotait à peine, essaie au moins de participer.

Elle avait même proposé un cours de remise à niveau lors d'une réunion régulière du Club. Avec la gentillesse mêlée d'obstination et de fermeté qui la caractérisait, Anita avait encouragé les membres du Club à tricoter quelques rangs avant de se coucher ou pendant le week-end et elle n'oubliait pas de vérifier la progression du travail de chacune.

Elle parvint rapidement à réveiller l'enthousiasme pour le tricot chez chacune d'elles tandis qu'elles confectionnaient autant de « couvertures Georgia » qu'elles le pouvaient, qu'elles donnaient ensuite à des associations venant en aide aux patients qui suivaient une chimiothérapie. L'objectif était chaque année de finir une pile de couvertures avant de participer en septembre à la marche organisée au bénéfice de la recherche contre le cancer de l'ovaire. Elle avait même créé un prix pour celle qui tricoterait le plus de plaids : les Aiguilles d'or du Club de tricot du vendredi soir. Il s'agissait juste d'une paire d'aiguilles collées sur une base en bois et recouvertes de peinture dorée, et Anita remporta plus d'une fois le prix, mais la remise des Aiguilles d'or pendant la réunion qui suivait la marche restait un rituel très apprécié.

Leur histoire commune et leurs objectifs partagés garantissaient la cohésion du groupe, même si leurs vies continuaient à les entraîner dans des directions différentes. Pourtant, lorsque Dakota était plus jeune, il paraissait essentiel de garantir la survie du groupe, et Anita veilla calmement, mais efficacement à ce que chaque membre se sente responsable du groupe et ait un sentiment d'appartenance. Vieille femme gâteuse ? Loin de là ! Même s'il était parfois très utile de faire comme si, c'était d'ailleurs l'un des avantages lorsqu'on prenait de l'âge : les gens baissent la garde en présence de vieilles personnes apparemment inoffensives, et Anita pouvait ainsi obtenir plus facilement ce qu'elle voulait. Elle n'allait certainement pas laisser passer l'occasion d'utiliser les choses à son avantage.

« J'espère que tu ne fais pas un tricot pour moi de cette couleur, la taquina Dakota en passant un doigt sur le fil à tricoter vert menthe.

— Non, je l'ai juste pris sans réfléchir, dit Anita. La couleur me rappelait quelqu'un. C'était une teinte très populaire autrefois.

— C'est franchement atroce, Anita, dit Dakota en haussant les sourcils.

— Ça fait très *Miami Vice*, commenta Catherine qui s'était approchée pour remplir les verres et qui se dirigeait à présent vers ceux qui étaient encore vides. Mais les teintes pastel, c'est pas mal pour les affaires de bébé. Tu voulais faire quelque chose d'autre pour Darwin ? »

Anita posa l'écheveau dans la main de Dakota. « Va le ranger, ma chérie. Inutile de faire autant de bruit pour rien. »

Dakota referma les mains sur celles de la vieille femme qui restait la combinaison parfaite entre la grand-mère de substitution et le guide et qui n'hésitait jamais à être disponible. Même alors qu'elle avait commencé une nouvelle vie avec Marty. En particulier, après la mort de la mère de Dakota. Anita parvint à la fois à être une présence affective permanente tout en se faisant discrète pour laisser place à l'afflux soudain de parents qui voulaient tous un morceau de la petite fille de Georgia pour se consoler. Ses grands-parents, Bess et Tom, son oncle Donny. Comment pourraient-ils rattraper toutes ces années de distance avec leur fille et leur sœur ? Et les parents de son père, et toutes ses tantes nouvellement apparues, ils avaient tous leur propre version : ils étaient passés à côté de tant de choses parce que le père de Dakota avait caché son existence pendant les douze premières années de sa vie, et ils devaient absolument rattraper le temps perdu. La succession infinie de week-ends en Pennsylvanie et à Baltimore pendant ses années de lycée finit par devenir épuisante.

En d'autres temps, Dakota aurait trouvé ces escapades de fin de semaine idéales pour échapper à une mère trop présente. Maintenant qu'elle n'avait plus de mère, elle n'avait qu'une envie : rester à la maison – James et elle s'installèrent rapidement dans un appartement spacieux qu'elle peignit et redécora pour retrouver la sensation qu'elle vivait juste au-dessus de la boutique. Elle voulait réfléchir à un moyen de changer le cours des choses. Si seulement elle pouvait revoir chaque moment, chaque événement et comprendre vraiment ce qui s'était passé, elle serait vraiment prête à tout revivre et à faire comme il faut cette fois. Sentir la douleur de sa mère et l'emmener à l'hôpital plus tôt. Ou, mieux encore, dans sa version révisionniste préférée, elle participerait à l'école primaire à un projet sur l'importance d'aller chez le gynécologue et convaincrait sa mère d'aller consulter beaucoup, beaucoup plus tôt. Prévenir la crise.

Réécrire l'histoire lui procurait un réconfort inattendu qu'elle savourait secrètement. Il lui suffisait d'être seule et de penser très fort à un moyen de sauver sa mère. Ces scénarios imaginaires lui donnaient l'impression de contrôler la situation et atténuaient ses peurs. Son chagrin, qui fluctuait, restait toujours présent. Tapi au fond d'elle-même.

Au cours de ses deux premières années au lycée, Dakota était tellement occupée à faire ses devoirs, à rendre visite à ses grands-mères et à assister à des séances de thérapie du deuil sur les conseils pressants de James, qui lui n'y allait jamais, qu'elle avait l'impression que tout le monde cherchait à l'éloigner de la boutique. Le seul endroit où elle avait envie d'être. Et du Club. À treize, quatorze, quinze ans, elle avait trouvé un certain réconfort auprès des femmes du groupe. Un lien avec sa mère. Et elles étaient marrantes ! Elle apprenait même des tas de choses avec elles, alors qu'elles décrivaient un monde d'adultes en termes tout sauf glamour. Sans en avoir discuté au préalable ou avoir défini ce qu'il fallait dire ou ne pas dire, toutes, de Lucy à Darwin, de Catherine à KC, de Peri à Anita, avaient cessé de censurer leurs conversations pour protéger ses petites oreilles. Elles la traitèrent ainsi comme un membre à part entière du groupe.

Dakota entendit parler de luttes de pouvoir au travail, des défis d'une relation amoureuse, des meilleurs endroits pour acheter des chaussures de créateur à moitié prix (grâce à Peri). C'était la seule adolescente dont les amies avaient au moins une décennie de plus qu'elle. Et en général bien plus. Anita lui avait dit qu'elle serait toujours là où elle aurait besoin d'elle, et Dakota savait que c'était vrai.

Finalement, le rythme effréné de Dakota finit par ralentir, et la mère de James, Lillian, arrêta de se cramponner à Dakota, sa petite-fille miraculeuse, chaque fois qu'elle s'apprêtait à partir et à reprendre le train pour retourner en ville. Après quelque temps, même la mère de Georgia, Bess, commença à se détendre et à ne plus se laisser gagner par la peur de perdre encore une fois une personne qu'elle aimait. C'était l'une des choses étranges que Dakota avait appris à comprendre dans les années qui suivirent la mort de Georgia. Ce n'est pas parce que Bess n'avait pas été le style de mère que Georgia aurait voulu qu'elle n'avait pas eu le cœur brisé lorsqu'elle avait perdu sa fille. Elle avait eu un immense chagrin. Tout le monde avait eu un immense chagrin. Et un sourire de Dakota pouvait leur redonner de la joie. Ils avaient besoin qu'elle soit heureuse. C'était un énorme fardeau pour une jeune fille de son âge.

Anita avait parlé de tout ça avec elle. Si, auparavant, elle n'avait jamais été une adepte des longues conversations au téléphone, Anita avait forcé la main à James – pas vraiment, elle s'était en fait contentée de le suggérer avec ce mélange d'élégance et d'insistance qui la caractérisait – pour qu'il achète un téléphone portable à Dakota afin qu'elles puissent être en contact permanent. Anita était encore mieux qu'une copine et confidente de lycée : elle n'était pas soumise à un couvre-feu et ne risquait pas d'avoir des ennuis pour avoir reçu un SMS pendant les heures de cours. Puisque, bien sûr, elle n'avait pas de cours. Qu'il s'agisse de la journée ou de la nuit, elle ne réprimanda pas une seule fois Dakota pour l'avoir contactée à un moment où elle était supposée faire autre chose, le ménage, la vaisselle ou la caisse à la boutique. Et si Anita était debout au milieu de la nuit, il lui arrivait de répondre immédiatement, inventant avec audace ses propres abréviations.

À présent que Dakota était à l'Université de New York, Anita appelait souvent pour dire qu'elle était dans le coin. Elle semblait se trouver souvent à Greenwich Village ces derniers temps, et si Dakota la soupçonnait de venir exprès pour la voir, ça ne la dérangeait absolument pas, bien au contraire. Les deux se retrouvaient autour d'un café chez

Dean & DeLuca à Broadway ou se contentaient de s'asseoir dans le parc Washington Square près de l'Arche et de regarder les passants. La seule règle imposée par Anita, c'était de ne faire que de gentils commentaires à propos des étrangers. Elle ignorait ainsi les sourires narquois de Dakota, et elles complimentaient toutes deux les gens qui passaient. De plus, Anita semblait avoir un appétit insatiable pour tous les détails concernant les professeurs et les cours de Dakota et les habitudes ennuyeuses de ses nouvelles colocataires. C'est ainsi que le lien qui unissait Anita et Dakota s'était encore renforcé.

« Tu es sûre que ça va ? demandait à présent Dakota dans la boutique. C'est la rénovation ? Ça t'embête à ce point ?

— Non, ma chère, dit Anita. J'étais juste distraite. » Elle se pencha vers Dakota qui était si grande à présent qu'Anita se sentait minuscule dans son fauteuil. Le pire chez ces enfants qui grandissaient et prenaient de l'âge, c'est qu'ils lui rappelaient qu'elle aussi vieillissait. Elle s'agaçait de son incapacité à contrôler le temps. Il y avait tant de choses qu'elle voulait faire et dire encore.

« Je ne suis pas en train de perdre la tête, tu sais. J'étais perdue dans mes pensées.

— Ne t'inquiète pas, dit Dakota d'un ton complice. De plus, je ne crois pas que tu sois sénile. Mais je vais te donner un truc pour tester si quelqu'un le pense : fais quelque chose de vraiment outrancier, de grossier même, et regarde si les gens continuent à te traiter avec gentillesse. Si c'est le cas, tu es officiellement une vieille bique. »

Anita la regarda, interloquée. Mais elle ne put s'empêcher de rire, comme d'habitude, devant la nature si franche de Dakota. Certes, il y avait chez la jeune femme des traits qui semblaient venir directement de sa mère, son immense sourire, sa silhouette élancée, et d'autres, tels que sa capacité à charmer les autres, qu'elle tenait de James. Mais Dakota avait beaucoup de qualités qui n'étaient propres qu'à elle : son aplomb, sa franchise, son humour pince-sans-rire. Les contours enfantins de ses années d'adolescence avaient disparu pour laisser entrevoir une jeune femme presque raffinée, sculpturale, qui attire l'œil. C'était une sorte de pétard, avec ses commentaires bêcheurs. Et la colère qu'elle tentait vaillamment de faire disparaître. Il pouvait être difficile d'apprécier ce qu'elle avait, un père, un groupe d'amies d'un grand soutien, lorsque la perte subie était si importante. Anita le savait et elle comprenait.

Dakota était toujours aussi mignonne, avec son teint harmonieux et ses grandes dents blanches qu'elle découvrait en souriant, ses longues jambes sveltes qui portaient rarement autre chose que des jeans. Comme sa mère, pensa Anita. Toujours en jean. Dakota avait hérité de ce que Georgia avait de meilleur.

Seulement, à présent, elle était presque adulte et beaucoup plus difficile à protéger.

3

Ça la rendait dingue de s'occuper de sa fille. Tiens ! Voilà ! Elle l'avait dit. Pas à quelqu'un en particulier, mais au moins, elle était capable de se l'avouer. Ginger, cette chère Ginger qui était si mignonne, n'était vraiment pas un cadeau tous les jours.

« J'ai donné naissance à un monstre, disait Lucy à son assistante de production, qui hochait la tête, souriait et prenait en note la moindre de ses paroles. Ma fille est incontrôlable. »

Chaque jour de la semaine, Ginger refusait de se réveiller pour aller à la maternelle ou alors elle se mettait à détester soudainement ses céréales du petit-déjeuner. Elle ne voulait pas porter de socquettes ou uniquement des socquettes roses. Elle ne tolérait aucune autre couleur. Les cris stridents qu'elle poussait lorsqu'elle n'obtenait pas ce qu'elle voulait étaient plus forts que les sirènes des ambulances et attiraient beaucoup plus l'attention des New-Yorkais qui passaient par là qu'un camion de pompier dans la rue.

Pendant la journée, son énergie ne faiblissait jamais : Ginger bavardait sans interruption avec ses doudous, sa mère, sa maîtresse, ses camarades de classe, jusqu'à ce qu'elle finisse par s'écrouler le soir, petite fille de cinq ans ivre de fatigue. Lucy devait alors la transporter dans son lit.

En d'autres temps, Lucy s'endormait en pleurant, car son désir d'enfant – un bébé câlin, qui sent bon et qui gazouille – la taraudait. À présent, elle s'endormait en laissant couler des larmes de fatigue, de frustration et, dans ses moments les plus sombres, de regret.

Elle avait toujours pensé qu'une vie sans enfant serait une vie gâchée. Pourtant, elle avait réussi à trouver quelque chose de pire encore : la terrible situation de la mère paumée.

C'était une spirale infernale de la culpabilité.

Lucy souffla sur sa frange pour dégager les mèches qui tombaient sur ses yeux. Elle avait teint ses cheveux en brun la semaine précédente avec une marque de shampoing bas de gamme, pensant que sa nouvelle couleur se fondrait dans le décor et que ça lui ferait une chose de moins à laquelle penser. Malheureusement, elle avait vraiment mal choisi la teinte et avait réussi à transformer ses cheveux en fac-similé de boue. Il ne lui restait plus qu'à trouver le temps d'aller chez le coiffeur pour réparer les dégâts – refaire ses reflets roux – avant de partir pour l'Italie quelques semaines plus tard. Même si sa mère était née là-bas, Lucy n'y était allée qu'une ou deux fois en quarante-huit ans. La famille de sa mère avait émigré après la guerre, et Rosie était tombée amoureuse d'un vétéran irlando-américain, ce qui avait causé un miniscandale à l'époque. Plus personne ne s'en souciait désormais. Les temps et les idées changent parfois et c'est tant mieux.

Elle se réjouissait à l'idée de revoir ses cousins, si elle avait un peu de temps – certes, elle n'était même pas certaine de les reconnaître –, de manger de grosses assiettes de pâtes et pourquoi pas de glisser quelques excursions dans son emploi du temps. Passer l'été en Italie, voilà qui semblait parfait. Sur le papier. Pourtant, une fois retombée l'euphorie d'être une réalisatrice de clips très demandée – à son âge ! avec sa formation ! –, Lucy se retrouva à gérer des ego surdimensionnés et des délais de production particulièrement serrés. Elle s'était fait une réputation de « sauveuse des causes perdues » et était souvent envoyée sur des tournages où le réalisateur précédent s'était fait virer ou avait démissionné. On l'appelait aussi lorsque les coûts dépassaient le budget fixé. Elle était connue pour être franchement casse-pieds. Elle dirigeait le tournage sans concession et chassait tous ceux qui ne voulaient pas travailler aussi dur qu'elle. Elle amadouait les nouveaux talents jusqu'à ce qu'ils acceptent de travailler jour et nuit pour boucler le tournage. Personne ne disait non à Lucy Brennan.

Personne, à part sa fille qui n'était qu'à l'école maternelle et qui ne savait rien dire d'autre : non !

Vous pouvez demander à n'importe qui : Ginger Brennan était un ange. Elle donnait des noms aux meubles de la boutique Walker & Fille – le canapé avait été surnommé Vieux Molasson – et racontait des histoires aux pelotes de laine. Elle leur prédisait en quoi elles allaient être transformées. « Je crois que tu vas devenir un coffret à bijoux », disait-elle à un fil de coton bon marché, lui laissant ainsi espérer autre chose qu'un avenir de torchon de vaisselle. Elle était très attachée à Dakota, qui avait été sa baby-sitter pendant des années. Ces deux-là étaient capables de glousser et rire des après-midi entiers. C'était déjà une belle plante avec ses joues douces et rebondies, ses cheveux ondulés blond vénitien et ses grands yeux verts qui vous mettaient au défi de contrarier ses désirs. Elle devait les tenir de son père, ceux-là. Un père à propos de qui elle avait commencé à poser des questions, juste après son cinquième anniversaire l'automne précédent.

« Pourquoi est-ce qu'on n'a pas de papa à la maison ? » avait-elle demandé pendant le repas de Thanksgiving. Ginger s'était beaucoup amusée à chahuter avec les frères aînés de Lucy et à pourchasser ses cousins dans l'arrière-cour pendant d'interminables parties de cache-cache. Pourtant, elle était devenue pensive au moment de la dinde et s'était mise à sucer son pouce alors que Lucy lui avait rappelé plusieurs fois au cours du trajet qu'elle était trop grande pour un tel comportement. Rosie, la mère de Lucy, avait alors gloussé et lancé un regard éloquent à sa fille. Lorsque Rosie était en forme, elle s'occupait de tout. Mais, lorsqu'elle était fatiguée, elle était capable de sortir de la salle de bains en laissant le robinet couler, d'oublier ce qu'elle était en train de dire au milieu d'un récit et de tout mélanger lorsqu'elle regardait le journal télévisé.

Ah oui, pensa Lucy en croisant le regard de sa mère. Je vais encore avoir droit à un discours au dessert sur le fait que je suis une mauvaise mère. (« Pas mauvaise, disait Rosie. Juste pas aussi bonne que tu pourrais l'être. ») Puis Ginger avait sorti son pouce potelé et plissé de petite fille de sa bouche et avait formulé sa question.

Pour une fois, les Brennan restèrent silencieux. Ses frères aînés, très catholiques, qui avaient toujours désapprouvé son choix de vie de mère célibataire, prirent un air triomphant. (Ou plutôt ils avaient désapprouvé son choix de devenir mère célibataire par la multiplication de relations sexuelles. Ils l'auraient applaudie si elle avait adopté un orphelin.

Ils auraient trouvé ça très bien. Ce qui les contrariait, c'était d'être contraints d'expliquer à leurs enfants ce que Ginger venait tout juste de demander à sa propre mère.)

« Parce que nous n'en avons pas besoin, avait répondu Lucy. Alors, mange tes carottes. »

Lucy maudissait tous les moments où elle avait opté pour une autre histoire à l'heure du coucher au lieu d'anticiper les questions de sa fille et d'y répondre avant même qu'elles ne deviennent un problème. Mais c'était trop embarrassant et déroutant, même pour elle. Après tout, c'était elle qui avait tout planifié. « Il était une fois, Lucy, ta maman, qui approchait de la quarantaine et qui flippait de ne jamais te trouver, se racontait Lucy à elle-même lorsqu'elle imaginait comment elle allait expliquer à Ginger la façon dont elle avait été conçue. Alors, je suis sortie avec tout un tas de types, j'ai couché avec eux, jusqu'à ce que l'un d'eux m'engrosse. » Pas vraiment le scénario le plus réconfortant ! Le plus important pour Ginger n'était-il pas de savoir qu'elle avait été désirée ? Elle avait entendu ça à la télé une fois ; pourtant, elle n'avait pas l'impression que Ginger avait besoin d'être rassurée. Elle affichait une confiance en elle qui faisait plaisir à voir. Non, ce que voulait sa fille, c'étaient des infos. Les faits, maman, contente-toi des faits. De plus, Lucy n'avait pas vraiment réussi à expliquer les bases de la reproduction à Ginger. En effet, elle l'avait surprise une fois en train de raconter à sa grand-mère que les bébés naissaient quand les gens frottaient leur derrière l'un contre l'autre. Cette perle lui avait valu un regard consterné de la part de Rosie.

« Eh bien, quoi ? Je lui ai expliqué et elle s'est un peu embrouillée. Qu'est-ce qu'il y a ? dit Lucy à sa mère une fois que Ginger eut quitté la pièce. C'est bien toi qui m'as raconté qu'on trouvait les bébés sous les feuilles de chou ?

— Pfft, dit Rosie en laissant passer l'air entre ses lèvres pour signifier ce qu'elle pensait de cette récrimination. À l'époque, nous n'étions pas très informés. Aujourd'hui, on doit expliquer aux enfants les choses de la vie pour que personne ne tire profit de leur innocence. Tu ne regardes donc jamais l'émission *Dr. Phil* ? »

Lucy avait beau être prudente, consciencieuse, terre à terre, elle avait malgré tout négligé l'un des aspects de la maternité : elle n'avait absolument aucune idée de ce qu'elle faisait. Quant aux livres, eh bien, ils ne marchaient pas sur *sa* fille. Elle était trop maligne pour les psychologues, pour sûr ! Il n'y avait pas de manuel universel pour les enfants. Elle le savait. Elle avait cherché à la bibliothèque.

À l'instant même où Ginger avait commencé à parler, elle avait pris le dessus. Lorsque Lucy fermait les yeux, le soir, et qu'elle sentait enfin l'angoisse qui l'étreignait toute la journée se relâcher, tandis qu'elle écoutait les petits ronflements de Ginger, elle entendait encore dans sa tête « Non, Maman » et « Je veux pas » et « Non, c'est toi qui fais », des phrases que sa fille prononçait à longueur de journée.

« Je suis en train de me faire manipuler par une fillette de deux ans », disait-elle à Darwin lorsque toutes deux se retrouvaient autour d'un café. Sa carrière commençait tout juste à décoller à l'époque. Plus tard, lorsque Ginger eut trois, quatre, cinq ans, elle devint encore plus douée pour obtenir ce qu'elle voulait. Et Lucy, épuisée par un travail qui l'intéressait et l'enthousiasmait, fatiguée de passer son temps libre à courir après Ginger et à essayer de la faire asseoir calmement, finissait par céder. Elle achetait un peu de tranquillité. On pouvait s'en procurer au magasin de jouets. À la confiserie. Au marché et au cinéma.

« J'aime Ginger, confia-t-elle aux membres du Club, un vendredi soir de déprime. Mais c'est quand elle dort que je l'*apprécie* le plus. »

Elle avait pensé expliquer à Ginger qu'elle était le bébé d'un donneur, ce qu'elle était en un sens. Dans le sens que l'homme qui l'avait engendrée avait partagé certaines parties de lui-même de son plein gré. Certes, il n'avait pas prévu de faire un bébé. C'était le projet de Lucy, depuis le début. Elle avait obtenu le sperme d'un donneur, à l'ancienne : par la séduction. Pas tout à fait. Elle aimait beaucoup Will Gustofson. C'était un type bien. Intelligent. Il était chercheur à Sloan-Kettering à l'époque où ils sortaient ensemble. Il était séduisant. Amusant, même. Mais Lucy, qui s'était consumée d'amour quelques fois, n'avait pas voulu s'engager dans une relation.

Elle finit par se lasser d'attendre ; elle ne voulait pas jouer avec son horloge biologique. La seule relation dans laquelle elle était certaine de vouloir s'engager, c'était celle avec un bébé. Et elle l'avait enfin eu, ce bébé, mais ensuite il s'était transformé en Ginger. Une petite personne qui avait des opinions sur tout. Et soudain, Lucy se trouva confrontée à un défi beaucoup plus important qu'elle ne l'avait escompté.

Elle espérait encore pouvoir résoudre ses problèmes. Trouver ce qu'il fallait faire avec Rosie qui prenait de l'âge et trouver comment discipliner Ginger. Son plus grand problème avant la naissance de sa fille, c'était le sentiment que sa vie était sur un circuit d'attente.

Et cette impression refaisait surface à présent : il lui suffisait d'arriver au cours préparatoire, au lycée, à l'université. Il lui suffisait de préserver tout le monde et de ne pas se retrouver prise en sandwich entre une fille qui allait entrer à l'école primaire et une mère qui vieillissait. Quand est-ce que tout cela aurait un sens ? Quand se réveillerait-elle enfin sans être fatiguée ? Quand aurait-elle le sentiment que tout allait bien ?

KC regarda son réveil, il était 3 heures du matin, et elle se sentit malade. Pas comme si elle avait la grippe, était courbaturée et fatiguée. Non, malade de dégoût. D'horreur. De gêne. Peu importe si les gens en parlaient ouvertement à présent. La vérité, c'est que c'était vraiment désagréable de se réveiller au milieu de la nuit, couverte de sueur moite, le pyjama trempé. Elle avait essayé les chemises de nuit en coton. Elle avait essayé de dormir nue. Elle avait essayé de dormir dans la baignoire. Mais c'était toujours la même chose. Ses nuits étaient interrompues par des accès de sueur. Il lui arrivait aussi d'avoir soudain des bouffées de chaleur pendant une réunion de travail importante en plein après-midi. Sans rime ni raison ! Quant à ses règles ! Ces foutues règles n'étaient-elles pas censées disparaître ? Pas avant d'avoir fait un dernier tour de piste, plus abondantes et plus fréquentes que jamais. Elle dépensait une fortune en tampons et en serviettes Super Plus Plus Plus.

Elle croyait que ses organes reproductifs allaient s'arrêter tranquillement de fonctionner et se mêler de leurs affaires. Après tout, elle ne les avait jamais utilisés. Elle les avait laissés en paix pendant qu'elle menait sa vie, qu'elle avait essayé un ou deux maris qui n'avaient pas vraiment fait l'affaire et qu'elle s'était concentrée sur sa carrière. Elle ne les avait pas ignorés pour autant et s'était soumise à des examens réguliers pour s'assurer que la tuyauterie était toujours en état de marche. En particulier après la maladie de Georgia. Et qu'avait-elle eu en retour ? Des nuits de souffrance et un horrible, un épouvantable mal de tête.

Oh ! KC, se dit-elle. Tu es devenue comme ta propre mère. Ménopausée et grincheuse. Et ça craignait vraiment !

Au moins un soir par semaine, KC passait voir Peri pour lui tenir compagnie pendant qu'elle travaillait sur ses sacs à main.

Officiellement, KC venait prendre des cours particuliers de tricot en vue de confectionner une couverture Georgia, dont elle faisait un exemplaire, et un seul, par an.

Elle s'asseyait consciencieusement sur le canapé de Peri, des aiguilles à tricoter à la main, un œil sur la télévision, l'autre sur le journal. KC n'était pas du genre à rester tranquillement assise, sans rien faire.

« Tu peux poser les aiguilles, dit Peri qui rangeait ses fils à tricoter par couleurs, comparant les différentes teintes, essayant de déterminer celles qui s'assortiraient le mieux. Tout le monde sait que c'est moi qui tricote ta couverture Georgia tous les ans. Elle est trop réussie pour toi.

— Euh… à propos, tu pourrais pas insérer une ou deux mailles perdues cette année ?

— J'ai déjà essayé. J'ai même tricoté trop uniformément.

— Hmm », marmonna KC avant de se précipiter dans la salle de bains. Elle transpirait. De nouveau.

Peri frappa à la porte, une serviette propre à la main. « Tu devrais aller voir un docteur, KC, dit-elle. Prends des plantes médicinales, des hormones, quelque chose. Tu n'es plus obligée de souffrir, aujourd'hui, tu sais. »

KC passa la tête par la porte entrouverte. « Parfois,

la souffrance n'est que souffrance, dit-elle. Il faut la traverser pour parvenir de l'autre côté.

— Je ne suis pas certaine que tu trouves le paradis de l'autre côté de la ménopause, dit Peri.

— Je ne peux pas le savoir tant que je n'ai pas atteint l'autre rive », dit KC en marmonnant derrière la porte. Le monde pouvait s'estimer heureux qu'elle ne fasse que fumer.

En général, l'appartement de Peri était calme. Elle dînait d'une salade, accompagnée parfois de poulet grillé, avant de passer à sa deuxième activité : tricoter, couper des morceaux de feutre, mettre à jour son site web, livrer de petites commandes pour les boutiques. Elle avait complètement changé l'atmosphère de l'appartement où vivaient autrefois Georgia et Dakota. Elle avait acheté des meubles parfaitement adaptés à la taille des pièces – Georgia avait toujours eu un gros canapé dans la salle de séjour – et avait tiré le meilleur parti des trois pièces ; chacune remplissait plusieurs fonctions. Dans l'ancienne chambre de Dakota, où elle avait installé son bureau avec ordinateur et son atelier, les murs étaient couverts d'étagères qui abritaient ses effets personnels, ses aiguilles, ses travaux en cours, son nécessaire de couture, sa collection de magazines *Vogue* depuis dix ans. Elle avait conservé tout ce qui appartenait à Georgia et l'avait rangé dans le grand classeur que Marty l'avait aidée à porter à l'étage. De temps à autre, Dakota venait fouiller, après avoir travaillé le samedi à la boutique en général. Ça ne dérangeait pas Peri qui savait qu'elle avait besoin de se rassurer.

« Tu n'as pas vu un classeur traîner ? demanda-t-elle à Peri au cours d'une de ses inspections.

— Quel genre de classeur ? Un classeur d'école ? demanda Peri.

— En quelque sorte, dit Dakota. Je cherche quelque chose. Quelque chose que je pense avoir oublié. Je n'arrive pas à mettre la main dessus. »

Ensemble, elles regardaient dans chaque placard et dans l'armoire du haut qui abritait autrefois la boîte à souvenirs de Georgia. Mais elles ne trouvaient que des boîtes remplies de fournitures pour les sacs de Peri.

« Tu as transformé ta maison en lieu de travail, tu le sais ? La boutique est peut-être plus épurée, mais tu ne trouveras jamais la paix dans cet endroit. Tu n'as aucun moyen de t'échapper. »

Peri haussa les épaules. Elle savait pertinemment que Dakota ne recherchait rien en particulier. Qui revient au bout de cinq ans chercher ses cours du collège ? Mais elle avait besoin de toucher, de voir, de se rappeler à quoi ça ressemblait autrefois. De faire tinter cette partie cachée, perdue d'elle-même qui appartenait au passé.

4

Bien sûr, c'était mieux maintenant. Il y avait des moments où Darwin ressentait un bonheur intense, sentiment qu'elle n'aurait jamais cru connaître un jour, même si, sous son t-shirt, son ventre semblait contenir des ballons de basket pour chaque membre d'une équipe et était parcouru de vergetures qui n'étaient pas loin de rappeler les rayures d'un tigre. Une joie similaire à celle d'un matin de Noël où une délicieuse odeur de truffes vient chatouiller les narines au réveil, la joie d'avoir enfin un bébé la rendait plus légère et la faisait sourire plus facilement.

Elle se laissait même aller à rêver, à présent que le terme approchait. Elle laissait libre cours à son imagination et convoitait carrément un berceau en forme de carrosse de contes de fées qu'elle avait vu dans une boutique chic de Madison Avenue pour la modique somme de 23 000 dollars.

Cette merveille n'était absolument pas dans ses moyens et heurtait même sa sensibilité féministe. Pourtant, elle trouvait encore des raisons de s'arrêter devant la boutique et de regarder, béate, le berceau en forme de carrosse scintiller dans la vitrine illuminée par le soleil.

Mais ce n'était pas tout. Darwin gardait en secret une boîte de talc cachée dans son tiroir de sous-vêtements et en reniflait quelques bouffées pendant la journée, savourant l'odeur de bébé agréablement désuète. Sa table de nuit menaçait de s'effondrer sous le poids des dix-sept livres sur l'art d'être parent qu'elle avait lus, auxquels il fallait ajouter l'équivalent d'un classeur de notes écrites. Elle avait même réalisé un tableau sur son ordinateur pour comparer et mettre en opposition les différents conseils aux parents et avait créé une grille d'évaluation pour déterminer si elle optait pour un lit familial ou si elle allait préférer aux couches jetables les couches en tissu avec un service de couches à domicile. Il fallait tout prendre en compte, toutefois, notamment la quantité d'eau utilisée pour le lavage.

Puis elle se reprenait.

« Rien ne porte autant la poisse que de s'enthousiasmer exagérément pour la vie, disait-elle tout le temps à son mari. On finit toujours par se prendre une claque dans la figure. »

Elle pensait à ce danger tandis qu'elle traversait en dandinant la rue sur le passage clouté – elle ne traversait plus jamais en dehors des clous maintenant qu'elle portait deux bébés – et qu'elle levait la tête vers la fenêtre de la boutique Walker & Fille.

Elle aurait aimé parler de sa maternité imminente avec Georgia. Georgia savait mieux que tout le monde ce qu'était l'injustice. Darwin se sentait étrangement plus proche de Georgia à présent, beaucoup plus proche que lorsque son amie était encore en vie. Après toutes ces années passées à surmonter les déceptions et à sauver les apparences, Darwin avait enfin le sentiment de comprendre Georgia. Elle aurait été contente désormais d'entendre le récit des batailles qu'elle avait dû livrer pour exister. Elle l'aurait écoutée avec beaucoup plus de patience qu'elle n'en avait eue alors. Bizarre comme la souffrance pouvait donner le don de compassion ! Quelle ironie du sort !

Darwin avait le sentiment que Georgia comprendrait mieux que quiconque les émotions contradictoires qu'elle avait connues au cours de toutes ces années. Qu'elle ne la jugerait pas pour l'ambivalence de ses sentiments à la perspective d'avoir un bébé. Des bébés. Au pluriel. Pour la peur qui la saisissait quand elle pensait à tous les changements à venir.

Peur suivie immédiatement d'un sentiment de culpabilité pour ne pas être dans un état de joie perpétuelle, pour ne pas s'estimer heureuse, mais se laisser au contraire gagner par la crainte, profondément ancrée, que les choses puissent mal tourner. C'est ce qu'elle ressentait plus que tout : cette certitude que les choses allaient mal tourner. Après tout, c'est ainsi que ça s'était toujours passé.

Il y avait eu les fausses couches. Trois avaient suivi la première cinq ans auparavant, alors qu'elle travaillait encore sur sa thèse. Avant qu'elle ne devienne maître de conférences à Hunter et qu'elle n'enseigne l'histoire à une classe enthousiaste de versions plus jeunes d'elle-même. Elle songeait à cette époque de sa vie, où elle était encore suffisamment effrontée pour penser tout savoir avec certitude et se sentir infaillible. Franchement, Darwin aurait bien eu besoin de retrouver un peu de ce cran. Chaque fausse couche lui avait un peu plus brisé le cœur et l'avait laissée avec plus de questions que de réponses. La dernière s'était produite au milieu du deuxième trimestre alors que tout le monde avait déjà poussé un soupir de soulagement et que Dan et elle avaient envisagé sérieusement de déménager dans un appartement plus grand.

« Si nous n'avions pas téléphoné à l'agent immobilier, lui avait-elle dit alors, ça ne serait jamais arrivé. » Son mari l'avait serrée dans ses bras et avait pleuré en silence dans ses longs cheveux noirs, espérant qu'elle ne remarquerait rien même si son cuir chevelu était de plus en plus froid et humide.

Ce qu'il y avait de plus dur à supporter, c'était l'absence de raisons, d'explications rationnelles à tout cela. Elle pensait alors à Georgia, aussi, à la façon dont elle avait accepté sa maladie avec grâce. Darwin pensait à elle chaque fois qu'elle se rendait chez le médecin, puis chez un praticien différent, puis dans une clinique spécialisée dans les problèmes de fertilité. Aux grands maux, les grands remèdes. Elle pensait à elle alors que, les uns après les autres, les spécialistes se penchaient sur ses entrailles dans l'espoir de trouver pourquoi elle était ratée à ce point. Lorsqu'ils parlaient de tester les embryons, de n'implanter que les embryons sains. C'était plus facile aussi de penser à Georgia parce que c'était elle qui avait le plus souffert. Elle était morte et tout. Darwin aimait à imaginer les bébés qu'elle avait perdus dans une grande pouponnière d'une autre dimension, où sa grand-mère morte depuis longtemps les garderait et où Georgia ferait un saut de temps en temps pour dire bonjour. Pour leur dire qu'elle avait surveillé Dakota et le groupe de Walker & Fille et que Darwin pensait à ses enfants même lorsqu'elle faisait de son mieux pour rester sociable.

C'était un chagrin étrange : la perte de quelqu'un que personne d'autre n'avait jamais connu. Un deuil intime. Darwin se trouvait des affinités avec Georgia qui avait été séparée de sa fille unique par la mort. Darwin avait été séparée de tous ses enfants par leur non-venue au monde. Elle ne s'était jamais rendu compte à quel point elle désirait un enfant. C'est lorsqu'elle avait connu les premières difficultés pour en avoir un qu'elle s'était mise à vouloir un bébé de tout son être.

Comme Georgia doit être triste, pensait-elle, de ne plus voir Dakota tous les jours. Et c'est ainsi qu'au cours des dernières années, Darwin avait commencé à passer beaucoup de samedis après-midi à la boutique, en particulier lorsque Dan avait des visites à l'hôpital, pour voir comment allait Dakota. Elle ne rôdait jamais autour d'elle : Anita, Catherine, Peri le faisaient très bien. Darwin endossa un rôle différent. Elle conseilla Dakota lorsque la jeune fille se prépara aux examens d'entrée à l'université et lui donna toute une série de titres d'études sur les femmes dont Catherine et Anita n'avaient jamais entendu parler. Darwin adopta le rôle de guide intellectuel et parvint ainsi à se distraire un peu. À honorer Georgia.

Elle était affreusement jalouse de Lucy à l'époque, même si elle aimait sa meilleure amie et adorait la petite Ginger qu'elle gardait souvent. Pourtant,

Darwin se retrouva plus d'une fois en train de pleurer sur son bureau dans un coin de la chambre à coucher après avoir acheté une minuscule paire de baskets pour les pieds potelés de la petite fille qui commençait tout juste à marcher. Elle faisait alors semblant de travailler tandis que Dan regardait la télé dans une autre pièce. Il la connaissait suffisamment bien pour la laisser tranquille.

Les regards inquiets de ses parents et de ses beaux-parents lorsqu'ils se retrouvaient pour les vacances, les regards compatissants des membres du Club de tricot lorsque les filles se réunissaient, les conversations téléphoniques qu'elle surprenait lorsque Dan appelait du balcon ses amis de la fac de médecine qui s'étaient spécialisés dans les problèmes de fertilité : elle avait tout enregistré et retenait sa respiration, oscillant bon gré mal gré entre espoir et désespoir.

Darwin comprenait naturellement qu'il aurait été plus facile pour tout le monde qu'elle se montre optimiste, qu'elle affiche une attitude positive – « Nous allons y arriver, c'est sûr » – qui aurait dissipé le malaise de chacun et lui aurait permis de panser ses plaies à l'abri du regard des autres. Malheureusement, ce n'était pas dans son caractère et, à la fin, c'était tout simplement trop dur.

Elle avait été grognon et frustrée pendant la majeure partie des cinq dernières années et elle sentait encore la gêne atroce qui l'avait envahie quand elle avait éclaté en sanglots alors que la fille de Lucy, Ginger, soufflait ses bougies à l'occasion de son anniversaire quelques années auparavant. Une adorable petite fille dont elle avait brossé les cheveux, qu'elle avait fait manger, qu'elle avait bordée d'innombrables fois lorsque Lucy sortait dîner avec des producteurs de films potentiels. Et vlan ! Darwin avait soudain laissé échapper d'énormes sanglots tandis que la petite fille coiffée d'une natte tapait dans ses mains avec énergie au son de « Joyeux anniversaire » et qu'elle avait accidentellement craché sur le glaçage rose du gâteau en essayant de formuler un vœu. Quelle humiliation ! Elle n'avait pas voulu attirer l'attention sur elle. Ni souhaité que Lucy ne sache plus si elle devait couper des tranches de gâteau au chocolat fondant pour des enfants gavés de sucreries qui ne tenaient pas en place, ou si elle devait suivre Darwin dans la salle de bains pour la laisser pleurer sur son épaule.

Non, Darwin aurait préféré être invisible. Mais ce n'est pas comme si elle avait pu choisir le moment approprié pour une minicrise de nerfs. C'est son cœur qui avait parlé à sa place et, pour l'anniversaire de Ginger, la colère refoulée, la douleur ravalée l'avaient tout simplement submergée.

Elle aurait aimé ne jamais avoir à endurer les questions incessantes de la part de ses collègues et de sa famille. Des questions du genre : « Quand est-ce que vous allez avoir des enfants ? » suivies d'un reproche : « Tu devrais donner des enfants à Dan », le tout couronné par une curiosité lascive : « Il y a quelque chose qui ne va pas ? »

Ne demandez pas.

Ne dites rien.

Elle pensait pourtant que ces règles tacites étaient évidentes. Une fois que tous les sachets de cadeaux furent distribués et que Darwin eut aidé Lucy à faire la vaisselle, tentant de dissiper par là même le profond malaise qu'elle ressentait pour avoir pleuré devant les copines de Lucy, elle avait accepté une étreinte silencieuse de la mère de Lucy. Depuis leur rencontre à la maternité, à la naissance de Ginger, Rosie et Darwin avaient forgé leurs propres liens, une relation curieuse naissant de leur voisinage immédiat. Tout à fait consciente que Darwin désapprouvait sa façon résolue d'être femme au foyer, Rosie adopta néanmoins l'amie de sa fille qui se laissa amadouer par les innombrables bocaux de sauce tomate et de pêches au sirop qu'elle lui donnait. Elle salua avec autant d'admiration (sinon plus) que sa propre mère à Seattle la moindre réussite, le moindre succès professionnel de Darwin.

Rosie, Lucy, Dakota, le reste du club, leurs familles : tout le monde se réjouissait pour Darwin et Dan. Ils avaient tous le sentiment que leurs espoirs secrets, l'énergie qu'ils avaient déployée à les soutenir, leurs prières, dans le cas d'Anita et de Rosie, les avaient aidés un peu. La grossesse de Darwin était un grand événement qu'il fallait fêter.

Pourtant, alors qu'il ne restait plus que neuf semaines avant le terme, Darwin n'en demeurait pas moins nerveuse. Elle avait gardé dans son sac à dos une « liste de choses qui pourraient mal tourner », à laquelle elle ajoutait de nouvelles pensées au fur et à mesure qu'elles se présentaient.

1er point : un taxi pourrait me renverser tandis que je traverse la rue.

2e point : un taxi pourrait me heurter alors que je me trouve dans un autre taxi en route pour la maternité.

3e point : un taxi transportant Dan pourrait heurter mon taxi sur le trajet de la maternité.

Dan la surprit en train d'écrire frénétiquement à 3 heures du matin, lut la liste, discuta chaque point pour lui démontrer qu'il était statistiquement improbable qu'il se produise et veilla à apaiser toutes ses inquiétudes sur le plan médical, puis déchira la feuille et la jeta dans la corbeille à papier.

Le lendemain matin, Darwin alla repêcher les morceaux, les fourra dans une enveloppe et commença une nouvelle liste. Personne, pas même son mari, n'allait lui porter la poisse.

Malgré ses rêveries furtives devant le berceau en forme de carrosse, elle avait refusé fermement que Dan repeigne la chambre d'enfant, qui n'était en fait qu'un coin aménagé dans la salle de séjour, elle n'avait pas voulu acheter le moindre bavoir ni le moindre body. Quant à l'organisation d'une *baby shower*, c'était tout simplement hors de question. Pas de *baby shower* ! Elle avait été inflexible là-dessus. Après des heures de négociation avec Dan, elle avait néanmoins consenti à assister aux cours de préparation à l'accouchement. Darwin tenait absolument à accoucher par les voies naturelles et elle avait recherché avec diligence un médecin prêt à essayer.

« Il faut que nous y allions, Darwin », lui dit Dan, bien qu'il ait accouché cinq femmes alors qu'il était encore en faculté de médecine et participé à quelques accouchements en urgence depuis. « C'est important de se préparer. Et si j'oubliais ? »

Dan n'oubliait jamais rien. À part s'il choisissait de le faire. Comme l'aventure malheureuse que Darwin avait eue avec un ami de Peri, il y avait de cela très longtemps. Ils avaient consulté un conseiller conjugal pour régler cette histoire, puis ce souvenir était parti à la dérive, un élément de plus de leur histoire commune, qu'il n'était pas nécessaire de se rappeler. Elle lui en gardait une reconnaissance éternelle, même si elle était très ennuyée qu'il ait déchiré sa liste.

De toute façon, il n'allait certainement pas prendre en charge la partie médicale de l'accouchement. Il était censé être père à cent pour cent dans la salle de travail, et cela signifiait qu'il devait rester à ses côtés.

Parce que cette fois allait être différente de toutes les autres.

Cette fois, ils allaient rentrer de l'hôpital avec deux bébés, les leurs, des bébés qui respireraient, qui dormiraient, des bébés qu'ils pourraient cajoler. Elle la sentait de nouveau, cette petite bulle d'espoir, et elle voyait devant ses yeux le berceau en forme de carrosse, elle sentait le talc pour bébé. Darwin hissa péniblement son corps lourd dans l'escalier raide qui menait à la boutique de fils à tricoter ; elle entendit les cris et les chuts excités venant de ses amies, tandis qu'elle faisait une pause sur le palier dans l'espoir de reprendre son souffle avant d'entrer. Il lui fallut une brève seconde pour comprendre. Le Club lui avait organisé une *baby shower*.

L'excitation et la superstition rivalisaient dans son esprit lorsque KC lui ouvrit la porte.

« Il me semblait bien que je t'avais entendue souffler derrière la porte ! cria-t-elle. Entrez, professeur Chiu ! C'est vous qui amenez les invités d'honneur. »

Darwin jeta un coup d'œil prudent à l'intérieur. Elle vit ses amies se précipiter vers elle, un verre à la main, et Dakota qui se tenait près de la table et faisait des grimaces en montrant tout excitée un énorme cadeau qui semblait suffoquer dans un papier jaune vif. Ce n'était pas son berceau hors de prix.

Mais ça s'en approchait. Darwin sourit alors que les membres du Club de tricot du vendredi soir venaient autour d'elle, elle laissa Catherine, KC, Anita et Peri sentir les deux invités donner des coups de pied dans son ventre pour manifester leur joie. Peut-être pouvait-elle se permettre d'être heureuse, pensa-t-elle. Au moins un peu.

5

Le sol de la boutique Walker & Fille était couvert de papier-cadeau tandis que Darwin déchirait les paquets et découvrait son butin : en pagaille, des affaires pour bébé.

« C'est exactement ce dont j'avais besoin », s'exclamait-elle devant chaque bavoir, chaque hochet, chaque minuscule paire de chaussettes. Elle jetait le papier-cadeau par-dessus son épaule, et Peri tournait autour d'elle en poussant des exclamations désapprobatrices, un sac-poubelle dans une main et un aspirateur de table dans l'autre.

« Laisse-moi ramasser ça », dit Peri. Le sol qui venait d'être poncé et verni n'avait pas encore eu la moindre rayure, et la nouvelle peinture n'avait pas la moindre tache. Quelle angoisse ! Peri ne pouvait pas détacher les yeux des bottes à talons aiguilles de Catherine qui grinçaient sur le sol, ni des morceaux de ruban adhésif qui risquaient de ruiner le vernis. Elle se demanda depuis quand elle était devenue si nerveuse. Elle s'était torturée pendant des jours en essayant d'imaginer la réaction des filles du Club face au réagencement de la boutique – allaient-elles critiquer les changements, la blâmer parce qu'elle avait bousculé leurs habitudes –, mais elle n'aurait jamais imaginé redouter qu'une des membres du Club érafle le bois. Tout en éteignant l'aspirateur de table, elle se dit qu'elle était peut-être en train de perdre le sens des proportions.

« Dieu merci, dit KC en aparté. J'ai cru que j'allais être obligée de crier pour m'entendre penser. » Elle tendit le bras et prit le papier-cadeau des mains de Peri pour le jeter par terre à nouveau. « Tu auras bien le temps de le faire plus tard, dit-elle. Je t'aiderai même quelques minutes. Cinq à tout casser ! Mais maintenant, amuse-toi ! Vis un peu. Regarde notre Darwin ouvrir les cadeaux et découvrir tous les jouets. »

« C'est quoi, cette odeur ? » dit Peri en reniflant l'air autour d'elle et en regardant Dakota. Elle baissa la voix. « Tu as fumé ?

— Non, dit Dakota. Ce n'est pas mon truc. » Dakota s'éloigna et se dirigea vers les étagères grises remplies de sacs à main, là où elle s'affalait autrefois sur le vieux canapé du bureau et qu'elle parlait de sa journée avec sa mère. C'était dans une autre vie.

L'odeur de tabac continuait à flotter autour d'elles.

Peri se pencha vers KC, puis passa un bras autour du cou de son amie, la conduisant comme si de rien n'était vers la fenêtre, mais exerçant en fait une véritable pression pour la faire avancer.

« Tu fumes ? demanda-t-elle.

— Pfft, dit KC. Tu vois quelque chose dans ces mains ? »

Peri plissa les yeux. « À quoi tu penses ? Je ne peux pas laisser l'odeur s'imprégner dans le fil à tricoter. » Elle n'avait vraiment pas l'air de plaisanter quand elle se mit à ouvrir les quatre fenêtres de la boutique. Le bruit de la circulation et des klaxons sur Broadway parvint jusqu'à l'étage.

« Désolée, dit KC. Je vais mettre mon manteau sur le palier.

— Et lave-toi les cheveux pendant que tu y es. Je peux même te donner une bouteille d'eau.

— Oh ! allez, dit KC. Ce n'est quand même pas si grave que ça.

— Qu'est-ce qui se passe ? Tu peux me dire qui commence à fumer à ton âge ? demanda Peri en essayant de parler à voix basse pour ne pas gêner le déroulement de la *baby shower*. Je sais que tu as tiré quelques taffes quand tu préparais tes examens, mais là, maintenant ? C'est quoi ? Une sorte de crise de la cinquantaine ?

— Mon Dieu, j'espère que, quand je traverserai une crise, je ferai quelque chose d'un peu plus spectaculaire que de fumer un paquet de cigarettes.

— Un paquet entier ?

— Non, il en manquait quelques-unes, dit KC. Écoute, j'ai changé de bureau et il y avait un paquet entamé dans le tiroir.

— Et il n'y avait pas de poubelle dans ton nouveau bureau ? Tu t'es sentie obligée de recycler le paquet en fumant toutes les cigarettes ? »

KC haussa les épaules. « C'est exceptionnel. J'étais curieuse, c'est tout. Je n'avais pas fumé depuis des siècles. J'ai eu une dure journée, tu sais.

— Non, dit Peri. Je ne sais pas. Je n'ai jamais fumé. Tu sais pourquoi : parce que ce n'est pas bon pour toi.

— D'accord ! Arrête avec ton sermon, dit KC en enlevant son blazer. J'entends cinq sur cinq ce que tu veux me dire. Mais tu ferais bien de lâcher la bride aux autres. La boutique est importante, mais il n'y a pas que ça dans la vie. Tu ne sais pas tout sur tout. »

Darwin ne prêtait aucune attention à la petite discussion entre Peri et KC. Elle ne pouvait plus s'arrêter de sourire. Elle était enchantée par les ballons, les hortensias, les sacs à langer à pois de la nouvelle collection de Peri, les deux minuscules gilets qu'Anita avait tricotés avec les chaussons assortis, le champagne qu'elle ne pouvait pas boire, les cupcakes avec toutes sortes de glaçages différents, la poussette devant laquelle elle s'extasiait lorsqu'elle regardait des catalogues le soir. Elle ne s'était jamais sentie aussi… légère. Comme si elle allait léviter et flotter dans les airs.

Ça lui avait toujours paru ridicule, de s'asseoir en cercle avec des amies et de regarder une future mère ouvrir des cadeaux. Lorsqu'elle voyait des femmes le faire dans des émissions à la télévision – elle enregistrait régulièrement *Baby Story* –, elle levait les yeux au ciel et ne manquait jamais de dire à Dan que c'était complètement idiot.

Que ce genre de fête ne faisait que glorifier la consommation ostentatoire et que ça donnait par conséquent un très mauvais exemple aux bébés dans l'utérus. Ce à quoi Darwin n'avait jamais pensé et qu'elle saisissait tout à coup, c'est à quel point il était amusant d'être celle qui ouvrait les cadeaux. Elle aimait être au centre de l'attention.

« Personne n'avait encore organisé une fête en mon honneur », lâcha-t-elle, immédiatement embarrassée de l'avoir dit. C'était vrai pourtant. Lorsque Dan et elle s'étaient mariés, ils s'étaient contentés d'aller à la mairie et n'avaient pas organisé la moindre réception. Ils fêtaient leurs anniversaires respectifs dans des restaurants chic que Dan sélectionnait après avoir soigneusement consulté le *Zagat*. Il n'avait jamais proposé ni même essayé d'organiser une fête, car il avait écouté avec attention toutes les raisons pour lesquelles Darwin s'y refusait catégoriquement. À présent, elle avait l'impression d'être passée à côté de quelque chose.

Mais où était donc Lucy ? Toutes les filles du Club étaient présentes ; il n'y avait que sa meilleure amie qui manquait à l'appel. Si cela s'était produit un an auparavant, Darwin aurait été très inquiète, car Lucy aurait été la première à se précipiter vers elle. Plus maintenant. Darwin n'avait même pas demandé à Peri quand Lucy allait arriver. Elle savait très bien que son amie était, sans doute, encore au travail. Contrairement à l'époque où elles étaient devenues amies lorsque Lucy travaillait en free-lance pour la télévision et qu'elle disposait de pas mal de temps, elle était rarement disponible ces derniers mois. Il était même fréquent qu'elle arrive en retard ou qu'elle appelle pour dire qu'elle ne viendrait pas, qu'il s'agisse d'une réunion du Club, ou de manger sur le pouce dans l'un de ces restaurants qui proposaient des soupes et des salades. Certes, Darwin aimait son travail, elle aimait enseigner et argumenter jusqu'à ce que son interlocuteur, quel qu'il soit, finisse par se soumettre par lassitude. Elle savait ce que c'était de travailler dur. L'expression « bourreau de travail » n'était pas un concept inconnu pour elle.

Mais quel destin solitaire que celui d'être mariée à un médecin et d'avoir une meilleure amie dont les messages commençaient toujours par la raison pour laquelle elle n'avait toujours pas rappelé. Pff ! Comme si elle était la seule à être débordée et à ne pas avoir assez de temps !

Pourtant, Lucy *avait* promis qu'elle prendrait quelques semaines de congé pour la naissance des bébés, qu'elle serait là comme Darwin l'avait été pour elle lorsque Ginger était née. Elle se réjouissait tellement de la naissance, de la présence de Lucy à ses côtés, des quelques jours de congé de paternité de Dan, de l'allaitement, des histoires qu'elle allait lire, des chansons qu'elle allait chanter. (En fait, Darwin lisait déjà tous les soirs *Bonsoir Lune* aux bébés tout en tapotant son ventre dès qu'elle tournait une page.) Elle se réjouissait tellement de l'agrandissement de sa petite famille et du temps qu'elle allait passer avec Lucy que Darwin avait demandé à ses parents et à sa sœur, Maya, d'attendre quelques semaines avant de venir lui rendre visite. Ils viendraient ici quelques jours avant la grande fête qu'elle allait organiser pour le premier mois de naissance des bébés. Après tout, elle avait attendu longtemps, très longtemps de voir ces minuscules visages et, si elle ne s'était jamais intéressée auparavant aux traditions chinoises de sa famille, Darwin ressentait à présent le besoin de transmettre un héritage qu'elle n'avait jamais compris auparavant. C'était une sacrée révélation pour une femme qui avait passé la majeure partie de sa vie à se demander où était sa place.

Les bébés donnaient des coups de pied.

« Oh ! dit Darwin. Ils apprécient les cadeaux.

— Je peux sentir ? demanda Catherine en tendant la main d'un air hésitant.

— Mon Dieu, tu es l'une des rares personnes à demander, dit Darwin. Les étrangers ne se gênent pas pour caresser mon ventre si, d'aventure, j'arrête de marcher. C'est pour ça que les femmes enceintes marchent toujours en se dandinant. Nous essayons d'échapper à vos mains accapareuses. »

Catherine eut immédiatement un mouvement de recul, mais Darwin prit sa main et la posa sur son ventre. « Bien sûr que tu peux, dit-elle. Attends un peu, attends un peu.

— Oh ! cria Catherine. On dirait qu'il y a un extraterrestre là-dedans.

— Presque, dit Darwin. Deux extraterrestres parfaits et très intelligents. Ils iront à Harvard.

— Je me souviens quand j'étais enceinte de Nathan, dit Anita. J'étais sans cesse écœurée. Mais c'étaient les années cinquante, alors j'essayais toujours de remettre du rouge à lèvres et de brosser mes cheveux.

— Et je me souviens quand j'attendais Ginger », dit Lucy en passant la porte. Elle portait une sacoche d'ordinateur, un sac à main et un sac fourre-tout en toile rempli de provisions. « J'avais des nichons énormes. Ils me faisaient super mal, mais qu'est-ce qu'ils rendaient bien dans un soutien-gorge. Je m'étais même acheté des Wonderbra pour les mettre encore un peu plus en valeur.

— Tu es allée faire des courses avant de venir ici ? dit Darwin en montrant une branche de céleri qui dépassait du sac de Lucy.

— J'ai juste fait un saut au magasin pour prendre du lait et quelques trucs, dit Lucy en s'approchant de la table pour embrasser Darwin par-dessus le fauteuil. Je n'ai pas trouvé le temps d'y aller avant. Mais je suis là maintenant et je vois que vous avez commencé à faire la fête, les filles. Allez, KC, remplis mon verre du breuvage que tu es en train de servir. » Elle prit le verre de vin, le descendit d'un trait et le tendit pour se faire resservir.

« J'ai vraiment eu une dure journée au travail, dit-elle en prenant une gorgée. Ce top model était un vrai désastre. Quand je lui disais : "Joue les dures à cuire", elle faisait la moue. Quand je lui disais : "Prends une pose sexy", elle faisait celle qui s'ennuyait. Je me suis littéralement arraché les cheveux.

— Tu en as encore plein sur le crâne », dit Darwin calmement.

Lucy lui lança un regard désapprobateur. « Tu sais très bien ce que je veux dire ! Et j'ai de bonnes nouvelles. Je viens d'apprendre que j'ai décroché le job pour réaliser un clip pour la dernière chanteuse européenne à la mode : Isabella. J'en mourais d'envie.

— Félicitations, dit KC. Je crois que je l'ai vue au concours de l'Eurovision. » Elle surprit le regard étonné de Catherine. « Eh bien, quoi ? J'ai le satellite.

Je m'intéresse au monde autour de moi. Les juristes peuvent s'offrir beaucoup plus de chaînes que les éditeurs, c'est sûr.

— Le truc, c'est que je vais à peine avoir le temps de finir ce job et que je vais ensuite partir pour l'Italie avant même de m'en rendre compte.

— Quoi ? » Darwin passa ses cheveux noirs derrière l'oreille comme pour mieux entendre. « Où et quand est-ce que tu pars ? »

Elle aurait aimé se réjouir pour Lucy ; elle savait qu'elle travaillait très dur. Elle fit un effort pour sourire.

« J'ai décroché ce job pour le tournage du clip d'Isabella, dit Lucy à Darwin. Du coup, ça risque de changer un peu les choses, alors on en reparlera plus tard. Montre-moi plutôt ce que tu as eu. » Elle se pencha pour murmurer à l'oreille de Darwin : « J'ai envoyé quelque chose à ton appartement. Tu devrais le recevoir dans quelques jours. »

Lucy se leva de nouveau et prit un lapin en coton biologique. « C'est trop mignon ! Qui est-ce qui a trouvé ça ?

— C'est moi, dit Catherine. C'est du coton issu du commerce équitable. Ça coûte bonbon, mais j'ai vraiment l'impression d'avoir fait une bonne action.

— Je ne savais pas que tu étais du genre à craquer pour les affaires de bébés, Cat, dit Lucy. Tu n'as pas vraiment l'air d'avoir la fibre maternelle.

— Il paraît, dit Catherine. C'est ce que j'ai entendu.

— Il n'y a rien de mal à ne pas avoir d'enfants, mesdames, dit KC. Catherine et moi ne sommes pas du genre à élever des ribambelles de gosses. Le monde est déjà surpeuplé. En plus, je n'aime pas les enfants. Sauf ceux qui sont ici présents, bien entendu », dit-elle en levant son verre au ventre de Darwin, puis en le déplaçant légèrement en direction de Dakota. Elle secoua la tête immédiatement après.

« Oublie ça, ma fille, dit-elle à Dakota. Tu n'es plus une enfant. Bientôt, tu dirigeras la boutique et tu parcourras le monde entier, ou vice versa.

— Quoi ? » s'exclamèrent Peri et Dakota à l'unisson. Il était déjà temps ? Il y eut un bref silence, et Peri se remit à bourrer compulsivement le sac-poubelle de papier-cadeau tandis que Dakota s'approchait de la fenêtre et regardait les taxis jaunes monter et descendre Broadway. Leurs phares brillaient dans la nuit qui tombait. Toutes les autres s'extasiaient devant les deux couffins pour lesquels Anita avait tricoté deux couvertures en fil à tricoter lavable à la machine. Elles se mirent à rire lorsque Darwin les frotta contre ses joues et fit remarquer à quel point elles étaient douces.

Tenir la boutique ? Elle venait tout juste de commencer l'université. Pourquoi personne ne prenait-il la peine de lui demander si c'était vraiment ce qu'elle voulait faire ? Ils supposaient tous qu'elle voudrait prendre telle ou telle voie. Son père pensait par exemple qu'elle voudrait aller à Princeton comme lui. Ils avaient dû franchir un tel pas : ils avaient tout juste commencé à faire connaissance que déjà il fallait qu'ils s'habituent à n'avoir plus que l'un et l'autre. Il était tellement différent de sa mère ! Si James avait été presque comme un copain pour elle au début, il avait soudain dû endosser le rôle de décideur à part entière, et la transition avait été difficile. En fait, Dakota n'avait pas voulu aller à Princeton. Elle voulait entrer dans une école de cuisine pour devenir chef pâtissière. Mais sa fille n'allait certainement pas aller à l'école pour apprendre à faire des gâteaux, avait dit James. Qu'elle s'amuse à faire des gâteaux pour la famille et les amies du Club, d'accord. Mais elle n'allait quand même pas gâcher son potentiel, tout ça parce qu'elle avait un passe-temps.

Ils avaient fini par trouver un compromis : l'Université de New York. Dakota avait même réussi à lui arracher la promesse qu'elle pourrait suivre à côté des cours de pâtisserie, à l'occasion. Mais il n'était pas le seul à avoir décidé qu'il savait ce qu'elle allait faire.

Même Anita n'arrêtait pas de dire à quel point elle serait heureuse que Dakota reprenne la boutique. Elle faisait taire Dakota qui protestait et se lançait dans une énième version du récit de sa rencontre avec Georgia dans le parc. Pourquoi fuir ton héritage ? pensaient-ils tous.

Mais ce n'était pas tout. Ses amis, le père de sa mère, le frère de sa mère, Donny. Ils avaient tous un avis sur ce que devait faire Dakota. Était-ce parce que sa mère était morte ou parce qu'ils aimaient tous s'immiscer dans les affaires des autres et qu'ils avaient des opinions sur tout ? Difficile à dire. Pourtant, même les étrangers y allaient de leurs commentaires pas très délicats.

Elle avait eu de la veine et obtenu une chambre dans une cité universitaire en plein milieu du semestre – c'était presque impossible d'obtenir une place pour les étudiants originaires de la ville –, et sa camarade de chambre avait cru qu'elle plaisantait lorsqu'elle lui avait dit que la femme sur la photo au-dessus de son lit jumeau était sa mère. Parce que Georgia était blanche et que Dakota était le fruit très particulier de l'union entre Georgia et James. Blanche et noire. Protestante et baptiste. Un peu écossaise aussi. Pourtant, personne ne pouvait s'en rendre compte à première vue.

Peri lui avait conseillé sans détour de rejoindre l'Union des étudiants noirs.

« Tout le monde te considérera comme une Noire, dit-elle. Alors, assume-le. Tu auras beau passer ta vie à dire que tu es biraciale, pour les Blancs, c'est juste un autre mot pour "noire" ».

Mais Dakota n'avait nullement l'intention de laisser les autres décider à sa place de son identité et de la façon dont elle devait agir.

« Je me fous des autres, dit-elle à Peri. Je ne m'intéresse qu'à moi. »

Ça ne rendait pas les choses plus faciles pour autant. Et ce n'était pas tout. Ses problèmes ne se limitaient pas aux opinions bien arrêtées de Peri, à la manie exaspérante de sa camarade de chambre de laisser des serviettes mouillées traîner par terre, au fait qu'elle ait pris quatre kilos en moins de dix mois.

Non, à vrai dire, elle passait la plupart de ses journées et de ses nuits à penser à Andrew Doyle. Il était dans son cours magistral de littérature américaine et faisait partie de ces types curieusement attirants qui ne répondaient pas aux critères de beauté traditionnels.

Il mesurait au moins deux centimètres de moins que Dakota, il avait un nez crochu, il portait le même sweat-shirt rouge à capuche tous les jours, et pourtant c'était le type le plus drôle, le plus sexy, le plus charmant qu'elle ait jamais rencontré.

Son charme – et elle avait passé beaucoup de temps à y réfléchir – venait de son assurance apparemment sans limites. Andrew entrait dans chaque pièce comme s'il était le propriétaire de l'endroit. Qu'est-ce qu'elle aimait ça chez lui !

Ils étaient dans le même groupe. En quelque sorte. Non, en fait, pas vraiment. Mais ils avaient des connaissances en commun et s'étaient retrouvés plus d'une fois aux mêmes soirées, dans les mêmes manifestations. Comme la soirée de Noël de Greg Durant dans son studio de Mercer Street et le rassemblement à l'occasion de la Journée de la Terre dans le parc Washington Square. De plus, Andrew Doyle *connaissait* son nom. Oui, vraiment. Comme la fois où il était passé devant la rangée où elle était assise dans l'amphithéâtre avec son amie Olivia et où il avait dit : « Salut, Dakota. » Pas : « Salut, Dakota et Olivia. » Non, juste son nom. Elle avait alors étouffé un rire et failli laisser échapper un petit cri lorsqu'Olivia avait donné un coup de coude dans ses côtes. Elle ignorait toutefois ce qui se passerait si d'aventure il l'invitait un jour à sortir avec lui. Contrairement à Olivia, qui avait un petit ami de longue date à SUNY-Purchase, très loin de New York, et à Catherine avec ses milliers d'histoires de garçons à Harrisburgh High dans les années 1980, et même à Anita, qui devenait d'humeur poétique quand elle évoquait le jour où elle avait rencontré Stan, Dakota avait un secret bien gardé : aucun garçon ne l'avait encore embrassée.

Pas une seule fois. Jamais. Oh ! elle était bien sortie avec un type pour le bal de fin d'année, un type vraiment sympa. Et alors qu'elle pesait le pour et le contre d'un baiser profond avec lui, pour se débarrasser une fois pour toutes de cette histoire de patin, elle décida finalement d'attendre le baiser qui compterait vraiment pour elle. Ou au moins un baiser passionné. Vraiment, vraiment passionné.

Elle se retourna vers le groupe, les turbulentes amies de sa mère. Elle constata que les joues de Catherine étaient bien rouges, ses yeux marron, très sombres et insaisissables. Pour tout autre qu'elle.

« Je ne déteste pas les enfants, insistait-elle d'une voix un peu trop forte. En fait, je m'occupe très bien d'eux.

— Tu t'enfuis dès que tu vois Ginger », fit remarquer Peri. Les autres se mirent à rire.

« Je ne plaisante pas », s'obstina Catherine. Les autres rirent de plus belle en voyant son visage se crisper.

Elle prit une profonde inspiration et se mit à glousser avec les membres du Club, même si au fond d'elle-même elle se sentait de plus en plus perdue. Elle jeta un coup d'œil à son téléphone portable pour consulter l'heure, puis commença à s'agiter en disant qu'elle devait partir, qu'elle avait rendez-vous avec quelqu'un.

« Une petite partie de jambes en l'air, dit KC d'un ton triomphant. Tu es une championne en la matière. »

Catherine hocha légèrement la tête. « Tu peux parler ! dit-elle en prenant son manteau d'une main et en serrant brièvement le bras de Darwin de l'autre. Merci de m'avoir laissée toucher ton ventre. Ça m'a fait plaisir, dit-elle doucement.

— Oh ! attends, Catherine, dit Lucy, interrompant sa conversation animée avec Anita. Tu vas souvent en Italie. J'aurais bien besoin de quelques tuyaux. Ça fait des années que je ne suis pas retournée dans le village de ma mère. Si tu pouvais me conseiller quelques hôtels et restaurants, et… »

Catherine inclina la tête et leva la main vers son visage, plaçant son petit doigt vers sa bouche et son pouce vers son oreille. « Appelle-moi », articula-t-elle en silence avant de franchir la porte d'un pas désinvolte. Dès qu'elle fut hors de vue, elle se mit à dévaler les marches et, dans l'espoir que l'air frais de la nuit viendrait apaiser la sensation cuisante sur ses joues, ouvrit la porte vitrée qui donnait sur la rue. J'aurais été une très bonne mère si j'en avais eu l'occasion, pensa-t-elle.

Un homme qui passait par là hocha la tête d'un air appréciateur, et Catherine rentra immédiatement son ventre bien ferme et inclina la tête sur le côté pour montrer sa nuque et paraître plus vulnérable.

Ne gâche pas ton maquillage avec des larmes, marmonna-t-elle pour elle-même. C'était la première règle dans les affaires : ne jamais gâter la marchandise.

6

Les horaires du Phénix : meubles et vins fins étaient impossibles à trouver ni même à prédire. La pancarte au-dessus de la porte de la boutique d'antiquités de Catherine n'indiquait pas ce genre de détails. Les horaires d'ouverture ne figuraient pas non plus sur une affiche sur la grande baie vitrée. Ni autre part, d'ailleurs. Après tout, il s'agissait de la boutique de Catherine, un mélange élégant d'antiquités, de pièces de collection et de tous les objets qui lui avaient tapé dans l'œil. Le magasin pouvait tout aussi bien ouvrir à 7 heures du matin (si elle ne pouvait pas dormir) qu'à 11 heures (si elle dormait trop longtemps). Ce n'était en aucun cas le modèle à suivre pour ouvrir un commerce promis à la réussite. Rien à voir avec la boutique de fils à tricoter que sa meilleure amie avait ouverte des années auparavant à Manhattan. Et pourtant, son magasin prospérait dans la rue principale de Cold Spring, dans la vallée de l'Hudson, au nord de New York. C'était une sorte de coffret à bijoux avec son bric-à-brac sophistiqué de fauteuils de brocart, de tables en acajou et de lampes en cristal qui tintaient.

Le Phénix ressemblait à un salon d'un autre siècle qui aurait été installé tant bien que mal dans la devanture compacte du magasin. Lorsqu'on poussait la porte de la boutique, on avait le sentiment d'être invité dans une demeure royale mais douillette avec jupes à froufrous et réceptions autour d'un thé. L'aptitude de Catherine à jouer les hôtesses chaleureuses et accueillantes était sans doute ce qui attirait le plus les clients dans sa boutique. Le fait qu'elle ait été mariée à un banquier d'affaires, issu d'une vieille famille très fortunée, intriguait aussi plus d'un badaud. S'agissait-il d'une première épouse opprimée et rejetée face à qui ils pourraient se sentir supérieurs ? Ou, beaucoup plus intéressant : d'une femme qui tentait de commencer une nouvelle vie ? Certains jours, même Catherine avait des doutes.

Le magasin marchait plutôt bien et était fréquenté par de vrais amateurs d'antiquités. Ce n'est pas parce qu'il avait des horaires irréguliers que les pièces qu'il vendait n'étaient pas d'excellente qualité. C'était d'ailleurs une destination populaire pour les gens qui venaient passer le week-end dans le coin et aimaient regarder les meubles sans forcément acheter.

Ils entraient alors d'un pas nonchalant par la porte-fenêtre percée dans un des murs. L'entrée latérale les conduisait dans une cave et une salle de dégustation indépendantes, remplies de vins issus de vignobles locaux et lointains.

Cette partie de l'activité – pour laquelle Catherine avait judicieusement embauché un gérant – respectait des horaires stricts et marchait très bien le week-end quand tous les citadins venaient dans leur maison de « campagne » et se distrayaient en organisant des repas gargantuesques à base de produits de la ferme et en trinquant avec du bon vin sorti tout droit de la cave de Catherine.

Pourtant, elle n'avait pas oublié celle qui lui avait inspiré cette boutique. Exposée dans l'un des angles de la pièce, une magnifique robe tricotée en fil d'or habillait un mannequin. Elle était protégée par une vitrine. En fait, le seul écriteau de la boutique n'était autre qu'une petite carte couleur crème sur laquelle on avait écrit à la main *Cet article n'est pas à vendre* et qu'on avait posé au pied de la magnifique robe. Une plaque dorée sur la vitrine indiquait le nom de la créatrice de la robe.

Georgia Walker. Créatrice et membre fondateur du Club de tricot du vendredi soir.

Parfois, certains clients poussés par l'admiration ou l'envie, ou simplement dans le cours de la conversation, demandaient le prix de la robe ou s'ils pouvaient avoir quelque chose d'un peu moins sophistiqué fait par la même personne.

« Non, disait Catherine. C'est tout simplement impossible. » C'était tout. Elle n'en disait pas davantage. Elle n'expliquait jamais que sa meilleure amie était morte. Les rares fois où elle avait dit quelque chose, les gens avaient fait la grimace comme s'ils venaient de goûter une boisson infecte. Il est difficile de feindre la compassion pour un étranger. De se sentir concerné quand on ne l'est pas.

Inachevée. Abandonnée. C'est ainsi qu'elle se sentait. Mais qui s'en souciait ? Au lieu de cela, elle pensait à sourire et leur montrait une théière vieille de cent ans avec des oiseaux peints à la main qui volaient autour du bec, elle les distrayait avec de la poterie Art déco.

Sur le mur, derrière la vitrine, il y avait une peinture de Catherine Anderson, presque en grandeur réelle, portant la robe de Georgia, à une époque où les gens la connaissaient encore sous le nom de Cat Phillips, une femme mondaine. Où elle feignait en public d'être heureuse en ménage et où ses journées étaient remplies de shopping.

C'était un portrait plein d'autorité, ses yeux marron fixés sur les observateurs, les mettant au défi d'aventurer leur regard jusqu'au corset serrant sa poitrine et de suivre la courbe de ses hanches qui se dessinaient sous la jupe ample. Ses cheveux aussi brillants et dorés que la robe elle-même étaient coiffés en chignon qui semblait surmonter sa tête d'une auréole. Le tableau, contrairement à la tenue, était disponible. Au bon prix. Pour le bon acheteur.

Catherine contribuait autant au charme de sa boutique que les vins et les meubles qu'elle vendait. Il n'y avait rien de discret chez cette blonde, ni ses énormes bagues et ses vêtements de créateur (noir sur noir avec des touches de couleur inattendues sous la forme d'un sac vert ou de chaussures rouges) ni sa voix doucereuse et ses flirts avec les beaux maris de ses clientes. Elle portait souvent un D incrusté de diamant autour du cou et se plaisait à dire qu'il n'avait rien à voir avec les initiales de son nom. Ce D-là signifiait « Divorcée ».

Ses journées représentaient un magnifique défi. Il s'agissait de savoir combien de temps elle serait capable, par son charme, de garder quelqu'un dans sa boutique. Vendre le bric-à-brac était somme toute secondaire. Catherine était visiblement enchantée par chaque client qui franchissait le pas de sa porte, en particulier s'il s'agissait de quelqu'un qu'elle n'avait jamais vu auparavant. Elle aimait leur faire du plat à propos de chaque pièce qu'elle vendait. Car, si Catherine avait bien accompli quelque chose dans sa vie, c'étaient ses études en histoire de l'art.

Elle était diplômée de l'Université de Dartmouth, même si elle avait passé la majeure partie de ses années à la fac à pourchasser l'homme qui devait devenir son mari. Chaque table ou armoire attirait son œil, la charmait par sa beauté avant de briser son cœur et de se vendre au plus offrant, puis de partir après avoir trouvé sa place dans une famille parfaite pour elle. C'est ainsi que Catherine se voyait : comme une sorte de mère adoptive pour toutes les magnifiques pièces un peu ternies qu'elle aidait à trouver un véritable foyer. C'était un rôle qu'elle monnayait avec élégance.

Le vin ? C'était vraiment pour s'amuser.

Catherine avait besoin d'attirer l'attention sur elle comme n'importe quelle femme a besoin d'oxygène, et chaque détail – de la façon dont elle balançait légèrement les hanches en marchant aux chemisiers qui ne semblaient jamais étroits, mais qui épousaient pourtant parfaitement ses formes – avait vocation à attirer l'œil.

« Ce n'est pas parce qu'une fille renonce à son statut d'épouse-objet qu'elle doit oublier ses atouts », avait dit Catherine plus d'une fois à Dakota. Même si Dakota vivait à présent avec son père, les deux continuaient à se voir régulièrement le dimanche après-midi pour traîner un peu ensemble. Et elles se voyaient bien sûr lorsque le Club se réunissait. Alors, cette vie aurait très bien pu la satisfaire. Catherine Anderson était très populaire à Cold Spring. Et pas simplement parce qu'elle tenait la plus charmante boutique de ce côté de New York.

Non, elle s'était fait une réputation de personnage haut en couleur à l'ancienne : en fournissant matière à cancaner aux gens du coin. Catherine enchaîna les relations très vite après avoir ouvert son commerce : elle coucha avec le fromager du bas de la rue, un homme très bien bâti, ainsi qu'avec un visiteur du week-end qui avait oublié de mentionner qu'il avait une femme en ville, et même avec le type qui lui avait vendu l'assurance de son commerce et qui lui avait procuré une diversion grisante avant qu'elle ne se rende compte qu'elle abhorrait tout ce qu'il avait à dire et qu'ils étaient en désaccord sur tout, aussi bien sur la politique que sur leurs parfums de glace préférés. Elle avait même envisagé de pousser un peu plus loin son flirt avec un étudiant de vingt ans qui travaillait dans le bistrot du coin. Puis elle se dit que cela créerait une agitation démesurée pour des ébats amoureux sans doute acrobatiques, mais pas vraiment satisfaisants. De plus, elle avait réalisé qu'à la veille de ses quarante-trois ans, elle avait le même âge que la mère du jeune homme.

Et tout cela était encore préférable à ses quinze ans de mariage avec l'insensible Adam Phillips. Oh ! il appréciait certes le sexe : Adam veillait toujours à avoir un chapelet de petites amies en plus de Catherine. Et il ne pensait qu'à lui, toujours à lui, encore à lui. Ce fut un mariage solitaire, et, une fois libérée de tout cela, Catherine eut le plaisir de découvrir qu'il y avait beaucoup d'hommes désireux de lui faire rattraper le temps perdu. Des hommes qui la trouvaient charmante. Des hommes qui l'aimaient bien. Des hommes qui étaient… généreux. Et pourtant, ces relations n'aboutissaient jamais.

Elle ne savait pas exactement ce qu'elle attendait à présent : la sagesse, le calme, la satisfaction ? Pourtant, chaque jour elle était surprise d'être sans attaches. Ça ne correspondait pas à l'image qu'elle avait d'elle-même et du bonheur d'une femme indépendante. Mais elle s'était toujours réjouie à l'idée de se marier. De devenir maman. Et, si elle avait un physique très attrayant et en était parfaitement consciente, Catherine avait l'impression de suffoquer et se sentait envahie par la panique dès qu'elle pensait à sa vie privée. Ses parents étaient morts des années auparavant, et elle n'était plus très proche de ses frères et sœurs depuis longtemps. Ses tentatives sincères de se rapprocher d'eux et de leur rendre visite avaient été accueillies avec si peu d'enthousiasme, qu'elle avait fini par se limiter aux e-mails et aux repas occasionnels pendant les vacances.

Sa vie n'était qu'un excès de manques : manque d'amour ; manque de famille ; manque d'amis ? Catherine se posait la question. Elle n'arrivait pas à se débarrasser du sentiment tenace qu'elle n'avait vraiment sa place nulle part. Même après tout ce temps, Catherine ne pouvait s'empêcher de penser qu'elle était un imposteur. Elle avait été imposée par Georgia aux membres du Club de tricot du vendredi soir. Par respect pour la mémoire de Georgia, les femmes du Club lui avaient permis de continuer à venir. Après tout, si Georgia lui trouvait des qualités, c'est bien qu'elle devait en avoir, non ?

Et si la confiance de Georgia n'était pas justifiée ?

Il n'y avait guère que dans sa boutique, lorsqu'elle se lançait dans son dernier numéro de divorcée bonne vivante, qu'elle se sentait bien cachée et donc en sécurité.

Il y avait quelque chose de profondément ennuyeux chez une femme de quarante et quelques années qui semblait en manque d'affection. Il était facile de la rejeter quelque part parce qu'elle était suffisamment vieille pour avoir un peu de bon sens. Pour être plus responsable. C'est pourquoi elle s'efforçait toujours de faire rire les autres lorsqu'elle passait dans la vieille boutique de fils à tricoter de Georgia. Après toutes ces années, elle voulait encore être aimée. Aimée, tout simplement.

C'est quelque chose dont elle aurait eu besoin de parler avec Georgia. Elle avait toujours du mal à accepter que sa vieille amie soit morte si peu de temps après qu'elles eurent repris contact. Certains jours, elle préférait même faire comme si elles ne s'étaient jamais revues, comme si les vingt ans au cours desquels elles ne s'étaient pas parlé n'avaient jamais été comblés par leurs retrouvailles. Elle pouvait ainsi imaginer que Georgia travaillait toujours dans sa boutique, qu'elle vivait tranquillement sa vie et qu'un jour, elle, Catherine, la contacterait et qu'elles recommenceraient à se voir. Parfois, Catherine se rendait responsable de tout. Elle avait l'impression d'avoir été punie pour ses erreurs – par Dieu ? par l'Univers ? Ainsi, elle savait ce qu'on pouvait ressentir lorsqu'on se retrouvait seul et abandonné. Lorsqu'on avait tellement de questions en suspens et qu'on ne savait pas à qui les poser.

La plupart du temps, cependant, elle renonçait tout simplement à essayer de comprendre. Elle lut un livre sur le deuil et fit la première chose qui figurait sur la liste : trouver un passe-temps. Elle s'intéressa alors au vin qu'elle goûtait avec un peu trop d'entrain. De temps à autre.

Catherine se lança tout naturellement dans la vente de vins lorsqu'elle décida d'essayer de vivre une partie de la semaine à Cold Spring. C'était une sorte d'expérimentation, si l'on peut dire, de l'art de s'engager.

« Tu arriverais peut-être à temps au travail si tu n'avais pas tout ce trajet à faire », lui avait fait remarquer Anita, plutôt gentiment. Théoriquement, Anita était aussi sa propriétaire, car Catherine s'était installée dans l'appartement du San Remo, devenu trop grand, lorsque la veuve était partie vivre avec Marty. À la grande consternation des trois fils d'Anita qui non seulement avaient été fort contrariés par l'apparition de Marty, mais aussi par l'idée que Catherine se soit installée dans l'appartement familial.

Au départ, Catherine avait pensé qu'Anita voulait la chasser.

« Tu peux venir au San Remo quand tu veux, ou tout le temps si ça ne marche pas », avait dit Anita avant même que Catherine n'ait eu le temps de réagir. Elle semblait toujours trouver le mot juste. « Je m'inquiète juste de tout le temps que tu passes dans le train au lieu de profiter de la vie. »

C'est ainsi que Catherine avait trouvé un petit bungalow, qu'elle l'avait acheté avec enthousiasme et qu'elle l'avait complètement réorganisé. Elle avait transformé deux minuscules chambres en une grande pièce, avait ajouté une salle de bains de grand standing et remeublé toute la maison.

Les sols étaient désormais rouge cerise, et les murs, couverts d'un lambris blanc. La porte d'entrée rouge vif ressortait au bout de la petite allée bordée de pensées. La maison était l'endroit rêvé pour les différents rendez-vous de Catherine. Sans compter qu'elle s'y sentait vraiment chez elle. Elle la décorait de pièces venant du Phénix qu'elle vendait une fois qu'elle s'en était lassée.

Lorsqu'elle réalisa que le choix en vins était très limité à Cold Spring, elle dépensa suffisamment d'argent pour convaincre la boutique d'à côté de déménager en face. Elle loua l'espace disponible pour sa cave de dégustation. C'était l'aboutissement de la transformation du Phénix en ce que Catherine appelait une boutique de « belles choses ».

Et pourtant, elle se demandait souvent ce que Georgia penserait de tout cela. Ce qu'elle penserait de la boutique. D'elle. Et du lien très fort qui l'unissait à James.

7

Il devait attendre dans le restaurant depuis un bon moment déjà. C'est ce que pensa Catherine en voyant les épaules courbées de James à travers la vitre. Elle entra à grandes enjambées, des clochettes sonnèrent pour annoncer l'arrivée d'un client de plus en ce vendredi soir déjà bien chargé. En arrivant près de la table, elle posa délicatement la main sur son dos.

« Comme d'habitude ? » demanda une minuscule serveuse asiatique qui tenait en équilibre sur ses épaules un plateau avec des verres ornés d'ombrelles en papier et remplis d'une boisson rouge vif. Derrière elle, un groupe bruyant de jeunes cadres attendait avec impatience qu'on leur apporte ces breuvages.

« Oui, s'il vous plaît », dit Catherine en défaisant la ceinture autour de la taille de son trench-coat fauve en microfibres tandis que James se levait pour reculer son siège. Il se comportait toujours comme un gentleman, monsieur Bonnes-Manières, même lorsqu'il était préoccupé. Elle se félicitait d'autant plus de ne pas avoir poursuivi de ses ardeurs le jeune étudiant à

Cold Spring : le jeune homme n'avait aucun sens de l'étiquette et ne maîtrisait que le langage SMS. Pour être tout à fait honnête avec elle-même, elle n'avait jamais eu vraiment l'intention de parler à cœur ouvert avec lui.

Catherine s'assit et posa la serviette en papier sur son pantalon de couleur sombre. La table, elle le voyait clairement, avait été dressée pour trois.

« On parlait, dit-il, montrant l'autre côté de la table. On attendait que tu arrives. Tu es toujours en retard, tu le sais ?

— Je sais, mon cher, dit Catherine en posant la main sur celle de James et en la tapotant légèrement. C'est le résultat d'une vie passée à essayer de faire son entrée. Difficile de s'en débarrasser. » Elle fit un signe de tête en direction de la place vide, puis but quelques gorgées d'eau.

« Ça te dérange ? »

Catherine haussa les épaules.

« Dakota s'est bien amusée ?

— Pas sûr, reconnut Catherine. Elle est un peu déconcertée par les changements dans la boutique, même si elle ne veut pas l'admettre. Mais sinon, c'était une belle fête. Darwin était surprise. Ça lui a vraiment fait plaisir, je pense.

— C'est bien que vous soyez toutes amies, dit James en remarquant que Catherine haussait les sourcils. C'est important pour Dakota. »

La serveuse se faufila efficacement jusqu'à leur table et posa un whisky devant chaque assiette. James et Catherine burent chacun une gorgée, puis une autre.

« Et votre invitée ? Souhaitez-vous l'attendre ou commander tout de suite ? » demanda la serveuse. Elle affichait une expression calme et aimable, alors que les deux clients semblaient réfléchir à la question.

« Nous allons commander, dit James d'une voix un peu trop forte. Nous ne savons jamais vraiment si elle va venir. » Il sourit à la serveuse qui sortit un petit carnet de son tablier et nota consciencieusement les commandes tandis que James lui demandait son avis sur la fraîcheur des asperges et si le cuisinier pouvait épicer encore un peu plus le poulet du Général Tso. Depuis le temps qu'ils venaient, la serveuse n'avait essayé qu'une seule fois d'enlever le troisième couvert. Après avoir survécu au courroux de Catherine, elle laissa tomber et demandait toujours à présent si leur amie venait sans paraître étonnée lorsqu'ils commandaient suffisamment de nourriture pour trois personnes. Juste au cas où. En contrepartie, la serveuse recevait un généreux pourboire. Elle s'en fichait après tout que ces deux-là soient complètement timbrés.

Bien sûr, c'était fou. Ils s'étaient mis d'accord des milliers de fois pour arrêter de se retrouver dans cet endroit minuscule. Pourtant, ils finissaient toujours par revenir dans ce restaurant asiatique à quelques rues de Walker & Fille et commandaient les sushis et le satay de poulet que Georgia aimait tant. C'était une sorte de lien qui les rattachait à une époque révolue, à chaque plat qu'elle appréciait, un moyen pour eux de parler d'elle sans feindre la modération ni la maturité.

Parfois, après avoir bu un verre ou deux, ils adressaient même quelques mots à l'assiette vide. Ils avaient depuis longtemps dépassé le stade de l'embarras, avaient avoué leur besoin réciproque d'imaginer, ne serait-ce que pour quelques heures, que Georgia était là, quelque part. D'une manière ou d'une autre.

Une heure et un bon repas plus tard, Catherine se sentait beaucoup mieux. Elle avait sans doute besoin de se remplir le ventre avec autre chose que les desserts à la *baby shower* de Darwin. Bien sûr, ce n'était pas uniquement la nourriture qui lui faisait du bien. C'était aussi la simulation. Imaginer qu'ils attendaient, tout simplement.

« Nous nous fournissons mutuellement un prétexte, dit-elle à James tout en sirotant son thé vert. Nous sommes complètement cinglés. À qui est-ce que tu pourrais avouer notre petit secret ? »

Tout avait commencé, assez naturellement, quelques mois après l'enterrement. James et elle se retrouvèrent pour un café, comme ils l'avaient fait quelquefois alors que Georgia était déjà gravement malade.

Loin de la boutique et de Dakota ou de quiconque pourrait les voir et s'imaginer des choses, se demander ce que la blonde svelte et le grand et bel homme pouvaient bien faire, penchés l'un vers l'autre pour échanger furtivement quelques mots. Ils s'en étonnaient eux-mêmes et voyaient en l'autre un alter ego. James devint le confident de Catherine, et Catherine la confidente de James. Ils purent ainsi s'avouer mutuellement tout le mal qu'ils avaient pu faire à Georgia et s'offrir une sorte d'absolution.

D'un coupable plein de regrets à l'autre.

Parce qu'ils étaient les deux seules personnes au monde à vraiment se comprendre, à pouvoir prononcer les mots qu'ils avaient besoin de dire sans passer pour des narcissiques égocentriques.

« J'ai l'impression d'être puni, avait-il dit à Catherine autour d'une tasse de thé fumante, des années auparavant. C'est un retour de bâton divin. On m'autorise à la revoir, à la toucher de nouveau, à gagner son cœur une fois encore, puis mon karma me rattrape, me fait payer toutes mes erreurs en me laissant la voir, la toucher et puis tout est fini.

— Tu as reconnu ta responsabilité, avait dit Catherine. Tu as dit que tu t'étais trompé.

— Et voilà ce que j'ai en retour, avait-il dit en froissant sa serviette en papier dans sa main. Elle tombe malade et meurt.

— Juste au moment où tout s'arrange. Au moment où tout se passe pour le mieux. Au moment où on a le plus besoin d'elle.

— Je suis tellement furieux. » James avait élevé la voix au point d'attirer l'attention des autres clients. Il avait repris plus doucement. « J'imaginais ma vie avec Georgia et notre fille, et qu'est-ce que j'ai à la place ? Je me retrouve à vivre sa vie de parent célibataire. Seul. Solitaire. Perturbé. »

Il n'avait pas bu une seule gorgée de son thé. « Tu dois sûrement penser que je suis un pauvre mec qui s'apitoie sur son sort ? » Il avait fixé Catherine comme pour la mettre au défi de dire le contraire.

« Exactement, avait dit Catherine en soutenant son regard. Mais dis-toi que je ne vaux pas mieux. »

Et c'est ce qui faisait de ce rituel un tel soulagement. Les règles de base avaient été fixées dès le début. Ils pouvaient tout dire. Ils ne se jugeraient pas. Et ce qui était dit ne quitterait jamais la pièce. Après tout, ce n'était pas… habituel.

Les rencontres autour d'un café firent place à des dîners lorsque Catherine mentionna un article dans lequel elle avait lu que certaines personnes dressaient le couvert d'un parent ou ami défunt pour des occasions particulières.

« C'est censé être cathartique, dit-elle avant le premier anniversaire de la mort de Georgia. On essaie ?

— C'est ridicule, dit James en fourrant des serviettes dans le café qu'il n'avait pas bu. Allons dans le restaurant asiatique qu'elle aimait tant », marmonna-t-il dans sa tasse sans lever les yeux.

Parfois, ils allaient souvent au restaurant, comme au mois d'octobre au moment de l'anniversaire de la mort de Georgia. D'autres fois, ils attendaient des mois avant d'y retourner, espérant se défaire de cette habitude jusqu'à ce que le besoin revienne, les submerge et les pousse, comme s'ils étaient en mode pilote automatique, à boire des whiskys et à manger des nems en l'honneur de Georgia.

« C'est ma seule véritable amie, admettait Catherine, qui parlait souvent de Georgia au présent. Toutes les autres me tolèrent par respect pour elle. Mais Georgia m'aime, elle m'aime vraiment. Elle voit ce qu'il y a de bien en moi.

— Exactement, avait dit James. Elle soigne les âmes. Elle nous rend meilleurs que nous ne le sommes.

— Elle peut être vache, lui avait rappelé Catherine.

— En effet, avait reconnu James. C'est ce qui me plaît aussi chez elle. Il n'y a pas de gêne.

— Elle sait très bien prendre des décisions, disait Catherine. Comme la fois où nous travaillions toutes les deux chez Dairy Queen et où j'avais cassé la machine à Blizzard et… »

Et ils poursuivaient ainsi. Depuis plus de cinq ans maintenant, ils proposaient chaque fois qu'ils se voyaient une variante de la même conversation qui allait de « tu te souviens quand… » aux petits incidents qui avaient ponctué leur semaine – manquer le train, casser un plat – qui semblaient si ennuyeux à raconter, mais qu'il fallait pourtant absolument partager avec quelqu'un. On peut se sentir très isolé à l'idée que personne ne se soucie de ses petits bobos de tous les jours.

Ils laissaient tous les « tu devrais » à la porte. Tu devrais déménager. Tu devrais te sentir mieux. Tu devrais arrêter d'y penser. Ils avaient au contraire forgé une alliance secrète, le genre d'amitié d'autant plus intense qu'elle était clandestine. Il y avait leur relation publique, toujours cordiale, puis l'intensité de leur relation privée.

De quoi parlaient-ils au fond ? De l'incapacité de James à sortir avec une femme plus de trois mois (« Je ne veux pas lui faire croire que j'ai l'intention de m'engager », disait-il) ; du choix de Catherine de repeindre sa salle à manger en orange profond (« Je sais que tout le monde dit que le rouge stimule l'appétit, mais moi ça me fait penser à des animaux morts », disait-elle pour justifier son choix) ; de son espoir après chaque premier rendez-vous que toute nouvelle relation avait le potentiel de déboucher sur quelque chose de sérieux (« Tu avais raison, reconnaissait-elle après chaque rupture, d'un ton dramatique ou terre à terre. C'était un crapaud ») ; de l'acharnement de James à travailler comme vice-président du département design pour les hôtels V – c'était une bonne place, mais il avait l'impression de ne pas pouvoir exprimer sa créativité – et de sa conviction qu'il devait absolument rester, dans l'intérêt de Dakota.

Il écouta Catherine avec beaucoup d'attention lorsqu'elle lui raconta qu'elle avait le béguin pour un Italien, importateur de vins, dont elle ne connaissait que la voix puisqu'ils s'étaient toujours parlé au téléphone. (« La façon qu'il a de me demander comment je vais, roucoulait-elle. Et cette voix ! Waouh ! Mes jambes se mettent à flageoler lorsque je vois son numéro sur l'écran de mon téléphone. »)

Ils se plaignaient de leur incapacité commune à passer plus de deux semaines sans rêver au moins une fois de Georgia. Tous deux déploraient le fait d'avoir encore un besoin maladif de cigarettes alors qu'ils n'avaient plus fumé depuis plus de vingt ans.

James écouta Catherine avec tout autant d'attention lorsqu'elle lui dit que son ex-mari, Adam, s'était remarié et que lui et sa femme attendaient un bébé.

« Je l'ai vu dans un fichu journal, dit-elle avec amertume. Je déteste son toupet. Pourquoi aurait-il le droit d'être heureux ?

— Qui te dit qu'il est heureux ? » James essayait de lui redonner courage, mais il leva la main quand il vit son expression. « Certaines personnes ont tout ce qu'elles veulent dans la vie alors qu'elles ne le méritent pas. C'est ainsi. D'autres n'ont rien. »

Aucun d'eux n'avait à préciser dans quelle catégorie il se trouvait.

Il n'avait pas ri lorsqu'elle lui avait annoncé avec le plus grand sérieux qu'elle allait écrire un thriller intitulé *Les morts ne se remarient pas*, sur un tueur en série qui assassinerait tous les hommes influents cruels avec leur femme. « Et le meurtrier vole aussi leurs animaux de compagnie qu'il donne à des enfants solitaires qui les aimeront, dit Catherine en faisant de grands gestes de la main pour insister.

— Ça me paraît intéressant, dit James. Je me porte volontaire pour lire les pages que tu auras écrites. C'est quand tu veux… »

En échange, elle lui avait expliqué comment gagner la grand-mère écossaise de Georgia à sa cause et l'avait aidé à constituer un album de photos de Georgia et de Dakota pour l'offrir à la vieille dame. Grâce au salaire confortable de James, Dakota avait pu voir son arrière-grand-mère beaucoup plus souvent depuis la mort de Georgia que toutes les années auparavant, même si Mam se déplaçait de plus en plus lentement et avait désormais une aide à domicile pour cuisiner et tenir la maison.

Toutefois, elle tenait absolument à rester dans sa ferme en Écosse et jurait chaque fois qu'elle parlait à Dakota au téléphone qu'on l'enterrerait avec ses bottes aux pieds.

En bref, Catherine et James laissaient les mondanités et les bavardages à la porte, et se mettaient à parler de tout et de rien, du sexe, du travail, de la circulation, de ce qu'ils avaient mangé la veille au soir : ils n'avaient aucun tabou. Mais, avant tout, ils parlaient de Georgia.

« Pour nous, il n'est pas question de tourner la page », disait Catherine d'une voix étranglée lorsque la soirée avançait. Elle le disait chaque fois. « Au moins, nous le gardons pour nous. Ce n'est pas comme si nous publiions des *Bon Anniversaire en souvenir de...* dans les petites annonces. »

Le chagrin qu'ils partageaient à propos de l'amie et de l'amante qu'ils avaient perdue était toujours présent comme un petit caillou dans la chaussure, impossible à enlever. Ils sentaient constamment sa pression, son frottement, sa blessure. Et pourtant, cette gêne avait fini par devenir rassurante par sa familiarité. Ils la reconnaissaient en eux et l'acceptaient. Ce qui leur procurait au bout du compte un certain soulagement.

« Nous devrions peut-être coucher ensemble, avait suggéré un jour Catherine. Tu sais une partie de jambes en l'air complètement exagérée. Avec une tonne de halètements, de soupirs et de gémissements. C'est un peu notre façon de gérer chaque situation. Nous en faisons trop de toute façon. » Comme elle avait prononcé ses paroles en regardant par la fenêtre et en croquant distraitement dans son nem, il était clair qu'elle n'était pas vraiment sérieuse.

« Oui, d'accord, dit James. L'année prochaine à la même époque.

— Tu sais, dit Catherine en détachant les yeux du couple qui se disputait en sortant du taxi (elle les avait regardés non sans une pointe d'envie pour l'unité qui se cachait derrière une dispute). Je crois que c'est la seule chose qui pourrait la faire revenir à coup sûr. Elle viendrait te botter les fesses si tu couchais avec moi.

— Moi ? Et toi alors ? C'est toi l'instigatrice.

— Ah ! s'exclama Catherine. Georgia te trouvait irrésistible. Comment pourrais-je résister à ton charme quand je te vois mastiquer ton bœuf et ton brocoli et en renverser une partie sur ta chemise chaque fois. Tu n'es pas parfait, James Foster. Tu manges comme un cochon.

— Ah bon ! C'est ce qu'elle disait ? J'étais irrésistible. » C'est ainsi qu'ils ouvrirent une nouvelle porte, qu'ils donnèrent une autre dimension à leur relation : ils se mirent à table et parlèrent de tout ce que Georgia disait à l'un de l'autre. Le bon et le mauvais, le surprenant et les choses qu'ils savaient déjà. Ils étudiaient de près chaque conversation dont ils se souvenaient, chaque détail partagé, et les résultats obtenus donnaient une toute nouvelle dimension à chaque chose : soudain, Catherine savait avec certitude que Georgia trouvait son ancienne couleur de cheveux pas très naturelle, et James découvrit que Georgia avait toujours détesté son costume bleu marine à rayures. Ces révélations ne les offensaient pas plus qu'elles ne les mettaient en colère. Au contraire, ils s'en délectaient. Ils avaient ainsi la possibilité d'en apprendre encore un peu plus sur Georgia et de mieux la comprendre. C'était un peu comme s'ils venaient de trouver une cachette secrète, un trésor, une source d'informations précieuses qu'ils pourraient examiner et qui leur donnerait la sensation que Georgia était encore en vie. Presque là. Presque accessible.

Ces dîners devinrent une véritable addiction émotionnelle. L'obsession des souvenirs et du deuil. Mais, surtout, ils leur donnaient l'impression d'être capables de fonctionner le reste du temps, d'être disponibles pour Dakota, professionnels dans leur travail, d'avoir des flirts, une vie sexuelle et des relations presque amoureuses.

Tout cela parce qu'ils pouvaient laisser entrevoir leur vérité de temps en temps, se laisser aller à leur chagrin et en parler honnêtement et complètement.

Personne ne trouvait bizarre qu'Anita tricote veste sur veste pour son défunt mari. Tout le monde y voyait un exemple de dévouement.

Pourtant, Catherine et James savaient que le monde ne serait pas aussi indulgent avec eux. Ils étaient censés être équilibrés.

« Merci de ne pas me donner la sensation que je suis complètement cinglée. » Catherine vidait son deuxième whisky. James savait pertinemment qu'elle se mettrait à pleurer s'il la laissait en prendre un troisième, celui qu'ils appelaient entre eux un « GW ». Un Georgia Walker. La petite dose d'alcool supplémentaire qui fait disparaître toutes les inhibitions et fait à coup sûr couler les larmes.

Parfois, ils avaient tout simplement besoin de pleurer un bon coup.

« Je te renvoie le compliment. » James se demandait de temps à autre ce que sa fille penserait de ces rituels. Il lui avait proposé une fois de couper une part de gâteau pour Georgia, mais elle lui avait lancé un regard si incrédule qu'il avait prétendu avoir fait un lapsus. Et James se demandait ce que Dakota ressentirait si elle apprenait que Catherine et lui étaient si proches. D'un côté, elle semblait apprécier qu'il ait établi des relations solides avec Anita et Marty, avec ses grands-parents, et elle se réjouissait toujours de voir Catherine. Mais elle semblait considérer que ces personnes lui appartenaient en quelque sorte. Qu'elles appartenaient à son monde, celui qu'elle avait partagé avec sa mère et, s'il était autorisé à y pénétrer, il ne pouvait jamais y rester. Jamais en faire complètement partie. James et Dakota avaient forgé leur propre relation, ils avaient appris comment être père et fille. Ils étaient proches, mais il y avait encore une certaine raideur entre eux, qui, il en avait peur, ne disparaîtrait jamais. Il ne pourrait jamais combler le vide qu'avait laissé sa mère dans son cœur. Et les années de lycée avaient été difficiles. Il n'était jamais sûr de prendre la bonne décision.

« Tu sais, hasarda Catherine, qui envisageait sérieusement de prendre un GW, tandis qu'elle jouait avec les glaçons à moitié fondus au fond de son verre. Je crois que tu es le seul homme qui n'a jamais été rien d'autre qu'un ami pour moi.

— Je peux dire la même chose de toi, répondit James en secouant un peu la tête. Si on m'avait dit ça la première fois que je t'ai vue à la boutique de Georgia, les lèvres gonflées de collagène comme si tu t'étais fait piquer par une abeille, et ton attitude de châtelaine… que tu deviendrais un jour la gardienne de mes secrets… » Il s'interrompit, puis prit une profonde inspiration avant d'expirer lentement.

« Mon Dieu, que la vie est dure.

— En effet, dit Catherine doucement en se calant dans son fauteuil et en tapotant la table avec un paquet de Sweet'n Low. Puis, elle suggéra une chose à laquelle elle n'avait jamais sérieusement pensé pendant toutes ces années depuis que Georgia était morte.

« J'aimerais que tu viennes avec moi quelque part », dit-elle à James d'une voix morne et en soupirant. La soirée avait été longue et les whiskys n'avaient pas vraiment aidé. Les commentaires de KC à la *baby shower* l'avaient contrariée sans aucun doute. Je n'avais pas prévu de finir divorcée et de perdre ma meilleure amie, pensa-t-elle. Mais ne m'oubliez pas. Je suis là.

« Je pense qu'il est temps que nous allions dans un groupe de parole sur le deuil et la perte, James », dit Catherine en sortant un papier de son sac. Elle l'avait imprimé des mois auparavant, l'avait plié et rangé dans son sac. « Je crois qu'il est temps que nous regardions la vérité en face. Elle ne viendra pas dîner avec nous. »

8

Ce sont des choses qui arrivent. C'est une expression qu'utilisent les gens lorsqu'ils ne trouvent rien d'autre à dire. Darwin était en train de faire son cours d'introduction aux études sur les femmes, comme chaque mercredi sur deux ce semestre, lorsqu'elle fut prise de crampes. Elle pensa tout d'abord que le travail avait peut-être commencé prématurément et elle fut tout excitée. Elle pensa ensuite que le travail avait peut-être commencé prématurément, et elle fut prise de panique. Elle n'était pas encore arrivée à terme, loin de là. Elle entrait tout juste dans sa trente-deuxième semaine.

« Je suis désolée, mais je dois m'arrêter plus tôt », dit-elle en prenant son sac et en sortant de la salle sans regarder derrière elle.

Un passage aux toilettes, un coup de fil à Dan, un trajet en taxi jusqu'à l'hôpital, service gynécologie, maternité. En l'espace de quelques heures, Darwin fut officiellement contrainte de garder le lit, de se mettre au repos. Comme si elle pouvait se reposer. Certes, elle gardait le lit qu'elle avait pour elle toute seule, car Dan dormait sur le canapé pour lui laisser plus de place. Mais comment dormir dans de telles conditions ? De plus, aucune position ne lui permettait vraiment d'être à l'aise.

Les médecins craignaient qu'elle n'accouche prématurément avant que les poumons des bébés ne soient complètement formés. Trop d'agitation de sa part, et ses enfants risquaient d'atterrir au service de néonatalogie et de soins intensifs. Ou pire encore. Personne n'avait eu à le lui expliquer. Elle avait inscrit cette complication potentielle en bonne place sur sa liste de préoccupations.

Ainsi, Darwin ne fit aucune résistance et se résigna à rester allongée sur le côté, un oreiller entre les jambes, et à attendre. Et attendre encore. Elle accepta de n'avoir à présent pour seul horizon que les deux marches qui menaient de l'entrée à la salle de bains. Avant les pertes de sang, elle avait eu une vision tout à fait différente du repos.

Ne serait-ce pas merveilleux, pensait-elle, de se voir prescrire quelques semaines de congé pathologique ? Elle imaginait déjà Dan en train de lui servir de grands verres de lait bio et de lui masser les pieds dès qu'elle le désirerait.

Elle piquerait de temps à autre un roupillon, travaillerait sur son ordinateur portable, regarderait même sur le lecteur DVD un documentaire sur le rock indépendant. Mais à présent qu'elle était vraiment contrainte au repos, elle oscillait sans cesse entre l'ennui et la frustration, auxquels venaient s'ajouter le sentiment d'être inadaptée et une bonne dose d'angoisse.

Avant les pertes de sang, elle avait conservé un rythme trépidant, elle enseignait, montait et descendait les escaliers des stations de métro en traînant son derrière bien rembourré et suivait des cours de stretching alors qu'elle aurait bien eu besoin d'un petit somme.

Toujours active : cela faisait partie du nouveau mythe de la grossesse, selon lequel les femmes enceintes restaient super minces, à l'exception de leur ventre en forme de ballon de basket, et gardaient un rythme effréné jusqu'à l'accouchement. Darwin ne voulait surtout pas être pénalisée par quoi que ce soit et elle travailla avec zèle pendant sa grossesse. Non, elle ne travailla pas plus que nécessaire. Mais elle n'était pas à la traîne non plus. Elle n'allait certainement pas laisser ses collègues utiliser à ses dépens son épuisement et écrire de brillants articles pendant qu'elle regardait un énième numéro de *Baby Story*.

Qu'il était stressant de vivre dans un pays où les femmes qui venaient d'accoucher retournaient au travail après douze semaines de congé maternité, contraintes par leur besoin de toucher un salaire, de contribuer à faire croire que la grossesse, le travail, l'accouchement n'étaient pas une expérience médicale majeure, qu'il s'agisse d'un accouchement par les voies naturelles ou non. Darwin restait convaincue qu'il fallait allonger le congé maternité en Amérique, mais elle ne ménagea pas sa peine pour montrer à son doyen et à ses collègues qu'elle était toujours aussi compétente. Peut-être encore plus.

Elle n'avait tout simplement pas les moyens de se laisser aller et de contempler son corps qui changeait.

De s'accorder une sieste sans la moindre mauvaise conscience parce qu'elle se sentait fatiguée. Et ce n'était pas uniquement à cause du fait que Darwin avait une carrière à mener. Elle avait parlé aux personnes qui assistaient aux cours de préparation à l'accouchement selon la méthode Bradley (elle les avait en fait plutôt interviewées : Darwin était encore un peu abrupte dans sa façon d'aborder les gens), et toutes les femmes étaient dans la même galère. Même les femmes au foyer se sentaient contraintes de répondre aux nouvelles exigences de la grossesse. Il ne suffisait plus d'abriter un bébé dans son ventre. Non, une femme enceinte devait à présent être superbe tout en continuant à faire ce qu'elle avait à faire.

Adolescente, Darwin s'était ralliée sans hésiter au consensus selon lequel il ne fallait pas faire toute une histoire des règles. Puis elle avait connu la douleur, les ballonnements, les élancements dans les reins, la mauvaise humeur générale et elle avait en plus appris à faire comme si de rien n'était.

« Tu es juste enceinte. » Combien de fois avait-elle entendu cette phrase ? Tu es juste enceinte.

Oui, c'est exactement ce qu'elle était : elle était en train de construire un être humain avec son corps.

« Il doit sûrement y avoir un compromis entre le refus de voir les femmes limitées dans leurs études, leur carrière et leur style de vie, avait-elle défié ses étudiantes, enceinte jusqu'aux yeux, et le parti pris culturel selon lequel tout ce qu'il y a d'unique dans l'expérience de la femme n'a rien d'extraordinaire. Nous devons promouvoir le respect. Pensez à Aretha Franklin. "R-E-S-P-E-C-T" ».

Chez elle, elle veilla à faire entrer dans son emploi du temps des séances de stretching, de lecture et même de cuisine. Darwin, qui n'avait jamais vraiment été douée pour la cuisine, ressentit un désir instinctif de remplir leur minuscule réfrigérateur de ragoûts dont elle avait trouvé la recette sur Internet. Même si souvent elle découvrait en plein milieu qu'elle n'avait pas tous les ingrédients nécessaires et qu'elle était obligée d'improviser. Remplacer la carotte par de la courge. Les deux sont de la même couleur après tout… Dan prétendait qu'il les mangeait pendant qu'elle dormait, mais elle le soupçonnait de les jeter même si elle n'avait jamais pu trouver la moindre preuve dans la poubelle.

« Ce plat était succulent, disait-il le lendemain matin. Tu veux que j'achète des carottes ce soir avant de rentrer à la maison ? »

Mais elle ne préparerait plus de bons petits plats dans la cuisine désormais. Il fallait se ménager à présent. Avoir des pensées positives. Trouver la tranquillité.

Attendre Lucy.

Oh ! Lucy avait envoyé plusieurs messages et elle avait immédiatement rappelé Darwin.

« Ça va ? demanda-t-elle alors que la réponse aurait dû être évidente.

— Euh… non…

— Non, je veux dire sérieusement, dit Lucy. Les bébés vont bien ?

— Ils sont toujours à bord, si c'est ce que tu veux savoir.

— Bien. » Les longues pauses entre chaque mot indiquaient qu'elle n'accordait pas toute son attention à Darwin. Elle devait certainement lire des messages ou éditer des prises de vue.

« Tu vas bientôt venir ? » Ça serait bien, pensa-t-elle, que Lucy passe la voir. Elle pourrait lui apporter du gingembre confit exactement comme elle l'avait fait lorsque Lucy était enceinte. Ou peut-être la layette qu'elle devait préparer pour les jumeaux, supposait Darwin. Lucy, qui était particulièrement douée pour la dentelle au tricot, n'allait sûrement pas se contenter d'envoyer à sa meilleure amie une paire de chevaux à bascule. Un cadeau onéreux, certes, et très apprécié. Pourtant, Darwin se disait que quelque chose de plus personnel aurait été fort bienvenu.

« Oui, dit Lucy après une pause. Dès que je pourrai. »

Darwin n'avait pas trouvé la conversation très rassurante.

En vérité, Darwin n'avait pas beaucoup d'amis. Elle avait Lucy, puis les autres membres du Club, et puis elle avait Dan. Elle avait encore du mal à tisser des liens avec les autres. Elle fonçait souvent tête baissée avec ses opinions bien arrêtées et oubliait d'écouter les idées des autres. Cela n'augmentait pas sa popularité parmi les universitaires de Hunter et elle ne faisait pas non plus partie des épouses favorites parmi les collègues médecins de Dan. Et si en plus Lucy prenait ses distances, les choses se présentaient plutôt mal.

« Elle est en train de couper les ponts avec moi », dit doucement Darwin à Dan, tandis qu'allongé sur les couvertures il la bordait avant d'aller dormir quelques heures sur le canapé.

Elle n'avait jamais eu de petit ami avant Dan et n'avait donc jamais subi l'humiliation ni connu le désespoir d'être rejetée par quelqu'un qu'elle aimait. Certes, sa mère ne manquait jamais de la critiquer. Pourtant, Darwin savait qu'elle continuerait toujours à répondre à ses appels. Elle cassait peut-être les oreilles à sa fille, mais elle répondait toujours.

« Je suppose que je ne suis plus aussi importante maintenant qu'elle a son job de réalisatrice, expliqua-t-elle. Elle a peut-être rencontré des gens plus drôles et plus présentables.

— Peut-être », dit Dan. Il approuvait Darwin non pas parce qu'il pensait qu'elle avait raison, mais parce qu'il savait qu'elle avait juste besoin d'une oreille attentive. Elle voulait exprimer ce qu'elle ressentait sans avoir à débattre ou à réfléchir comme elle le faisait chaque jour. Elle voulait seulement se sentir un peu triste et faire défiler ses émotions sans être interrompue.

Je ferais un bon psychiatre, pensa Dan tout en regardant le plafond et en caressant le front de Darwin. Elle avait coiffé ses cheveux en deux longues nattes noires et portait un t-shirt bleu tellement large qu'il paraissait ample sur son gros ventre. Elle faisait de grands gestes en parlant, même alors qu'elle était allongée sur le côté.

« J'aimerais juste savoir ce que j'ai bien pu faire pour la vexer », murmura-t-elle. Il l'aimait parce qu'elle était brillante, gentille, intense et passionnée comme lui, mais aussi parce qu'elle baissait la garde avec lui et qu'elle révélait sa vulnérabilité.

Dan regarda autour de lui dans la pièce, le vieux buffet en mélamine blanche tout abîmé qu'ils avaient acheté bien avant leur mariage, le bureau jonché de papiers qu'ils avaient poussé contre le lit et qui faisait office de table de nuit. C'était plutôt déprimant, réalisa-t-il, et devait sans nul doute participer au mal-être de Darwin.

« Nous devrions acheter de nouveaux meubles, dit-il.

— Je ne veux rien choisir d'autre. » Elle ne voulait pas risquer d'aggraver encore la situation en achetant des affaires pour les bébés. Elle avait d'ailleurs arrêté de fantasmer sur le berceau de contes de fées, à part cinq minutes tous les soirs, lorsqu'elle se laissait aller à une sélection limitée de pensées positives. Juste assez pour garder une lueur d'espoir, mais pas suffisamment pour tenter le sort.

« Non, dit Dan. Pour nous. Nous aurions besoin d'un nouveau lit. D'un buffet. Et qu'en est-il de cette salle de séjour ?

— Je ne peux pas aller faire du shopping », dit Darwin.

— Bien sûr que tu peux, dit Dan. Tu as un ordinateur et une carte de crédit. Il faut juste prévoir la livraison un jour où je suis là. Et nous serons fin prêts.

— Ce n'est pas vraiment dans nos moyens », lui rappela-t-elle. Elle n'avait certes pas besoin de lui montrer la pile de factures qui s'entassaient sur le bureau en désordre ni de lui faire penser aux frais médicaux qui s'annonçaient, que les choses se passent bien ou non.

« Qu'est-ce que ça peut faire ? » Dan était en général très strict quand il s'agissait de surveiller leurs dépenses. Sa capacité à économiser les avait aidés à amasser suffisamment d'argent pour l'acompte de leur appartement même alors qu'ils étaient en train de rembourser le prix de leurs ambitions. Cela semblait évident pour deux jeunes gens intelligents de devenir docteur et professeur. Parfait sur le papier. Pourtant, lorsqu'il s'agit de rembourser leur emprunt étudiant, leur carrière de cols blancs brillants perdit quelque peu de son lustre.

Cependant, Darwin avait absolument besoin de se distraire pour ne plus penser constamment à la santé des bébés. Au manque d'attention de Lucy. Il aurait aimé inviter toute l'équipe du Club de tricot du vendredi soir, mais il redoutait le tohu-bohu que leur présence engendrerait. Sans parler du fait qu'il serait contraint de faire le ménage pour que Darwin n'ait pas à avoir honte des chaussettes qui traînaient par terre, et il n'avait pas le temps de nettoyer, car il était d'astreinte tout le week-end. Il aurait vraiment aimé connaître quelqu'un d'autre qui puisse venir et distraire sa femme.

Mais une visite de la mère de Darwin ne lui apporterait aucun réconfort. Quant à sa propre mère, elle ne s'était jamais entendue avec sa belle-fille. À vrai dire, Dan avait beaucoup compté sur Lucy. Il n'avait certes pas passé autant de temps avec Ginger que Darwin, mais il avait quand même eu sa part de baby-sitting. Et il aurait apprécié un peu de soutien au moment où lui aussi en avait besoin.

« Commande autant de choses que tu voudras », dit-il en essayant de distraire Darwin de ses angoisses. Il voulait l'aider à trouver un moyen de s'occuper et surtout de se sentir utile. Darwin n'avait jamais été très douée pour se prélasser sur un canapé. Elle ne voulait jamais rien regarder à la télé, car la plupart des émissions, selon elle, couvraient toujours les mêmes sujets, étroits d'esprit et antiféministes. Les familles égalitaristes n'étaient certes pas très croustillantes.

« Bon, dit Darwin en réfléchissant à ce qu'elle pourrait faire d'autre sans vraiment trouver de meilleure idée. Je vais peut-être jeter un œil aux annonces sur Craigslist. »

Ce fut finalement Dakota qui l'empêcha de sombrer dans la folie.

« Tu es énorme, dit-elle en entrant dans la chambre, un jour qu'elle passa à l'improviste.

— Quoi ? dit Darwin en se redressant sur les coudes et en se penchant vers elle. Va me chercher le miroir qui se trouve dans la salle de bains. » Elle se regarda dedans, et Dakota l'imita. « Non, je ne suis pas énorme.

— Tu ne regardes que ton visage, dit Dakota. Tes chevilles ressemblent à des saucisses.

— Je ne peux pas voir jusque-là, reconnut Darwin. Je suppose que tu as apporté quelque chose à grignoter.

— Naturellement, dit Dakota en plongeant la main dans son sac à dos jaune bien rembourré dont elle sortit du pain à la banane. J'ai fait la cuisine chez mon père.

— C’est tout ? » Darwin avait déjà cassé un morceau et le fourra dans sa bouche. « Deux bouchées et je serai repue ; alors, ça fait rien.

— C’est dramatique, dit Dakota en sortant un classeur. Je me demandais si tu pourrais m’aider. J’ai un devoir sur les deux guerres mondiales et leur impact sur les femmes.

— Tu es venue ici pour que je t’aide à faire tes devoirs ?

— Ouais, dit Dakota qui s’adressait souvent à Darwin quand elle avait quelque chose à faire sur l’éducation et le féminisme.

— Ça, c’est ma fille ! dit Darwin en levant la main pour faire tope là. Mais pourquoi tu as attendu tout ce temps avant de venir ? Ça fait des semaines que je croupis dans mon pieu !

— Eh bien, on dirait que les choses vont s’arranger, dit Dakota en se penchant pour taper dans la main de son professeur préféré. Tu sais, il arrive que les choses se passent bien. Et rien que pour te le prouver, je vais t’apprendre à tricoter des chaussettes pour bébés. »

Facile

Il suffit juste d'apprendre. Allez-y doucement. Ne vous en faites pas. Vous finirez par y arriver. Mais, pour l'instant, essayez encore. Faites bien attention et résistez à la tentation de vous lancer dans un projet pour lequel vous n'êtes pas prête. Parlez moins. Écoutez plus.

9

Garder un œil sur le courrier. C'était la seule et unique contrainte qu'avait imposée Anita à Catherine lorsqu'elle lui avait proposé d'habiter dans l'appartement du San Remo.

« Je suis toujours consentante », avait plaisanté Catherine. Anita lui avait lancé un regard noir. Elle n'avait jamais supporté l'humour « croqueuse d'hommes » de Catherine.

« Ne jette *rien* », avait dit Anita. Peu lui importait ce que faisait Catherine de ses propres lettres et des prospectus qui lui étaient destinés, bien sûr. Elle avait simplement expliqué à Catherine qu'elle devrait mettre de côté tout le courrier adressé à un des Lowenstein : Stan, Anita, Nathan, Benjamin, David. Qu'importe si aucun n'habitait dans l'appartement à présent, si les fils d'Anita étaient des hommes d'âge moyen qui vivaient avec leur famille à Atlanta, Zurich et Tel-Aviv.

Anita avait gentiment fourni à Catherine un panier de pique-nique en osier (pas l'ombre d'un tissu vichy à l'horizon) dans lequel elle pouvait stocker les enveloppes. Elle avait posé le panier dans la cuisine à l'extrémité du grand bar de la cuisine américaine. La cuisine, comme chaque pièce de l'appartement qu'Anita et Stan avaient habité, était spacieuse, et tout y était assorti à la perfection dans le moindre détail, du vernis, qui recouvrait le plancher en bois à larges lattes, à la laque couleur café des meubles de rangement trop grands.

« C'est un peu léger, ce mois », dit Anita en jetant un coup d'œil dans le panier, puis en le soulevant. Revenir au San Remo, c'était un peu comme incarner un personnage du passé. Revoir un rêve qu'elle avait eu, dans lequel certains détails étaient très clairs et d'autres plus flous, insaisissables malgré les efforts qu'elle faisait pour s'en souvenir. Cette cuillère, nous l'utilisions pour remuer la sauce. Cette tasse, c'était l'une de mes préférées pour le thé à la menthe.

Anita passait à l'appartement de temps à autre, parfois en compagnie de Marty, parfois seule. Catherine commandait alors des plats, en trop grande quantité, dans le restaurant italien à l'angle de la rue, et débouchait une de ses bonnes bouteilles de vin qu'elle avait apportées du Phénix.

« Ça vient de Cara Mia, mon nouveau vignoble préféré en Italie, disait Catherine à présent en remplissant un verre. C'est à Velletri, pas très loin de Rome. Le fils qui s'occupe des exports a une voix profonde et sexy. Parfois, j'appelle juste pour savoir comment le raisin pousse. »

Elle était ravie d'avoir la visite d'Anita, car, depuis la *baby shower* de Darwin, quelques semaines auparavant, elle s'était faite plutôt discrète. Elle avait pas mal travaillé sur son thriller dont elle avait parlé en passant à James – *Les morts ne se remarient pas*. Mais elle avait surtout eu la trouille.

« Je suis l'une des rares boutiques américaines à importer leur vin, poursuivit Catherine. C'est une entreprise familiale, et la nouvelle génération se diversifie pour essayer de nouvelles variétés de raisin. »

Anita interrompit son babillage.

« Tu filtres le courrier, tu en jettes une partie », dit-elle d'un ton sans réplique. Elle parlait certes d'une voix égale, mais ses lèvres pincées trahissaient son mécontentement. « Tu prends mon courrier et tu le jettes comme ça. Tu le balances sans dire un mot. Et ce, alors que je t'avais expressément demandé de ne pas le faire. »

C'était vrai, et Catherine se sentit immédiatement coupable. Pendant des années, elle avait consciencieusement collecté toutes les offres préalables de crédit, chaque proposition de refinancement d'un emprunt afin de toucher les capitaux propres, elle avait entassé les prospectus pour des croisières dans le monde entier sur les bons de réduction Valpack qui étaient distribués chaque semaine. (Vraiment ? se demandait-elle. Des bons de réduction au San Remo ? Les mercaticiens directs ne passaient visiblement pas beaucoup de temps à trier leurs listes. C'est pourquoi Catherine recevait exactement les mêmes carnets de réduction à la même adresse.)

Il était rare qu'une lettre personnelle arrive. Ou même une carte postale. Anita vivait avec Marty depuis longtemps à présent, et toutes les personnes de son entourage savaient où la contacter. Sans doute certaines lettres étaient-elles adressées au San Remo par longue habitude ou par un ami dont la mémoire était défaillante. Catherine avait toujours veillé à mettre ces lettres de côté. Depuis quelque temps, pourtant, elle avait décidé de faciliter la tâche à Anita – elle était d'ailleurs très contente de son initiative – et avait pris sur elle de recycler les prospectus des grandes surfaces qui semblaient se reproduire au cours de la nuit dans la boîte aux lettres. Apparemment, chaque magasin faisait des soldes en permanence.

« Juste la publicité, Anita », disait-elle à présent. Doucement. « Je suis sûre que tu reçois les mêmes prospectus à la maison, de toute façon.

— C'est tout simplement inacceptable, Catherine, dit Anita d'un ton sec. Je ne te demande tout de même pas grand-chose. Je me contrefiche de savoir si le courrier que je reçois ressemble à de la publicité. Je veux que tu le mettes de côté et que tu me le fasses passer. » Elle ne détachait pas les yeux du panier. Même si elle ne pouvait pas le voir, Catherine savait pertinemment qu'Anita était en train de froncer les sourcils, et elle n'aimait pas ça du tout.

« Désolée.

— Tu es sûre qu'aucune lettre ne s'est glissée au milieu des prospectus quand tu les as jetés ? » demanda Anita qui, bien que toujours en rogne, feignait d'avoir retrouvé son calme pour recueillir le maximum d'informations : une vieille ruse de mère.

« Euh… non, reconnut Catherine. Tu attendais quelque chose ?

— Ce n'est pas la question, répondit Anita avec brusquerie. Ça ne te regarde vraiment pas, Catherine. Qu'est-ce que tu peux être insolente, parfois. »

Lorsqu'elle vit Catherine courber les épaules, Anita regretta immédiatement de lui avoir parlé si durement. Ce n'est qu'une carte postale, se dit-elle. Sans dire un mot, elle prit Catherine dans ses bras et lui donna une petite tape sur la joue.

« Je suis désolée, ma chère, dit-elle. Allons, buvons un verre de vin et commandons un plat chez l'Italien. Je crois que je vais prendre des gnocchis encore. »

Catherine lui adressa un sourire contraint. Elle avait toujours peur, même après avoir passé toutes ces années dans l'appartement d'Anita, de n'être qu'une pièce rapportée. Dakota était la personne qui comptait vraiment pour tous. C'était une vraie parcelle de Georgia. Elle n'était qu'un souvenir du dernier été passé avec Georgia, quelqu'un qu'Anita continuait à fréquenter par pitié, même si Catherine ressentait le besoin de toujours rester dans les grâces de cette femme. Nous voulons toujours profiter de l'amour d'une mère.

« Non, c'est moi qui suis désolée, Anita, dit-elle. J'ai abusé de ta confiance et je m'excuse. »

Anita lui fit un signe, comme si elle s'apprêtait à partir. Elle passa dans la salle de séjour. En général, elle aimait faire un tour de l'appartement, pas pour traquer la moindre trace d'usure ou de dégradation que Catherine aurait laissée, mais plutôt pour raconter une petite histoire sur chaque meuble. Anita avait emporté quelques objets de valeur, tous ses albums de photos, plusieurs tableaux et sa garde-robe dans le nouvel appartement qu'elle avait acheté avec Marty. Pour le reste, ils s'étaient procuré des meubles et avaient aménagé peu à peu leur appartement. Ils avaient ainsi laissé Catherine dans une maison entièrement meublée, mais pas du tout à son goût. Catherine préférait d'ailleurs qu'il en soit ainsi : de cette façon, elle avait l'impression de faire une pause quelque part, d'être en vacances sans avoir à prendre des décisions définitives. Cela renforçait son sentiment que le temps, la vie même, était en suspens. Et, jusqu'à une période récente, elle avait trouvé cet arrangement fort commode.

« Bon », dit Anita en s'asseyant sur le canapé qu'elle avait choisi avec Stan dans les années quatre-vingt et qu'elle avait recouvert d'un riche brocart en 1995. Elle tapota la place à côté d'elle. « J'ai quelques nouvelles à t'annoncer… »

Comme n'importe quel couple, Anita et Marty avaient dû faire des compromis. Ils durent décider de quel côté du lit ils dormiraient, qui ferait la vaisselle et s'il était important ou non pour leur couple qu'ils regardent les mêmes émissions à la télé. Sans compter qu'ils n'avaient pas les mêmes centres d'intérêt : elle aimait l'opéra, il aimait assister à des matchs de base-ball.

Ou plus précisément aux matchs des Yankees. Elle aimait tricoter, il aimait regarder les Yankees à la télé. Elle aimait marcher dans le parc, il aimait écouter des matchs sur son iPod.

« Qu'est-ce que ça peut faire ? avait dit Anita à Dakota quelques années auparavant. C'est un homme doux et bon. Et je suis ravie qu'il ait une passion. Ça conserve. »

Et même si Marty n'avait jamais essayé de monter les mailles d'un tricot, Anita l'accompagnait aux matchs et regardait les joueurs se tenir autour des bases et attendre une chandelle ou Dieu sait quoi. « Il est grand, disait-elle parfois. » Ou : « S'ils avaient une équipe mixte, il n'y aurait peut-être pas autant de crachats dans le stade. » En général, elle se plongeait dans un roman à l'eau de rose qu'elle achetait au drugstore et dont elle ne relevait la tête que lorsque la foule s'animait. Chaque fois qu'elle assistait à un match, elle ne manquait jamais de dire à Marty que le Yankee Stadium manquait vraiment de jugement et qu'elle ne comprenait pas pourquoi ils interdisaient les aiguilles à tricoter.

« D'autres équipes laissent les femmes tricoter en paix. Elles les encouragent même à emmener leurs amies. Quelqu'un devrait écrire une lettre à monsieur Steinbrenner et le lui dire. » Et Marty acquiesçait d'un air solennel tout en notant le score sur sa fiche qu'il rangerait plus tard dans son caisson bleu yankee du *deli* où il gardait tous ses papiers importants.

Marty continuait à travailler et se rendait au *deli* la plupart des jours. Il confectionnait des sandwichs parfaits au bœuf fumé et à la moutarde épicée. C'est ce qu'il avait fait toute sa vie. Il avait repris avec son frère le commerce de son père, puis avait racheté les parts de son frère et avait continué à s'occuper du *deli*. Et pendant ce temps, il avait investi avec le plus grand calme et le plus grand soin dans des biens immobiliers de l'Upper West Side. Il avait tout d'abord acheté le bâtiment qui abritait le *deli* au premier étage et la boutique Walker & Fille au deuxième, puis des bâtiments de grès brun et d'autres commerces ou propriétés résidentielles. En fait, Marty Popper faisait partie de ces millionnaires discrets qui peuvent se payer tout ce dont ils ont envie, mais qui ont choisi de vivre simplement.

« Qui servirait le café ? » disait-il toujours lorsqu'on lui demandait si, à soixante-treize ans, il ne songeait pas à prendre sa retraite. Même si, lorsque les gens insistaient, il disait rêver de s'acheter un camping-car. Anita pourrait s'installer sur le siège passager et tricoter ou regarder le paysage défiler pendant qu'il conduirait.

Ils avaient en effet au moins un centre d'intérêt en commun : les voyages. Lorsqu'Anita et lui s'étaient installés ensemble, il avait cherché un homme de confiance, un bras droit qui pourrait s'occuper du commerce et effectuer quelques tâches serviles que Marty estimait avoir assez faites, mais qui pourrait aussi tenir son commerce pendant qu'Anita et lui prenaient le train et traversaient le pays pour un deuxième voyage de noces.

« Nous ne pouvons pas avoir de deuxième lune de miel, le taquinait Anita lorsqu'il venait se coucher à ses côtés le soir. Nous n'avons même pas eu la première. »

Ils formaient certes un couple, mais ils n'étaient pas mari et femme.

Marty n'avait jamais été marié et n'avait pas d'enfants : le fait qu'il n'ait pas d'enfants avait certainement facilité l'évolution de leur relation. Anita, de son côté, avait apporté bien suffisamment de descendants problématiques pour un seul couple. À vrai dire, elle avait pris ses enfants au dépourvu, les avait alarmés en sous-entendant qu'elle avait besoin d'un compagnon et peut-être d'une vie sexuelle, même s'ils n'osaient pas trop y penser. N'allez pas croire qu'ils l'auraient préférée morte. Pas du tout. Ils auraient juste préféré qu'elle se conduise comme une… morte, en quelque sorte. C'était là le fond du problème. Les vieilles dames n'étaient-elles pas censées se concentrer sur leur tricot et leurs parties de cartes ?

Marty et Anita avaient donc choisi de rester en terrain neutre avec les enfants. Ils descendaient toujours à l'hôtel lorsqu'ils rendaient visite à Nathan et sa famille à Atlanta, par exemple, pour éviter de soulever la question de qui dort avec qui et dans quelle chambre. (« C'est pour les enfants, maman », insistait-il, même s'il était si difficile d'attirer l'attention de ses petits-enfants qu'Anita doutait qu'ils remarquent quoi que ce soit.)

Anita avait le sentiment de ne jamais voir ses petits-enfants autant qu'elle le souhaitait. Autrefois, c'était parce que les enfants étaient jeunes, qu'ils avaient beaucoup d'activités et qu'Anita, qui avait peur de prendre l'avion, avait du mal à entreprendre le voyage. Puis les petits-enfants grandirent et, au lieu d'être plus disponibles, ils étaient encore plus pris. Même lorsqu'elle logeait encore dans la maison de leurs parents, il était très difficile de les faire asseoir un moment et de bavarder avec eux. Ils prenaient toujours leurs repas à toute vitesse avant de se sauver pour participer à des matchs, suivre des cours de danse, accomplir un travail bénévole pour une association qu'ils pourraient mettre en avant dans leurs candidatures aux universités. Il devait sans doute se passer la même chose dans sa maison lorsque ses fils étaient plus jeunes et qu'elle avait encore les cheveux bruns. Pourtant, elle avait désormais l'impression que les enfants avaient trop d'activités et que leur vie quotidienne était trop chargée.

« Toutes ces activités vont finir par les stresser », disait-elle à Nathan, qui l'ignorait comme à son habitude.

Néanmoins, elle ne s'était pas laissé dissuader d'emménager avec Marty par la réaction pour le moins mitigée de ses fils. Ils avaient souvent parlé de mariage, mais Anita avait toujours fait comprendre à Marty que cette étape ne lui paraissait pas nécessaire et que l'organisation d'un tel événement pouvait potentiellement engendrer des complications. De plus, ce genre de contraintes concernait les gens de moins de soixante ans, les gens qui n'avaient pas suffisamment de bon sens pour apprécier la valeur d'un vrai compagnon.

Quelle ne fut pas sa surprise lorsque, tandis qu'elle se levait pour le septième tour de batte, afin de laisser Marty et tous les autres supporters chanter, elle remarqua que son compagnon ne se joignait pas au mouvement avec son enthousiasme habituel. Il transpirait de surcroît.

« Tu es malade ? lui demanda-t-elle.

— Non, juste nerveux », dit-il en prenant sa main sur le dernier accord de la chanson des supporters.

« Anita, veux-tu m'épouser ? » demanda Marty en fouillant dans sa poche dont il sortit un écrin en velours qu'il ouvrit pour laisser apparaître une énorme bague de diamants et de rubis. Elle se mit à rougir lorsqu'elle sentit le regard des étrangers qui l'entouraient se poser sur elle. Pourtant, elle avait très envie de rire. De rejeter la tête en arrière et de rire. Du cadre ridicule, de cet homme fou et bienveillant qui pensait avoir atteint le summum de la communion en partageant son amour du jeu le plus lent qu'on ait joué avec elle. Et c'est pour cette raison qu'elle l'aimait.

Stan n'aurait jamais fait sa demande en mariage dans le Yankee Stadium. Et c'était bien ça qui faisait le charme de Marty. Tout comme les femmes n'aiment pas qu'un seul genre de plats, elles n'aiment pas qu'un seul genre d'hommes.

C'est alors qu'elle avait pris sa décision. Oui, elle allait épouser Marty. Et elle allait dire à Catherine qu'elle était désormais prête à vendre l'appartement du San Remo.

10

Dire oui, c'était sans doute l'étape la plus facile. À présent, sa liste de choses à faire semblait s'allonger de jour en jour, et à peine une semaine s'était écoulée depuis que Marty lui avait demandé sa main. Anita avait gardé la nouvelle pour elle pendant quelque temps, juste pour la savourer, puis elle en avait parlé à Catherine, Dakota et James avant de l'annoncer gaiement aux membres du Club de tricot du vendredi soir.

Elles avaient passé une bonne soirée, et Anita avait été ravie d'apprendre que Darwin était tirée d'affaire et qu'elle avait donné naissance à deux jumeaux en parfaite santé qui pesaient 2,7 kilos chacun. Elle les avait appelés Cady et Stanton.

Les choses se présentaient bien pour tout le monde.

« Si nous nous marions, autant faire les choses comme il faut, dit-elle à Peri au cours d'une de ses matinées de travail à la boutique. Pas de mariage en catimini pour nous. Nous allons organiser une cérémonie vraiment digne de ce nom.

« Vous avez fixé une date, alors ?

— Non, dit Anita en soupirant. Je crains que nous n'ayons guère progressé dans ce sens. »

Marty acceptait toutes les propositions qu'elle faisait, même si elles se contredisaient entre elles. Se marier à Central Park ? Merveilleux. Se marier à la synagogue ? Parfait pour lui. Une réception au St. Regis ? Au Plaza ? À Essex House ? Très bien, très bien, très bien.

« À l'allure où nous allons, nous aurons quatre-vingt-dix ans quand tout sera enfin prêt, dit Anita. Nous nous demandions si nous devions d'abord organiser des fiançailles, faire venir les enfants et inviter notre famille et nos amis.

— Quand est-ce que vous allez le faire ?

— Nous n'avons pas encore fixé de date pour ça non plus, dit-elle. Il y a tellement de choses à faire : choisir un traiteur, l'endroit, les fleurs, la robe.

— Ne sois pas raisonnable pour une fois et oublie le tailleur couleur crème, insista Peri. Porte quelque chose de vraiment génial. Tu es la mariée après tout.

— Même si je suis un peu ridée, dit Anita. Oui, je suis la mariée, la mariée ! »

Elle se mit à sortir chaque matin son vieil album de photos. Après le départ de Marty, elle examinait chaque photo de son mariage avec Stan et s'émerveillait de tout. De sa peau, d'abord. Elle était si lisse ! De ses cheveux. Ses belles boucles des années 1950, bien plaquées contre sa tête. Ses lèvres rouges, si rouges. L'air sérieux qu'elle affichait sur la photo, le regard fixé sur l'objectif, alors qu'elle était si nerveuse intérieurement. Cette photo prise sur le vif alors qu'elle pointait du doigt une personne qui se trouvait hors du champ de l'appareil. Elle l'avait complètement oubliée, jusqu'à ce qu'elle se remette à feuilleter son album. Elle repensa alors à sa petite fille d'honneur, dans sa robe vert menthe, qui fauchait du chocolat. Adieu, les gants blancs ! Anita avait blêmi, redoutant qu'elle ne pose ses petits doigts sales partout. « Fais quelque chose, avait-elle dit à sa mère, surveille-la. »

Marty n'aurait rien eu contre le fait qu'elle regarde ses vieilles photos. Il aurait même été content de s'asseoir avec elle au bar en granit où ils prenaient leur petit-déjeuner et de l'écouter parler de ses premières noces, de son premier mariage. Elle n'avait jamais eu à faire comme si elle n'avait pas eu de vie avant lui. Pourtant, elle trouvait préférable de regarder les photos quand elle était seule.

Elle n'avait pas à moduler sa voix. Elle ne se sentait pas obligée d'essuyer ses larmes, Marty n'aurait pas à la consoler en pensant qu'elle pleurait à cause de Stan. Quel embarras !

Si seulement Catherine n'avait pas jeté le courrier !

Anita avait examiné avec soin chaque brochure, chaque prospectus, mais il n'y avait que de la publicité dans ce fichu panier en osier. Elle avait appelé Catherine et lui avait dit d'un ton désinvolte qu'elle voulait revenir. Regarder dans la cuisine ; voir si quelque chose n'était pas tombé derrière le frigo.

« Le frigo ? dit Catherine. Je l'ai à peine ouvert depuis cinq ans. J'ai encore moins posé quelque chose derrière. »

Où était-ce ? Pourquoi n'était-ce pas arrivé ?

Ses fils lui avaient bien fait comprendre qu'ils trouvaient bizarre qu'elle laisse autant de choses derrière elle lorsqu'elle avait quitté l'appartement du San Remo et emménagé avec Marty. Mais Anita n'avait pris que ce qui comptait vraiment à ses yeux : les photos, les bijoux que Stan lui avait offerts et les cartes postales. La pile de cartes postales vierges, envoyées des quatre coins du monde, qu'elle avait stockées dans un tiroir de bric-à-brac à la cuisine. Où personne ne prenait jamais la peine de regarder. Elle avait en fait essayé de les laisser, elles aussi, avait attendu des semaines avant de venir les chercher subrepticement alors que Catherine n'était pas à l'appartement. Elle avait l'impression d'être une cambrioleuse, occupée à voler ses propres affaires. Elles étaient là : Big Ben, la tour Eiffel, le Colisée. Attachées ensemble par un caoutchouc usé, cachées dans le tiroir. Elle avait fourré toute la pile dans son sac à main et était retournée à sa nouvelle vie. Le seul indice qui trahissait son attachement à ces cartes postales, c'était sa fascination pour les imprimés publicitaires. Marty ne semblait pas remarquer qu'elle ne s'intéressait jamais aux prospectus de leur boîte aux lettres. Elle ne se préoccupait que de ce qui venait du San Remo.

« Oh ! Sarah, soupira Anita en regardant les photos de la petite fille d'honneur comme si elles pouvaient lui dire pourquoi elle n'avait pas eu de nouvelles de sa petite sœur cette année. Que t'est-il arrivé ? »

Confier Ginger à Rosie, voilà qui posait à présent quelques problèmes. Ce n'était plus l'aide que Lucy escomptait. Elle était arrivée chez elle, s'attendant à trouver Rosie et Ginger en train de préparer le dîner comme d'habitude. Quelle n'avait pas été sa surprise de trouver sa mère allongée sur le canapé en train de ronfler doucement, et sa fille occupée à sortir de la nourriture du frigo. Le sol était couvert de jus d'orange renversé et d'œufs cassés qui coagulaient sur les carreaux.

« Tu as vu, maman, je t'aide, dit Ginger avant de poser un doigt sur sa bouche. Chut… mamie est fatiguée. »

Lucy ravala un soupir. Il ne manquait plus que ça. À deux semaines de son départ en Italie. Elle avait prévu d'empaqueter Ginger avec son lapin en peluche qu'elle appelait « Sucre d'orge », une valise Elmo remplie de leggings, de robes en coton pour une semaine ainsi que de quelques Barbie et compagnie nécessaires à son bien-être, puis de l'expédier chez Rosie pour quelque temps pendant qu'elle s'occuperait de choses sérieuses. Mais si une journée complète passée avec Ginger et son énergie débordante se terminait ainsi, avec une mère épuisée et une fille sans surveillance, qui sait ce qui pourrait se passer en quelques semaines ? Ginger se retrouverait suspendue au lustre de la maison de sa mère, dans le New Jersey, tandis que Rosie serait assise dans son fauteuil berçant et inclinable La-Z-Boy bleu pastel avec une vessie sur la tête. Le meilleur moyen d'alerter les services sociaux.

Elle soudoya sa fille affamée avec un sandwich au beurre de cacahuète et un épisode de *1, rue Sésame*, puis couvrit sa mère qui dormait à l'aide d'une couverture Georgia qu'elle avait tricotée pour une association caritative.

« J'ai juste fermé les yeux une seconde », bredouilla Rosie lorsque Lucy tapota sur son épaule, puis elle se rendormit.

Lucy comprit qu'il n'était pas juste de sa part d'exiger de sa mère qu'elle garde sa fille.

« Ma maman est vieille », murmura-t-elle, à la fois surprise de le constater et de réaliser qu'elle avait mis si longtemps à en prendre conscience. À l'évidence, sa mère n'avait plus l'énergie suffisante pour garder Ginger. Elle épuisait déjà Lucy qui était beaucoup plus jeune. Qu'allait-elle faire avec ce job en Italie ? Ses frères aînés et leur famille n'avaient pas beaucoup de place pour une petite fille précoce même pour quelques semaines.

Combien de fois avaient-ils passé les bras potelés de leurs enfants dans les manches d'un justaucorps, combien de fois avaient-ils assisté aux cours de natation et regardé de petites têtes sortir de l'eau et souffler fièrement des bulles ? Tout cela était derrière eux à présent.

Un an plus tôt, elle aurait demandé à Darwin et Dan, bien sûr. Ils auraient été ravis de garder Ginger et l'auraient traitée comme une petite princesse. Mais, à présent, ils étaient fort occupés avec leurs propres bébés.

« Débordée, débordée, débordée », marmonna Lucy d'un drôle de ton tout en repoussant avec le dos de la main les mèches de cheveux (elle les avait reteints en brun roux) qui lui tombaient devant les yeux alors qu'elle ramassait les coquilles d'œufs et les jetait dans une serviette en papier. « Débordée avec ses bébés. »

Elle entendit ses mots comme si quelqu'un d'autre les prononçait. *Débordée avec ses bébés*. Ne me dis pas que j'en veux à Darwin d'être enfin devenue mère, pensa-t-elle avec un sentiment d'horreur. S'était-elle tellement habituée au soutien infaillible de Darwin qu'elle ressentait à présent une certaine amertume ? Craignait-elle que la tatie honorifique de Ginger ne tienne plus à sa fille comme à la prunelle de ses yeux ?

« Ô mon Dieu, dit Lucy, plongée jusqu'au cou dans le jus et les coquilles d'œufs, l'estomac noué par un sentiment de culpabilité. Je ne suis qu'une petite fille pourrie, gâtée. »

Ginger détourna les yeux de l'écran de télévision. « Oh ! maman, ça va, dit-elle, tu prépares de très bons repas. »

Ce n'est pas parce qu'une chose est naturelle qu'elle va forcément être facile. Quelqu'un aurait quand même pu le lui dire dans la salle d'accouchement. Puis, plus tard, lorsqu'ils lui avaient apporté les bébés pour qu'elle les nourrisse. L'hôpital devrait peut-être mettre un écriteau quelque part. Elle avait regardé Dan, son fidèle compagnon, le docteur, mais l'anxiété dans ses yeux ne faisait que refléter la sienne.

Bon, j'ai des nichons, pensa Darwin lorsque les bébés se mirent à vagir. Et maintenant, comment je fais ? Personne n'en avait véritablement eu besoin auparavant. Et les bébés semblaient se résumer à une somme infinie et constante de besoins, jour et nuit. Même lorsqu'ils dormaient, elle devait rester vigilante pour s'assurer qu'ils respiraient bien, qu'ils n'avaient ni trop chaud ni trop froid, qu'ils étaient heureux.

Il y avait certes de bons moments, beaucoup même. Comme lorsque Cady avait crié pour la première fois, suivie quelques minutes plus tard par son frère. Ou comme lorsqu'elle les avait pris et qu'ils avaient soupiré comme pour dire : « Enfin. Être là avec toi, maman, c'est ce qu'il y a de mieux au monde. »

Elle imaginait souvent de petits dialogues pour ses bébés lorsqu'elle était seule ou parfois lorsque Dan était présent aussi. « J'aime les câlins », disait-elle d'une voix de bébé, faisant mine de se trouver ridicule alors qu'au fond elle aimait parler ainsi et ne s'en cachait pas tant que cela. Elle les affublait sans cesse de nouveaux surnoms : Lapin, Lollipop, Louloute. Elle faisait même très régulièrement semblant de manger leurs doigts et leurs orteils.

Pourtant… Darwin ne s'était pas lavé les cheveux depuis des jours. Il était difficile de garder la notion du temps. Elle était à la fois fascinée et dégoûtée par son corps. Par ce qu'il était capable de faire, par la quantité de sang qui avait coulé après l'expulsion. Et tout – son corps, ses jumeaux, sa maison – était foutrement sale, dégoûtant même.

Maintenant que les bébés étaient là, elle passait par toutes sortes d'émotions contradictoires. Il y avait les hauts, lorsque les enfants étaient propres, qu'ils sentaient bon et qu'ils dormaient, et les bas lorsqu'ils se transformaient en boules de rage, qu'ils sentaient mauvais, qu'ils vagissaient et rougissaient de plus en plus parce qu'elle avait mal interprété les signaux qu'ils envoyaient : elle tentait de changer leur couche, alors qu'ils voulaient faire un rot, les emmitouflait dans une couverture de plus alors qu'ils avaient déjà trop chaud. Ils serraient alors leurs petits poings et battaient l'air comme pour dire : « Comment peux-tu être aussi *bête*, maman ? »

« Je n'y arriverai jamais toute seule ! » cria-t-elle une nuit à Dan. Ses seins étaient douloureux, le lait coulait, les bébés vagissaient. Il était 4 heures du matin et ils avaient eu une demi-heure de sommeil à eux deux.

« Et si on appelait ta mère ? proposa-t-il. Ou ma mère ?

— Non, dit Darwin qui commençait elle aussi à pleurer. Elles vont toujours être en train de me dire ce qu'il faut faire.

— Mais nous ne savons même pas ce que nous faisons, répondit-il d'une voix qui trahissait son exaspération. Nous devrions demander de l'aide.

— Je suis intelligente », dit Darwin en pleurant. Elle se sentait désespérée et complètement dépassée. « J'ai un doctorat. Pourquoi est-ce que je ne suis pas capable de m'occuper de mes propres enfants ? »

Les livres n'avaient pas été assez clairs, franchement. Oh ! ils faisaient bien allusion à la détresse, au baby blues, au sentiment d'impuissance lorsque les bébés n'arrivaient pas à prendre le sein, à la douleur lorsque les mamelons se fissuraient.

Mais il ne s'agissait là que de problèmes théoriques. Des problèmes qui ne pouvaient pas *la* concerner, pensait Darwin.

Elle désirait vraiment ses enfants. Elle avait rêvé d'eux pendant des années. Alors, chaque moment serait un instant de pur bonheur, non ?

Non. Il se trouve que la maternité impliquait beaucoup plus que ce à quoi elle s'attendait.

« Je ne suis pas prête, confessa-t-elle à Dan au moment où le soleil se levait. Je ne suis pas capable de le faire !

— Je ne pense pas que nous puissions les rendre à présent, chérie, fit-il remarquer. Ça ira mieux quand ils seront majeurs. »

Pourtant, les émotions qui la submergeaient ne concernaient pas toutes Cady et Stanton. Maintenant qu'elle était mère, Darwin se voyait contrainte de réfléchir à la fille qu'elle était. Imagine, pensait-elle, si Cady ne m'appelait pas pendant un mois. Une semaine. Un jour. Comment pourrait-elle supporter d'être séparée de son bébé si longtemps ? Et pourtant, elle ne se manifestait pas régulièrement auprès de sa mère à Seattle. Elle appelait rarement pour dire bonjour.

Après trois jours passés à la maison avec les jumeaux, alors qu'elle assistait au lever du soleil sans avoir fermé l'œil de la nuit, Darwin était prête. Avoir des jumeaux, ça faisait peut-être très star de cinéma, mais c'était beaucoup moins glamour quand on n'avait pas de personnel.

« Appelle les mères à la rescousse, dit-elle en soupirant d'un air las. Nous avons besoin de renfort. »

Catherine n'avait pas peur du changement. Elle l'accueillait souvent avec joie. Si c'était elle qui l'initiait. La décision d'Anita de vendre l'appartement ne lui convenait pas du tout. Certes, elle n'aurait pas grand-chose à faire. Prendre quelques vêtements, sa brosse à dents et les bouteilles de vin qu'elle n'avait pas encore bues. C'est dans son petit cottage qu'elle avait stocké toutes ses affaires, comme l'armoire qu'elle devait autrefois cacher dans un placard mural parce qu'Adam n'aimait que les meubles aux lignes épurées et de préférence en métal. Comme son cœur. Mais c'était complètement différent d'avoir à se soumettre au calendrier de quelqu'un et, même si elle se trouvait puérile de réagir ainsi, Catherine était un peu fâchée contre Anita.

« C'est parce que j'ai jeté les bons de réduction ? » demanda-t-elle un après-midi à Anita. Elle l'avait appelée depuis son téléphone portable alors qu'elle se trouvait au Phénix et qu'elle tuait le temps en attendant la dégustation de vins qu'elle allait animer ce soir-là.

« Certainement pas, dit Anita. Il est temps de le faire, c'est tout. Et tu as ta maison à présent.

— Toutes les filles ont besoin d'un appart en ville, insista Catherine.

— Tu as les moyens de t'en acheter un, ma chère, fit remarquer Anita.

— Oui, mais j'aime bien vivre dans le tien », dit Catherine en essayant d'amadouer Anita. Malheureusement, Anita n'était pas du tout du genre à se laisser amadouer.

« Nous en reparlerons à la prochaine réunion du Club, dit Anita. Je suis en train de faire une liste en ce moment.

— Encore une ?

— Oui, dit Anita, de plus en plus irritée. J'ai eu trois fils, tu sais. Je n'ai jamais organisé de mariage avant. C'est ma mère qui s'est occupée du mien.

— Dis-toi qu'il s'agit juste d'une fête, suggéra Catherine.

— Oui, dit Anita. Une fête pour laquelle je dois repeindre l'appartement, recouvrir le canapé, engager un traiteur, trouver la robe parfaite, perdre six kilos et me faire un lifting du visage.

— Parlons-en, des liftings, dit Catherine, qui avait eu plus d'une fois recours à la chirurgie esthétique. Tu es superbe, toujours. Étant donné le temps qu'il faut pour récupérer, laisse-moi te dire que le jeu n'en vaut pas la chandelle. Quand est-ce que le mariage va avoir lieu d'ailleurs ?

— Pour la centième fois, je n'en sais rien. Si quelqu'un me parle encore de la date, je ne réponds de rien. »

Catherine éloigna le combiné de son oreille.

« Tu es sûre de vouloir te marier ? hasarda-t-elle.

— Oui, ce n'est pas le mariage qui me pose un problème ! » dit Anita. Elle prit une profonde inspiration, puis se remit à parler plus calmement. « Il y a trop de choix…

— Je pensais qu'une personne de ton… » Catherine s'interrompit, cherchant un mot plus approprié. « De ton expérience serait immunisée contre le syndrome de la bridezilla.

— L'âge n'a rien à voir avec la raison, dit Anita. Je croyais que tu t'en étais rendu compte depuis le temps.

— Oh ! oh ! » dit Catherine. Anita était de plus

en plus revêche. « Écoute, mon téléphone fixe sonne. Je peux te rappeler plus tard ? J'ai quelques bonnes idées et j'aimerais t'aider à organiser le grand événement, si je peux. Il faut que je raccroche maintenant. »

Elle se cala dans le fauteuil qu'elle gardait près de la caisse et regarda tous les objets brillants du Phénix. Certains jours, Catherine se sentait puissante et ambitieuse, et elle aimait le nom du magasin. Parfois cependant, elle allait jusqu'à regretter de l'avoir ouvert. C'est tout juste si elle entendit l'horloge de parquet sonner 3 heures et l'inviter à faire quelque chose avant la fermeture de la boutique.

Elle avait acheté l'horloge en France lors d'un des voyages qu'elle avait entrepris pour compléter son stock. Catherine avait même quelques babioles – une tasse covenantaire en argent et une table basse rouge cerise – qu'elle avait rapportées d'Écosse, deux ans auparavant, lorsqu'elle était allée retrouver Dakota et James et qu'elle avait offert une énorme boîte de chocolats belges à la grand-mère écossaise.

Le cadeau avait été très apprécié, en particulier les truffes à la ganache noire. Pourtant, Catherine s'était sentie mal à l'aise alors qu'elle prenait le thé dans la cuisine avec Mam. On a l'impression de faire partie d'un tout, pensait-elle à présent, puis on découvre que ça ne nous a jamais vraiment appartenu. Que c'était à quelqu'un d'autre et qu'on n'était qu'un élément qui composait la foule.

« Il me manque quelqu'un à qui je pourrais réciter la liste interminable de mes plaintes. » C'est ce qu'avait dit l'un des participants au groupe de parole sur le deuil où James et Catherine s'étaient assis en cercle avec tous les autres « tristes chroniques ». Ils avaient tous besoin d'un porteur pour leur bagage émotionnel, les mamans, les papas, les frères et sœurs, les amis embourbés dans la frustration et la confusion. James et Catherine passaient une grande partie des séances à se sentir supérieurs aux autres, se rassurant mutuellement en échangeant des signes de tête discrets et en haussant les sourcils. Ils furent donc plutôt surpris de se mettre à sangloter avec les autres à la fin de la soirée.

« Ce qui me manque le plus, c'est de compter pour quelqu'un », avait dit Catherine. Elle pensait alors aussi bien à ses parents qu'à Georgia. « J'avais ainsi le sentiment d'être importante. »

C'est aussi l'impression qu'elle avait lorsqu'un homme s'intéressait à elle.

Elle n'était guère différente en ce sens de la plupart des femmes. Même si elles ne voulaient pas le reconnaître. Qu'elles parlent de chercher l'amour ou de trouver l'âme sœur. Finalement, ça revenait à la même chose : compter aux yeux de quelqu'un. Même son ex-mari, Adam, comptait sur elle. Il attendait d'elle qu'elle anime les dîners et les soirées. Elle avait un rôle, savait ce qu'elle avait à faire.

Elle prit de nouveau le combiné. Le téléphone n'avait pas sonné, comme elle l'avait dit à Anita. Elle avait juste eu un moment de frustration, d'envie.

« Vous n'avez pas beaucoup de conversation, dit Catherine à la boutique remplie de meubles mais dépourvue d'êtres humains. Tu ne me demandes jamais comment je vais », dit-elle à la caisse enregistreuse. Elle s'approcha d'une armoire à façade miroir rouge cerise. « Je vais bien, roucoula Catherine dans la glace. Et toi ? »

Elle retourna vers son bureau, sortit une carte de visite et composa un numéro qui semblait comporter un nombre infini de chiffres.

« Buongiorno, Marco, dit-elle. J'ai adoré le vin, j'en ai bu autant que j'en ai vendu ! Quel bon conseil vous m'avez donné ! Il va falloir m'en vendre plus, c'est certain. Alors, dites-moi, comment s'annonce le temps cet été à Rome ? »

11

Tôt ou tard, elle devrait le dire aux garçons. C'est ce que pensait Anita en regardant les chiffres brillants sur le radio-réveil. Laisser Nathan tempêter, David faire comme s'il était intéressé et Benjamin ménager la chèvre et le chou. « D'un côté, c'est une bonne idée, maman, de l'autre… »

Elle remonta les couvertures jusqu'au menton et ferma les yeux, faisant mine de s'endormir alors qu'elle ne faisait qu'écouter la succession douce et régulière d'inspirations et d'expirations de Marty. Il a une respiration agréable, pensa-t-elle. Au bout de vingt minutes, elle n'y tint plus. Elle ne pouvait pas rester là les yeux fermés de force, à compter les inspirations et les expirations.

« Tu penses vraiment que nous avons pris la bonne décision ? »

Elle n'eut pas de réponse, elle n'en attendait pas vraiment une d'ailleurs. Marty avait le sommeil profond et, si elle voulait attirer son attention entre l'extinction des feux et l'aube, elle devait recourir à des coups bien placés dans les tibias ou à un pincement d'oreille. Ce qu'elle démentait immédiatement, bien sûr.

« Quoi ? dit Marty en se redressant. Quelle heure est-il ?

— Marty, commença Anita sur le ton de la conversation, comme s'ils étaient assis autour d'un thé et de muffins en plein après-midi. J'ai quelque chose à te dire. »

Pour tester un homme, il suffit de le réveiller à minuit sans qu'il y ait le moindre cambrioleur ou la moindre flamme à l'horizon.

« Je suis amoureuse. » Dakota parlait tout bas à Catherine par-dessus les habits tandis qu'elle cherchait la tenue de mariée parfaite pour Anita.

Catherine continua à regarder les tailleurs beiges au milieu de la boutique. Les vêtements semblaient se trouver à des kilomètres les uns des autres. Ce n'était pas comme dans les magasins qu'elle fréquentait avec Dakota. Il n'y avait qu'un ou deux ensembles par portant. Tout le monde n'avait que l'amour en tête, semblait-il. D'Anita à Darwin en passant par Dakota. Les mariages, les bébés… Tout tournait autour du sexe.

Le sexe.

Catherine redressa brusquement la tête pour dévisager Dakota, qui avait le regard fixe et qui attendait.

« Amoureuse ? » demanda Catherine comme si elle n'était pas certaine de la signification du mot. Et peut-être ne l'était-elle pas ? « Qu'est-ce que tu veux dire ?

— J'ai rencontré un type », dit Dakota avant de pincer les lèvres et de pencher la tête vers Anita qui sortait de la cabine dans un bruit de froufrous, vêtue d'une jupe bleu pastel en taffetas et d'un twin-set en cachemire. Dakota lança un regard à Catherine pour l'adjoindre de se taire.

« Oh ! les filles, je ne sais pas quoi penser de cet ensemble », dit Anita en leur faisant signe de vite venir dans la cabine. Elle se tenait devant un miroir à trois faces.

« Tu organises un bal ou un barbecue ? demanda Dakota. Tu as l'air complètement désorientée. D'abord, tu essaies un tailleur beige qui ressemble exactement à ceux que tu portes pour travailler à la boutique : "Euh ! Écoute, je pourrais te rappeler !" Ou : "Attends, je vais peut-être dire oui", puis d'un coup tu ressembles à quelqu'un qui s'apprête à aller au bal des seniors, et par senior, j'entends…

— Boucle-la, jeune fille, dit Anita, vexée. Ce n'est pas parce que tu cherches ton style que tu dois te sentir autorisée à dire tout ce qui te passe par la tête. »

Anita tournait d'un côté et de l'autre devant le miroir. « Catherine ?

— Je crois que nous devrions aller directement chez Kleinfeld, affirma-t-elle. Tu es la mariée ! Pourquoi ne pas aller dans la boutique de robes de mariées la plus célèbre de New York et essayer toutes les tenues du magasin ? Comme ça tu verras une fois pour toutes quel genre de mariée tu veux être. Peut-être que tu préfères porter du blanc plutôt que du bleu pastel. Et comme ça on aura une base. »

Catherine attendit que la porte de la cabine d'essayage se referme, puis elle saisit le poignet de Dakota et la tira vers elle.

« Ton père est au courant ? » James ne lui avait rien dit lorsqu'ils s'étaient vus pour la séance de thérapie de groupe, et Catherine était certaine qu'il lui en aurait parlé s'il avait su. Sa plus grande crainte était que Dakota, à l'instar de sa mère, s'amourache d'un beau parleur immature. Un qui prendrait ses jambes à son cou au moindre problème, une grossesse par exemple. Ça faisait aussi partie de son legs à sa fille.

Les membres du Club n'ignoraient pas que James avait du mal à accepter que Dakota ne soit plus une petite fille. Elle leur avait raconté par le menu comment James s'était opposé vivement à ce qu'elle aille en résidence universitaire. Et elle continuait à apporter des pâtisseries à la boutique de temps à autre, se plaignant que son père ne voulait décidément pas comprendre.

Avec tout ce que sa mère avait laissé pour elle, un testament, une assurance vie, des parts de la boutique, les dispositions pour la tutelle, la couverture en patchwork tricotée par le Club, elle avait omis d'apporter une réponse à des questions très concrètes. Elle aurait dû laisser une série d'instructions à James concernant le moment où Dakota pourrait sortir avec un garçon, ou l'établissement d'un couvre-feu raisonnable.

Pendant les quelques mois qui avaient suivi la mort de Georgia, il avait tout d'abord tâtonné prudemment avant d'essayer de protéger Dakota du moindre danger potentiel, y compris le manque de sommeil.

Elle n'avait pas du tout apprécié de devoir aller se coucher plus tôt en terminale qu'en seconde. Il lui avait fallu engager des négociations interminables, dignes d'un G8, pour assister au bal de fin d'année et rester jusqu'à la fin.

Et toujours, subtilement, calmement, Anita ou Catherine étaient intervenues. Elles avaient suggéré d'autres options. Négocié des accords. Aidé la raison à l'emporter.

Mais le sexe ? Certes, Dakota en avait entendu parler par sa mère, Anita, Catherine, son père. Elle avait entendu toutes ces discussions superficielles qui grésillaient comme un mauvais publireportage. Catherine se dit qu'elle aurait dû être préparée mieux que tous les autres à cette perspective ; elle aurait dû s'assurer que la fille de sa meilleure amie avait une ordonnance pour une contraception et en finir avec ce sujet.

Et pourtant, elle se sentait un peu déroutée. Prise au dépourvu. Il était plus facile d'oublier que Dakota était une adulte. Et, comme la plupart des adultes, elle avait encore beaucoup à apprendre.

« Tu as concrétisé ? » siffla Catherine, de plus en plus irritée par l'expression froissée de Dakota. En colère contre elle-même parce qu'elle avait l'impression d'incarner une puritaine bien-pensante.

« Non, Catherine, dit-elle en détachant exagérément les syllabes. L'amour et le sexe, ce n'est pas toujours la même chose. Tu ne le sais pas encore depuis le temps ? »

Mon Dieu, qu'est-ce qu'elle pouvait être insolente parfois. Le plus alarmant dans l'histoire, en supposant que le ton ait été plus malicieux et un peu moins bêcheur, c'est que Georgia aurait pu lui dire exactement la même chose. « Non, à l'évidence, je ne le sais toujours pas, répondit-elle dans sa tête comme si elle parlait à Georgia. Et qu'est-ce que je fais avec ta fille maintenant ? »

« Je suis désolée, Dakota », dit Catherine à voix haute. Elle parlait d'une voix calme, mais elle avait les joues rouges. « J'aimerais beaucoup que tu me parles de ton ami. Nom ? Rang ? Numéro de série ? Où vous êtes-vous rencontrés ? C'est très excitant de tomber amoureuse. C'est du moins ce que j'ai lu dans *O, The Oprah Magazine.* »

Dakota se détendit immédiatement. Catherine réalisa qu'elle devait mourir d'envie de le raconter à quelqu'un. C'était une grande nouvelle pour elle. Pour tout le monde. L'amour. C'était toujours plus beau la première fois, avant tous les faux pas et les erreurs. Quand tout était neuf.

Un flot ininterrompu de paroles s'échappa de la bouche de Dakota : il était drôle, ils avaient un cours ensemble. Il s'appelait Andrew. Et finalement, le détail qu'elle trouva le plus rassurant : ils n'étaient pas encore sortis ensemble. Apparemment, il ne savait peut-être même pas que Dakota existait.

Fin de l'alerte, pensa Catherine, mais pas pour longtemps, elle le savait.

Dakota était une très belle fille, comme sa mère. Elle n'allait certainement pas en rester là.

Anita revint dans la partie centrale du magasin, vêtue de sa tenue de ville : un tailleur-pantalon beige en lin tout à fait approprié pour leur après-midi dans les rues de New York. C'était une journée de juin agréablement chaude, pas trop humide, et le trio avait encore d'autres boutiques à explorer.

« Anita, quand est-ce que tu as su que tu étais amoureuse de Marty ? demanda Dakota lorsqu'elles sortirent du magasin.

— Oh ! c'est ce qu'il y avait de plus facile, dit Anita. J'ai mis plus de temps à réaliser que je n'étais pas juste amoureuse de lui, mais que je l'aimais tout simplement.

— Pardon ? dit Dakota.

— C'est quoi la différence ? demanda Catherine.

— Un jour, tu comprendras », dit Anita. Puis elle surprit le regard de Catherine. « Et un jour, tu sauras, toi aussi. »

En fin d'après-midi, le trio se transforma en duo. Dakota avait promis à Peri de prendre le relais à la boutique, car Peri avait prévu de dîner avec KC. KC avait soi-disant tout organisé pour que ses collègues sortent à l'heure du travail, pour une fois, et pour qu'ils passent la soirée ensemble. Le fameux collègue de travail, dont elle avait tant parlé à Peri, serait aussi de la partie.

Dakota se réjouissait à l'idée d'être seule dans la boutique. Elle avait rarement l'occasion de se retrouver ainsi chez Walker & Fille. La boutique était sa maison plus que n'importe quel autre endroit au monde. Même si elle n'était pas certaine de la vouloir.

Elle embrassa les deux femmes, puis laissa Anita et Catherine poursuivre leur quête. Elles se rendaient à présent chez un modiste de Soho.

« Un chapeau ? Tu es sûre ? » La journée s'allongeait de plus en plus. Anita était loin d'être une jeune mariée détendue.

« Un chapeau, c'est peut-être exactement ce qu'il me faut, dit Anita. Nous ne le saurons que quand nous aurons essayé. »

Catherine n'eut aucun mal à héler un taxi. Il n'était que 2 heures de l'après-midi, et la ruée sur les taxis des gens qui souhaitaient éviter le métro par une telle chaleur n'avait pas encore commencé. Elle se glissa la première dans le véhicule, laissant Anita monter avec grâce.

Tout ça à cause de la loi interdisant de monter dans un taxi côté rue, pensa Catherine. L'un des passagers était ainsi contraint de s'asseoir et de se pousser au milieu, tandis que l'autre avait encore toutes les chances de s'installer avec élégance.

« Dakota est un peu irritable, ces derniers temps, hasarda Catherine, rompant ainsi leur silence complice pendant lequel elles avaient regardé défiler les enseignes de la 5e Avenue – Tiffany, Versace, Rock Center, la Bibliothèque. Elle a l'air malheureuse.

— Bien sûr, dit Anita. Elle a dix-huit ans, n'oublie pas. C'est une période agitée.

— Oui, mais nous sommes toutes là pour l'épauler.

— Parlons-en. Les amies de sa mère défunte qui papillonnent autour d'elle. » Anita se mit à rire. « Nous ne sommes sûrement pas la meilleure des distractions pour elle. »

Catherine en était consciente, bien sûr. Pourtant,

elle n'avait pas l'impression de faire partie du lot. Elle n'était pas comme les autres. C'était une des raisons pour lesquelles elle ne s'était jamais vraiment intégrée. Elles étaient toutes… typiques. Mais elle, elle était différente.

« Même toi », dit Anita, comme si elle venait de lire dans ses pensées. Catherine écouta calmement Anita discuter du pour et du contre des variétés anciennes de roses. Ce fut un vrai soulagement lorsque le taxi s'arrêta enfin à proximité du modiste.

Anita fut la plus rapide à sortir ses billets pour payer la course et elle laissa un généreux pourboire au chauffeur.

« Allons voir les chapeaux, dit-elle. Je suis pratiquement sûre que Marty a prévu de porter un haut de forme.

— Vraiment ?

— Non, pas vraiment, dit Anita. Je me demandais juste si tu m'écoutais. »

Elle s'engagea dans une rue perpendiculaire à West Broadway, au sud de Houston Avenue, et monta les marches en fer d'un escalier en colimaçon.

« Ma mère portait des chapeaux à la synagogue, dit Anita. Elle en avait même une sacrée collection.

— Et toi ?

— Oh ! ça fait bien longtemps que je n'y suis pas allée, dit Anita. La femme de Nathan est suffisamment religieuse pour toute la famille.

— J'ai l'impression d'être prisonnière de mes pensées, dit Catherine.

— Peu de gens se satisfont de leur seule et unique

compagnie, dit Anita. Tu passes trop de temps à ruminer.

— Je ne m'attendais pas à ce que tu comprennes ça », dit Catherine en choisissant un chapeau rose beaucoup trop grand et en le posant sur sa tête plutôt que de le faire passer à Anita. Elle semblait prête pour une garden-party, avec sa tête couverte de plumes et de ruban en dentelle. Prête à avoir une conversation sérieuse à propos du temps et des chiffres de la vente aux enchères au profit d'une œuvre de bienfaisance. « Oh oui, les enfants se préparent tous à aller à l'université, dirait-elle. Mais leur père et moi ne sommes pas encore tout à fait prêts à les laisser partir. »

C'était une belle rêverie, l'une de ses préférées.

« Pourquoi est-ce que je ne comprendrais pas ? demanda Anita en regardant Catherine d'un air interrogateur, sous les larges bords de son chapeau.

— Parce que tu n'as pas de regrets, murmura Catherine. Tu sais toujours ce qu'il faut faire, tu trouves toujours les mots justes, tu es gentille et juste. Nous sommes très différentes, toi et moi.

— Catherine, dit Anita d'une voix brusque. N'essaie pas de devenir parfaite, c'est ce qui causera ta perte. C'est ce qui cause la perte de tout le monde. Le modèle taille unique, ça n'existe pas dans la vraie vie.

— Parle-moi d'une erreur que tu as faite.

— Me laisser persuader par Dakota de manger un hamburger pour le déjeuner. Il m'est resté sur l'estomac. »

Catherine ouvrit la bouche, puis hésita, repensant à Dakota et à la façon dont elle avait réagi à sa grande révélation. Elle n'avait pas envie de se sentir ridicule comme avec Dakota.

« Anita, je ne sais jamais ce que je vais faire pour le repas de Thanksgiving », lâcha-t-elle. Ce n'était pas exactement ce qu'elle voulait dire, mais ça n'en était pas loin. « Je suis une personne sans famille.

— Nous sommes ta famille, dit Anita. Moi, Dakota.

— Non, dit Catherine. Ce n'est pas ce que je veux dire. Je veux une vraie famille. Tous les jours. Une famille qui mangerait tous les jours dans ma salle à manger aux murs orange.

— Je vois, dit Anita. C'est nouveau, de ta part. Tu as rencontré quelqu'un ?

— Non, pas vraiment, reconnut Catherine. J'ai le béguin pour mon distributeur de vin. C'est un Italien. J'adore lui parler au téléphone.

— Vous vous êtes rencontrés ?

— Non, ça risquerait de rompre le charme, dit Catherine. C'est une relation parfaite dans la mesure où nous ne faisons que parler. On peut beaucoup apprendre sur quelqu'un quand on n'est pas occupé à le regarder, tu sais.

— Ça peut être aussi très amusant de se regarder dans les yeux.

— Pour une fois, ce n'est pas moi qui mets le sujet du sexe sur le tapis. Qu'est-ce que vous avez tous ?

— C'est la vie, dit Anita en riant. Détends-toi un peu, Catherine. Si la vie n'est pas finie à soixante-dix-huit ans et, crois-moi, elle ne l'est pas, elle n'est certainement pas finie à quarante et quelques années.

— C'est facile à dire pour toi, dit Catherine. Tu as tout.

— Les fils que je vois rarement. Je *les* ai, d'accord.

— Tu les vois, Anita.

— Parfois, dit-elle en choisissant un chapeau cloche ivoire qui tombait parfaitement sur ses boucles argentées. Mais eux ne me voient jamais vraiment. »

12

L'appartement de Dan était envahi de mères. Betty Chiu était arrivée. Elle était partie précipitamment de sa maison de Pacific Northwestern pour attraper le vol de nuit reliant l'aéroport de Sea-Tac à l'aéroport international John F. Kennedy. « Roule plus vite, papa, avait-elle dit à son mari. Notre fille est finalement revenue à la raison et m'a appelée. »

Elle avait préparé sa valise, qui attendait en haut de l'escalier depuis des semaines.

Elle avait prévu à l'origine de se rendre subrepticement à New York et de s'installer dans un hôtel avant de se pointer à l'improviste à l'hôpital. Après tout, il ne s'agissait pas uniquement des bébés de Darwin. C'étaient aussi ses petits-enfants.

Maya l'avait convaincue d'abandonner son projet. Quoi que Darwin dise ou fasse, Maya la défendait. Betty ne se souvenait pas que Darwin ait été particulièrement gentille avec Maya, mais sa fille cadette était entièrement dévouée à sa sœur aînée.

« Elle nous a demandé d'attendre, maman, avait-elle dit. Et c'est ce que nous allons faire. »

Maya avait toujours été la plus raisonnable des deux. Agréable. Heureuse même. Une biologiste comme son père. Elle était studieuse et sérieuse.

Darwin, en revanche, était maussade et affichait souvent une mine revêche. Intelligente, oui. Mais cette intelligence ne lui apportait certainement pas que des bonnes choses. Était-ce cette intelligence qui l'avait convaincue de vivre à l'autre bout du pays ? De se marier à la mairie sans inviter sa propre mère ? D'écrire une thèse sur le tricot ?

Et elle ne racontait jamais rien à sa mère. Dix minutes au téléphone avec cette fille, et Betty n'était pas plus avancée. Elle lui avait demandé pendant des années si elle allait fonder une famille, et quand enfin ils lui annoncent la nouvelle, ils passent les neuf mois suivants à lui faire savoir que ses services de grand-mère ne seront requis que lorsque Darwin l'aura décidé.

Eh bien, à n'en pas douter, les deux petits les avaient fait changer d'avis. Ils savaient, eux, qu'ils avaient besoin de leur grand-mère dans les parages. Elle avait eu raison de prendre sa grande valise. L'été allait être long.

Lucy était venue à l'hôpital. Dan le lui avait rappelé des milliers de fois. Mais, franchement, ça ne comptait pas vraiment.

« J'ai tenu la main de Lucy pendant l'accouchement », dit Darwin en jetant un coup d'œil distrait sur les deux bébés endormis dans ses bras. Ils étaient propres, rassasiés et endormis. C'est exactement comme ça qu'elle les aimait. Si elle ne s'agitait pas trop, ne les secouait pas par mégarde, elle pourrait avoir une bonne demi-heure de tranquillité. Peut-être même trois quarts d'heure.

« Tu devrais essayer de faire une sieste », suggéra Dan en prenant les bébés et en les couchant un à la fois dans leurs berceaux jumeaux. Le vert était véritablement à l'honneur dans la chambre d'enfant, qui n'était autre qu'un coin de la salle de séjour converti en chambre grâce à l'addition de fausses parois. Murs vert pâle, couvertures vertes, berceaux verts. Seules les piles de bodys bleus et roses venaient rompre cette uniformité. Il y avait apparemment des codes de couleur très stricts pour les bébés.

La salle de séjour, qui se trouvait immédiatement de l'autre côté du mur vert, était, inexplicablement, remplie de jouets. Les bébés ne pouvaient même pas encore tenir leur tête droite qu'ils avaient plus de jouets que Dan pensait en avoir eu durant toute son enfance. Et l'appartement ne faisait que soixante-dix-huit mètres carrés. Il y avait à peine assez de place pour ses occupants, sans parler d'Elmo et compagnie.

Pourtant, Dan était fier. Ils avaient quitté leur appartement bon marché du New Jersey lorsque Dan avait terminé son internat à LA et s'étaient installés en ville.

Ils avaient fini par laisser tout ce qu'ils avaient pour acheter leur appartement P3 convertible en P4 en copropriété dans l'East Side, près du Lenox Hill Hospital où Dan était d'astreinte. Il se trouvait à l'arrière du bâtiment et à un étage inférieur. Très pratique pour sortir rapidement en cas d'incendie, avait fait remarquer Dan, mais pas idéal pour profiter de la vue ou d'un peu de soleil. Et c'était un P3 plutôt minuscule, un appartement avec une chambre à coucher et une salle de séjour en forme de L qui permettait qu'on la divise en deux pièces exactement comme les Chiu-Leung avaient fait.

« Au moins, les enfants ne vont pas dormir dans le placard », avait dit Darwin lorsqu'ils avaient aménagé le coin de la pièce. Bien sûr, c'était avant que les traitements contre la stérilité ne viennent s'ajouter à toutes leurs dettes. Entre le coût de la fécondation in vitro, les frais de scolarité de Dan à la faculté de médecine et ceux de Darwin à l'université, les factures mensuelles et le remboursement de leur emprunt immobilier dont les mensualités étaient susceptibles d'augmenter dans deux ans, Dan et Darwin étaient dans une situation financière difficile. Plus que difficile. Ils étaient sur la paille.

Ainsi, ils ne pouvaient engager ni nourrice pour la nuit ni baby-sitter. C'est vraiment pas glamour de devenir parent quand on n'a pas d'argent, pensa Darwin. Lucy n'avait pas d'argent non plus quand Ginger était née. Avant qu'elle ne termine son film sur la boutique de fils à tricoter, sur le club, sur Georgia.

« Je lui faisais à dîner, dit-elle à Dan pas pour la première fois, ni pour la première fois en ce jour précis. Le jour où elle est rentrée de la maternité, je lui ai fait des spaghettis et des boulettes de viande avec Rosie. Nous nous occupions de Ginger chacune à notre tour, préparions le repas à tour de rôle pendant que Lucy récupérait sur le canapé.

— C'était vraiment gentil de ta part, chérie », dit Dan. Il était fatigué aussi, en fait. La paternité avait certes de bons côtés, beaucoup de bons côtés, mais l'homme avait tendance à passer au second plan dans la réorganisation qu'impliquait l'arrivée d'un bébé. En tant que docteur, il comprenait parfaitement : c'est la femme qui subissait le stress physique, qui endurait les douleurs du travail. Mais, en tant que père, il aurait aimé un peu plus de compassion de la part du reste du monde en général. Moins de tapes chaleureuses sur les épaules et plus de propositions pour l'aider à nettoyer le sol.

« Tu as faim ? demanda-t-il à sa femme qui fronçait les sourcils. Moi aussi, je peux te faire de la cuisine italienne, tu sais. Nous avons de la sauce en bocal dans le placard.

— Je ne veux pas manger, dit Darwin en le suivant dans la cuisine qui se trouvait judicieusement à côté de la chambre des bébés. Alors même qu'elle disait cela, elle ouvrit le frigo et en sortit un Tupperware contenant des restes de riz et de légumes. Dan se garda bien de dire quoi que ce soit. « Ce que j'aimerais savoir, c'est ce qui se passe avec elle ! » dit Darwin. Elle avait ce regard de petite fille que Dan connaissait si bien : il savait qu'il annonçait une crise de larmes imminente.

« Va prendre un bain, dit-il en regardant nerveusement en direction de la porte de la chambre d'enfant. Je t'apporterai le plat dans la salle de bains et tu pourras manger dans la baignoire. »

Un sanglot de maman, et ils se mettraient à brailler sans répit pendant des heures, comme la nuit précédente et la nuit d'avant. Est-ce que ça allait être toujours comme ça ? Darwin partait au quart de tour, pour tout et n'importe quoi, et lorsqu'elle était blessée ou tendue, Cady et Stanton absorbaient ses émotions et exprimaient à grands cris leur indignation partagée. Dan n'était pas très content de Lucy, lui non plus, mais il n'allait certainement pas en faire toute une histoire.

Au contraire, il avait décidé de prendre les choses en main. Il avait invité Lucy à déjeuner le lendemain. Il avait prévu de réveiller Darwin, de la pousser dans la douche à l'avance, puis de mélanger du thon, des oignons et de la mayonnaise qu'il servirait en sandwichs. Il lui fallait encore quelque chose pour le dessert – une salade de fruits peut-être –, mais il pourrait toujours s'en occuper en allant chercher Betty à l'aéroport. Et tout ça, en essayant d'avoir quelques minutes de repos.

Le bip du four à micro-ondes le fit sursauter. Il faillit se cogner la tête contre une porte de placard ouverte. Dan posa une main sur le comptoir pour reprendre l'équilibre ; le tas de miettes sous ses doigts lui rappela qu'il devrait passer un coup d'éponge plus tard. Waouh ! Il venait de s'endormir, debout, quelque chose qui ne lui était pas arrivé depuis la fac de médecine. Après avoir pris le riz et l'une des rares cuillères encore propres – la vaisselle sale s'amoncelait dans l'évier –, il se dirigea dans la salle de bains pour s'assurer que Darwin ne s'était pas endormie comme une masse dans la baignoire.

Ils agissaient comme des somnambules. Et pourtant, Dan ne regrettait qu'une chose : qu'ils n'aient pas pu devenir parents plus tôt.

« Pourquoi est-ce que tu laisses le linge sale s'entasser dans la salle de séjour ? » Betty n'avait pas encore vu les jumeaux que déjà elle critiquait l'appartement. Lorsque Dan l'avait retrouvée à la livraison des bagages, juste à temps pour récupérer une très grosse valise sur le tapis roulant, elle n'avait pas paru très contente de le voir. Même à présent, elle fronçait les sourcils.

« Il y a beaucoup à faire », dit-elle tout en portant son sac et en se dirigeant vers la file d'attente à la station de taxis. Comme tous les autres passagers, ils attendaient qu'un chauffeur les conduise à Manhattan. Il avait pris le métro jusqu'à l'aéroport pour économiser un peu d'argent. Betty avait attaché sa ceinture, puis avait sorti un épais bloc-notes jaune de son sac à main trop grand, suivi d'un vieux stylo.

« C'est pour vous, dit-elle. Ainsi, vous pourrez prendre en note tout ce que je vais dire. » Et elle se lança dans une liste cohérente de tâches à effectuer, une conversation qu'elle reprenait chaque fois qu'elle le voyait. « Encore une chose… » ne cessait-elle de dire.

Certes, Dan avait toujours eu des relations cordiales avec ses beaux-parents, qui appréciaient son diplôme de médecin et son dévouement évident à Darwin. (Même si Betty trouvait sa fille exaspérante la plupart du temps, elle n'en voulait pas moins qu'elle soit heureuse en ménage.) Pourtant, si heureux qu'ils aient été en couple, Betty remarqua immédiatement à l'aéroport que son gendre était complètement dépassé. Il n'avait même pas été capable de boutonner sa chemise correctement, ce qui lui donnait une allure tout à fait négligée. Ses yeux semblaient un peu gonflés derrière ses lunettes à monture métallique et il bâillait constamment.

Betty n'allait certainement pas laisser ces parents néophytes prendre toutes sortes de mauvaises décisions. Elle était venue à la rescousse.

« Daniel, disait-elle à présent en inspectant le très petit appartement, vous devriez engager une femme de ménage pour venir nettoyer votre maison. Je vais le faire pour le moment, mais quand je serai partie, vous n'aurez plus cette chance.

— Je peux le faire, dit-il en calculant dans sa tête le coût annuel.

— Vous n'avez pas le temps. » Betty n'avait pas fait tout ce trajet en avion et dormi dans un fauteuil inconfortable entre deux hommes d'affaires qui sentaient la transpiration pour dépenser sa salive en discussions. Elle était là pour donner des ordres. « Les enfants n'ont pas besoin d'une maison nettoyée une fois par mois ou même une fois par semaine. Les enfants ont besoin d'une maison propre tous les jours.

— Vous voulez voir Darwin ? »

Betty secoua la tête. « Laissez-la dormir, dit-elle. Je vais me laver les mains, laver les bébés, laver le linge, puis je laverai le sol. Ensuite, je ferai le petit-déjeuner.

— Les bébés vont vouloir manger avant tout ça… commença Dan.

— Combien de temps est-ce que ça va prendre, vous croyez ? » demanda Betty d'un air incrédule. Vraiment, se dit-elle, c'est une très bonne chose que je sois là.

En l'espace de cinq jours, Dan et Darwin avaient partagé plus de repas faits maison d'affilée que durant toute leur vie de couple.

Betty avait toujours une casserole sur le feu pour le prochain repas, même lorsqu'ils s'asseyaient pour manger. Tout était organisé à présent comme une chaîne de montage : lever, nourrir, laver, nourrir, nettoyer, nourrir, frotter : un enfant, un sol, un mur.

C'est amusant, mais Darwin ne se souvenait pas que sa mère ait été aussi compétente lorsqu'elle était plus jeune. Autoritaire, oui. Énervée, oui. Mais futée ? Non. Pourtant, soudain cette efficacité énergique était justifiée, admirable même.

Maintenant qu'elle avait des enfants, Darwin trouvait sa mère beaucoup plus intéressante. Et en plus, elle faisait le linge.

« Nos vêtements n'ont jamais été aussi propres », murmurait Dan lorsqu'il s'allongeait dans le lit à côté de Darwin pour leurs quelques minutes de repos avant que Cady et Stanton ne reprennent leur refrain de bébés affamés. « Même les torchons de vaisselle sont pliés et sentent le citron. »

Le changement était visible dès qu'on entrait dans l'appartement.

« Nom de Dieu », dit Lucy quand elle passa les voir peu de temps après l'arrivée de Betty. Elle avait repoussé le repas prévu par Dan et n'avait pas pu venir avant ce jour-là. « Vous avez repeint. On dirait que Monsieur Propre est venu chez vous et qu'il a désinfecté l'appartement sans oublier le moindre recoin. Vous ne vivez plus dans le chaos ! »

Betty sortit de la chambre d'un air affairé, une corbeille de linge sous le bras.

« Encore du linge, maman ? demanda Darwin. Tu devrais peut-être faire une pause. Viens que je te présente Lucy. » Elle montra son amie qui se tenait encore sur le pas de la porte.

« Bonjour, Lucy », dit Betty qui savait que Darwin avait une amie proche nommée ainsi, mais qui ne l'avait encore jamais rencontrée. Elle n'avait d'ailleurs pas eu trop de détails sur Lucy et Ginger étant donné que Darwin avait toujours évité de se confier à elle jusqu'à ce qu'elle arrive avec ses gants en caoutchouc qu'elle avait fort judicieusement fourrés dans son sac à main. Qu'importe : elle était plus que disposée à faire le ménage si cela lui permettait d'accéder à sa fille.

« Tu devrais voir sa valise, dit Darwin avec enthousiasme. On dirait le sac de Mary Poppins. Il y a toujours quelque chose à manger ou un cadeau pour les enfants ou un savon spécial qui me rend la peau douce. C'est incroyable. »

Lucy était décontenancée. Pendant toutes ces années, Darwin lui avait servi la même rengaine : elle ne s'entendait pas avec sa mère. Et pourtant, elles semblaient se comporter à présent comme les membres d'une famille idéale.

« Je n'ai pas le temps de parler, dit Betty. Si je ne réserve pas quatre machines à laver tout de suite, je vais passer la journée dans l'ascenseur. Et n'allez pas croire qu'il vous suffit de mettre vos pièces pour réserver votre machine. Les New-Yorkais ne respectent pas l'argent des autres.

« Qu'est-ce que je peux faire ? demanda Darwin, tandis que Lucy les regardait, ébahie.

— Pourquoi ne préparerais-tu pas quelques sandwichs ? Comme ça, nous pourrons tous manger ensemble quand je reviendrai. » Betty fit un signe de tête à Lucy.

« Puisque vous êtes là, vous allez travailler. Vous pouvez mettre la table. »

Lucy regarda Betty se diriger d'un pas énergique vers l'ascenseur, puis ferma la porte de l'appartement derrière elle.

« Enlève tes chaussures », dit Darwin en montrant un paillasson à droite de la porte. Lucy enleva docilement ses escarpins et les posa à côté d'une rangée de baskets et de pantoufles parfaitement alignées.

« C'est quoi tout ça ? demanda-t-elle.

— Oh ! c'est ma mère qui est allée acheter ces pantoufles, dit Darwin d'un ton décontracté. Elle pense qu'ainsi nous pourrons garder les sols plus propres, ce qui sera important quand les bébés commenceront à marcher à quatre pattes.

— Ils ont deux semaines, dit Lucy. Ils ne peuvent même pas encore tenir leur tête droite.

— Je sais, dit Darwin. Mais c'est toujours bien d'être préparée. Tu sais, je n'avais jamais réalisé jusqu'à présent que j'avais autant de points communs avec ma mère. » Elle fit signe à Lucy de la suivre dans la minuscule cuisine qui semblait carrément bondée lorsque deux personnes s'y tenaient. Darwin sortit des condiments du frigo, ainsi que des tomates et un récipient contenant des œufs durs en salade.

« Qui es-tu ? dit Lucy. Tu es tellement sereine. »

Darwin haussa les épaules. « C'est plutôt sympa que ma mère soit là. Rosie était aussi chez toi après la naissance de Ginger.

— Oui, dit Lucy. Mais il ne me semble pas qu'elle ait tout révolutionné ainsi dans mon appartement. »

Il y eut un silence gêné tandis que Darwin coupait avec le plus grand soin des tranches de tomate, tartinait le pain aux céréales complètes d'un peu de mayonnaise et étalait une couche moyennement épaisse d'œufs en salade.

« Oh ! Luce, dit-elle en redressant brusquement la tête. Je viens juste de me rappeler que tu détestes les œufs en salade. Dan avait fait de la salade avec du thon, mais je l'ai déjà mangée, bien sûr. Je peux aller te chercher autre chose. »

Comme c'était étrange qu'elle ait pu oublier si facilement ce que Lucy n'aimait pas, alors qu'elles avaient passé tellement de temps ensemble, pendant si longtemps. Les amies savent certaines choses sur leurs amies : elles connaissent leur émission de télé préférée, elles savent quelle quantité de lait elles doivent verser dans leur café. Darwin n'avait pas pu se rappeler un tel détail : c'était la preuve formelle qu'elles n'étaient plus aussi proches et que la distance entre elles augmentait.

L'amitié n'était pas quelque chose qui venait naturellement chez Darwin. Elle n'avait pas eu beaucoup d'occasions de se faire des amis pendant son enfance et son adolescence, et elle cultivait une attitude distante qui n'était rien d'autre qu'un mécanisme de défense. Mais les liens qu'elle avait établis avec Lucy lui avaient permis de changer, de devenir plus généreuse, beaucoup plus même.

Il suffisait d'avoir une véritable amie pour ne plus se sentir isolée. Et l'idée de perdre cette amie était un vrai déchirement pour elle.

« Lucy, dit Darwin. Son cœur battait la chamade même si elle faisait semblant de se concentrer sur ses sandwichs aux œufs. Tu ne m'aimes plus ? »

Que se passait-il ? Certes, Lucy avait eu quelques théories jusqu'à présent, mais maintenant qu'elle se trouvait dans la cuisine de Darwin après le passage de Betty qui avait enlevé toutes les miettes des placards et qui utilisait fréquemment le four, elle ressentait quelque chose de nouveau. Quelque chose d'un peu surprenant.

« Je suis un peu jalouse, dit-elle d'un ton incrédule. Ça a été dur pour moi.

— Rosie t'aide, dit Darwin.

— Rosie vieillit, dit Lucy en s'appuyant contre le plan de travail et en déchirant une tranche de pain qu'elle mangea morceau par morceau. J'ai plus de quinze ans de plus que toi, Dar, et je suis la plus jeune de Rosie. Elle a vieilli et je crois que je ne m'en suis pas rendu compte.

— Ou que tu as tout fait pour ne pas t'en rendre compte.

— Ouais, ça aussi, dit Lucy. J'ai une fille qui va entrer au cours préparatoire en automne et une mère qui devrait songer à aller en maison de retraite. C'est nul ! Et puis, il y a Dan.

— Quoi, Dan ?

— Il existe, dit Lucy. Il est là. Tu as un mec et pas moi. »

Avant, ça paraissait plus juste quelque part. Comme une sorte d'arrangement. Elle était arrivée à tomber enceinte de Ginger et à devenir mère, et Darwin avait épousé Dan. Elles avaient chacune une pièce du puzzle et pouvaient partager en quelque sorte celle qui leur manquait. Ginger avait une tante et un oncle très dévoués, toujours prêts à jouer au cheval et à la pâte à modeler, et Darwin avait un bébé à câliner et à prendre dans ses bras.

Lucy avait toujours une place à table quand Darwin commandait à manger. En échange, elle lui laissait profiter de Rosie, des histoires de son enfance en Italie et de sa vie de mère de famille dans le New Jersey, et Rosie invitait Darwin et Dan à des repas de famille en plein air pendant les longs week-ends d'été. C'était un marché.

Chacune avait quelque chose que l'autre convoitait.

Alors, pourquoi Darwin avait-elle tout à présent ? Qu'est-ce que ça voulait dire ?

Ça voulait dire que Lucy allait être la cinquième roue du carrosse. C'était du moins ce qu'elle redoutait. Ils allaient trouver que ce qu'elle avait à offrir – du temps avec Ginger, des gâteaux de Rosie – était beaucoup moins précieux à présent. En plus, Lucy réalisait ainsi qu'*elle* n'avait pas de partenaire. Ce n'était pas tout à fait une révélation étant donné que c'était bien elle qui avait entrepris d'être une mère célibataire et tout le reste. Mais c'était des années auparavant. Elle avait tout prévu. Pour l'époque. Le problème, c'est qu'elle n'avait pas su deviner ses besoins futurs avec autant de précision.

À présent, Lucy aurait bien aimé avoir quelqu'un qui emmène Ginger aux cours de danse ou qui sache comment maîtriser Ginger lorsqu'elle avait une de ses crises de colère. Ou peut-être, seulement peut-être, avoir quelqu'un avec qui elle aurait pu faire l'amour nonchalamment au milieu de la nuit. Les êtres humains aiment former des paires.

Et même si elle ne s'était pas exactement transformée en bonne sœur, sa vie privée n'était pas franchement éblouissante du fait qu'elle devait sans cesse jongler entre ses obligations professionnelles et son rôle de maman.

Cela signifiait-il pour autant qu'elle aurait dû dire à Will qu'elle était tombée enceinte et qu'elle aurait dû se ranger, installer la petite palissade blanche, euh… réorganiser un appartement minuscule de Manhattan de sorte qu'il y ait deux chambres à coucher au lieu d'une ? Elle n'en était pas certaine. Pourtant, une telle vie, qui aurait pu devenir la sienne si elle avait pris d'autres décisions dans le passé, lui paraissait à présent très attrayante alors qu'elle regardait Darwin préparer des sandwichs et papillonner gaiement. Il y avait quelque chose de si inhabituel chez Darwin, de si fondamentalement différent de ce qu'elle était avant.

« On dirait que tu viens d'avoir un orgasme incroyable, dit Lucy. Tu as l'air si calme, on dirait que tu es dans ta bulle.

— Euh… tu sais, le sexe en ce moment, lui rappela Darwin. Même quand la période d'abstinence sera officiellement terminée, il va me falloir des années avant d'y reprendre goût. Ça me fait mal. »

Lucy rejeta ses explications d'un geste, tandis qu'elles portaient les sandwichs sur la table et qu'elles passaient la porte de la cuisine adjacente à la chambre des bébés dont le sommeil était beaucoup plus profond à présent. Après avoir jeté un rapide coup d'œil, les deux femmes se rendirent dans la pièce exiguë qui faisait à la fois office de salon et de salle à manger.

« Ça passera, tu verras, dit Lucy. Le désir sexuel revient. Crois-moi.

— Ne parle surtout pas de sexe quand ma mère sera revenue avec le linge, dit Darwin. Je ne suis pas sûre qu'elle sache comment on fait les bébés. » Elle rit.

« C'est ça !

— Quoi ? Ma mère ne comprend rien au sexe ?

— Tu ris.

— Je suis plus détendue que je ne l'ai été depuis… euh… jamais été, dit Darwin. Euh… ne te méprends pas. J'ai commencé une nouvelle série de listes. » Elle alla chercher un classeur sur la table basse de la salle de séjour, à trois pas de là. « *Soucis médicaux, économiser pour l'université, développer ma capa-*

cité à me faire des amis, divers. Je pourrais créer plein d'autres catégories, mais je n'ai pas vraiment le temps de me pencher là-dessus en ce moment.

— Tu sembles épuisée, mais détendue, insista Lucy.

— Je suis sûre que c'est les hormones, répondit Darwin. Ma mère est chez moi, vingt-quatre heures sur vingt-quatre et sept jours sur sept, et ça me convient plutôt bien. J'ai sûrement perdu la raison, mais je l'ai accepté comme la nouvelle norme.

— Dar, je sais que j'ai dit que je serais là pour toi et j'ai complètement foiré, dit Lucy. Alors, je veux que tu saches que je vais essayer de repousser le tournage en Italie et que je vais rester un peu.

— Quand est-ce que tu es censée partir ?

— Très bientôt.

— Et si tu perdais le job ? »

Lucy prit une profonde inspiration. « Je préférerais perdre un job qu'une amie. »

Darwin se leva précipitamment de son siège et se mit à arpenter la salle de séjour.

« C'est ce genre d'attitude, commença-t-elle en pointant son index vers le haut, qui fait que les femmes continuent à se débattre dans le monde professionnel. Un homme ne ferait jamais ça.

— Sans doute, concéda Lucy.

— Tu as travaillé très dur pour arriver où tu es aujourd'hui, dit Darwin.

— Ouais.

— Alors, comment peux-tu penser que je te laisserai prendre une décision aussi stupide.

— Parce que j'ai été une amie minable et que maintenant je suis prête à me rattraper.

— Ah ! bravo, Luce, parce qu'il était temps ! Mais ni les enfants ni moi n'allons nous volatiliser. Tu auras tout le temps de te mettre à plat ventre devant moi et d'être gentille. En attendant, je crois que tu devrais donner un bon exemple à Ginger et aux jumeaux de ce qu'est le marché global.

— Euh… qu'est-ce que tu veux dire ?

— J'accepte ton excuse bidon et j'espère que tu vas nous faire un super clip. »

C'est alors que Betty se manifesta à la porte, essayant d'engager la clé dans la serrure tout en appuyant sur la poignée.

« Ah ! une dernière chose parce que je vais filer avant que ta mère ne me fasse faire le linge, dit Lucy en se dirigeant vers la porte pour ouvrir à la mère de Darwin et prendre par là même son sac à main. Ce n'était pas vraiment un sac, mais plutôt une sacoche d'ordinateur en feutrine bleue issue de la nouvelle collection « Femme d'affaires » de Peri. Lucy trouvait que le fond imitation cuir lui permettait de bourrer son sac sans avoir à s'inquiéter qu'il ne s'affaisse. Elle revint vers la table avec le sac bleu, le posa sur la chaise où elle s'était assise auparavant et en sortit deux minuscules bonnets tricotés, blancs avec une délicate rayure verte et jaune.

« Pour toi », dit-elle.

Darwin sentit les larmes lui monter aux yeux. « C'est les hormones ! » cria-t-elle, oubliant, pour le regretter immédiatement, que sa voix allait déclencher les hurlements de son minuscule duo dans la chambre aux murs si fins.

« D'accord, d'accord, je vais les prendre un peu dans mes bras, dit Lucy. Mais après je me sauve pour de bon. »

Betty continuait à plier des serviettes, des chaussettes et des sous-vêtements sans faire attention, apparemment, à sa fille et à son amie. Pourtant, elle était ravie. Une mère ne se lasse jamais de voir son enfant rougir de plaisir, elle le savait, tandis qu'elle regardait sa Darwin montrer fièrement ses jumeaux à sa meilleure amie.

13

Lucy et Ginger prenaient régulièrement le train pour se rendre dans le New Jersey. C'était devenu une sorte de rituel du week-end. Pas tous les week-ends, cela aurait été un peu exagéré, mais suffisamment souvent pour que la maison de Rosie soit un lieu familier pour Ginger (et suffisamment chouette à ses yeux) et pour que Lucy puisse l'amadouer avec. Combien de fois Ginger n'avait-elle pas entendu que, si elle mangeait un légume de plus, Lucy l'emmènerait chez mamie où elle pourrait déguster des spaghettis faits maison et des boulettes de viande. C'était donc avec un sentiment d'impatience familier que les deux Brennan se hâtaient de prendre deux chemises de nuit, des socquettes propres et des culottes pour aller passer la nuit chez Rosie. Elles fourraient le tout dans un sac à dos rose et orange vif en feutre (une création de Peri à laquelle Lucy avait apporté sa contribution). Bien sûr, elles n'omettaient jamais de prendre « Sucre d'orge », le lapin en peluche de Ginger, qu'elles attachaient au sac par les oreilles.

Lucy passait encore de plus longues heures au travail plusieurs jours avant pour être sûre de ne pas avoir à travailler le samedi ou le dimanche. Il était important pour elle que toute la famille soit rassemblée avant qu'elle ne parte en Italie, surtout que le projet semblait prendre de plus en plus d'ampleur.

« On dirait que je vais passer la majeure partie de l'été en Italie », dit-elle à Darwin au téléphone. Les deux avaient repris leurs conversations quotidiennes, même si elles étaient, par nécessité, plutôt brèves à présent que les jumeaux pouvaient les interrompre à n'importe quel moment. Elles se racontaient les menus événements qui avaient ponctué leurs journées et essayaient de parler autant que possible en cinq minutes, attendant de voir ce qui allait interrompre leur conversation en premier : le travail, les bébés, Ginger.

« Super, dit Darwin, tandis que les cris de plus en plus forts d'enfants mécontents commençaient à couvrir le son de sa voix. Il faut que je te laisse. »

Mais, au fur et à mesure que le projet en Italie prenait de l'ampleur, les soucis de Lucy concernant Ginger en prenaient aussi. Qu'allait-elle faire de sa fille pendant l'été ? Elle avait d'abord pensé l'envoyer en colonie de vacances, mais avait ensuite eu des visions de sa fille, qui suçait encore son pouce, l'appelant d'une cabine téléphonique, avec Sucre d'orge qui se balançait au bout de son bras. « Maman, je veux rentrer à la maison », dirait-elle en pleurant, tandis que Lucy l'écouterait, impuissante, incapable de venir la chercher immédiatement. De plus, Ginger n'allait même pas encore à l'école toute la journée.

Elle n'allait certainement pas tenir le coup dans une colonie où on ne dormait pas avant le soir, et encore.

Ses frères, à qui elle avait pensé avant de rejeter l'idée, lui paraissaient de plus en plus appropriés. C'est en partie pour cette raison qu'elle avait encouragé Rosie à inviter tout le monde chez elle pour un grand repas de famille : elle pourrait demander si quelqu'un voulait bien s'occuper d'un enfant de plus pendant l'été. Ne l'avait-elle pas fait pour eux ?

Pas tellement. Certes, Lucy avait gardé ses nièces et ses neveux quelquefois pendant toutes ces années. Mais elle avait, la plupart du temps, laissé faire sa mère qui semblait trop contente de s'occuper de tout le monde. Comme Lucy avait eu un bébé à la quarantaine, elle était en complet décalage avec le reste de la famille. Ses frères et leurs femmes étaient sur le point d'envoyer leurs enfants à l'université et de goûter aux joies d'une maison calme. Ginger, en revanche, avait besoin d'un bain, de deux histoires, d'une gorgée d'eau, d'une chanson et d'une autre gorgée d'eau avant de se coucher. Et tout ça, avant 9 heures du soir.

L'air n'était pas trop humide pour un après-midi du début du mois de juin. Et Lucy s'en réjouissait. Elle conduisit Ginger dans la maison spacieuse de Rosie, celle dans laquelle elle avait été élevée avec ses frères, et se dirigea tout droit dans la cuisine tandis que Ginger partait à la recherche de ses cousins adolescents qui semblaient très glamour.

« Andi a une patience d'ange », dit Lucy à son frère Mitch à propos de sa fille aînée. « Ça me fait une pause et je lui suis vraiment reconnaissante. »

Rosie s'affairait autour de la corbeille à pain et préparait des sandwichs. C'est ainsi qu'elle accueillait traditionnellement ses invités. Les après-midi nonchalants étaient ponctués de fruits, de brownies et parfois de repas complets avec de la viande et des légumes, et les soirs agrémentés en général d'un buffet à plusieurs plats.

Lucy prit dans le frigo la carafe de thé glacé fraîchement préparé qui se trouvait toujours sur l'étagère. « Tu veux un verre ? » demanda-t-elle, la tête encore dans le frigo. Lorsqu'elle se redressa, son frère avait quitté la pièce.

« Mitchell ? appela-t-elle en sortant dans la cour, un verre à la main. Tu veux du thé glacé ?

— Tu sais que tu es incroyable, Lucy », dit-il d'un ton qui la fit frémir. Oh non, se dit-elle. Ça y est, c'est reparti ! Lucy ne fait pas ce qu'il faut.

« Qu'est-ce qui se passe ?

— Comment peux-tu laisser maman cuisiner comme ça ?

— Il me semble que tu manges, toi aussi.

— Oui, mais ma femme lui donne un coup de main, dit Mitchell.

— Tu pourrais faire quelque chose, toi aussi, dit-elle. Elle n'a rien signé pour que tu deviennes son fondé de pouvoir.

— Je fais déjà tout un tas de choses. Je balaie les feuilles, je nettoie le garage, j'emmène la voiture chez le garagiste, dit-il. Et qu'en est-il de toi ? Maman va plusieurs fois par semaine en ville pour garder Ginger. Elle a quatre-vingts ans, bon sang !

— Je sais quel âge a notre mère, dit Lucy en buvant

une gorgée du thé qu'elle avait proposé au départ à son frère.

— Eh bien, on ne dirait pas ! s'exclama-t-il. Tu viens ici et tu te conduis comme une invitée. Tu laisses mes enfants s'occuper de ta fille, maman cuisiner et, une fois à table, tu fais comme si tu étais entourée de ta cour, tu jacasses, tu nous sers tes anecdotes sur tes tournages et sur les stars du rock. Tu n'es pas si extraordinaire que ça, Luce. Ça ne fait pas si longtemps encore, je t'envoyais de l'argent pour que tu puisses payer ton loyer. »

Elle se hérissa. « J'ai proposé de te rembourser plusieurs fois », lui rappela-t-elle. Mitch était sensiblement plus grand qu'elle, et elle détestait se sentir gênée et intimidée quand son frère aîné la réprimandait. Du coin de l'œil, elle vit ses nièces et ses neveux les observer avec attention.

« Je n'ai pas besoin de cet argent », dit Mitch.

Non, pensa Lucy, parce qu'après tu ne pourrais plus me le reprocher. Elle préféra, fort sagement, garder sa réflexion pour elle.

« Alors quel est le problème, Mitch ? Je ne fais pas assez souvent la vaisselle à ton goût ?

— Elle perd la tête, Lucy, dit-il. Et tu sais ce qui m'exaspère ? Tu es la seule célibataire parmi nous et c'est toi qui en fais le moins. Tu crois que c'est facile d'être marié, d'avoir un job, puis de se dépêcher d'aller aider maman après le travail ? Et toi, qu'est-ce que tu fais pendant ce temps ?

— Je vis en ville », dit Lucy, surprise par le ton dur de sa propre voix. Bon sang, elle avait toujours l'impression de régresser quand les choses commençaient à chauffer chez Rosie. Elle détestait ça. Chacun jouait inlassablement le même rôle : Mitch semait la zizanie, Charlie essayait d'arrondir les angles, Brian prenait le parti de Mitch, et Lucy se sentait infantilisée et inadéquate ou malmenée et tyrannisée.

Elle leva la main. « Je crois que tu ne dis pas vraiment le fond de ta pensée, commença-t-elle.

— Merde alors. » Mitchell était vraiment en colère à présent. Auparavant, il n'était qu'énervé. « Tu veux que je te dise le fond de ma pensée ? Tu es la grosse flemmarde de la famille et il est temps que tu fasses un effort. »

Lucy était sidérée. La semaine d'avant, c'était Darwin qui lui avait fait remarquer qu'elle n'avait pas vraiment été à la hauteur, et maintenant c'étaient ses frères.

« Patsy et moi avons prévu de partir en croisière pendant trois semaines, ce que tu sais depuis des mois, dit Mitch.

— En effet, dit Lucy. J'espère que vous passerez de bonnes vacances. Détends-toi un peu.

— Alors, nous allons laisser maman en plan, c'est ça ?

— Je te rappelle qu'il y a Charlie et Brian aussi », fit remarquer Lucy qui distinguait vaguement ses frères à travers la vitre. Les deux regardaient un match à la télévision et semblaient tellement absorbés qu'ils ne réagirent même pas quand elle leur fit signe.

« Tu sais, Charlie l'a vue brûler un stop la semaine dernière. » Son frère cadet avait toujours été son préféré. Il n'avait jamais paru particulièrement ennuyé par Lucy. C'est lui qui lui avait appris comment faire des divisions écrites complètes et qui venait en ville pour l'emmener manger un bon steak quand elle avait du mal à joindre les deux bouts. Et ça l'énervait que Mitch semble croire qu'il avait le droit de parler pour Charlie. Il fallait toujours qu'il parle au nom des autres.

« Ça ne t'est jamais arrivé de brûler un stop ?

— Oh ! mais ce n'est pas fini. » Mitch n'allait sûrement pas répondre à ses questions. « Charlie l'a suivie pendant une heure alors qu'elle conduisait en ville. Elle s'est perdue, a garé sa voiture et l'a regarée plus loin près de l'épicerie, et elle a failli rentrer dans une autre vieille dame qui reculait. »

Le plus dur dans tout ça, c'est qu'elle savait que Mitch n'avait pas entièrement tort. Rosie n'avait plus toute sa tête. Elle ne pouvait plus faire tout ce qu'elle faisait auparavant, ni effectuer toutes les tâches ménagères elle-même.

C'est trop. C'est ce que les gens disent en général. C'est trop. Mais le moment où on reconnaît enfin que c'est trop vient probablement longtemps après qu'il ne l'aurait fallu.

Ce qui l'énervait aussi, c'est que Mitch semblait passer sa frustration sur elle.

« Eh bien, nous devrions persuader Rosie de moins conduire, dit Lucy. Lui dire de prendre un taxi pour aller à l'épicerie.

— Si tu t'imagines qu'elle va nous donner les clés de son plein gré. » Mitch la regarda comme si elle était une imbécile. « Je lui ai dit que la voiture faisait du bruit et que je devais l'emmener chez le garagiste. Je l'ai fait rouler un petit peu, je l'ai rapportée à la maison, j'ai arraché les bougies et je lui ai dit que nous devions attendre une nouvelle pièce pour qu'elle remarche.

— Tu lui as menti, dit Lucy.

— Carrément, dit Mitch en passant les doigts sur ses cheveux courts. C'est ce que nous allons être réduits à faire. Maman ne va pas accepter la vieillesse avec joie. Personne n'aime se voir vieillir. Pour quelqu'un d'intelligent, tu es plutôt stupide.

— Alors quoi, maintenant ?

— Il faut que nous venions chacun à notre tour nous occuper de maman, aller faire ses courses, ce genre de choses, dit Mitch. Et franchement, les gars et moi on a décidé que c'était ton tour. Tu devrais annuler ton super voyage en Italie et être là auprès de ta famille quand elle a besoin de toi.

— Les gars et toi ? Qui t'a confié le commandement ?

— Dieu. Lorsqu'il a décidé que je serais l'aîné.

— Ça t'a peut-être donné le droit de passer le permis avant tous les autres, mais je suis désolée de te dire, Mitch, que pour le reste ça ne marche pas comme ça. » La voix de Lucy montait dans les aigus au fur et à mesure qu'elle sentait la frustration l'envahir. « Alors, comme ça, tu pars en vacances, je refuse une opportunité de faire carrière, et Brian et Charlie regardent des matchs de base-ball en mangeant des boulettes de viande ? Qu'est-ce que tu t'imagines ?

— Tu n'aides pas.

— Tu veux que je te dise ? » Lucy hurlait à présent. Ses neveux et nièces auraient de quoi parler entre eux, pensa-t-elle. « Parfois, je suis égoïste. Et parfois, je fais tout ce que je peux pour faire passer

Ginger en premier. Je veux aller en Italie. C'est bon pour ma carrière, c'est bon pour mon compte en banque et c'est bon pour ma réputation professionnelle à l'avenir.

— Tu es sa fille, dit-il. En tant que fille, tu devrais être là.

— Nous sommes tous ses enfants, dit Lucy. Je ferai ma part, mais je ne vais sûrement pas te laisser me culpabiliser de la sorte. Aucune règle n'exige qu'une fille fasse plus pour sa mère qu'un fils, et aucune règle ne dit que les célibataires devraient renoncer à leur vie pour que les personnes mariées puissent faire une pause. Je suis désolée, Mitch, mais dans cette famille, nous avons tous la même importance. Que j'aie un mari ou non ! »

Sur ce, elle s'éloigna, puis se tordit la cheville et cria encore plus fort, levant les bras par-dessus la tête. « Et ne va surtout pas croire que je vais m'en aller en pleurant d'ici et ruiner mon dernier week-end avec maman avant le voyage, dit-elle. Je vais rire, plaisanter et manger des spaghettis. Je vais aimer chaque minute de ce week-end, que ça te plaise ou non. »

Le lundi matin, Lucy était toujours vexée lorsque le réveil la tira brusquement de son sommeil. Elle ne bougea pas, se contenta d'écouter le bruit insistant du réveil tout en récapitulant ce qu'elle avait à faire : déjeuner, réveiller Ginger, la faire manger, lui laver le visage, les dents et les mains, l'habiller, l'emmener à la garderie, puis aller au travail. Non, attends ! Elle était censée retrouver Catherine pour parler avant tout d'Italie. Encore cinq minutes, pensa-t-elle, tandis qu'elle tâtonnait sur la table de nuit avec une main, essayant d'appuyer sur le bon bouton pour faire taire le réveil. Lucy avait longtemps souffert de périodes d'insomnies récurrentes et la diatribe de Mitch ne l'avait pas vraiment aidée à passer un week-end reposant.

« Tu as une mine abominable », dit Catherine qui attendait Lucy dans le *deli* de Marty. Comme il se trouvait juste au-dessous de Walker & Fille, au niveau de la rue, c'était devenu le lieu de rencontre quand Peri n'avait pas encore ouvert la boutique.

Elle respectait rigoureusement les horaires d'ouverture de Georgia : 10 heures. Catherine soupçonnait, avec un vrai respect, que Peri restait au lit jusqu'à 9 h 30. Certes, ça ne faisait pas très élégant de traîner dans le *deli*, et Catherine ne semblait pas vraiment à sa place lorsqu'elle s'assit à une table située près du frigo contenant les boissons gazeuses, mais l'endroit était bien situé et familier. De plus, le café était excellent.

« Merci », répondit Lucy. Catherine lui donnait toujours l'impression de ne pas avoir réussi à devenir adulte. Mettre une tenue chic. Se faire une belle coupe de cheveux. Et il y avait toujours une certaine distance chez Catherine, quelque chose qu'elle ne parvenait pas vraiment à définir. Anita et Catherine étaient toutes deux aisées. Pourtant, Anita semblait toujours faire partie de la troupe. C'était certes la plus sage du groupe, mais un membre comme tous les autres. Catherine, en revanche, semblait toujours se tenir un peu à l'écart. C'était donc tout à fait inhabituel de la retrouver pour un café, et c'est un peu à contrecœur que Lucy entra dans l'établissement climatisé.

« Je suis désolée, dit Catherine. Tu as l'air fatiguée, mais ce n'était pas très délicat. Je suis absolument incapable de la boucler.

— J'ai un frère comme ça », dit Lucy qui se mit à faire part de ses soucis. Parfois, quand on a quelque chose dans la tête, on ne peut pas le retenir, et Lucy était à bout.

« Qu'est-ce que tu peux faire ? dit Catherine. Tu ne pourras pas lui faire changer de sentiment.

— Je sais, dit Lucy. Mais ça ne rend pas les choses plus faciles. Je recherche toujours l'assentiment de mon frère, tu sais ? »

Catherine haussa les épaules. « Dans ma famille, on n'est pas spécialement proches. Alors, je ne peux pas vraiment me mettre à ta place. En même temps, nous voulons tous être aimés et appréciés.

— Je déteste voir ma mère vieillir, dit Lucy. Elle a toujours eu tellement d'énergie. C'est bizarre de se dire que mes frères l'ont privée de sa voiture.

— C'est désagréable pour beaucoup de gens, dit Catherine. Pour ma part, je ne sais pas. Mes parents sont morts il y a longtemps. D'une certaine façon, je t'envie. Tu as la possibilité de faire cette transition avec ta mère. Je suppose que c'est dur, mais c'est aussi dans la logique des choses. Tu ne passes peut-être pas ton temps à te demander : « Pourquoi, pourquoi, pourquoi ? »

— Si, dit Lucy, on se pose toujours des questions. »

Elles burent leur café en silence pendant quelques minutes, jusqu'à ce que Lucy pose ses questions sur les restaurants et le shopping à Rome. Et Catherine, qui aimait partager son expérience autant que son prochain, lui donna l'adresse des endroits qu'elle préférait.

« Il n'y a qu'un problème dans mon plan, admit Lucy. Je n'ai personne pour s'occuper de Ginger. Il est clair que je ne peux pas la laisser chez ma mère et je n'ose pas demander à mes grands frères de la garder.

— L'inconvénient d'avoir des enfants, dit Catherine d'un air songeur comme si elle cochait une case dans une liste. Il peut y avoir des inconvénients.

— J'ai envisagé d'engager une baby-sitter, mais je me suis un peu renseignée et je n'ai trouvé personne qui m'inspire suffisamment confiance pour l'emmener avec moi.

— Pourquoi ne pas engager la personne qui s'impose dans ton cas, dit Catherine. Quelqu'un qui sera disponible immédiatement, qui travaille pour pas grand-chose, qui a un emploi du temps flexible et qui connaît Ginger ?

— Je ne te suis pas, dit Lucy en passant une mèche de cheveux derrière son oreille. Darwin a les jumeaux maintenant…

— Dakota, dit Catherine d'un ton triomphant. N'est-ce pas la solution idéale ? Ça lui ferait du bien de quitter un peu la ville, je pense. Il y a trop de tentations.

— Hein ?

— Est-ce que Dakota est une bonne baby-sitter ?

— Elle est géniale, dit Lucy. Mais ça ne m'a même pas traversé l'esprit de le lui proposer ! Je pensais qu'elle avait déjà tout planifié pour cet été. La boutique et tout.

— Les plans sont faits pour être défaits, insista Catherine. Demande-le-lui et tu verras si elle ne saute pas de joie à l'idée d'aller en Italie. De plus, j'y serai, moi aussi.

— Tu vas en Italie cet été ? » Lucy ne put mettre le doigt dessus immédiatement. Était-il possible qu'elle soit un peu déçue ? L'Italie, c'était un peu son truc à elle. Elle voulait voir les membres du Club se presser autour d'elle pour regarder ses photos, écouter ses histoires. Elle se sentit soudain un peu… abattue à l'idée que Catherine allait être là-bas aussi.

« J'ai vraiment besoin de vacances, dit Catherine. J'ai passé des semaines à chercher des idées pour le mariage d'Anita et, franchement, je suis épuisée. C'est une femme adorable, mais elle souffre vraiment du syndrome de la bridezilla. On ne sait jamais qui ça peut frapper, ce genre de choses.

— C'est quand, le grand jour, alors ?

— Oh ! c'est bien là le problème, dit Catherine. Personne ne le sait, encore moins Anita. Quand nous ne sommes pas en train d'essayer des chapeaux ou des chaussures, elle est à l'appartement en train de fouiller tous les tiroirs. Je ne sais pas si elle a perdu quelque chose ou si elle est tellement stressée qu'elle se met à tourner en rond. »

Catherine ne regardait pas Lucy pendant qu'elle parlait. En fait, elle était tombée récemment sur des prospectus adressés à Anita dans un tiroir près de la caisse au Phénix. Elle les avait apportés là-bas par erreur. Parmi les brochures et les annonces immobilières, il y avait une carte postale dont le cachet indiquait qu'elle avait été postée en mars. Catherine avait été si embarrassée de la voir qu'elle l'avait immédiatement reposée dans le tiroir. Pendant plus d'une semaine, elle n'avait pas mentionné la carte postale à Anita, alors même qu'elles faisaient du shopping, déjeunaient et parlaient ensemble presque tous les jours. C'était une étrange petite chose d'ailleurs. Il n'y avait que l'adresse d'Anita au San Remo inscrite à gauche. Aucun message. Comme une note d'un espion. Peut-être que si elle la trempait dans du citron ou la tenait contre la lumière… Catherine regarda de nouveau Lucy qui parlait à toute vitesse.

« Alors, pourquoi ne pas aller à… Vienne ? Ou en Écosse encore une fois ?

— J'ai fait les deux l'année dernière, dit Catherine. De plus, si Dakota et toi y êtes aussi, on pourra se voir pour boire des cappuccinos et goûter aux pâtisseries.

— Je n'ai même pas encore demandé à Dakota, dit Lucy. Je n'y ai encore même pas réfléchi.

— Je ne vois pas ce qu'il y a à réfléchir. Tu as le choix entre un étranger ici et un étranger là-bas, dit Catherine d'un ton neutre. Ou alors tu emmènes quelqu'un en qui tu as confiance et que Ginger adore.

— Mais à dix-huit ans, ça fait beaucoup de responsabilités pour un été.

— Lucy, Dakota est déjà bien trop mûre pour son âge, dit Catherine. Ça va bien se passer, tu verras.

— Et qu'est-ce que tu vas faire en Italie pendant que je tournerai le clip et que Dakota fera du babysitting ?

— Oh ! je chercherai des pièces pour la boutique, je dégusterai quelques vins, ce genre de choses. Ça sera une pause tout à fait salutaire. J'ai pris de mauvaises habitudes ces derniers temps et j'aimerais essayer de changer un peu les choses. »

C'était étrange d'utiliser l'internet. Efficace, car elle pouvait taper les noms des endroits que Catherine lui avait conseillés et trouver de nombreuses critiques et commentaires sur tout et n'importe quoi. Elle pouvait trouver des photos de petites rues, des sites d'échanges d'appartement, des blogs sur les repas dans les avions. Mais il y avait toujours le danger d'une surabondance d'informations. Rechercher sur Google la trace de personnes qu'on a connues par le passé. N'était-ce pas là la meilleure façon d'utiliser le web ? Perdre du temps à chercher, comme elle le faisait à présent, alors qu'elle aurait dû travailler.

Lucy s'était fixé comme objectif pour la journée d'avancer sensiblement sur son projet en ébauchant des scénarios et des idées pour la série de clips interconnectés illustrant les chansons un peu trop sentimentales du nouvel album d'Isabella intitulé *Intemporel*. Elle avait décroché le contrat grâce à son idée de tourner des clips pour chaque chanson de l'album, des clips qui feraient partie d'une seule et même histoire – entre un court métrage et une comédie musicale – tout en pouvant être visionnés séparément. C'était l'idée des vêtements à coordonner appliquée au clip pour créer un ensemble cohérent. L'idée centrale de Lucy était de filmer Isabella en fuite dans les rues de Rome, portant chaque fois des costumes d'une époque différente pour illustrer le thème d'un amour qui perdure à travers les âges. Un peu cucul la praline, certes, mais non sans charme.

Le problème, c'est qu'elle ne pouvait pas s'empêcher, poussée par le désir de faire ce qu'elle n'avait jamais osé entreprendre pendant plus de six ans, d'ouvrir de nouvelles fenêtres. Ses doigts planaient au-dessus du clavier, traçant les lettres W-I-L-L-G-U-S-T-O-F-S-O-N sans jamais effleurer les touches. Il était très difficile de revenir sur une décision qui avait été prise. Elle le savait. Et pourtant, après toutes ces discussions sur Rosie qui prenait de l'âge et les questions de Ginger à propos de son père, les nuits sans sommeil à se demander ce qui se passerait s'il lui arrivait quelque chose, Lucy n'était plus aussi sûre d'elle. Et si elle tombait malade comme Georgia. Où était le père biologique de Ginger ? Le petit ami de passage qui avait fait don de son sperme sans le savoir avant de se faire larguer par Lucy. Elle pourrait peut-être avoir une histoire comme James et Georgia, former une famille heureuse maintenant qu'elle était dans une situation différente et qu'elle aurait bien eu besoin d'un peu d'aide.

Elle avait considéré Georgia comme son modèle à bien des égards et, maintenant que Lucy se posait toutes ces questions, Georgia n'était plus là pour y répondre. Parfois, les filles du Club se sentaient complètement démunies lorsqu'elles pensaient à Georgia. D'autres fois, son absence était tout simplement ennuyeuse comme lorsqu'elles auraient aimé lui demander son avis sur une maille. Ou ce qu'elle avait dit quand Dakota avait commencé à poser des questions à propos de James.

« J'sais pas », s'était contentée de répondre Dakota lorsque Lucy le lui avait demandé après une soirée de baby-sitting. Lucy s'était dit qu'il valait mieux ne pas insister, soupçonnant qu'elle avançait en terrain émotionnel miné.

« Mais tu étais heureuse de rencontrer James, n'est-ce pas ? » Une petite enquête l'air de rien ne lui ferait aucun mal, se dit-elle. Après tout, elle avait besoin de savoir.

« Oui, sans doute, répondit Dakota. Il était sympa. Drôle. Un peu bizarre. On faisait un tas de choses ensemble.

— Alors, ça valait vraiment la peine.

— Peut-être, dit Dakota, même si parfois je me demande si je n'étais autorisée qu'à avoir un seul parent. Il y avait peut-être une sorte de quota. Du genre, s'il n'était pas revenu, maman ne serait pas morte. C'est complètement stupide, je sais.

— Ce n'est pas ce qui s'est passé, Dakota, dit Lucy.

— Je sais, dit Dakota. C'est juste une pensée qui me traverse l'esprit parfois. Je disais ça comme ça. Parce que c'est chouette d'avoir un papa. Parfois… Mais pas tout le temps. C'est comme ça. Je n'ai que lui à présent.

— Et si tu ne l'avais jamais rencontré ?

— Eh bien, sans vouloir sortir une lapalissade, Lucy, dit Dakota en parlant lentement comme si Lucy était un peu bouchée, je ne l'aurais jamais rencontré. Ça serait comme ça et puis c'est tout.

— Ce n'est pas mieux alors ?

— J'en sais rien », dit Dakota qui se mit à secouer la tête et à ranger les livres qu'elle avait apportés pour étudier une fois que Ginger s'était endormie. Je n'ai pas mis au point ma machine à remonter le temps pour comparer ma vie réelle et son alternative imaginaire. »

Lucy faisait à présent les cent pas dans son appartement. Elle entra dans la chambre de Ginger qui avait tiré les couvertures sur sa tête sans doute pour se protéger des monstres qui vivaient sous son lit. (Elle avait dit à Lucy qu'ils s'appelaient Pip et Butter, et ils aimaient manger les orteils parfumés de Ginger.)

« Tu as besoin de ton père, petite fille ? » murmura-t-elle à sa fille qui dormait. Serait-ce aussi simple que ça ? Georgia avait aimé James, il ne fallait pas l'oublier. Lucy avait juste apprécié de coucher avec Will. Et il était intéressant. Mais qu'allaient-ils faire ? Reprendre là où ils s'étaient arrêtés ? Et si c'était vraiment le cas ? Serait-ce aussi mal que ça ? Ils pourraient partager les frais de baby-sitter avec Darwin et sortir en couples ensemble. Elle retourna vers son clavier, au nom qu'elle avait tapé dans la fenêtre de recherche de Google. Il l'attendait. Il lui suffisait à présent d'appuyer sur la touche. Car il y avait de grandes chances qu'elle trouve ce qu'elle recherchait, c'était sûr.

Il ne lui restait plus qu'à appuyer.

14

Le pire pour une étudiante à l'université comme Dakota, c'était qu'en été il fallait rentrer chez soi, réintégrer sa chambre de lycéenne aux murs peints en bleu lors d'une phase « océan », se soumettre aux règles imposées par son père pendant le lycée parce qu'on n'avait pas l'énergie de les remettre en cause et qu'on avait de toute façon peu de chances d'aboutir, et se rendre tous les jours à pied à Walker & Fille pour attendre l'arrivée des mordues du tricot qui venaient chercher leur dose, puis passer le reste de la journée à tuer le temps. Il faut bien se rendre à l'évidence, pensa Dakota, l'été dans une boutique de fils à tricoter, c'est plutôt rude. Et l'été allait être rude pour elle aussi.

Parfois, elle n'avait qu'une envie : être dans la boutique et rester assise à ne rien faire. D'autres jours, elle avait du mal à résister au désir de passer devant le bâtiment et de ne plus jamais s'arrêter.

C'est ce que personne ne semblait comprendre : elle était une fille sans mère. Et sa mère disparue avait laissé son empreinte dans chaque recoin de

Walker & Fille. C'était comme si elle était sans cesse confrontée à son absence. « Bienvenue chez Walker & Fille : je suis la fille, Walker est morte. »

D'un autre côté, Peri était tellement occupée à reprendre le magasin et à le transformer en boutique de sacs à main, que le commerce de sa mère risquait de perdre son âme au bout du compte. Alors, qu'ils lui laissent la boutique ! Je ne veux pas le magasin de ma mère, pensa Dakota. Je veux ma mère.

Le chagrin causé par la perte était devenu l'essence même de ce qu'elle était. Et elle s'était habituée à vivre avec ce petit élancement de douleur permanent, caché dans un endroit que personne ne pouvait atteindre.

Elle classait même ses amis entre ceux qui savaient et ceux qui ne savaient pas.

Dakota se concentrait tard le soir sur le son de la voix de sa mère, elle repensait à ses répliques favorites et tentait de retrouver la cadence et l'intonation exactes. « Eh ! la reine des muffins ! Pas de troisième fois ! »

De cette façon, elle pouvait faire quelque chose pour lutter contre l'oubli.

Parfois, elle était en colère, en particulier lorsque des personnes bien intentionnées comme ses grands-mères, Bess et Lillian, ne cessaient de répéter que sa mère était bien mieux là où elle était à présent. Dakota voulait manquer à Georgia, elle voulait que sa mère soit triste qu'elles aient été séparées. Qu'elle soit certes dans une sorte de paradis, mais qu'elle soit malgré tout un peu mélancolique. Qu'elle dîne avec Dieu et qu'elle lui parle de sa petite reine des muffins restée sur terre. Qu'elle le fasse compatir sur les circonstances de sa disparition.

« Mon expérience n'est pas la tienne », avait-elle hurlé à son père lorsqu'il lui avait dit qu'elle jouait la comédie, et qu'il n'aimait pas du tout qu'elle passe aussi peu de temps à la boutique. « Tu as des obligations, avait-il dit. Des responsabilités. Ce n'est pas ce que ta mère voulait. »

Elle ne connaissait aucun autre étudiant qui possédait, comme elle, des parts dans une boutique de fils à tricoter. Ils passaient leur été à faire des stages, partaient en Australie pour chasser les dingos et validaient des UV par la même occasion. Mais, pour Dakota, l'été s'annonçait particulièrement long et chaud. Elle allait griller sur le trottoir en se traînant jusqu'à la boutique, puis, une fois arrivée, se faire sermonner par Peri.

Elle se souvenait d'un temps où Peri était la personne la plus cool et la plus glamour de sa connaissance. Dorénavant, elle n'arrêtait pas de lui faire des remarques. Oh ! il y avait certes des moments où elle redevenait comme avant ; ainsi, elle avait aidé Dakota à changer de look avant l'université en passant en revue sa garde-robe et en l'aidant à créer une version plus élégante d'elle-même. Mais, la plupart du temps, l'ambiance était tendue, et l'une ou l'autre passait sa journée à râler.

C'est alors que Lucy avait envoyé son message magique. Dakota communiquait avec ses copines par SMS, la plupart du temps, mais elle essayait de consulter ses e-mails régulièrement. Ce n'était que justice, car elle avait des amies d'âge mûr qui croyaient encore que l'e-mail était le dernier moyen de communication à la mode.

« Ça te dirait d'être ma baby-sitter en Italie ? » Ainsi commençait le message de Lucy. Hum, ouais. Lucy avait ébauché un plan : elle prenait en charge le logement, les repas, le vol et lui verserait en plus un petit traitement hebdomadaire. En échange, Dakota devrait s'occuper à plein temps ou presque de Ginger. Mais, et c'est ce qui décida finalement Dakota, Lucy paierait également les entrées dans les musées et toutes les activités culturelles que Dakota entreprendrait avec Ginger. En bref, Dakota aurait la possibilité de montrer plein de choses à Ginger et de vivre une expérience inoubliable de son côté. Ça allait de soi. Grâce à cette offre, Dakota savait qu'elle allait échapper à un été à dormir sous la couverture que le Club avait tricotée à Georgia, à regarder le plafond et à se demander ce qu'elle pourrait faire pour vivre un autre avenir que celui qu'on avait planifié pour elle. Passer l'été à Rome, c'était parfait pour elle.

Cela aurait été mieux encore si elle avait réussi à parler à Andrew Doyle avant la fin du semestre. Certes, elle serait encore plus séduisante à son retour…

« Tu n'iras pas. » Il n'y avait personne d'autre dans la boutique, ni clients, ni Anita. Peri ne se souciait donc pas d'être aimable. L'atmosphère était étouffante, en raison de l'humidité, et tendue, en raison du sujet abordé.

« Pardon ? dit Dakota en croisant les bras.

— Tu vas te présenter à la boutique et travailler tout l'été comme c'était prévu, dit Peri.

— Je suis désolée, dit Dakota en pointant le doigt en direction de Peri. Si mes souvenirs sont bons, c'est moi la propriétaire de cet endroit.

— Permets-moi de rectifier, lâcha Peri. C'était ta mère, la propriétaire de la boutique. Et tu sais qui a aussi des parts dans le magasin ? C'est moi. Ta patronne. Et je te dis que tu ne peux pas entrer comme ça dans la boutique et annoncer que tu ne vas pas venir de l'été.

— Ma patronne ? dit Dakota en secouant la tête. C'est quoi, ces foutaises ?

— C'est la réalité. Tu es une petite fille gâtée, et tous les autres vont dans ton sens pendant que je me crève à veiller à ce que ce commerce continue à prospérer. » Peri se mit à arpenter la boutique.

« Je n'ai rien dit pendant des mois ! cria-t-elle. Les filles du Club, qui adoraient ta mère, te passent tous tes caprices. Et toi, qu'est-ce que tu fais ? Tu sabordes son travail à la moindre occasion. Tu ne veux pas te pointer à la boutique, tu t'opposes à sa rénovation. Et tu sais qui aimerait aller en Italie, Dakota ? Moi. Je n'y suis jamais allée. J'aimerais m'asseoir à la terrasse d'un café et boire un cappuccino en lisant le *Vogue* italien. Mais tu sais quoi ? Je dois tenir une boutique. Et crois-moi, chérie, tu ne risques pas d'être ma patronne en te comportant ainsi.

— Et Anita alors ? Elle était là bien avant toi ! dit Dakota en bafouillant. Depuis quand est-ce que tu as tous les droits ?

— Depuis que j'ai investi beaucoup de temps dans cette affaire. Ça fait longtemps que j'ai payé mon dû, tu sais.

— Alors, pendant tout ce temps, tu me détestais ! cria Dakota. Tu n'as jamais été mon amie.

— J'ai toujours été ton amie », dit Peri doucement. Calmement. Elle s'assit dans un fauteuil rembourré autour de la table au milieu de la boutique. « Et je suis ton amie maintenant. Si je m'en fichais, de toi et de cette boutique, je dirais : *"Arrivederci !"* Mais je ne peux pas te laisser te conduire ainsi. Tu veux être une adulte ? Alors, comporte-toi comme une adulte. »

Qu'est-ce que ça voulait dire ? Dakota devait-elle ravaler toutes ses émotions et se laisser étouffer par un travail dont elle ne voulait pas ? Elle regarda Peri et sentit ses derniers espoirs pour sauver son été s'envoler.

« Tu ne sais pas ce que c'est ! cria-t-elle. Pour toi, ce n'est qu'un commerce. Pour moi, c'est toute ma vie. » Dakota s'approcha du casier de pelotes de laine le plus proche et sortit le cachemire rose, écheveau par écheveau, les entassant dans ses bras. « Ça, ça me rappelle quand je construisais des châteaux avec les dernières livraisons de laine dans l'arrière-boutique pendant que ma mère calculait les recettes. Ça, c'est quand mon père m'a donné ma première bicyclette ! » cria-t-elle en prenant des pelotes bleues, des grises, des rouges sur l'étagère. « Ça, c'est quand je rentrais après avoir vu une comédie musicale à Broadway avec Anita. Ça, c'est quand j'ai regardé le film de Lucy sur ma mère. Ça, c'est quand je m'asseyais avec vous toutes, réunion après réunion, et que je devais écouter vos confidences. Je m'en fous. Oh ! je sais, si je veux être une adulte, je ne devrais pas m'en foutre. »

Elle jeta la pile de pelotes sur la table. Un écheveau de laine mérinos pourpre roula jusqu'aux genoux de Peri.

« Mais, ça m'est égal. C'est moi. Je suis celle qui souffre le plus. Ma souffrance surpasse celle de tout le monde. Et tout le monde s'attend à ce que j'accepte de tenir la boutique. Tu veux que je te dise quelque chose ? Ma mère voulait devenir écrivain. Elle s'est lancée dans le tricot parce qu'elle était pauvre et qu'elle était enceinte. Ce n'est pas son rêve. C'était une solution de repli. Et ce n'est plus ce que je veux pour elle.

— Dakota, calme-toi », dit Peri. Son expression sévère avait disparu. Son visage trahissait plutôt son inquiétude à présent. « Tu es comme une petite sœur pour moi. J'essayais juste de te secouer un peu.

— Il n'y a aucun moment où je peux me dire que ça va mieux. Tu comprends ça ? » Dakota se laissa tomber dans un autre fauteuil et se mit à sangloter hystériquement. « Je passe mon temps à faire semblant. Je veux juste une pause. Je veux juste pouvoir échapper à tout ça pour une fois. Je veux juste rester loin de la boutique quelque temps. Laissez-moi, toutes autant que vous êtes. Pourquoi est-ce que le Club ne peut pas me laisser ?

— Oh ! ma puce », dit Peri qui s'approcha de Dakota et la prit dans ses bras pendant qu'elle pleurait. Elle ne sourcilla même pas lorsque le nez de Dakota se mit à couler sur sa chemise couleur taupe toute neuve et ne tenta pas de se dégager lorsque Dakota se mit à pleurer plus fort.

Le marché était conclu : si Dakota parvenait à trouver quelqu'un pour la remplacer, Peri ne s'opposerait pas à son départ.

« Je suis surprise que ton père ait accepté », fit remarquer Peri alors que les larmes de Dakota avaient séché depuis longtemps. Dakota pouvait s'estimer heureuse que l'été ne soit pas une période très animée à la boutique ; elle était toute honteuse à l'idée que des étrangers aient pu assister à sa crise de larmes. Ou, pire, que des étrangers qui cherchaient du cachemire rose repartent immédiatement de peur que les pelotes ne soient couvertes de morve et ternies par les larmes.

« Je ne lui en ai pas encore parlé, reconnut Dakota. Je me suis dit que j'avais dix-huit ans et que donc…

— C'est toi qui paies l'université ?

— Tu sais bien que non, dit Dakota. C'est en partie l'argent de papa et en partie l'argent qu'a laissé ma mère.

— Et c'est toi qui le gères, cet argent ?

— Pas avant mes vingt-cinq ans, répondit Dakota en sachant pertinemment que Peri était au courant de tous ces détails.

— Tu vois où je veux en venir, dit Peri. L'âge chronologique n'est pas synonyme d'âge adulte dans ce pays. Tout dépend de qui paie les factures.

— Tu veux dire que je reste une gamine parce que mon père exerce un contrôle sur moi avec son portefeuille.

— C'est une façon de parler, dit Peri. En pratique, ça signifie que, si tu veux partir en Italie, tu vas devoir lui demander la permission, sinon tu seras obligée de travailler ici tout l'automne parce que l'Université de l'État de New York va te présenter la facture. Tu vois ce que je veux dire ?

Dakota était le genre de personne à tout remettre au lendemain. Alors, elle aurait très bien pu attendre le jour du départ pour en demander l'autorisation à son père. Mais ensuite elle réalisa que son passeport était dans le coffre de son père et que James prévoyait de partir en vacances avec elle. Elle fit donc une magnifique tarte au chocolat et aux fraises après avoir commandé un repas chinois. Dakota était pâtissière, pas cuisinière.

« Nous devrions fêter la fin de ta première année à l'université », dit James en prenant une bouchée de pâte feuilletée recouverte de chocolat noir et de fraises bien mûres. Dakota eut un sentiment de culpabilité en pensant à l'argent qu'il allait dépenser dans les billets et les guides touristiques si elle ne disait rien.

« Papa », dit-elle. C'était étrange de penser que, lorsqu'elle avait rencontré son père pour la première fois, elle avait douze ans et l'avait appelé tout d'abord par son prénom. Elle pensa alors à la différence que pouvaient faire quelques années et une tragédie commune.

« Papa.

— Ça doit être sérieux, dit-il. Tu m'as interpellé deux fois. Laisse-moi deviner. Tu veux voyager en première classe. Eh bien, je crois qu'on va pouvoir arranger ça.

— Non, dit Dakota. Ce n'est pas ça.

— Ne t'inquiète pas, poursuivit James. Je sais que tu vas devoir travailler un peu à la boutique. Nous partirons à la fin de l'été. Comme ça, Peri pourra profiter d'un peu de vacances et ainsi elle ne verra pas d'inconvénients à ce que tu profites d'une pause, toi aussi.

— Papa, j'aimerais aller en Italie.

— Excellente idée, dit James. Ils viennent justement d'ouvrir deux nouveaux hôtels V à Venise et à Rome. Il va faire chaud, toutefois.

— Non, dit Dakota. Lucy m'a proposé de l'accompagner en Italie où elle va tourner une série de clips pour la pop star italienne. Tu sais, je t'en ai déjà parlé.

— Tu m'as dit que Lucy avait décroché un super job, dit James très lentement. Tu ne m'as pas parlé du reste.

— Parce que c'est tout nouveau.

— Alors, tu vas être son assistante de production ? Son aide en quelque sorte ? » James fronça les sourcils. « Je ne savais pas que tu t'intéressais à la mise en scène.

— Non, tu n'as rien compris, dit-elle. Elle m'a demandé de l'accompagner pour garder Ginger pendant qu'elle travaillait.

— Quoi ? » James dévisagea Dakota comme si elle avait perdu la raison. « Tu veux être la nurse de sa fille ?

— Ouais, dit Dakota. J'adore Ginger. Je veux faire quelque chose de différent.

— J'aime bien Ginger, moi aussi, même si elle est toujours surexcitée, dit James. Mais il y a une grande différence entre garder une petite fille un samedi soir de temps en temps et devenir sa nourrice attitrée, Dakota. Et je dois te dire que je ne suis pas très à l'aise avec ça. Pour moi. Pour toi. Une jeune femme noire.

— Biraciale, corrigea-t-elle. Je suis afro-écossaise. » James n'esquissa pas même un sourire comme il le faisait d'habitude pour lui faire plaisir. Dakota n'était même pas certaine de plaisanter.

« Tu pourrais faire plein d'autres choses, cet été. Sans oublier qu'il y a la boutique.

— Peri et moi en avons déjà parlé, dit-elle.

— Avant même de m'en informer. » James se sentait de plus en plus inutile dans la vie de sa fille. Elle avait Peri, Anita et Catherine quand elle avait besoin de parler. Lucy, pour l'emmener en Italie apparemment. Darwin pour relire ses devoirs. Et son père pour faire… quoi ? Payer les factures. C'est ce à quoi se limitait son rôle visiblement : il était extérieur à tout le reste. Il servait uniquement de chéquier.

« Ça s'est trouvé comme ça, dit Dakota, qui fut forcée de reconnaître que son explication était bien piètre.

— Non, dit James. Non, je n'ai pas travaillé toute ma vie pour te laisser devenir la nurse de quelqu'un juste parce que tu penses que les règles ne s'appliquent pas à toi. Tu vas devenir une femme d'affaires. Tu géreras tes parts dans la boutique, que tu sois une associée commanditaire ou une partenaire active. C'est à toi de décider. Tu veux faire autre chose ? Devenir médecin, avocate, statisticienne ? Ça m'est égal, dit-il. Tant que tu ne passes pas ton temps à faire des gâteaux et à torcher les fesses d'une petite Blanche. »

Et sur ce, il se leva de table et traversa l'appartement à grandes enjambées pour rejoindre sa chambre à coucher. Il entra, puis ferma calmement la porte derrière lui, tandis que Dakota pleurait pour la deuxième fois de la journée.

15

Anita était assise à la grande table de la salle à manger, qui autrefois était la sienne – qui l'était toujours d'ailleurs – et attendait que Catherine apporte le café. Elles allaient toutes deux retrouver l'agent immobilier et lui faire faire le tour de l'appartement. Anita était à la fois triste et nerveuse même si elle était prête à vendre. Elle n'entendit pas le vibreur de son portable dans son sac à main marron alors que Dakota lui envoyait SMS sur SMS depuis le début de la matinée. Et si elle était toujours prête à s'occuper de sa petite-fille de substitution, à cet instant précis, elle avait quelques problèmes de son côté qui nécessitaient toute son attention.

Elle était tellement distraite en s'habillant qu'elle avait accidentellement arraché un bouton de son tailleur beige et avait dû le recoudre avant de partir. Marty avait suggéré que personne ne remarquerait l'absence d'un bouton, mais ce n'est pas ce qu'Anita voulait entendre.

Elle soupira bruyamment, comme si on l'avait laissée livrée à elle-même trop longtemps.

Au même instant, Catherine, une grande tasse de café dans chaque main, sortit de la cuisine à reculons en poussant la porte avec les fesses. Elle était très élégante dans son pantalon noir cintré et sa tunique en soie ample et multicolore mise en valeur par une ceinture métallique à gros maillons. Ses cheveux blonds étaient tirés en arrière par un serre-tête noir. Elle s'approcha en équilibre instable d'Anita et lui tendit une tasse. Anita prit la boisson, mais ne la posa pas. Elle lança un regard éloquent à Catherine.

« Ah oui, dit Catherine au bout de quelques secondes. Les dessous de verre. » Elle se rendit vers un gros buffet en hickory, une très belle pièce de la période révolutionnaire, l'une des rares qu'elle aimait vraiment dans l'appartement du San Remo. Elle en sortit deux dessous de verre à fleurs pour protéger le beau bois. Elle les posa sur la table et prit un siège à côté d'Anita.

« Qu'est-ce que tu en penses ? demanda Anita en montrant la photo d'un gâteau à plusieurs couches couleur bleu Wedgwood.

— Ah », dit Catherine en regardant le magazine et en prenant une gorgée de son café pas assez fort. Elle n'arrivait jamais à obtenir le bon mélange : soit elle mettait trop de grains, soit elle n'en mettait pas assez. C'est l'une des raisons pour lesquelles elle s'était mise à apprécier le *deli* de Marty. « Tu as sorti de leur planque tes journaux pornos sur le mariage. »

Elle rit. Pas Anita.

« Je te demande pardon ? » dit Anita tout en remarquant qu'elle avait renversé une goutte de café sur sa tenue de couleur claire. Sapristi !

« Toutes les futures mariées deviennent accros, l'informa Catherine. Aux magazines. Aux émissions de téléréalité. Aux frissons que procure la recherche de la robe parfaite. C'est ce qui est en train de t'arriver, Anita, je le vois.

— Je veux juste que tout soit parfait », répondit Anita en s'empressant d'ajouter « encore une fois » de peur que sa phrase puisse laisser croire autre chose. Stan était un homme merveilleux et, s'il n'était pas mort subitement, elle aurait passé avec lui le reste de sa vie dans cet appartement. Lui rappelant de prendre des dessous de verre pour poser sa tasse de café.

Elle hésita un moment, puis sortit une vieille photo. C'était Anita en jeune mariée, un bouquet de roses dans les mains, Stan à ses côtés. C'était la seule photo de Stan jeune que Catherine ait vue. Ses épais cheveux noirs, bien que parfaitement coiffés, ne pouvaient s'empêcher d'onduler à la racine. Il était grand, large d'épaules et, même sur cette photo vieille de plusieurs décennies, il respirait la confiance en lui. Il avait la main dans la poche de son costume et souriait. Un homme heureux. Un jour heureux.

« Il était canon, dit Catherine d'un ton taquin en donnant un petit coup de coude à Anita. Ce n'est pas étonnant que tu aies eu trois enfants. »

Anita fit un signe de la main comme pour congédier Catherine. « Eh bien, dit-elle doucement, oui, peut-être. Oh ! j'ai passé trop de temps avec vous, les filles, et tous vos bavardages.

— Tu nous donnes de l'espoir pour l'avenir, dit Catherine.

— Oh ! tu sais, tu changes de partenaire comme tu changes de chemise, dit Anita. Mais pourquoi changer quand tout va bien ?

— Marty te donne en effet toutes les raisons de rester avec lui.

— C'est un très bel homme, c'est vrai, dit Anita. Et très amusant. J'ai eu de la chance. Deux fois. Certaines femmes ne connaissent jamais le véritable amour. » Ces mots lui avaient échappé avant même qu'elle ne s'en rende compte. Bon sang ! Elle était vraiment distraite. En général, Anita faisait très attention à ce qu'elle disait.

« C'est vrai, dit Catherine. Je suis l'exemple même de la femme que Cupidon a oubliée.

— Tu es heureuse à présent, dit Anita en essayant de la consoler. La boutique, ton adorable petite maison et en plus tu es superbe. J'aime ta nouvelle couleur blonde, plus dorée et moins jaunâtre. C'est vraiment joli. » Elle tendit la main et la passa sur les cheveux de Catherine qui ne put s'empêcher de se pencher vers Anita. Son côté maternel était comme un aimant et attirait les gens dans son orbite de gentillesse. Ils recherchaient son assentiment.

« C'est ma vie, dit Catherine. Il n'y a pas grand-chose à en dire.

— Je peux ranger ces magazines stupides », dit Anita en fermant ses livres et ses revues. Ça, par exemple, quel délicieux café ! » Elle en but une bonne gorgée, sans être indélicate, et hocha la tête.

« Je vais partir cet été, dit Catherine. Alors, tu n'auras aucun souci pour faire visiter l'appartement. J'emporterai mes affaires dans ma maison. Je vais aller en Italie, passer quelque temps sur la côte, visiter Rome.

— Mais qui va m'aider à préparer le mariage ?

— Nous ne savons même pas quand il va avoir lieu. Et si nous voulons essayer un de ces grands hôtels, il faut que nous proposions des dates dès que possible. Je ne sais même pas si nous pourrons réserver quelque chose avant un an.

— Raison de plus pour commencer à planifier dès maintenant.

— Marty et toi pourriez repousser », dit Catherine. C'était un commentaire en passant qui cachait néanmoins le secret espoir d'échapper aux dégustations interminables de pièces montées et de gâteaux qui l'attendaient. « Pourquoi un grand mariage d'ailleurs ? Vous n'en avez pas besoin.

— Bien sûr que nous n'en avons pas besoin, s'irrita Anita. Nous le *voulons*. Si nous nous marions, autant voir les choses en grand. Nous allons le crier sur tous les toits. Et soit tu es avec nous, soit tu es contre nous, dit-elle en levant le doigt pour bien souligner ses propos.

— Eh ! la future mariée ! Je suis une de tes alliées. »

Anita se redressa sur son siège, un peu tendue, et Catherine redouta soudain qu'elle vide son sac et lui dise le peu d'estime qu'elle avait pour elle. L'instant qu'elle attendait. Qu'elle redoutait. La confirmation qu'elle n'était qu'une pièce rapportée, qu'une étrangère.

« Catherine, je m'excuse, dit-elle d'un ton formel.

Ce n'est pas toi qui m'as blessée. C'est mon aîné. Nathan.

— Oh ! ce n'est rien », s'empressa de dire Catherine, qui eut comme un remords en pensant à la carte dont elle n'avait toujours pas parlé à Anita. Elle aurait alors toutes les raisons d'être en colère. « Qu'est-ce qu'il a encore fait, ce Nathan ? »

Pendant toutes ces années, les membres du Club avaient entendu parler de Nathan chaque fois qu'il faisait des siennes. Il vivait à Atlanta avec sa famille et sa femme qu'il avait épousée dix-sept ans auparavant. Il aurait beaucoup aimé qu'Anita déménage dans le Sud et vienne s'installer dans la petite maison à côté de leur piscine. Ce qui aurait été merveilleux si Anita n'avait pas absolument tenu à mener sa propre vie. La présence de Marty le contrariait au plus haut point.

« Il arrive, disait Anita à présent. Il a entendu dire que je vendais l'appartement.

— Tu ne le lui as pas dit toi-même ?

— Oh si ! Je viens de le faire. Hier soir. Il m'a demandé ce qui me prenait de vendre la maison de son père. Alors, je lui ai rappelé ce qui était tout à fait évident depuis plus de quinze ans : son père est mort et il ne reviendra pas. On aurait dit que c'était la première fois qu'il entendait la nouvelle.

— Aïe !

— Aïe, rien du tout, dit Anita. J'ai donné naissance à ce fils et à deux autres derrière. C'est moi la mère, que je sache. Ce ne sont pas eux qui commandent et je le leur rappellerai le temps qu'il faudra.

— Alors, l'agent immobilier vient quand même aujourd'hui ?

— Bien sûr qu'elle vient quand même, dit Anita en fronçant les sourcils. Pourquoi ne viendrait-elle pas ? Tu crois que Nathan lui a téléphoné pour lui dire d'annuler le rendez-vous ? »

Anita consulta sa montre avec son bracelet en or fin autour de son minuscule poignet. Il était 11 heures. Elle avait été tellement occupée à regarder les magazines sur les gâteaux de mariage qu'elle avait perdu la notion du temps. L'agent immobilier aurait dû être là depuis trois quarts d'heure.

« Ah ! le petit vaurien, marmonna-t-elle alors que le sang lui montait aux joues. Il va m'entendre, ce soir. »

À l'instant où il traversa le pont Triborough, il se sentit à la maison. La vue de la ville et de tous ses immeubles qui se dressaient vers le ciel était saisissante. Atlanta était une belle ville, qu'il appréciait beaucoup, mais son cœur serait toujours à New York. Une fois New-Yorkais, à jamais New-Yorkais.

Prêt à payer le chauffeur de taxi une fois qu'ils seraient arrivés à destination, Nathan Lowenstein mit la main dans sa poche et entreprit de compter les billets. Il avait décidé de passer d'abord à son hôtel en centre-ville, de poser ses bagages et de marcher à pied jusqu'au nouvel appartement de sa mère, à trente pâtés de maisons. L'appartement n'était pas nouveau dans le sens que sa mère venait juste d'emménager, mais il lui paraissait étrange et peu familier lorsqu'il s'y rendait.

« Vous êtes déjà venu à New York ?

— Qu'est-ce que vous aimez par-dessus tout ? dit Nathan qui ne répondit pas directement à sa question.

— Oh ! je l'entends au son de votre voix, dit le chauffeur de taxi. Vous êtes du coin. Bon, alors je ne vais pas faire de détours. Ah ! je plaisante ! » Il rabattit le siège à côté de lui. « J'aime les hot-dogs. Je m'arrête au coin et le type me l'apporte. Avec de la moutarde. Et vous ?

— J'aime le San Remo, répondit Nathan. C'est là qu'ils ont tourné *Ghostbusters.*

— Ouais, c'est vrai, dit le chauffeur de taxi. Vous savez, ils font un tas de super films dans cette ville… » Nathan regarda par la vitre pendant que le chauffeur continuait à radoter. Tandis qu'ils traversaient le parc à vive allure, il vit une jeune mère essuyer le menton barbouillé de glace de son fils. Il sourit en repensant aux longues journées d'été dans le parc avec Ben et David. Anita posait une couverture sur l'herbe pour le pique-nique avec du fromage, des biscuits salés, des pommes. Son père était un homme sérieux, qui travaillait dur. Il était souvent occupé. Mais sa mère leur facilitait la vie. Elle était particulièrement efficace. Elle préparait leurs vêtements le soir et ce, jusqu'à leurs treize ans, les inscrivait à des leçons de danse de salon et à des cours d'étiquette. Elle veillait toujours à ce qu'ils fassent leurs devoirs, mais pas au-delà de 22 heures, heure du coucher non négociable. Elle avait toujours le temps d'écouter le récit de leur journée, qu'ils parlent des incidents de leur vie de collégiens ou du choix de leur sujet de thèse à l'université. Sa mère pouvait vraiment être considérée comme une bonne mère. Amusante, belle et toujours prête à rire. Ses amis d'enfance avaient d'ailleurs tous un faible pour elle.

Elle avait le sens du détail. Sa bar-mitsvah avait été suivie d'une superbe fête. Sa mère n'avait pas rogné sur les dépenses pour la musique et la nourriture, et elle avait invité toutes les personnes qu'elle connaissait. Sa tante Sarah avait ri et plaisanté toute la soirée. C'était l'une des rares fois où toute la famille était rassemblée. Qu'est-ce qu'il s'amusait bien avec sa tante ! Elle l'emmenait à Coney Island dans les montagnes russes ou au Musée d'histoire naturelle pour voir les dinosaures. Elle mangeait avec eux plusieurs fois par semaine, faisait la cuisine avec sa mère. Elles travaillaient côte à côte et préparaient de délicieux repas pour toute la famille.

Ses grands-parents étaient attentionnés et gentils, mais sa tante était comme une amie pour lui. Puis elle avait tout simplement disparu. Sa mère avait enlevé les photos de la salle de séjour, et son père lui avait dit de ne plus jamais parler de tante Sarah. C'était l'une des rares occasions où il avait été vraiment furieux contre sa mère et où il n'avait pas compris son attitude. Comme à présent.

Son père l'avait pris à part, lors de sa bar-mitsvah, il lui avait montré sa montre en or et lui avait dit que le temps avait passé si vite depuis la naissance de son aîné. « Je suis si fier de toi aujourd'hui, lui avait-il dit, et un jour tu seras le chef de cette famille. »

Plus tard, son père s'était souvent fait du souci à propos d'Anita. Il l'avait même encouragée à travailler dans la petite boutique de fils à tricoter, pensant que cette activité l'occuperait un peu. « Si vous viviez plus près, les garçons, avait dit son père, votre mère passerait peut-être son temps à courir après ses petits-enfants. » Au lieu de cela, on déclara que maman était une véritable artiste et, même lorsque les choses devinrent de plus en plus étranges – qu'elle sembla pratiquement adopter la propriétaire de la boutique et sa fille –, Nathan tint sa langue. Ou plutôt, son père la tint pour lui. « Si ça ne fait de mal ni à toi ni à ta mère, alors laisse-la en paix. » C'est ce qu'il lui avait dit. « Un jour, c'est toi qui devras prendre les décisions, avait-il ajouté. Mais tu devras toujours veiller à ce que ta mère soit heureuse. Tu dois la protéger, parce qu'elle vit dans une bulle. Elle n'a jamais dû affronter le monde tel qu'il est. »

Et à présent, Anita ne tenait absolument pas compte de ce que Nathan pouvait dire. Elle partait et se mettait en ménage avec un type qui possédait un *deli*. Et voilà qu'à présent, elle avait l'intention de vendre l'appartement familial. Pourquoi ? Tout simplement parce qu'elle avait décidé qu'il était temps que les choses changent.

Oui, il était temps que les choses changent. Nathan était d'accord avec elle sur ce point. Mais ce qui devait changer, c'était cette relation avec ce Marty et l'attitude de sa mère. S'il lui paraissait inconcevable qu'Anita et Marty aient des relations sexuelles régulières comme la plupart des couples – c'était sa mère, bon Dieu –, il était évident que cet homme avait resserré son emprise sur elle. Le mariage était tout simplement hors de question.

Il savait qu'il n'avait pas été à la hauteur et qu'il n'avait pas veillé sur sa mère. Il n'avait pas tenu la promesse qu'il avait faite à Stan, il avait déçu la famille. Nathan s'était pourtant donné beaucoup de mal pour trouver des idées qui plairaient à Anita, qui lui faciliteraient la vie.

Mais elle était irascible et difficile et refusait de déménager pour qu'il puisse mieux s'occuper d'elle. Elle refusait avant tout de reconnaître qu'elle vieillissait et, plus les années passaient, plus ses visites étaient brèves. Durant une fête de Pâques particulièrement dramatique, sa mère était partie tout de suite après le repas pour rejoindre ses amies du club de tricot. Sa femme Rhea s'était alors emportée contre un comportement aussi impoli. Et leur mère, qui insistait toujours sur les bonnes manières, ne leur avait jamais appris à laisser des convives à table pour aller rejoindre des amis.

Cette histoire de club de tricot n'avait été que le point de départ, cependant, d'une série de décisions et d'actions de plus en plus folles. Puis il y avait eu Marty, la vente de l'appartement, un mariage et qui sait ce qu'elle allait inventer encore ? Le pire, c'était que sa mère semblait se demander pourquoi Nathan prenait tant à cœur ce qu'elle faisait. « Tu es ma mère », lui dit-il.

Cela expliquait tout à ses propres yeux. Et rien, apparemment, aux yeux de sa mère.

Comme c'était horrible de se rendre compte que sa propre mère ne l'aimait plus. Il y avait eu un temps où elle l'avait bordé chaque soir après avoir essuyé le dentifrice aux coins de sa bouche. Elle ne manquait jamais de lui dire que, quoi qu'il advienne, elle ne cesserait jamais de l'aimer. Et pourtant, cela s'était produit… à cause d'un tout petit mot.

Non. Il avait dit non. « Non, maman, tu ne devrais pas vivre seule. » « Non, maman, tu ne devrais pas travailler dans cette boutique de tricot. » « Non, maman, tu ne devrais pas sortir avec cet homme, Marty. » « Non, maman, tu ne devrais pas épouser quelqu'un d'autre. » C'est pour cette raison qu'elle le détestait à présent. Il avait perdu sa maman. Et tout ça parce qu'il avait essayé de tenir la promesse qu'il avait faite à son père des années plus tôt.

Ses cheveux bruns étaient décoiffés par le vent tandis qu'il marchait vers le nord. Une fois arrivé dans l'immeuble où habitait sa mère, il vit son reflet dans les portes en acier de l'ascenseur. Il passa la main dans ses cheveux et se mit légèrement de profil pour regarder son ventre. Plutôt plat, pensa-t-il non sans une certaine satisfaction. Ses séries interminables de redressements assis avaient donné des résultats surprenants.

Il s'était mis à s'entraîner tous les jours lorsque les problèmes avaient commencé avec Rhea, à la maison. S'il appréhendait de revoir sa mère parce qu'il n'aimait pas se chamailler avec elle, la perspective de se retrouver seul avec elle l'enchantait. Cela faisait si longtemps qu'ils n'avaient pas été rien que tous les deux, pas de frères cadets, pas d'enfants, pas d'épouses autour d'eux. Marty, elle l'avait promis, serait sorti quand il arriverait. Ils auraient ainsi le temps de parler seul à seule.

« Bonsoir, mon chéri », dit Anita en ouvrant la porte de l'appartement spacieux qu'elle partageait avec Marty. C'était un six-pièces classique avec deux chambres à coucher, une grande salle à manger, un grand salon et une chambre de service qu'Anita avait le loisir d'utiliser principalement pour stocker ses pelotes de laine.

« Bonsoir, maman », dit Nathan qui exultait et appréhendait en même temps. Il se pencha pour embrasser sa joue toute douce. Elle portait toujours le même parfum, Chanel, et son odeur était la même aujourd'hui que lorsqu'il avait sept ans en 1962. Anita paraissait plus vieille, naturellement – elle avait plus de rides sur le visage –, mais elle restait si belle. Si élégante. Elle lui adressa un sourire chaleureux, ses yeux pétillaient. Et Nathan éprouva ce qu'il éprouvait chaque fois qu'il voyait sa mère : un sentiment de gratitude pour avoir la chance d'avoir cette dame adorable comme mère.

« Je t'ai apporté des chocolats, dit-il. Je viens de les prendre chez Teuscher. » Il lui tendit une grande boîte dorée avec un ruban rose.

« Comme c'est gentil, dit Anita.

— Nous pourrions manger un peu et parler, proposa Nathan. J'ai apporté des photos des enfants. Ils ont participé à un tournoi de foot la semaine dernière. »

Il se tenait, un peu mal à l'aise, dans l'entrée et observait le décor dépouillé de l'appartement où le blanc dominait. Seuls quelques coussins et des tableaux venaient ajouter une touche de couleur. Même les meubles étaient simples et modernes contrairement aux canapés à accoudoirs et aux meubles en bois chaleureux que ses parents avaient choisis au San Remo. C'était comme si elle était devenue quelqu'un de complètement différent, avec des goûts différents. Mais toujours les mêmes amies apparemment.

Le téléphone sonna et sa mère traversa rapidement la pièce pour prendre le combiné.

« Anita ? » Nathan entendit nettement la voix à l'autre bout du fil.

« C'est Dakota », articula sa mère en silence tout en couvrant le combiné avec la main alors qu'elle ne faisait aucun son.

« Que se passe-t-il, ma chère ? » Elle fit signe à Nathan d'entrer dans l'appartement et de faire comme chez lui. Comme chez lui. Il aurait fallu qu'il aille jusqu'au San Remo pour se sentir comme chez lui.

« J'ai essayé de te joindre toute la journée ! » Dakota parlait à toute vitesse tout en reniflant. « Lucy m'a proposé d'aller en Italie avec elle pour garder Ginger. Peri était d'abord furieuse, mais nous avons fini par nous mettre d'accord. Papa toutefois a dit non et maintenant il est en colère contre moi. Je ne sais pas quoi faire. »

Elle poussa un profond soupir qui confirma les soupçons d'Anita. Elle venait de pleurer. En face, sur le canapé, Nathan tripotait les pions sur l'échiquier. Profitant d'une pause dans la conversation, il se retourna et adressa un sourire plein d'espoir à sa mère. Il voulait lui dire qu'il avait décidé de quitter Rhea, mais il hésitait. Il voulait lui dire qu'il n'avait jamais autant réalisé de bénéfices que cette année. Il voulait lui dire pourquoi il trouvait ce mariage précipité et pourquoi il s'inquiétait. Il voulait qu'elle l'écoute comme autrefois lorsqu'il rentrait de l'école primaire et qu'un verre de lait résolvait tous ses problèmes.

« Anita, dit Dakota de nouveau, et Nathan vit sa mère se tourner vers le téléphone. Il faut que tu me parles maintenant. Dis-moi ce que je dois faire. »

16

Matin, midi et soir : à chaque instant, il fallait se demander comment répondre aux besoins des bébés. Que faire ? Et miracle ! Betty avait une suggestion très utile la plupart du temps. Darwin était surprise de constater à quel point sa mère était devenue intelligente soudain.

Betty dormait sur le canapé depuis des semaines à présent. Après tout, ce n'était pas la peine de reprendre l'avion pour Seattle, alors qu'il lui faudrait revenir pour la fête du « premier mois ». De plus, Betty avait pris en charge toute l'organisation de l'événement et, alors que Dan semblait s'inquiéter des coûts de plus en plus élevés, elle avait gracieusement proposé de les aider.

« Ce n'est pas la peine, maman, dit Darwin. Nous pouvons subvenir aux besoins de nos enfants.

— Ah ! dit sa mère. Tu es encore sous calmants, apparemment. Si vous aviez autant d'argent, vous vivriez probablement dans une maison avec une chambre d'amis pour ta mère.

— Eh bien, nous pouvons payer la fête en tout cas.

— Quoi ? Et puiser dans les réserves destinées à financer les études de mes petits-enfants ? Je ne veux pas en entendre parler, dit Betty. Tu n'as même pas voulu me faire participer à ton mariage, mais maintenant je peux faire quelque chose. »

La fête, qui avait lieu dans un bon restaurant de Chinatown, était un beau mélange de famille – le père et la sœur de Darwin étaient venus tout comme les parents de Dan – et d'amis. La mère de Dan leur avait bien fait comprendre qu'elle voulait à son tour rester chez eux pour s'occuper de Cady et Stanton. Tous les membres du Club étaient présents tout comme Rosie, le père de Dakota et le fils d'Anita de passage à New York, ainsi que plusieurs collègues de l'hôpital de Dan. Sans parler des deux invités d'honneur qui alternaient les phases de sommeil et les hurlements.

Pourtant, Darwin réalisa que ça lui faisait vraiment du bien de sortir de l'appartement. Elle était restée enfermée suffisamment longtemps. Et même si elle portait encore ses vêtements du deuxième trimestre de grossesse (elle n'avait toujours pas perdu son ventre), elle avait fait un effort en relevant ses longs cheveux noirs et en portant un rouge à lèvres rouge sombre qu'elle avait acheté spécialement pour l'occasion. (Et pendant qu'elle s'occupait des jumeaux, elle envisagea un instant de se faire une coupe de « jeune maman » avec les cheveux courts.)

Après avoir passé beaucoup de temps à saluer ses invités, Darwin se glissa dans un coin pour discuter avec Lucy et déguster les bonnes choses. L'allaitement était peut-être un moyen idéal pour perdre du poids, d'après la multitude de livres qu'elle avait lus, mais elle avait tout le temps faim.

« Alors, tout est prêt ? demanda-t-elle en mordant dans une boulette et en mâchant d'un air pensif. À Rome, fais comme les Romains ?

— Tout est organisé, sauf la garde de Ginger, dit Lucy. On m'a proposé une généreuse indemnité pour couvrir cet aspect.

— Waouh ! dit Darwin, surprise. Tu dois vraiment être top. »

Lucy leva les yeux au ciel. « Merci pour ton air surpris, dit-elle. Maintenant, il ne me reste plus qu'à espérer que Dakota pourra venir. Je sais qu'il y a la boutique et tout, mais Catherine pense que ça va marcher. Elle est ravie à l'idée que Dakota aille en Italie.

— Elles sont plutôt proches, toutes les deux », dit Darwin à qui Lucy avait fait part de sa frustration au fur et à mesure que les gens venaient se greffer sur son projet d'aller en Italie. « Catherine pourra t'être très utile, là-bas. Je parie qu'elle peut toujours obtenir les meilleures tables dans les restaurants, et il faut bien admettre qu'elle connaît toujours les bonnes adresses pour faire du shopping.

— Ce nouveau toi positif est très troublant.

— C'est les hormones, dit Darwin. Le jour où j'arrêterai d'allaiter, je recommencerai à observer le monde, à le voir tel qu'il est et je redeviendrai forcément grognon. » Elle se mit à mordiller un fruit. « De plus, il faut que j'économise mon énergie pour les choses sérieuses. On m'a informée qu'il serait dans mon intérêt, d'un point de vue académique, que je fasse quelque chose de mon congé maternité.

— Ce qui veut dire ?

— Lorsque mes collègues hommes partent en congé paternité, tu peux être sûre qu'ils travaillent sur un projet. C'est pareil pour les femmes, publier ou périr, qu'on allaite ou non. » Darwin posa son assiette. « En parlant de ça, il faut que je vidange et que j'offre des rafraîchissements aux invités d'honneur.

— Attends une minute, dit Lucy en lui prenant le bras. J'ai appuyé sur « Retour ».

— Tu as recherché Will sur Google ?

— J'ai déjà trouvé son numéro de téléphone, son adresse, son job et je sais qu'il est à la fois sur Facebook et MySpace, dit Lucy à Darwin. D'après ce que j'ai vu, il est marié.

— Bon, c'est un peu obsessionnel, tout ça, dit Darwin. Des enfants ?

— Ouais, et ils sont mignons. Pas aussi mignons que Ginger, mais ils ont le même nez, je trouve. Ils ont tous des taches de rousseur. »

Les deux femmes se dirigèrent vers la table où se trouvait la famille de Dan qui avait monopolisé les bébés toute la soirée. Après avoir arraché les jumeaux à sa belle-mère, elles en prirent chacun un pour les emmener à la salle de bains où Darwin pourrait leur donner le sein plus tranquillement. Avant de quitter la pièce, elle fit signe à Dan qui racontait, avec beaucoup de gestes, une histoire à ses collègues. Il lui sourit et leva le pouce pour lui dire que tout se passait pour le mieux.

« Alors, qu'est-ce que tu vas faire ? » demanda Darwin lorsqu'elles eurent tiré deux sièges dans les toilettes. Des bébés, des sièges, des bavoirs, des coussinets d'allaitement, de l'eau pour boire, de l'eau pour essuyer les traces de renvoi sur ses vêtements. Chaque tâche demandait dix-huit gestes et une demi-heure : c'est bien pour ça qu'elle ne dormait jamais.

« Tu ne peux quand même pas l'appeler comme si de rien n'était. »

Lucy haussa les épaules.

« Ah si ? » Darwin posa une couverture sur son ventre et commença à déboutonner son chemisier. « C'est le genre d'appel que toutes les familles aiment recevoir. Luce, tu es bien sûre de savoir ce que tu fais ?

— Non, je n'ai aucune idée de ce que je fais, reconnut-elle. Mais Ginger n'a-t-elle pas le droit de connaître son père ?

— Je ne sais pas, dit Darwin. Quels droits priment dans ce cas ? Ceux de la fille, du père ? Qui a les besoins les plus importants ? Ce n'est pas comme si Will était un parasite, Lucy, mais tu sais aussi bien que moi que tu ne cherchais pas vraiment une relation durable.

— Et si j'avais changé d'avis ?

— Ce sont tes hormones qui te travaillent. Écoute, je vais être un peu abrupte peut-être. Tu ne sais rien de cet homme. Je te conseille juste de bien réfléchir avant de lancer une bombe dans sa vie de famille paisible.

— Darwin Chiu, tes réactions sont vraiment imprévisibles, pour sûr, dit Lucy. Il y a quelque temps, tu m'aurais dit de chercher ce type et de le poursuivre pour qu'il s'acquitte de son devoir de père.

— Eh bien, dit Darwin en secouant doucement son enfant qui dormait pour qu'il se remette à téter. Les gens changent. La vie est un processus qui nous permet de trouver qui nous sommes.

— Tu es un vrai philosophe.

— Non, dit Darwin. Je suis toujours une historienne féministe. Mais les changements dans notre vie peuvent nous rendre plus perspicaces, non ? »

KC s'était approchée du buffet pour remplir son assiette. Peri et Anita lui avaient gardé une place à leur table et discutaient avec la mère de Darwin.

Elle était arrivée en retard, bien sûr. KC était toujours en retard à présent : elle faisait la queue pour prendre l'ascenseur au travail après une pause cigarette et elle ne pouvait plus arriver à destination, un dîner au restaurant avec Peri, la fête de ce soir, sans avoir passé les dix premières minutes, dehors, à fumer. Le pire, c'est qu'elle ne parvenait même pas à l'expliquer.

Comme beaucoup de femmes, elle avait fumé en société quelques années auparavant. À l'époque où ce geste était encore synonyme de glamour et de raffinement. Puis elle avait fait un énorme effort pour arrêter et avait pratiqué l'aérobic de Jane Fonda à la place. Alors, pourquoi diable avait-elle recommencé ? À cause du stress, par ennui sans doute. Le spectre de la ménopause, aussi.

« Ça m'occupe les mains », disait-elle quand un collègue du service juridique la voyait fumer comme un pompier sur le trottoir. Le problème, c'était que cette lubie lui échappait complètement à présent. Elle pensait qu'en fumant elle se sentirait plus jeune. Ce n'était pas le cas. Les cigarettes étaient beaucoup plus chères qu'à l'époque. Personne ne l'avait forcée. Elle n'avait subi aucune pression de ses pairs du service juridique chez Churchill Publishing. Juste un paquet vide et le désir tenace de goûter à nouveau une cigarette. Serait-ce aussi bien que dans ses souvenirs ? Et ne disait-on pas que la cigarette aidait à perdre du poids ? (Oui, en vous tuant !) Pourtant, KC était curieuse de tester, en particulier lorsqu'elle sentit qu'elle était de plus en plus serrée dans ses vêtements au fur et à mesure qu'elle approchait de la ménopause. C'est ce qui avait toujours causé sa ruine – il lui suffisait de croire qu'elle gagnerait au change pour renoncer à une situation qui pourtant était entièrement satisfaisante. C'est sans doute ce qui l'avait poussée à se marier une deuxième fois. Et c'était pourtant la même pulsion qui l'avait encouragée à entreprendre des études de droit et à se lancer dans une nouvelle carrière. Oui, c'était aussi grâce à Peri qui l'avait aidée à préparer les examens d'entrée.

Elle revint à table avec une assiette remplie de nouilles et de crevettes.

« Comment est-ce que tu peux manger tout ça ? demanda Peri.

— C'est facile, dit KC. Il te suffit de me regarder.

— Vous devez être le genre de femme qui peut manger ce qu'elle veut sans que ses hanches ou sa taille en soient affectées », dit un homme de grande taille, l'air distingué, qui portait un costume sombre.

Il tendit la main. « Nathan Lowenstein. J'ai accompagné ma mère, Anita.

— KC Silverman. Je ne me laisse pas impressionner par les flatteries. » Elle retourna la tête non sans avoir fait signe à Catherine qui se joignait justement à eux. « Anita ne peut donc pas venir toute seule ? Et Marty, il n'est pas là ?

— Salut, Catherine », dit Peri en donnant un coup de pied à KC sous la table pour qu'elle cesse d'être aussi impolie. KC l'ignora.

Nathan se leva à moitié de table et ne prêta plus attention à KC dès qu'il vit la femme blonde s'approcher d'un pas léger. Catherine portait un haut noir, sans manches avec un col cheminée en stretch sur une jupe droite.

Ses chaussures ouvertes laissaient voir ses ongles ornés d'un vernis orange sombre.

« Nathan, dit-il. Et si vous êtes Catherine, vous devez être notre locataire au San Remo. »

Catherine inclina la tête. « En effet.

— Eh bien, merci, dit-il. Vous avez été d'une grande aide pour nous en vous occupant de l'appartement.

— C'est un appartement magnifique, dit Catherine. La vue sur Central Park est époustouflante.

— J'aimerais passer un jour pour revoir l'appartement.

— Bien sûr, dit Catherine. Il vous suffit d'appeler. Je prévoirai d'aller faire des courses. Ainsi, vous pourrez profiter de l'appartement en toute tranquillité. » Le téléphone dans son minuscule sac à main se mit à sonner : c'était sûrement Dakota. « Excusez-moi », dit-elle, puis elle traversa la salle pour aller rejoindre sa jeune amie.

« Tu n'es pas obligée de m'envoyer un SMS quand nous nous trouvons dans la même pièce.

— On s'en fiche, dit Dakota. Je croyais que tu allais parler à mon père.

— Eh bien, je voulais bavarder avec quelques personnes », insista Catherine. Mais en voyant l'expression sérieuse de Dakota, elle se laissa fléchir. « Pourquoi n'irais-je pas interrompre sa conversation avec Marty ? »

« Eh ! vous ne trouvez pas que James et Catherine ont l'air très passionnés ? dit KC qui s'essuyait le menton tout en continuant à manger avec appétit. Ça ne me regarde peut-être pas, mais on dirait bien qu'il y a quelque chose entre ces deux-là. »

Lucy était revenue s'asseoir à table après avoir aidé Darwin à rejoindre la fête et à donner les bébés à Dan qui voulait les montrer à ses collègues. Peri et elle tournèrent la tête et remarquèrent immédiatement que Catherine était assise tout près de James et se penchait vers lui comme si elle avait besoin de se rapprocher pour mieux entendre.

« C'est vraiment une pro, commenta Peri d'un ton pince-sans-rire. Tous les hommes sont à ses pieds.

— Cat et James ? dit Lucy. Ça paraît un peu tiré par les cheveux, non ? Ne me dites pas qu'il ne peut sortir qu'avec des femmes qui traînent chez Walker & Fille ? »

C'est à cet instant que Dakota arriva d'un pas tranquille à leur table.

« Salut, les filles, dit-elle, habituée qu'elle était à se joindre à chacune de leurs conversations quel que soit le sujet du jour. De quoi est-ce que vous étiez en train de parler ? » Les femmes parlaient toujours librement devant elle, et elle trouvait leur franchise amusante (comme lorsque Peri avait raconté en détail ses premiers rendez-vous amoureux, vraiment, vraiment catastrophiques) et parfois un peu grossière (comme lorsque KC décrivait dans le moindre détail ses bouffées de chaleur et sa sudation soudaine en plein milieu de la nuit).

KC redressa la tête, délaissant un instant sa côte de bœuf. Elle resta silencieuse une seconde de trop. « De rien », dit-elle d'une voix rauque. Bon sang, pensa-t-elle en entendant sa voix. Elle ressemblait tout à fait à celle d'un fumeur, gutturale comme la voix de quelqu'un qui a eu une vie difficile. « On ne se souvient même pas de ce qu'on disait. »

De l'autre côté de la pièce, Catherine et James étaient en pleine conversation et ne prêtaient pas attention aux autres convives. James avait expliqué à Catherine les raisons de son désaccord avec Dakota, et Catherine – fort sagement, pensait-elle – avait fait comme si elle n'était pas déjà au courant de toute l'histoire. James semblait avoir pris sa décision et refusait de laisser partir Dakota avec Lucy.

« Mon Dieu, James, dit Catherine après avoir entendu la liste de ses raisons. Tu ne peux tout de même pas croire que Lucy Brenner avait besoin d'une nurse et qu'elle s'est dit : « Oh oui, Dakota est noire, elle fera parfaitement l'affaire. »

— Tu ne comprends pas. Il ne s'agit pas de Lucy en particulier, expliqua James. C'est une question de perception, de valorisation. De la façon dont j'aimerais que Dakota se voie.

— Elle se voit comme une fille de dix-huit ans avec un père difficile.

— Ça va beaucoup plus loin que ça.

— Écoute, tu as bien une femme de ménage ? demanda Catherine.

— Il n'y a rien de mal à travailler honnêtement, quelle que soit la nature du job. Et tu n'arriveras pas à me faire dire ce que je ne pense pas. Il ne s'agit pas de se sentir supérieur à quelqu'un qui fait des ménages ou garde des enfants pour gagner sa vie, dit James. Je ne manquerai jamais de respect à quelqu'un de cette façon. Mais il est vrai que Dakota est une jeune femme noire, et je crois qu'elle n'a pas encore compris à quel point les gens ont tendance à tirer des conclusions hâtives.

— Alors, définis sa fonction autrement, dit Catherine. Dis-toi qu'elle est l'assistante de Lucy. Elle pourrait peut-être faire un peu autre chose, répondre à des e-mails. Quelque chose qui fasse plus stage.

— C'est peut-être un début, dit James. Mais il y a encore un problème : elle sera en Italie, et je ne serai pas à ses côtés s'il arrivait quelque chose. Je ne l'ai jamais quittée une seule fois pendant toutes ces années.

— Tu es un bon père, approuva Catherine. Autoritaire et un peu borné. Mais bien intentionné.

— Toute cette histoire n'a fait que créer des problèmes. Anita est même venue déjeuner avec moi à côté de mon bureau.

— C'est sérieux.

— Écoute, j'ai beaucoup de respect pour Anita Lowenstein et pour tous les membres du Club, dit James en brassant l'air autour de lui pour montrer sa conviction. Elle est très dévouée à ma fille. Mais, au bout du compte, c'est quand même moi le père de Dakota. Je ne l'élève pas conjointement avec les membres du Club de tricot du vendredi soir.

— Oui, mais Anita était là bien avant toi, mon ami », dit Catherine. Leurs dîners secrets leur avaient fourni un cadre pour parler simplement et, en toute honnêteté, cela leur était très utile à présent.

« Ce n'est pas la peine de me rappeler ce que je regrette tous les jours, dit James. Mais ça ne change pas mon point de vue.

— Sache que c'est moi qui ai suggéré à Lucy de penser à Dakota, et j'espère que tu ne vas pas être en colère contre moi, dit Catherine non sans remarquer que son ami fronçait les sourcils. Laisse-moi finir. Je sais à quel point elle aime voyager. Et de plus, il y a autre chose. Je voulais que Dakota quitte un peu la ville avant qu'elle ne commette un acte irréfléchi. Tu vois, il y a un garçon.

— Tu veux que Dakota garde la fille de Lucy parce que tu as peur qu'elle sorte avec un garçon ? » James était en fait secrètement ravi de voir qu'il n'était pas le seul à s'alarmer de voir Dakota faire ses premiers pas hésitants dans l'âge adulte.

« Je sais, je sais, dit Catherine. C'est fou qu'une telle idée puisse venir de moi. Eh bien, il y a une différence entre une femme divorcée d'une quarantaine d'années qui profite du corps que le bon Dieu et la chirurgie esthétique lui ont donné et une jeune étudiante qui perd la tête à cause d'un garçon.

— Es-tu en train de me dire que Dakota a des relations sexuelles ? demanda James en ouvrant de grands yeux et en avalant plusieurs fois de suite sa salive.

— Non, dit Catherine en tapotant sa main. Ce que je dis, c'est qu'elle pense être amoureuse. Et plutôt que de la laisser vivre sa vie, je préconise l'ingérence. De la manière la plus discrète qui soit : un voyage en Italie.

— Ça ne change rien au fait que je ne veuille pas qu'elle soit une nurse, dit James.

— Ce n'est qu'un job d'été, dit Catherine. J'ai entendu dernièrement qu'elle était toujours en train de comploter pour devenir pâtissière.

— Ne commence pas à me brancher sur ses maudits muffins, dit James. Mais cette histoire de garçon est bonne à savoir. Pourquoi me l'avoir cachée jusqu'à présent ?

— Bouleversement émotionnel, dit Catherine. Je préfère me voir comme l'amie cool de Dakota. J'aime à penser que je suis la gardienne de ses secrets. Mais il y a aussi visiblement une institutrice en moi. Qui sait ?

— Ah ! Catherine », dit James en se penchant pour l'embrasser sur la joue avant de se lever. Il était tard et il avait une réunion très importante le lendemain matin pour parler des dernières implantations d'hôtels V en Europe. « Il faut toujours que tu te dénigres. Tu sais parfaitement que tu vaux bien mieux que tu ne voudrais l'admettre. »

17

Des demoiselles d'honneur ! Elle avait besoin de demoiselles d'honneur. Anita appela Marty au *deli.*

« Je n'ai pas de demoiselles d'honneur, lui dit-elle en pleine heure d'affluence alors que les gens venaient chercher des bagels et du café à emporter.

— Nous avons tout le temps, ma chérie, dit-il. Hier soir, tu n'avais toujours pas décidé si notre mariage allait avoir lieu ou non au cours de cette année calendaire. »

Marty coinça le combiné entre son cou et son épaule pour pouvoir continuer à tartiner des bagels au sésame bien chauds et croustillants de fromage crémeux et les envelopper dans du papier paraffiné. Les uns après les autres, les hommes et les femmes d'affaires s'arrêtaient chez lui en sortant du métro et attendaient qu'il leur prépare leur petit-déjeuner. La plupart des clients étaient des fidèles. Marty connaissait par cœur leur visage et ce qu'ils commandaient. Sa cliente préférée cependant était en train de faire une crise de panique au téléphone.

« Tout va bien se passer », dit-il, et il le pensait sincèrement. Car Marty avait un plan. Il avait demandé à Nathan de le retrouver au *deli* dans l'après-midi et il allait s'occuper des manigances de ce gamin une bonne fois pour toutes. Il était quelque peu désolé pour cet homme, tellement embourbé dans son rôle de donneur d'ordres vis-à-vis de sa mère que leur relation en avait vraiment pâti. De plus, Anita avait dit à Marty que Nathan lui avait parlé de ses problèmes de couple. Apparemment, il n'habitait plus dans la maison familiale.

Marty avait essayé plusieurs fois de tendre la main à Nathan, mais il s'était fait rabrouer. Il savait pertinemment que le type le prenait pour un péquenaud. Et une fois qu'il aurait réglé le problème Nathan, il lui faudrait trouver un moyen de résoudre le problème Sarah.

Anita ne dormait pas bien et ne mangeait guère non plus. Au départ, il s'était contenté d'attribuer la cause de ce trouble à la présence de Nathan. Puis il avait réalisé que la confession d'Anita à propos de Sarah n'avait pas suffi à alléger son fardeau.

« Ensemble, nous tricotions des moufles pour les enfants », dit-elle à Marty alors qu'elle commençait une paire. Il fit remarquer que l'été s'annonçait plutôt chaud et que les gants ne seraient d'aucune utilité.

« Je continuerai quand je la reverrai », dit-elle, mais il la trouva assise sur le canapé, tard dans la nuit, occupée à tricoter les gants.

« Si seulement », ne cessait-il d'entendre dans la bouche de sa future épouse, suivi de « J'aimerais tellement » et de « Si je pouvais changer ça ». L'âge, qui ne les préoccupait pas vraiment en général, se manifestait soudain avec toute sa force. L'âge d'Anita. Celui de sa sœur. L'idée du temps qui s'écoulait, qui filait entre les doigts, était omniprésente, accablante.

Il était prêt à faire n'importe quoi pour Anita, même s'il fallait remuer ciel et terre pour qu'elle finisse par choisir une date, acheter une robe. Marty Popper se sentait à la hauteur de la tâche. Pourtant, il redoutait qu'Anita se raccroche, après des années de frustration, à l'espoir que tout irait bien une fois qu'elle aurait retrouvé Sarah. Et si elle ne la retrouvait jamais ?

« À qui aimerais-tu demander ? » Il aborda le sujet avec précaution.

« Tu sais très bien, dit Anita. À ma sœur. » Le simple fait de prononcer ce mot « sœur » impliquait une proximité, un lien inébranlable. Était-ce vrai ? Suffit-il d'avoir les mêmes parents, par les liens du sang ou du mariage, pour avoir une personnalité complémentaire ? Apprécier les mêmes activités ? Avoir les mêmes idées politiques ? Anita savait que les sœurs étaient des sortes d'étrangers familiers. Un simple regard suffisait à les informer sur l'humeur de l'autre ; elles acceptaient toutes les petites manies qui constituent les habitudes d'une personne et, pourtant, même avec ce savoir secret, elles ne posaient jamais de questions sur les espoirs et les rêves de l'autre. On part souvent du principe que ces liens familiaux annulent le besoin de devenir de véritables amis. Anita savait que cela avait été l'une de ses erreurs. Une erreur qu'elle voulait réparer.

« D'accord, dit Marty. Nous pouvons dire son nom. C'est Sarah. Et qui d'autre ?

— Dakota, dit-elle. Et Catherine. C'est devenu mon bras droit pour l'organisation du mariage et c'est vraiment une très bonne amie. Oui, je pense, Catherine.

— Alors, il ne te reste plus qu'à le lui demander.

— Tu crois qu'elle va dire oui ? » demanda Anita, de nouveau prise de vertige. C'était comme ça depuis des semaines. Les moments d'abattement succédaient aux moments d'euphorie. Elle épuisait Marty. Elle s'épuisait elle-même. « Je crois que je vais l'appeler tout de suite.

— Il n'est que 7 heures moins le quart, chérie. Je crois qu'elle sera plus enthousiaste si tu attendais au moins jusqu'à 9 heures. »

Catherine était allongée dans son lit, son masque de sommeil sur les yeux. Elle aurait aimé revenir en arrière pour profiter de quelques minutes de repos en plus. Elle avait une telle énergie autrefois, quand elle avait vingt ans. Même après avoir réalisé qu'elle avait commis une énorme erreur en épousant Adam, elle avait gardé cette endurance. Ils se rendaient à des galas et à des ventes aux enchères au profit d'œuvres de bienfaisance, mais elle se réveillait toujours à l'aube, prête à faire de l'exercice et à s'accorder un petit-déjeuner des plus légers. Dorénavant, il suffisait qu'elle se couche un peu tard pour être laminée le lendemain. Elle était prête à faire la grasse matinée, même si elle aurait dû théoriquement aller travailler au Phénix. La personne qu'elle avait engagée pour l'été était tout à fait capable de s'occuper des deux parties de la boutique, et cela allégeait considérablement la pression sur Catherine. Elle souleva légèrement son masque pour jeter un œil dans la chambre qui avait été autrefois celle de Stan et Anita. Avec ses murs couleur taupe et son lit à baldaquin si haut qu'il fallait gravir de minuscules marches pour se glisser sous les magnifiques draps Frette. Encore une raison d'aimer l'Italie, se dit-elle. Acheter tous ces draps.

Elle se redressa sur un coude, hésitante. Catherine espérait vraiment que James finirait par laisser partir Dakota en Italie. Il lui serait alors facile de dire à tout le monde que c'était pour cette raison qu'elle avait aussi voulu y aller.

Plutôt que de dire qu'elle se sentait prisonnière d'une vie où les jours se succédaient et se ressemblaient. Au lieu de dire qu'elle voulait rencontrer l'homme avec qui elle entretenait une idylle au téléphone, Marco, et voir le vignoble de sa famille. C'était vraiment une farce. Une anecdote de plus dans les annales de Catherine Anderson, dilettante un peu fofolle. Honnêtement, une personne qui vendait du vin n'avait nullement besoin de se rendre dans un vignoble à l'autre bout du monde pour goûter le vin à la source. Elle faisait ce qu'elle avait toujours fait : ponctuer sa vie d'étincelles, de sensations. Elle tentait de se secouer. La boutique. La cave de dégustation. Les voyages. Les beaux mecs. Une nouvelle maison à remeubler. Le thriller sur lequel elle ne s'était pas penchée depuis des semaines. Et ensuite ? Franchement, Catherine était bientôt à court d'idées.

C'est alors qu'Anita s'était pointée à la porte.

Catherine était encore en pyjama, les cheveux aplatis après la nuit, lorsqu'elle entendit la sonnette. Pieds nus, elle traversa l'appartement à pas feutrés et trouva derrière la porte une Anita tout excitée, vêtue une fois de plus d'un tailleur en lin couleur pastel. Elle croulait pratiquement sous le poids d'un énorme classeur.

« Me voilà, dit-elle en jetant le livre vert dans les bras de Catherine tandis qu'elle franchissait la porte. Lève-toi, petite fille endormie.

— C'est… c'est encore le matin, marmonna Catherine.

— Je vais nous préparer un bon café, cette fois, dit Anita. Parce que, maintenant, j'ai un plan.

— Tu as choisi une date ? »

Anita se mit à rire. « Non, mais j'ai choisi une demoiselle d'honneur.

— Bien, dit Catherine. Dakota s'en sortira très bien.

— Eh bien, oui, dit Anita. Mais j'aimerais également demander à quelqu'un d'autre. Quelqu'un qui a été très patient avec moi. Toi.

— Moi ? répéta Catherine. Je n'ai encore jamais été demoiselle d'honneur, tu sais.

— Qu'est-ce que ça peut faire ? dit Anita. Il y a une fiche d'informations dans ce livre et, franchement, tu vas avoir de grandes responsabilités. Pour commencer, tu es censée m'encourager à fixer une date.

— Parce que ce n'est pas ce que je fais depuis le début ? » demanda Catherine en haussant la voix tandis qu'Anita faisait du vacarme dans la cuisine.

Elle se traîna jusqu'à la porte (elle se déplaçait vraiment très lentement) et regarda Anita s'affairer.

« Je suis la remplaçante de Georgia, dit Catherine d'un ton neutre. Et j'en suis très honorée.

— La quoi de Georgia ?

— Je prends la place qui aurait dû revenir à Georgia. »

Anita cessa de s'affairer pour regarder Catherine droit dans les yeux. « Personne ne remplacera jamais Georgia », dit-elle fermement tandis que les lèvres de Catherine se mettaient à trembler. Qu'est-ce que je suis nulle, pensa Catherine. Dire que je fonds encore en larmes après tout ce temps.

« Si nous avions la chance qu'elle soit encore là auprès de nous, je serais vraiment heureuse d'avoir trois superbes filles pour m'accompagner, dit Anita tout en détournant discrètement le regard pour faire comme si elle n'avait pas remarqué que Catherine pleurait. Dans l'état actuel des choses, je n'aurai que deux demoiselles d'honneur. Mais quelle paire vous allez former, Dakota et toi. » Elle continua à préparer le café – un bien meilleur breuvage que ceux que Catherine faisait toujours – tout en fredonnant. Il suffisait parfois de faire un pas dans une direction – n'importe quelle direction – pour avoir le sentiment que la vie reprenait son cours.

Il y avait beaucoup de changements dans l'air, de la rénovation de la boutique par Peri à l'éveil du sentiment amoureux chez Dakota en passant par les bébés de Darwin et les aventures professionnelles de Lucy. Sans oublier le mariage d'Anita et… la mission de Catherine en tant que demoiselle d'honneur. Tout le monde avait quelque chose de nouveau dans sa vie et finalement elle aussi. Elle avait désormais la preuve officielle qu'elle faisait intégralement partie du Club et pour toujours.

L'eau coulait et elle était sur le point de monter dans la douche lorsque le portier sonna.

« Nathan Lowenstein, madame, dit-il.

— Euh, cinq minutes, merci », dit Catherine en regardant son corps nu et en tâtonnant autour d'elle à la recherche de quelque chose de facile à enfiler. Ses yeux se posèrent sur ses affaires de gym dans le tiroir du haut et, une seconde plus tard, Catherine avait sauté dans son pantacourt pour le yoga et un petit t-shirt. Elle passa rapidement la brosse dans ses cheveux et descendit en courant presque les quelques marches qui menaient à la porte d'entrée. C'est alors qu'elle réalisa qu'elle avait oublié de mettre un soutien-gorge. C'était une chose quand elle le faisait volontairement pour séduire. Mais Catherine n'appréciait pas qu'on la surprenne alors qu'elle n'était pas maquillée ni complètement habillée.

« Bonjour, dit-elle sèchement en répondant à la porte. Vous avez manqué votre mère de peu. Elle est partie il y a environ vingt minutes.

— Dommage, dit Nathan. Mais je suis passé pour voir l'appartement, comme nous en avons parlé l'autre jour à la fête.

— En effet, dit Catherine. Pas de problème. Mais je croyais que vous alliez appeler d'abord.

— Eh bien, j'étais dans le quartier. J'ai rendez-vous avec Marty un peu plus tard », dit-il. Nathan se pencha dans l'embrasure de la porte et lui adressa un sourire taquin. « Vous n'allez même pas m'offrir d'entrer dans ma maison ? Euh… la maison de mon enfance, je veux dire. »

Catherine recula immédiatement pour le laisser entrer.

« Vous constaterez que rien n'a changé ou presque, dit-elle. Seuls quelques objets m'appartiennent. Sinon, tout a été aménagé par votre mère.

— C'est ce que je vois, dit Nathan en ôtant son coupe-vent qu'il jeta à l'extrémité du canapé. Il se dirigea vers la grande fenêtre qui donnait sur le parc. « Quelle vue ! Encore mieux que dans mes souvenirs. »

Il portait un polo, et Catherine ne manqua pas de remarquer ses bras bronzés et musclés. Il était évident que Nathan était le sosie de son père sur les photos qu'Anita lui avait montrées. Quel beau fessier, pensa Catherine en le regardant de dos.

Nathan se retourna et frappa dans ses mains. « Prête à me faire visiter l'appartement comme vous l'aviez promis ? demanda-t-il.

— Euh… je suis sûre que saurez trouver votre chemin, dit Catherine. Il y a du café dans la cuisine.

— D'accord, dit-il. Je crois que je vais faire un petit tour. Où est votre chambre ? »

Le secret pour réussir, pensait Nathan tandis qu'il se dirigeait vers le *deli*, c'était de laisser les gens dans le doute. C'est exactement ce qu'il avait l'intention de faire avec Marty. Catherine, d'un autre côté, avait été très facile à manipuler. En fait, il l'appréciait plutôt, ce qui était une surprise pour lui. Nathan s'était attendu à ce que l'appartement ait été redécoré, mais, à sa grande surprise, il avait découvert que tout ou presque était resté tel quel. Même la longue table en hickory dont sa mère avait tant pris soin. Catherine vivait simplement dans cette demeure, comme elle le lui avait expliqué, parce qu'elle n'avait pas trop su où aller après son divorce et qu'Anita ne voulait pas laisser l'endroit inhabité.

Il avait remarqué qu'elle paraissait plus jeune sans maquillage et qu'elle semblait presque timide ainsi. Le maquillage n'était visiblement qu'une façade pour lui donner de l'assurance.

Il l'avait à l'évidence surprise au beau milieu de sa toilette matinale, ce qui avait été son intention, mais il avait été agréablement surpris de constater, discrètement bien sûr, à quel point ses vêtements épousaient bien ses formes. L'absence évidente de sous-vêtements. Il ne pouvait pas imaginer Rhea ouvrir la porte dans une telle tenue et ça l'excitait. Il ne lui avait pas fallu longtemps pour convaincre Catherine de l'inviter, lui, Anita, ainsi que le compagnon de sa mère, à manger dans la semaine. « Prenez des plats à emporter, suggéra-t-il. Ça sera amusant. Comme le bon vieux temps pour nous. » Il lui tendit la main en partant, puis se pencha pour déposer un rapide baiser sur sa joue, une main sur son épaule. Un peu arrogant, sans doute. Mais à présent, il avait la certitude qu'elle ne portait pas de soutien-gorge.

18

Marty pianotait sur une table de son *deli* en attendant que Nathan montre le bout de son nez. Un journal était posé à côté de lui, mais il ne l'avait pas encore ouvert. Nathan avait trois quarts d'heure de retard. Jusqu'à présent, le fils aîné d'Anita, âgé de cinquante-trois ans, avait réussi à blesser sa mère au cours de longues discussions – dans la salle de séjour de Marty et d'Anita, rien que ça – pendant lesquelles il lui expliquait pourquoi elle faisait une terrible erreur. Il avait même sorti sa dernière carte : Stan.

« Papa serait horrifié s'il savait que tu es sur le point d'épouser un autre homme ! » cria Nathan. Marty n'avait pas eu besoin d'écouter aux portes pour l'entendre : il était assis dans la chambre à coucher et faisait semblant de regarder la télévision. Il s'était retiré là-bas pour laisser un peu d'intimité à la mère et au fils.

« Je ne pense pas, mon cher », avait dit Anita, même si Marty avait vraiment dû tendre l'oreille pour entendre sa voix, qui était fluette et à peine audible.

Elle ne dormait pas bien du tout depuis qu'elle avait appris l'arrivée de son fils aîné. Et Nathan n'avait pas manqué de l'informer qu'il parlait au nom de tous ses frères.

« Je sais ce que papa aurait attendu de toi, dit-il.

— Nathan, tu ne le réalises peut-être pas, mais je connaissais ton père beaucoup mieux que toi. Tu n'en sauras jamais autant sur lui que moi. Nous discutions de toutes sortes de sujets qui ne te regardent en rien. Et, pour ce qui est de mon mariage, c'est exactement la même chose : ça ne te regarde pas. »

Marty eut presque envie d'entrer dans la salle de séjour pour donner une leçon à ce vaurien. Il avait pris l'avion jusqu'ici dans le simple but d'exaspérer sa mère. Marty s'était toujours occupé de ses parents, des deux, et il les avait toujours traités avec respect. Il avait du mal à croire qu'un homme aussi irascible que Nathan puisse être le fils d'Anita.

Elle les avait élevés, avait-elle déjà expliqué à Marty. Elle ne pouvait pas les contrôler. Et surtout pas à présent que ses fils étaient des hommes d'une cinquantaine d'années.

On aurait pu s'attendre à ce qu'un homme d'âge mûr, à la tête d'une affaire florissante, connaisse l'importance de la ponctualité. Marty était sur le point de jeter l'éponge et de rentrer à la maison, laissant l'un de ses employés s'occuper du *deli*, lorsque Nathan entra d'un pas nonchalant, en sifflotant. Il portait un coupe-vent par-dessus son épaule.

« Un café, s'il vous plaît », dit-il à l'employé derrière le comptoir avant de se tourner vers Marty, assis près du mur qui était en fait une vitrine réfrigérée. « Oh ! salut, Marty, je ne vous avais pas vu, dit-il même si son ton ne trahissait aucune surprise. Désolé de vous avoir fait attendre. »

Alors, comme ça, il voulait faire le malin. Pas de problème, pensa Marty.

« Nous avions convenu d'une heure, dit Marty. Et l'heure est passée. » Il se leva et fit mine de se diriger vers la porte non sans avoir fait un signe à ses employés.

« Eh ! s'il vous plaît, mon ami, dit Nathan. Il y a une ou deux choses dont j'aimerais discuter avec vous.

— Je ne l'aurais jamais cru.

— Écoutez, il faut que nous réglions un ou deux problèmes. » Nathan prit une profonde inspiration. « Je ne veux pas vous prendre au dépourvu et je suis très heureux que nous nous retrouvions ici plutôt que dans un endroit anonyme. Je ne crois pas que nous devions nous conduire comme des adversaires.

— Les adversaires sont des personnes qui se disputent quelque chose, Nathan, expliqua Marty. Vous et moi ne nous disputons rien. J'ai une relation qui vous met en colère, mais ce n'est pas la même chose.

— S'il vous plaît, asseyez-vous, demanda Nathan. Et je ferai la même chose. »

Marty prit une chaise et se rassit.

« Je suis content que nous soyons là, reprit Nathan, parce que nous avons quelques problèmes, si ce mot vous convient.

— Il me convient, dit Marty. Mais je pense qu'il s'agit plus de vos problèmes que des miens. Vous êtes le fils d'Anita et elle vous aime beaucoup, tout comme elle adore ses petits-enfants. Tout ce tapage est très pénible pour elle.

— Oui, dit Nathan, et elle m'a bien fait comprendre qu'elle a l'intention de vous épouser, que ça me plaise ou non.

— Oui, dit Marty, je sais.

— Alors, je pense qu'il faut que nous discutions d'un certain sujet, d'une protection.

— Je suis entièrement d'accord avec vous.

— Comme vous le savez, ma mère est une femme riche, très riche.

— Oui, c'est une personne de grande qualité, dit Marty aimablement. Mais venons-en aux faits, voulez-vous ? » Il passa la main sous le journal et en sortit une enveloppe épaisse.

« Un contrat de mariage », dit Marty en poussant l'enveloppe vers Nathan de l'autre côté de la table.

« Exactement. Je ne m'attendais pas à ce que vous soyez si accommodant. Nos avocats auraient pu le rédiger.

— Pas du tout, dit Marty. J'ai préféré que *mon* avocat le fasse. Un homme doit gérer ses propres affaires. Et on ne sait jamais ce qui peut arriver.

— En effet », dit Nathan, doucement, sans vraiment comprendre. Il ouvrit l'enveloppe.

« Vous faites signer ça à votre mère et nous serons quittes, poursuivit Marty. Après tout, avec ce bâtiment et les quelques bâtiments de grès brun que j'ai acquis, je possède une bonne partie de Manhattan. Et je n'aimerais pas du tout qu'il y ait le moindre malentendu si quelque chose m'arrivait.

— Quoi ? » Nathan fit la grimace. « Vous demandez à ma mère de signer un contrat de mariage pour vous protéger ? Comme si elle en avait après votre argent ?

— Comment pouvez-vous parler de votre mère ainsi ? dit Marty en frémissant. Je n'ai rien insinué de tel. Je dis juste qu'il est préférable de se protéger. Vous verrez, en lisant le contrat, que votre mère n'aura pas un centime si nous venions à divorcer ou si je mourais. Et je pense que vous conviendrez avec moi que c'est la meilleure solution.

— Vous voulez épouser ma mère, mais ne rien lui laisser si vous mourez ? dit Nathan d'un ton incrédule. Quel genre d'homme êtes-vous ?

— Du genre intelligent ! Je ne suis pas né de la dernière pluie. »

Nathan feuilleta en silence le contrat de mariage.

« Vous n'allez même pas lui laisser votre part du nouvel appartement que vous avez acheté.

— Sûrement pas, dit Marty. J'ai acheté cet endroit en bloc. Il y a cependant une clause qui stipule qu'elle a le droit d'y vivre jusqu'à sa mort. Je ne suis pas sans cœur. Mais elle ne sera jamais propriétaire.

— Ma mère a acheté et payé vos nouveaux meubles. Je me fiche du nombre de foutus sandwichs que vous vendez dans ce troquet. Tout ce que je sais, c'est que ça ne suffit en aucun cas pour acheter l'appartement dans lequel vous vivez tous les deux.

— Comme je vous l'ai dit, mon portefeuille ne se limite pas à des sandwichs. Et vous feriez mieux de croire que j'ai acheté cet appartement pour votre mère et moi. Et si vous ne me croyez pas, eh bien, tant pis.

— Vous êtes un menteur », dit Nathan. Quel genre d'homme était ce Marty ? Un rigolo ? Il avait bien fait de se méfier.

« Vous n'êtes qu'un petit garçon gâté qui joue à l'homme adulte.

— Ma mère est une personne merveilleuse, dit Nathan. Et je ne peux pas supporter l'idée que vous la manipuliez. Comment osez-vous lui demander de signer un contrat de mariage ? »

Marty observa Nathan. Il ne le détestait pas. En fait, il le comprenait. Comme ce devait être difficile d'entendre votre mère vous annoncer qu'elle a un ami après des années de veuvage. Nathan devait encore considérer ses parents comme un couple, et le fait de voir Anita avec quelqu'un d'autre devait être très contrariant.

« D'accord, dit Marty. Vous avez raison. Pas de contrat de mariage. Mais le mariage est toujours d'actualité, Nathan, et nous comptons sur votre présence. »

Nathan ne dit rien, même si son visage rouge trahissait sa colère. Il quitta le *deli* sans un mot.

Marty prit l'enveloppe et regarda le contrat légal. Il avait payé ses avocats pour qu'ils le rédigent, et le document paraissait plutôt authentique. Bien sûr, Marty n'avait jamais eu l'intention de le montrer à Anita. Le nom d'Anita figurait sur l'acte de vente de leur appartement haut de gamme et il avait été très heureux d'acheter cet endroit et de payer tous les meubles particulièrement onéreux qu'elle avait choisis pour le décorer. Ils n'avaient aucun problème d'argent. Ils avaient la chance de posséder chacun une certaine fortune et le bon sens de ne pas laisser les questions d'argent s'immiscer entre eux. Il y avait bien longtemps qu'ils avaient réglé leurs affaires. Tout en souriant, Marty déchira le contrat de mariage en deux et ouvrit son *Daily News* à la page « Sports ».

Nathan aurait apprécié une petite brise pour le rafraîchir. Mais, comme tout ce qui se passait dans sa vie ces derniers jours, il obtint exactement le contraire de ce qu'il souhaitait : une journée chaude et humide, typique d'un mois de juin à New York, le trottoir brûlant sous le soleil. Bon sang ! Marty l'avait piégé. C'était un salaud particulièrement rusé, cet homme. Il avait deviné ce dont Nathan voulait discuter et il l'avait pigeonné. Personne n'avait besoin d'un document pour se protéger d'Anita ! Il s'était fait avoir. Il avait souhaité une discussion sérieuse, d'homme à homme pour essayer de cerner Marty. Nathan avait bel et bien eu l'intention de demander un contrat de mariage pour voir comment Marty réagirait : cela aurait été un test parfait.

S'il n'avait pas perdu son sang-froid, ils auraient pu parler calmement. Mais il ne savait pas faire autre chose ces derniers temps : se mettre en colère. Se sentir piégé. Les bons repas et les discussions calmes lui donnaient le sentiment d'étouffer. Avec Anita. Avec Rhea. C'était une sacrée pression d'être le père, le mari, le fils. Le fils que la mère n'écoutait pas. L'appartement du San Remo était le symbole de tout ce à quoi Stan Lowenstein avait aspiré, et Anita allait le laisser sans le moindre remords. Nathan se sentait impuissant, incapable de l'en empêcher. Il avait manqué à sa parole envers son père.

Stan, qui avait toujours soutenu Anita inconditionnellement, n'aurait pas compris ses problèmes avec Rhea. Franchement, Nathan n'était même pas sûr de comprendre lui-même. Il était si… énervé tout le temps. L'anxiété l'accablait. Il se demandait souvent comment il avait pu devenir si vieux. Ses enfants étaient adolescents à présent, et chaque jour qui passait ressemblait exactement au précédent. Il avait toujours été du genre raisonnable. Il faisait ce qu'il avait à faire sans trop réfléchir à ses décisions en général – il fallait bien l'admettre. C'est comme s'il avait coché des tâches à accomplir sur une liste : université, carrière, mariage, enfants, économiser pour payer l'université, s'occuper de maman.

Et puis, lors du dernier réveillon de la Saint-Sylvestre, minuit avait sonné : il se tenait dans les marches de sa maison à Atlanta et regardait tous les convives – les femmes qui faisaient attention à leur ligne, celles qui se laissaient aller, celles qui avaient toujours été empotées, et les hommes avec leur bedaine, chacun à différentes étapes de la calvitie. Ils s'embrassaient tous et se souhaitaient de bonnes choses pour la nouvelle année. Quelles bonnes choses ? s'était-il demandé. Était-ce vraiment ça, ce qu'il y avait de meilleur à souhaiter ?

Rhea l'accusait d'être de plus en plus distant et elle avait raison. Il s'éloignait sans vraiment savoir où il allait. Il aurait aimé avoir une machine à remonter le temps, une chance de recommencer. Choisirait-il Rhea cette fois encore ? C'était tout à fait possible. Elle était séduisante, mais sérieuse. Toujours si sérieuse. Elle semblait contrôler chaque minute qui passait. Cette femme était mariée à son agenda plus qu'elle ne l'était à lui. Alors, si on lui donnait une nouvelle chance, peut-être ferait-il quelque chose de différent aussi…

Anita avait fini par écouter, après avoir passé une heure au téléphone avec cette Dakota.

« Tu aurais peut-être plus de temps pour moi si je me mettais au tricot, avait-il dit en plaisantant, mais il se rendit compte que ses mots semblaient méchants et qu'ils n'étaient pas du tout drôles. Aide-moi, maman, aide-moi, aurait-il aimé dire. Tout est cassé et je ne sais pas quoi faire. »

Mais il se contenta de lui donner les faits : il avait déménagé, les enfants allaient bien, Rhea et lui envisageaient le divorce et, non, il n'était pas certain de pouvoir recoller les morceaux. Pour pouvoir recoller les morceaux, il aurait fallu identifier la pièce cassée, pensait-il à présent en traversant la rue pour s'asseoir dans le parc et retourner dans sa tête la vente de l'appartement qui avait été la maison de son enfance.

Il se demanda si ses enfants ressentiraient un jour la même chose à propos de la maison à Atlanta. Peut-être son père avait-il pris le train pour Queens et pensé à son passé ; il était rentré chez lui plus avisé, et avait retrouvé Anita et ses fils qui ne s'étaient rendu compte de rien. Cette image laissait un sentiment d'amertume à Nathan. Même dans son imagination, son père le surpassait.

Catherine avait commandé plusieurs plats dans un restaurant indien – du poulet tikka masala, du curry d'agneau, un assortiment de condiments –, puis elle avait dressé la table avec goût. Mais, à la dernière minute, Anita appela pour la prévenir que Marty et elle ne viendraient pas dîner après tout. Elle dit que Marty et Nathan ne pouvaient pas être dans la même pièce.

« Et Nathan ?

— Oh ! Sois gentille et laisse-le venir, dit Anita. Je crois qu'il est un peu en rogne, c'est tout.

— Je viens de commander un repas pour quatre personnes », dit Catherine à haute voix en raccrochant. Elle essaya d'appeler James et Dakota, mais James travaillait tard, et Dakota allait au cinéma avec sa copine Olivia. Au bout du compte, Nathan fut le seul à venir.

« Merci de m'accueillir, dit-il sur le seuil de la porte en lui tendant un bouquet de fleurs et une bouteille de vin.

— J'espère que vous avez de l'appétit, dit-elle. J'ai commandé trop de choses. »

En temps normal, Catherine lui aurait proposé un apéritif avant de passer à table, mais elle n'était pas d'humeur à recevoir. Cela aurait été différent si Marty et Anita s'étaient joints à eux. Mais Nathan était un quasi-inconnu pour elle, et elle n'avait pas vraiment envie de lui poser des questions pénétrantes ni de chercher à faire plus ample connaissance.

Être polie et sembler curieuse. Après tout, il n'allait rester à New York qu'une semaine ou deux. Et le fait qu'il ait sonné chez elle le matin même alors qu'elle n'avait pas fini de se préparer n'arrangeait pas les choses. Plus la journée passait, plus le déroulement de sa matinée, avec deux visites impromptues, la contrariait.

« Ça doit être ennuyeux pour vous, dit-il. Je le comprends. Mais j'aurais été encore plus impoli si je n'étais pas venu et si je vous avais laissée avec toute cette nourriture. Alors, asseyons-nous, mangeons un morceau et ensuite je filerai. Vous pourrez ainsi reprendre vos activités normales. »

Catherine était soulagée. « Ah ! très bien, merci, dit-elle. J'apprécie.

— Pas de souci, dit Nathan en posant cette fois encore son coupe-vent sur le canapé. Je me réjouis de manger sur la vieille table.

— Et je ne vais pas oublier de mettre des dessous-de-plat, dit Catherine. Il ne faut pas poser de plats chauds sur la table. »

Nathan rit. « C'est à cause de moi que ma mère fait une fixation sur cette table, dit-il en versant un peu de curry sur le riz avant de prendre un siège. Un samedi que j'étais seul à la maison, je devais avoir douze ans, j'ai construit un volcan en fusion sur la table. Puis j'ai provoqué une éruption. Il y avait de l'argile et du liquide chaud partout, et ma mère a dû s'adresser à trois types différents avant de trouver quelqu'un capable de revernir la table correctement. »

Catherine mordilla un samossa.

« Après cet incident, même lorsque nous ne faisions que nos devoirs, ma mère venait et disait : "Prends des sets de table." Qu'en est-il de vous ? Vous avez fait des bêtises quand vous étiez enfant ?

— Oh non, dit Catherine. C'est à vous d'évoquer vos souvenirs.

— Non, vraiment, dites-moi, fit-il en la dévisageant avec un regard intense.

— Eh bien, à quinze ans, j'ai volé la voiture de mes parents. Je voulais aller voir un concert de rock et ils avaient dit non.

— Alors, vous aimez briser les règles, dit Nathan.

— Non, je ne suis qu'indépendante », dit Catherine. Elle sourit, juste un peu. Nathan lui adressa à son tour un grand sourire.

À la fin du repas, Catherine avait appris qu'Anita et Stan se disputaient rarement, que Nathan avait une fois essayé d'apprendre à tricoter – mais il n'avait jamais pu aller au-delà du nœud coulant – et qu'il s'était séparé de sa femme.

« Ça ne marchait pas, dit-il.

— Je comprends, dit Catherine. J'ai laissé tomber au bout de quinze ans pas particulièrement agréables. »

Il lui montra des photos de ses enfants sur son téléphone portable, lui dit qu'il n'aurait jamais quitté New York si sa future ex-femme ne l'y avait pas poussé. Nathan se rappelait très nettement le jour où sa famille avait emménagé dans l'appartement.

« Les déménageurs portaient de gros cartons et ils n'arrêtaient pas de dire : "On les pose où, m'dame ?", et ma mère se tenait près de la fenêtre là-bas. Elle regardait le parc et disait en pleurant : "C'est notre vue, Stan, notre vue." » Il s'interrompit un instant pour maîtriser son émotion. « Ils avaient gagné tout cet argent, vous savez. Mon père travaillait et ma mère faisait tout le reste. Lorsque nous avons finalement déballé les cartons et que nous nous sommes installés, nous avons eu le sentiment de vivre quelque chose de grand. J'avais vraiment l'impression que nous l'avions fait tous ensemble, toute la famille. Que chacun avait un rôle.

— Vous ne voulez pas qu'elle vende l'appartement, n'est-ce pas ?

— Non, dit Nathan. Je suis venu ici pour essayer de l'en dissuader ou pour la convaincre de le vendre à mes frères et moi. Mais c'est compliqué et nous avons nos propres contraintes financières. Je ne crois pas aux héritages. Ça, je le tiens de mon père.

— J'ai entendu dire que c'était un homme bien, dit-elle.

— Le meilleur, dit Nathan, qui sentait l'angoisse le saisir à nouveau. C'était un homme droit !

— Et vous lui ressemblez tellement », dit Catherine.

Nathan se contenta de hocher la tête. Il semblait un peu ému.

Elle avait souvent entendu Anita se plaindre de Nathan, et pourtant cet homme semblait beaucoup plus doux qu'elle ne l'aurait cru. Il est gentil, pensa Catherine. Mal compris, peut-être. Et surtout, il semblait avoir besoin de passer un peu de temps dans la maison familiale.

Catherine insista pour appeler Anita et lui dire que Nathan souhaitait passer la nuit dans son ancienne chambre.

« Ça ne me dérange pas, dit-elle à son amie. J'irai dans ma maison à Cold Spring ce soir.

— Bon, si tu en es sûre, dit Anita au téléphone. C'est très gentil de ta part. Je crois que Nathan a juste besoin de s'habituer à l'idée du mariage, de la vente de l'appartement. Il doit tourner la page, comme on dit. »

C'était donc décidé. Catherine prépara quelques affaires qu'elle voulait emporter avec elle – le livre qu'elle était en train de lire, son maquillage – et les rangea dans un sac qu'elle posa devant la porte.

« Je suis très gêné de vous chasser de votre propre maison, dit Nathan. Votre maison qui est la nôtre, mais tout de même. Vous n'êtes pas obligée de le faire.

— Ça ne me fait rien, dit Catherine. Je vais vous aider à débarrasser et à faire la vaisselle, puis je partirai. »

Pourtant, après avoir fini la vaisselle, ils décidèrent de faire du thé. Et, vraiment, c'était ridicule qu'elle aille prendre le train à cette heure.

« Nous sommes deux grandes personnes, dit Catherine. Je suis sûre que nous sommes capables de partager le même espace. Je vais me coucher dans mon lit et vous dans le vôtre. » Elle ne rappela pas Anita pour la prévenir et ne lui en parla pas non plus le lendemain lorsqu'elles se retrouvèrent toutes deux pour rejoindre Peri et discuter de l'idée d'un sac à main pour le mariage.

Ainsi, pendant quelques jours, Nathan devint son colocataire secret. Il s'occupait de ce qu'il avait à faire dans la journée et mangeait avec Anita. Il prit ses bagages et les apporta dans l'appartement, mais il garda sa chambre d'hôtel. Anita, dit-il, ne comprendrait pas si Catherine était là.

Et Catherine se rendit même plusieurs jours de suite au Phénix, mais elle fit le choix de revenir coucher au San Remo tous les soirs. C'était amusant, pensait-elle, d'apprendre à connaître Nathan. D'avoir de la compagnie. Comme si elle avait un ami, accommodant et platonique, qui venait passer la nuit chez elle. Il était très séduisant, sans aucun doute, et prenait très soin de lui. Mais, surtout, il était drôle et gentil et lui racontait des histoires sur ses parents et lui-même. Ils mangeaient des crèmes glacées sur le canapé, regardaient la télévision côte à côte et parlaient jusque tard dans la nuit de leurs films préférés.

Il lui parla de certains objets et meubles qu'Anita avait laissés lorsqu'elle avait déménagé et lui proposa même une visite guidée de sa chambre d'enfant.

« Ce que j'aimerais vraiment savoir, dit-il en dévissant le miroir derrière la porte, c'est si elle est encore là.

— Qui ?

— La femme de mes rêves », dit Nathan en retournant le miroir pour laisser voir un poster très années soixante-dix de Farrah Fawcett avec sa coupe dégradée légendaire, ses grandes dents et ses seins à peine cachés par son maillot de bain rouge.

Cette découverte amusa beaucoup Catherine. Il s'intéressait à sa boutique, aimait goûter les vins avec elle et exprima le souhait de l'accompagner un matin pour voir le Phénix.

« Avec plaisir », dit-elle. Ils prirent le train ensemble et discutèrent durant tout le trajet.

Et tous les soirs, ils se disaient bonne nuit et partaient chacun dans une direction le long du couloir.

Jusqu'à ce matin-là. Catherine était en train de vider le lave-vaisselle – elle cuisinait rarement et le casier du haut était rempli presque entièrement de grandes tasses à café – lorsque Nathan, vêtu d'un short en jersey gris, d'un t-shirt, un journal à la main, entra sans se presser dans la cuisine. Elle sortait tout juste du lit et portait un haut sans manches blanc et un bas de pyjama rouge qui avait glissé sur ses hanches.

« Bonjour », dit-il en s'approchant d'elle par-derrière et en lui tendant une tasse. Lorsqu'elle se retourna pour ranger la tasse dans le placard sur sa gauche, Nathan s'approcha encore un peu plus, si bien que le dos de Catherine touchait presque le buste de Nathan. Catherine ne bougea pas. Ils n'étaient qu'à quelques centimètres l'un de l'autre. Avec sa main droite, il prit une tasse sur l'égouttoir et tendit le bras par-dessus l'épaule droite de Catherine et la rangea dans le placard. Catherine réalisa vaguement qu'il aurait été beaucoup plus facile pour lui de ranger les tasses avec la main gauche. Sa peau fut parcourue de frissons alors qu'il ne l'avait pas même touchée. En fait, il était tout près d'elle, dans son espace, et déplaçait son bras musclé autour d'elle comme s'il s'approchait d'elle par-derrière pour la serrer contre lui. C'était étrange, d'être ensemble dans une cuisine, de ranger la vaisselle. Ce n'était pas le genre d'activités quotidiennes qu'elle partageait avec la plupart des hommes, et c'est pour ça qu'elle avait le sentiment de vivre un moment unique. Et naturel. Nathan sentait très bon, une odeur d'agrumes, de propreté, et tout ce qu'elle avait à faire, c'était de rester debout devant l'évier, tandis qu'il continuait à ranger les tasses et à lui parler doucement.

« J'ai bien dormi, lui dit-il d'une voix calme et apaisante. Et vous ?

— Euh… oui », dit Catherine. Elle se surprit à regretter de ne pas avoir bu plus de cafés, de sorte qu'il y aurait eu plus de tasses à ranger. Elle voulait reculer, de quelques centimètres et laisser son corps effleurer le sien.

« Pas de cauchemar, murmura-t-il. Et vous ? »

Catherine secoua la tête. Nathan mesurait bien quinze centimètres de plus qu'elle et il était massif.

« Oh ! regardez, dit-il. Il n'y a plus de tasses. » Il posa ses mains sur l'évier, une de chaque côté du corps de Catherine, et approcha sa bouche très près de son oreille. « En quoi puis-je encore vous être utile ? » demanda-t-il, et Catherine, presque involontairement, inclina la tête et cambra la nuque.

« D'accord », murmura Nathan tout en frottant le nez contre son cou, puis en la mordillant doucement.

Catherine se laissa aller à la sensation de le repousser avec ses fesses, et Nathan s'approcha encore un peu plus, de sorte qu'elle fut coincée entre le bord de l'évier et le corps de Nathan. Elle ne pouvait même pas se retourner, mais elle se sentait en sécurité. Protégée. Excitée lorsque Nathan se mit à embrasser le lobe de son oreille, puis, tout en tenant l'évier avec la main gauche, à tourner sa tête légèrement vers lui avec la main droite, pour pouvoir l'embrasser sur la bouche. Passionnément. Il continua cependant à appliquer une petite pression avec sa main droite pour que Catherine n'ait d'autre choix que de se laisser aller contre lui, car sinon elle aurait perdu l'équilibre. Elle ouvrit de nouveau la bouche, prête à accepter un autre baiser, et il obtempéra, la main sur sa joue, sa nuque, son haut sans manches, et puis soudain il passa la main dans son t-shirt, lui caressa le ventre, lui toucha les seins.

Elle ouvrit la bouche un peu plus grand, le titilla avec sa langue tandis que la main gauche de Nathan quittait l'évier, touchait sa taille, descendait doucement le long de son corps et se glissait dans son pyjama.

« Oh ! » gémit Catherine. C'était sans doute ça le bonheur, imagina-t-elle. Faire l'amour entre deux tâches domestiques. Elle leva les bras derrière elle et les passa autour du cou de Nathan pour qu'il puisse de nouveau l'embrasser. Lorsque son corps finit par ne plus supporter la position inconfortable, elle se retourna pour faire face à Nathan sans interrompre son baiser. Quelques secondes plus tard, il l'avait assise sur le rebord de l'évier, les mains serrées autour de ses fesses, tandis qu'il continuait à aspirer ses lèvres avec de plus en plus de force.

« Allons-y, dit-il, tandis qu'il la poussait doucement sur la droite pour pouvoir incliner son corps et tirer sur son bas de pyjama.

— Oui », dit Catherine en regardant ses cuisses nues et en se penchant en arrière pour que Nathan puisse enlever complètement son pyjama. Elle croisa ensuite les deux mains devant elle, saisit le bas de son t-shirt et l'ôta en passant les bras par-dessus la tête. Elle était complètement nue.

Nathan sourit, passa la langue sur ses lèvres et

leva les bras de sorte que Catherine puisse enlever son t-shirt. « Très bien, dit-il, très bien. » Il caressa le corps de Catherine avec ses mains et sa bouche avant de la soulever et de la déplacer de quelques centimètres, puis de baisser son short. Il la pénétra avec force sur le plan de travail.

Ce fut rapide, trop rapide pour Catherine. Il sourit. « Si tu m'aides un peu, nous pourrons recommencer très vite, lui dit-il en soufflant doucement dans ses cheveux, toujours en elle. Essayons la table de la salle à manger. Nous n'aurons même pas besoin d'utiliser des sets de table. »

Elle fut ravie d'obtempérer.

En l'espace de quatre jours, Nathan et Catherine testèrent toutes les pièces de l'appartement. Ils dormaient dans sa chambre d'enfant et s'envoyèrent plusieurs fois en l'air devant le poster de Farrah Fawcett – il lui dit qu'il était amoureux d'elle lorsqu'il était adolescent – et expérimentèrent différentes positions dans la salle de séjour et les salles de bains. Enfin, fatigués et un peu courbaturés, ils recensèrent tous les endroits où ils avaient été, fiers de leur créativité.

« C'est presque parfait », dit-il une fois, tard dans la nuit.

Catherine se sentait merveilleusement bien. C'était un bonheur très domestique. Ils se blottissaient l'un contre l'autre dans toute la maison, faisaient l'amour dans les couloirs, regardaient la télévision, puis se pelotaient paresseusement – pourquoi pas maintenant – devant la pub.

C'était si parfait, si spécial, qu'il semblait préférable qu'ils le gardent pour eux. Ils auraient bien le temps de l'annoncer à tout le monde. Catherine avait un peu mauvaise conscience, un tout petit peu, de ne rien dire à Anita. Mais ce n'était pas grave. Un jour, cela deviendrait une plaisanterie dont ils riraient en famille, n'est-ce pas ? Et ainsi, tout serait pardonné.

Et Nathan était superbe. Il n'y avait aucun doute là-dessus. Il était intelligent et amusant, et savait vraiment comment utiliser son corps pour donner du plaisir à Catherine et s'en donner à lui-même.

« Le seul endroit où nous ne sommes pas allés, lui dit-il le quatrième matin qu'ils se réveillèrent l'un à côté de l'autre, après avoir enthousiasmé Farrah une fois de plus par leur ingéniosité… c'est ta chambre.

— Mais, Nathan, dit Catherine dont la chambre avait été celle des parents de Nathan, tu es sûr de vouloir dormir dans ce lit ?

— Qui a parlé d'utiliser un lit ? » demanda-t-il en tapant les fesses de Catherine et en la chassant, nue et gloussante, dans le couloir.

Mon avenir pourrait ressembler à ça, pensa-t-elle en s'asseyant sur le canapé de l'appartement du San Remo. Être avec Nathan, faire partie de la famille d'Anita. Elle pourrait être madame Lowenstein junior. Ils auraient les enfants une partie de l'année, peut-être pendant l'été et les vacances scolaires, et les emmèneraient voir des spectacles, à Washington à la Smithsonian Institution. Ils leur feraient faire toutes les activités culturelles particulièrement intéressantes pour leur âge. Ensuite, elle leur ferait une surprise en leur payant un billet pour un parc d'attractions, ils monteraient dans le Grand Huit et gagneraient des prix aux différents stands. Elle entretiendrait même, avait-elle décidé, une relation chaleureuse et aimable avec Rhea, l'ex-femme de Nathan. Future ex-femme. Quelques papiers à remplir. Une formalité. Oh ! c'était peut-être un peu moderne, cette idée des épouses qui s'entendent bien, mais c'était vraiment ce qu'il y avait de mieux pour les enfants.

Elle avait souvent vu la photo des trois enfants de Nathan à la boutique lorsqu'Anita voulait vanter les derniers exploits de ses petits-enfants. Mais à présent, elle examinait les photos dans le portefeuille de Nathan, lorsqu'il s'endormait après l'amour, en couvrant le visage de Rhea avec ses doigts et en s'imaginant à sa place. Les clichés étaient vieux de quelques années, avait-il dit pour expliquer que les enfants étaient plus jeunes que comme il les avait décrits et le fait que Rhea soit toujours présente dans son portefeuille.

« Je ne peux quand même pas jeter une photo de mes enfants », dit-il, et Catherine acquiesça.

C'était parfait. Nathan lui dit qu'il devait juste régler les dernières formalités. Tout ce que Catherine avait à faire, c'était de lui montrer à quel point elle était heureuse et d'attendre son heure.

19

Anita profitait des quelques minutes entre la fin de la journée à la boutique et l'arrivée des filles pour la réunion mensuelle du Club pour mettre de l'ordre dans les casiers de Walker & Fille. Certaines clientes laissaient immanquablement les pelotes rouges avec les pelotes pourpres, ou créaient un autre mélange coloré, et Anita aimait ranger pour s'occuper. Elle était justement en train de remettre à leur place quelques écheveaux de Multi bleu lavable lorsque Dakota et James entrèrent à grandes enjambées dans la boutique.

« Anita, dit James. Ça te dit de venir boire un café avec moi en bas ? »

Dakota s'efforçait de rester calme, mais il était clair qu'elle était sur le point d'exploser. « Qu'est-ce que tu vas dire, papa ? » demanda-t-elle. Elle l'asticotait depuis des jours sur son refus de la laisser partir en Italie.

« Volontiers », dit Anita comme s'il venait de lui suggérer le menu dégustation au Bernardin au lieu d'un café dans une tasse en plastique. Elle prit le bras de James et ils quittèrent tous deux la boutique pour descendre au *deli*.

Il ne dit rien tant qu'ils ne furent pas assis. Et il ne commença pas, comme Anita s'y attendait, par énumérer les raisons pour lesquelles il refusait que Dakota aille en Italie et s'occupe de la fille de Lucy. Au lieu de cela, il parla de Georgia. Il lui expliqua à quel point il était dur d'avancer. La façon dont la tristesse remontait à la surface de ses pensées à des moments inopportuns. Il évoqua sa peur de décevoir Georgia s'il faisait un mauvais choix. Une erreur.

« Enfin, dit Anita. Enfin, tu parles. »

James haussa les épaules. Il lui était difficile de dire ce qu'il voulait, de s'exprimer aussi librement qu'avec Catherine, mais, plus il parlait, plus les mots lui venaient facilement. Il aurait peut-être été préférable de choisir un lieu plus isolé pour se confier à cette dame qui avait été le mentor de Georgia, mais parfois ce qui est dit compte beaucoup plus que l'endroit où on le dit. C'est ce qu'il pensait en lui-même et il eut le courage de ne pas se soucier des étrangers qui risquaient de voir les larmes dans ses yeux.

« S'il y a bien une chose que j'ai apprise, dit Anita, c'est que le chagrin, le travail de deuil est propre à chaque individu. Personne n'a trouvé quelque chose à redire au fait que je n'aie pas retrouvé de compagnon après la mort de Stan. Pourquoi ? Parce que j'étais une vieille dame ratatinée. Mais toi, un homme si viril, tu devrais te dépêcher de te remarier. Eh bien, c'est ridicule. Cinq ans, ce n'est rien dans l'ordre des choses.

— Je ne sais plus… quoi faire, dit James. Il ne

s'agit pas des relations. Je sors avec des femmes. Il s'agit de l'amour. Je n'arrive pas à croire qu'un jour je pourrai ressentir la même chose. Et ensuite, je pense à tout le temps que j'ai perdu… Je me déteste. »

Anita regarda James et attendit longtemps pour s'assurer qu'il avait bien fini de parler. Elle ne voulait surtout pas l'interrompre. C'est la conversation qu'elle attendait, celle qu'elle avait promise à Georgia ou pour laquelle elle avait promis d'être disponible, et ils avaient encore tout le temps de parler de l'Italie.

« La vie est une série de coïncidences particulières, finit-elle par dire. Si Georgia n'avait pas été au parc ce jour-là, en train de pleurer parce qu'elle croyait que tu lui avais fait faux bond, je ne l'aurais peut-être jamais remarquée là-bas. Alors, tu m'as rendu un grand service en quelque sorte.

— Peut-être, dit-il. C'est fou.

— Et pourtant, c'est vrai. Ce hasard a conduit à l'une des plus grandes amitiés de ma vie. C'est grâce à Georgia, puis à Dakota quand j'ai fait sa connaissance que je n'ai pas sombré dans la folie après la mort de Stan. Tu vois ? Ça serait presque drôle si ça n'était pas si tragique.

— D'un côté, je suis content. De l'autre, je regrette de ne pas avoir fait plus d'efforts. De ne pas être venu plutôt que d'écrire des lettres. Je suis tellement égoïste, Anita, que j'aimerais que tu n'aies jamais rencontré Georgia si cela signifiait que j'aurais pu passer toutes ces années avec elle à la place.

— Bien sûr, dit Anita, pas vexée le moins du monde. Les choses auraient peut-être été différentes. Parfois, j'aime imaginer qu'il existe une autre version de moi-même qui n'aurait fait aucune de mes erreurs et qui n'aurait connu aucune de mes douleurs. J'aime penser à elle de temps en temps, à cette Anita d'un autre monde.

— Je comprends, dit James en pinçant les lèvres pour contenir l'afflux d'émotions. Qui sait comment ça pourrait être ?

— Mais concentrons-nous plutôt sur ce que nous savons de ce monde. La vie de Georgia – même sa maladie et sa mort – nous a poussés vers de nouvelles choses. Des décisions différentes. Elles paraissent moins positives de ce point de vue, peut-être, moins bonnes que ce que tu voulais. Mais, au bout du compte, elles sont juste différentes.

— J'ai vraiment été un con, dit-il sans ménagement. Et je vais payer pendant le reste de ma vie. Mon cœur ne s'en relèvera jamais. Ça ne sera jamais assez. Quand est-ce que je pourrai me remettre de cette perte ?

— Quand tu te pardonneras pour toutes les choses que tu ne peux pas changer, dit Anita. Elle t'aimait. Toi, et Dakota et Catherine. Si Georgia parvenait à voir qui tu es réellement, pourquoi ne le pourrais-tu pas ?

— Je ne pourrai plus jamais avoir quelqu'un comme ça dans ma vie. Elles sauront toujours qu'elles ne sont qu'un pis-aller.

— Cette tristesse n'est qu'une partie de ce que tu es à présent, James. Tu finiras par trouver cette personne. Tu verras. Et quand tu l'auras trouvée, tu seras enfin prêt à lâcher prise.

— Quoi ? Lâcher prise et laisser Dakota partir en Italie pour me retrouver seul ?

— Elle va grandir, que ça te plaise ou non, dit Anita. Et il y aura des moments où tu n'apprécieras même pas sa compagnie. Crois-moi, ça arrive. Mais l'amour, lui, ne change jamais. Il n'y aura pas un instant où tu ne te jetterais pas devant un bus pour lui sauver la vie. Le problème, c'est que tu risques de lui faire du mal en la retenant.

— J'ai réfléchi à quelques solutions, dit-il. Des moyens pour que cette aventure en Italie fonctionne.

— Et si tu mets un peu d'espace entre Dakota et toi, cela t'aidera à surmonter ton chagrin par rapport à Georgia, dit Anita. Tu la retiens parce que tu as peur de perdre sa mère encore une fois. Ça ne marchera jamais comme ça.

— Alors quoi ? »

Anita secoua la tête. « Je ne peux pas te dire. Le chagrin et le deuil n'ont pas de calendrier précis. Tous ceux qui te disent le contraire te mentent et se mentent à eux-mêmes. Toute perte nous cause du chagrin. Il ne s'agit pas toujours de la mort. »

Anita avait quelques nouvelles à annoncer, elle aussi. Elle en parla à James.

« Je vais dire aux filles ce soir que nous allons repousser le mariage.

— Nathan ? » demanda James. Mais Anita secoua la tête.

« J'ai une petite sœur, commença-t-elle. Et elle est là, quelque part. Je pense que, théoriquement, elle s'est enfuie. Mais pas avant que je ne lui dise moi-même de s'en aller. Il y a des années de cela, lorsque je pensais que j'étais beaucoup plus sage que je ne le suis réellement.

— Anita, je n'y crois pas, dit James. Tu es trop bienveillante pour faire quelque chose comme ça.

— Comme tout le monde, j'ai appris de mes erreurs. C'est horrible ce que l'on est capable de dire aux autres. Et pour être honnête, les détails de cette histoire n'ont plus vraiment d'importance à présent. Les années passent et, un jour, on tombe sur une vieille photo et on s'aperçoit qu'il est temps de ne plus faire comme si un membre de la famille avait disparu.

— Alors, ta sœur est encore en vie ? » James paraissait perplexe.

Anita prit une serviette dans le distributeur et s'essuya délicatement le nez.

« Crois-moi si tu veux, mais je n'en sais strictement rien, dit-elle. J'ai passé quarante ans à pleurer la disparition de ma sœur et, pendant tout ce temps, j'aurais pu entreprendre quelque chose pour la retrouver. Mais, dans ma tête, c'était à elle de revenir vers moi. Et pourquoi ? Être ouvert à une réconciliation ne veut pas dire qu'on est prêt à faire un effort. C'est pourquoi je t'ai invité à manger quand tu es revenu dans la vie de Georgia. Je voulais savoir si tu étais vraiment sincère.

— Je ne sais pas quoi dire.

— Nous nous ressemblons plus que tu ne le crois, dit Anita. Et tu as été beaucoup plus courageux que moi, sur bien des aspects. Je ne pense pas qu'il soit étrange que tu souffres encore de la perte de Georgia. Stan me manque toujours et j'aime aussi Marty. Ce n'est pas comme un robinet qu'on peut juste fermer pour que ça s'arrête.

— Et ta sœur ?

— Sarah ? » Anita sortit une autre serviette. « Elle avait des cheveux ondulés, indomptables. Noirs. Le jour où j'ai vu Georgia assise dans le parc, en train de pleurer, j'ai pensé : « C'est peut-être Sarah. » C'est ce qui m'a attiré vers elle, avec son tricot. C'était un pur fantasme, bien sûr. Sarah aurait eu la cinquantaine à l'époque où j'ai rencontré Georgia. Notre esprit nous joue des tours. Et tant mieux s'il l'a fait pour moi, cette fois-là. Alors, tu vois ? Actions et réactions. Choix.

— Je ne savais pas, dit James.

— Bien sûr que tu ne savais pas. En général, nous ne nous vantons pas de nos secrets honteux. Mais, parfois, nous parvenons à apprendre de ces erreurs secrètes, grâce à notre conscience. Marty et moi allons la trouver, James. Et ensuite, nous ramènerons ma sœur à la maison et nous ferons une magnifique fête pour notre mariage, tous ensemble. »

À l'étage, les femmes étaient sur le point de passer aux choses sérieuses et de goûter les muffins aux pommes et au sirop d'érable de Dakota ainsi que ses biscotti trempés dans du chocolat.

Dakota s'était couchée très tard. Elle avait fait de la pâtisserie dans l'espoir de soulager son stress.

« J'allais oublier, dit-elle. J'ai aussi apporté des gâteaux au gingembre. La fille de Lucy adorait ses cookies au gingembre non seulement en raison de leur texture molle, mais aussi de leur nom[1].

« En parlant de Ginger, dit Lucy. Je suis partie à la recherche de son père. » Elle avala une pleine

1. *Ginger* signifie « gingembre » en anglais.

bouchée de muffin sans même en être consciente et plongea la main dans le Tupperware pour en prendre un deuxième. Dans l'idée de le garder pour plus tard.

« Voilà qui est tout à fait inattendu, dit Peri en mâchant, l'air pensif.

— Ouais, reconnut Lucy. Mais il a été très facile de le trouver. Il ne travaille plus chez Sloan-Kettering, mais dans une société pharmaceutique dans le Connecticut.

— Tu as trouvé son adresse ? demanda Peri.

— Son adresse e-mail et son adresse postale. Sur-le-champ, dit Lucy. Et ensuite, j'ai regardé le coût de sa maison.

— Waouh ! dit KC. Tu es sérieuse, ma chère. »

Lucy s'arrêta de tricoter son plaid pour réfléchir. « Je ne sais pas. Tu crois ? Ça fait plusieurs jours et je n'ai pas appelé.

— Alors cinq ans, ce n'est rien, et trois jours ça paraît long ? demanda Peri.

— Et maintenant je sais que Ginger a un petit frère et qu'il y en a un deuxième en route, ajouta Lucy sans répondre à la question de Peri.

— Comment est-ce que tu sais ça ?

— Les gens mettent des photos partout sur le web. J'ai trouvé celles qu'ils avaient postées eux-mêmes. J'en ai même trouvé sur Flickr lorsqu'ils sont allés au mariage d'amis à eux.

— Combien de temps par jour tu passes là-dessus ? » demanda Dakota qui n'écoutait qu'à moitié tout en se demandant si Anita pourrait faire des miracles avec James.

« Beaucoup trop, à l'évidence, intervint Darwin. Je

crois que tu devrais aller voir un psy avant de prendre toute décision hâtive basée sur des recherches sur Google en plein milieu de la nuit.

— Peut-être, dit Lucy. Mais je me demande si je ne devrais pas changer ça. Lui envoyer une de ces lettres « Cher donneur de sperme ».

— Elles sont destinées aux hommes qui ont été payés pour leur matériel génétique, chérie, dit KC. Pour toi, ça sera plus l'action en recherche de paternité à l'ancienne.

— Oh ! je n'ai pas l'intention de le poursuivre pour qu'il me verse une pension alimentaire, dit Lucy. Ça ne serait pas juste.

— Tu l'as forcé à avoir des rapports sexuels non protégés ? »

Lucy rit. « Non, c'était un complice tout à fait consentant.

— Eh bien, les amis, nous avons un gagnant, dit KC. Tu peux l'attaquer, si tu veux. Tu répands ta semence, tu paies pour ce que tu as fait. C'est comme ça que le système fonctionne.

— Ce n'est pas mon intention, KC, dit Lucy. Je ne recherche pas un chèque – je peux tout à fait subvenir à nos besoins.

— Alors quoi ? demanda KC, qui avait toujours été plus directe que délicate.

— Je ne sais pas », reconnut Lucy qui préparait ses bagages pour l'Italie depuis des jours. Elle essayait de préparer ses ordinateurs et ses papiers tout en se chamaillant avec Ginger. Elle tentait de lui expliquer pourquoi elle ne pouvait pas apporter plus d'une valise remplie de jouets. Elle était fatiguée et confuse, et passait beaucoup de temps au téléphone avec Darwin entre deux valises. Elle pesait avec elle le pour et le contre d'une reprise de contact avec Will. Même à présent, elle ne parvenait pas à décider quelle était la meilleure option. « Je suis peut-être un peu bizarre, dit-elle.

— Nous nous interrogeons tous sur une personne que nous avons connue, intervint Catherine. Cette personne hante notre imagination, qu'elle soit ou non aussi extraordinaire que dans nos souvenirs.

— Comme Georgia et toi, dit Darwin. Tu es venue à la boutique pour la retrouver.

— Et vous savez quoi ? C'est encore à propos d'elle que je me pose des questions, dit Catherine. Où est-elle à présent ? Que pense-t-elle ? Peut-elle entendre mes pensées ?

— Je me pose exactement les mêmes questions, dit Dakota.

— Moi aussi, dit Peri. Je me demande comment elle trouve la nouvelle peinture dans la boutique ou ce qu'elle pense quand elle voit que je commande trop de stock.

— Je suis sûre qu'elle m'aurait empêchée de me remettre à fumer, dit KC. Eh bien, voilà, j'ai craché le morceau. Je fume. Je suis une vraie fumeuse.

— Je ne crois pas qu'elle aurait pu te dissuader de fumer, dit Dakota en secouant la tête.

— Je ne pense pas, non plus, ma petite, dit KC en riant. Je suis un cas désespéré. Mais, aussi géniale qu'ait été Georgia, je crois qu'elle nous botterait les fesses si elle nous voyait passer autant de temps à nous lamenter. C'est ainsi que je vois les choses.

— Elle aimerait malgré tout qu'on pense à elle, qu'on se souvienne d'elle, dit Darwin.

— Pour sûr, approuva KC. Elle avait un ego même lorsqu'elle ne faisait que répondre au téléphone. Et elle aurait pu se contenter d'appeler la boutique « Pelotes de laine à profusion », mais au lieu de cela elle avait inscrit son propre nom sur la porte. Elle était fière et elle avait raison de l'être.

— Mais ne nous appesantissons pas sur elle, n'est-ce pas ?

— Vous ne croyez pas que Georgia a assez à faire avec James ? dit KC. Elle doit essayer de le convaincre de laisser Dakota partir en Italie. Alors, nous pourrions peut-être, nous autres, lui accorder un peu de répit, lui laisser plus de temps pour aller au spa ou aux autres distractions qu'on trouve dans les espaces célestes.

— Tu crois vraiment qu'elle veut que j'aille en Italie, KC ?

— Bien sûr, petite Walker, dit KC. Tu as déjà vu James venir à une réunion du Club et demander à parler à Anita ? C'est le signe que quelque chose est en train de se passer. » Elle se pencha vers le groupe et fit mine d'inclure tout le monde dans une étreinte, tout en prenant un muffin aux pommes et un biscotti. Après en avoir mangé une bouchée, KC fit un clin d'œil à Dakota, qui fronçait les sourcils pour se concentrer. Elle aurait tellement aimé entendre la conversation qui se déroulait au rez-de-chaussée.

« Bon, changeons de sujet, d'accord ? proposa Dakota. Alors, Catherine, qu'est-ce qu'il y a dans ton sac ? demanda-t-elle en montrant le petit sac que Catherine avait apporté avec elle à la réunion.

— La Petite Nuit ? dit KC. Ce n'est pas la boutique de lingerie osée au coin de la rue ?

— Je ne sais pas comment vous faites pour penser au sexe, dit Darwin. J'ai l'impression que, pour moi, c'est fini.

— Encore un mois ou deux, ma chérie, et ensuite ça reviendra, la rassura Lucy. Mais en attendant, donne-nous quelques détails, Catherine. Parce que tu n'aurais sûrement pas apporté des articles de lingerie au Club de tricot du vendredi soir si tu n'avais pas eu l'intention qu'on te pose des questions. N'est-ce pas ?

— Oh ! tu as raison, intervint KC. Alors, qui est-ce que tu vois ?

— Quelqu'un, dit Catherine qui ne put s'empêcher de sourire.

— Quelqu'un que nous connaissons ? » KC insistait.

« Quelqu'un que certaines d'entre vous connaissent, dit Catherine. Mais vous l'avez toutes vu.

— C'est James, dit KC, une note de triomphe dans la voix. James et toi êtes amoureux l'un de l'autre. Ne me demande pas comment j'ai deviné. Je suis particulièrement perspicace pour ce genre de choses.

— Quoi ? s'exclama Dakota en se tournant vers Catherine. C'est vrai ?

— En aucun cas, dit Catherine.

— D'accord, d'accord, dit KC en agitant la main comme pour faire cesser des applaudissements inexistants. Je vais vous dire comment j'ai deviné. Je vous ai vus dîner ensemble le mois dernier et vous étiez si mignons, vous étiez assis tout près l'un de l'autre et vous ignoriez complètement la serveuse.

— Quoi ? demanda Dakota. C'est *vrai* ?

— Euh… oui, mais ce n'est pas ce que vous croyez, dit-elle. Nous sommes juste… amis.

— Comme si tu pouvais être amie avec un homme aussi séduisant que James, dit Peri. Tu sais, j'aimerais bien me trouver un mec. J'ai bientôt trente ans et c'est le calme plat. J'aimerais trouver un homme noir, pour être tout à fait honnête. Mais apparemment tous les hommes bien courent après des femmes comme toi.

— Tu as presque vingt ans de moins que mon père, dit Dakota. Alors, c'est vraiment dégoûtant. Et toi, tu es l'une de mes meilleures amies, alors c'est encore pire, Catherine.

— Je n'ai rien fait, dit Catherine en élevant la voix. Je n'ai pas acheté ces dessous sexy pour James, vous pouvez me croire. Et James et moi ne vous devons aucune explication quant au fait que nous mangeons ensemble de temps en temps. Et d'ailleurs, si l'espionnage n'est pas illégal, KC, eh bien, il devrait l'être. »

Lucy et Darwin étaient sur le point d'intervenir pour arbitrer lorsqu'Anita, un peu hors d'haleine après avoir monté l'escalier à toute vitesse, fit son entrée dans la boutique. Elle était tellement impatiente d'annoncer ce qu'elle avait à dire à ses amies qu'elle ne remarqua même pas la tension dans la pièce.

« Bon, les filles, je crois qu'il est temps de commencer le Club de tricot du vendredi soir : édition italienne ! » Elle leva les mains en l'air pour les calmer, même si aucune des filles ne parlait. « Dakota, ton père est d'accord pour que tu partes avec Lucy, mais il veut encore parler de quelques détails avec vous deux. Vous en saurez plus dans quelque temps. »

Dakota se mit à crier et se précipita vers Anita pour la prendre dans ses bras.

« Doucement, ma chérie, doucement, dit Anita. Je voulais aussi vous annoncer ce soir que Marty et moi allons reporter le mariage et les préparations pour quelque temps. Nous allons partir en voyage cet été.

— Il y a quelque chose qui ne va pas, Anita ? » demanda Peri qui travaillait dur pour tricoter un sac à main très élaboré mais minuscule assorti au manteau de mariée que confectionnait Anita.

— Non, dit Anita d'un ton hésitant. Euh… en fait, si. Mais ça n'a rien à voir avec Marty. »

Elle s'approcha de la table et s'assit. « J'ai une sœur, commença-t-elle. Et je ne lui ai pas parlé depuis des années. Ça remonte à une époque où la plupart d'entre vous n'étaient pas encore nées.

— Où est-elle ? demanda Dakota.

— Je ne sais pas, reconnut Anita. Nous allons donc prendre prochainement le bateau pour l'Europe pour essayer de la retrouver.

— Comment sais-tu qu'elle est en Europe ? demanda Dakota.

— Je ne le sais pas, admit Anita. Mais j'ai une intuition.

— Nous partons toutes à l'aventure, dit Dakota qui détourna les yeux lorsqu'elle vit l'expression de Peri. En quelque sorte.

— Eh bien, Catherine, puisque la préparation du mariage est en suspens, dit Anita, je pense que tu peux partir visiter ton vignoble en toute bonne conscience.

— Oh ! je crois que je ne vais pas y aller finalement, dit-elle. J'envisageais plutôt un voyage dans le Sud. » Elle lança un regard éloquent à Anita, mais son amie ne sembla pas remarquer, trop occupée qu'elle était à reprendre son souffle pour pouvoir continuer à parler.

« Peri, je te promets que je ferai tout pour que tu aies deux semaines de vacances en septembre après la marche au profit de la lutte contre le cancer de l'ovaire. Darwin, continue à faire ce que tu fais. Et, KC, j'ai un plan pour que tu arrêtes de fumer. »

Elle prit un morceau de biscotti.

« Je suis tellement soulagée et excitée à la fois. Tout finit par s'arranger, dit Anita. Et Catherine, tu seras sans doute ravie d'apprendre que tu peux retourner dans l'appartement jusqu'à ce que nous vendions. Nathan vient de m'appeler pour me dire qu'il rentre à Atlanta. Je suis tellement soulagée. J'ai eu une longue discussion avec lui pendant le déjeuner aujourd'hui et je crois que j'ai fait du bon travail, dit Anita en rayonnant. Il va essayer de sauver son couple avec sa femme. »

Intermédiaire

Vous faites des progrès – vous êtes plus avisée, plus rapide – et pourtant vous en savez juste assez pour réaliser le chemin qu'il vous reste à parcourir. C'est le moment pour vous de prendre des risques. Pour savoir jusqu'où vous voulez aller.

20

Il n'est pas nécessaire d'avouer chacune de ses erreurs. Ni de donner chaque détail de sa vie. C'est ce qu'elle avait appris au cours de son existence.

Catherine se sentait humiliée par Nathan, même si leur idylle – si tant est qu'on puisse qualifier ces quelques jours d'idylle, pensait-elle à présent – n'était connue que d'eux-mêmes. La sensation d'avoir été rejetée fait toujours mal. Il y avait eu un appel qu'elle avait laissé aller sur la boîte vocale et un e-mail qu'elle avait supprimé. Les détails n'avaient pas d'importance, puisqu'il avait décidé, n'est-ce pas ? Une conclusion était une conclusion. La fin. De plus, que pourrait-il lui dire qu'elle ne savait déjà ? Il avait une famille. Elle n'avait été qu'une aventure. Et ça faisait mal.

« De l'eau, dit-elle à l'hôtesse de l'air, qui dut lui demander deux fois ce qu'elle voulait pour arracher Catherine à sa rêverie. De l'eau gazeuse avec une rondelle de citron. »

Quel soulagement cela serait si elle pouvait parler à Anita ou aux autres membres du Club d'une énième relation potentielle qui se dissolvait juste au moment où elle commençait à ouvrir son cœur. Mais comment pourrait-elle raconter ces quelques jours ? Parfois, en s'épanchant, on ne fait qu'ajouter un fardeau supplémentaire à la personne à qui on se confie. Que pouvait-elle attendre d'Anita ? Cette histoire serait très embarrassante pour toutes les personnes concernées.

Et, de toute façon, il ne serait même pas question de prendre parti, car Anita prendrait forcément celui de Nathan. Anita avait beau être indulgente, elle n'apprécierait certainement pas que Catherine ait couché avec son fils marié dans ce qui était autrefois sa propre chambre.

Imaginez : si les choses avaient marché entre Nathan et elle, tout aurait été pour le mieux. Mais si elle révélait cette idylle sans lendemain, toutes les personnes concernées seraient affreusement gênées et honteuses.

Non, Catherine s'était mise elle-même dans cette situation délicate et elle était assez grande pour garder cette histoire pour elle. Alors, il n'y aurait ni coup de téléphone en plein milieu de la nuit, ni e-mails, ni relance pour perturber les retrouvailles heureuses – supposait-elle – de Nathan et de sa famille à Atlanta.

Lorsqu'on lui livra son linge lavé et repassé – elle le donnait toujours le lundi et le jeudi –, elle trouva parmi ses affaires un slip propre qui appartenait à Nathan. Elle s'empressa de prendre des ciseaux et de le découper avec le plus grand soin avant de le jeter. Ensuite, elle fit un tour complet de l'appartement et jeta tout ce qu'il avait touché : une savonnette, un tube tout juste ouvert de dentifrice, la boîte de gâteaux qu'il avait entamée. Catherine s'assura qu'il ne restait aucune trace de la semaine qu'ils avaient passée à jouer au papa et à la maman, puis elle fit envoyer toutes ses affaires dans sa maison de Cold Spring.

Cette aventure avec Nathan venait mettre fin à toutes les années où elle avait habité dans l'appartement d'Anita : elle ne pouvait tout simplement pas s'imaginer en train de manger des Cheerios et de regarder la télévision sur le canapé où Nathan lui avait fait l'amour la semaine précédente.

Et pourtant, l'impossibilité de se confier lui donnait le sentiment d'être complètement isolée : contrainte de ravaler son histoire, elle se sentait bouffie, gonflée.

Catherine se tortilla sur son siège en première classe et soupira juste au moment où l'hôtesse lui apportait sa boisson. « Vous ne me croirez jamais, les filles, s'imaginait-elle en train de dire aux membres du Club. J'ai eu une aventure avec le fils un peu difficile d'Anita, ce fameux Nathan. Au lit, c'était terrible. Mais il s'est empressé de retourner auprès de la femme dont il allait divorcer. » C'est du moins ce qu'il avait dit, pensait-elle. Peut-être n'avait-il pas été aussi explicite.

Mais non ! Elle n'allait certainement pas lui chercher des excuses. Ça rendait les choses trop compliquées, ça la rendait aussi responsable que lui. Au lieu de cela, elle essaya de visualiser le visage de chaque membre du Club si elle révélait cette aventure de quatre nuits. La déception d'Anita, le jugement de Darwin. Que savaient ces femmes de la tentation ? Seule KC avec ses deux divorces et son attitude de

New-Yorkaise qui a tout vu n'était pas horrifiée dans son imagination.

Catherine s'était quand même fixé des limites : elle ne s'était pas tout simplement précipitée dans le lit d'un homme marié. Eh bien, si, en fait. Mais pas vraiment.

Nathan avait dit qu'il avait déjà rempli les papiers. Ou qu'il avait commencé à les remplir. Elle ne savait plus vraiment. Il y avait eu beaucoup de baisers et de caresses au milieu de ces discussions.

Allons, Catherine, pensa-t-elle. Tu n'es quand même pas si bête. Tu sais très bien qu'une affaire n'est pas réglée tant qu'elle n'est pas… réglée.

« J'aurais dû être plus raisonnable, disait-elle à présent tout en regardant les nuages par le hublot. Pas vrai, James ? » Elle lui donna une petite tape sur la main, avec un peu d'insistance, pour attirer son attention.

« Hmm, murmura-t-il en levant les yeux de son ordinateur portable, l'air perplexe. Désolé, qu'est-ce que tu disais, Catherine ?

— Je disais juste que Venise, c'est tout à fait ce dont j'ai besoin en ce moment. Un antidote. » Elle but une gorgée d'eau pétillante et hocha énergiquement la tête en attendant qu'il lui pose la question. Qu'il lui demande ce qui n'allait pas. Pourquoi est-ce que tu broies du noir, Catherine ?

Elle pourrait très bien le dire à James, mais depuis que KC les avait vus au restaurant et qu'elle l'avait raconté à tout le monde, la bulle liée au secret qui protégeait leur amitié avait éclaté. Elle avait failli le lui dire quelques jours auparavant, puis elle avait eu un doute : et si elle parlait à James de Nathan et qu'il raconte tout à Anita ?

S'il demandait, décida-t-elle à présent, elle le lui dirait. Ça irait. Sinon, elle souffrirait en silence.

« J'avais besoin de quitter la ville… » commença-t-elle. Elle voulait que James la fasse parler.

« Bien », dit James gentiment avant de retourner à son travail. Il aimait beaucoup Catherine. Vraiment. Mais aujourd'hui, il n'avait pas le temps d'écouter. Il avait fort à faire : il allait passer quelques jours dans la ville aux canaux pour étudier l'éventualité d'une nouvelle implantation, puis il se rendrait à Rome pour y passer l'été. Et veiller sur Dakota.

Le directeur de la société, Charles Vickerson, parut ravi de l'intérêt que portait James aux hôtels européens et fut encore plus heureux quand James lui fit savoir que sa fille allait travailler pour lui un jour par semaine. James Foster, qui n'était près de vingt ans auparavant qu'un membre de l'équipe d'architectes d'un hôtel parisien, avait progressivement gravi les échelons et faisait désormais partie intégrante de l'empire des hôtels V. Et Vickerson guettait du coin de l'œil les entreprises qui tentaient de débaucher ses cadres. Pour lui, c'était plutôt bon signe que James veuille impliquer sa fille dans la vie de la société.

« Je me demande comment va se sentir Dakota demain dans l'avion, dit Catherine qui essayait désespérément de faire parler James. C'est son premier voyage sans un membre de sa famille.

— Elle était plutôt ravie, je t'assure, dit James en levant brièvement les yeux de son ordinateur. Elle aurait pu partir en Écosse toute seule quand elle était plus jeune, mais je n'ai jamais voulu qu'elle se retrouve livrée à elle-même à Heathrow. »

Le voyage de Catherine, qu'elle avait envisagé d'annuler lorsqu'elle pensait qu'elle allait couler des jours heureux avec Nathan, était redevenu d'actualité avant même qu'elle ne renonce à partir. Un voyage, c'était exactement ce qu'il lui fallait pour fuir une calamité de plus dans sa vie amoureuse. C'est du moins ce qu'elle pensait.

Pourtant, il lui avait suffi de parler des détails de leur expédition avec Dakota pour se sentir épuisée.

« Je vais goûter à tout, dit Dakota à Catherine, et elle passa ensuite dix minutes à énumérer tous les plats qu'elle espérait manger, avant de nommer tous les monuments qu'elle voulait visiter. Et je vais aussi conduire une vespa, au moins une fois… »

J'étais comme elle autrefois, pensa Catherine qui se sentit soudain très fatiguée lorsqu'elle réalisa que vingt-cinq ans s'étaient écoulés depuis l'époque où elle avait l'âge de Dakota.

Ce n'est pas comme ça que je voyais ma vie, se dit-elle. L'enthousiasme perpétuel de Dakota l'aveuglait, la gênait comme le soleil lorsqu'on relève les stores après une gueule de bois.

Pour échapper au vol à destination de Rome avec Dakota, Catherine avait déclaré qu'elle devait chercher de la verrerie pour le Phénix et avait promis de rejoindre Dakota et Lucy un peu plus tard. Elle avait donc prévu de partir pour Venise et avait réservé une place sur le même vol que James. Ce n'est pas parce qu'elle ne pouvait pas parler de ce qu'elle ressentait qu'elle voulait se retrouver toute seule. Même si la compagnie de James n'était pas des plus agréables puisqu'il levait à peine les yeux de son travail.

Les détails de l'aventure estivale de Dakota avaient été très bien négociés par James et Anita. Anita, qui avait aussi prévu un grand voyage de son côté. Dakota s'occuperait de Ginger lorsque Lucy se trouverait sur le plateau de tournage, mais travaillerait au moins huit heures par semaine dans le bureau de son père. Elle classerait des documents, ferait des recherches, taperait des lettres. Elle ne bénéficierait d'aucune faveur particulière, avait précisé James, mais il voulait qu'elle apprenne à évoluer dans l'environnement d'une entreprise. Qu'elle découvre autre chose que le monde de l'école et du petit commerce. De plus, Lucy, Dakota et Ginger logeraient à l'hôtel V, à quelques pas de la chambre de James (en bas du couloir). Ainsi, Dakota était presque seule, mais pas complètement. Les soirs où elle ne s'occuperait pas de Ginger, Dakota devrait frapper à la porte de son père à une heure du matin. Il lui avait bien fait comprendre que ça ne lui poserait aucun problème si elle se présentait plus tôt.

Ce n'était pas exactement l'idée que se faisait Dakota d'un été parfait : s'occuper d'une petite fille de cinq ans, dormir dans une chambre à quelques mètres de celle de son père, mais c'était toujours mieux que de rester à la maison et de travailler à la boutique. Alors, peu importe si elle devait jouer à l'assistante quelques heures par semaine. Elle survivrait…

Quant à Anita et Marty, ils avaient réservé une cabine sur le *Queen Mary 2* pour traverser l'Atlantique.

Catherine était allée à l'embarcadère pour les voir avant de prendre son vol. Marty et Anita se rendaient au Royaume-Uni. Ils avaient déjà engagé un détective privé qu'ils allaient rencontrer dès leur arrivée et allaient tenter de glaner tous les indices cachés dans les quelque quarante cartes postales qu'Anita avait reçues au cours de toutes ces années. Catherine ne lui avait pas dit qu'elle avait la dernière carte postale : elle ne voulait donner à Anita aucune raison d'être déçue. Elle l'avait déjà suffisamment déçue.

Catherine savait que le voyage demandait un immense effort à Anita. Mais sa peur de prendre l'avion ne leur laissait d'autre choix que de voyager par la route ou par la mer.

« J'ai vraiment été une poule mouillée, avait-elle dit à Catherine sur le quai. Je n'ai pas voulu confronter mes peurs et mes regrets avec ma sœur. Maintenant, je vais devoir parcourir le monde en bateau pour la retrouver. »

Catherine avait hoché la tête avec bienveillance.

« Nous nous amusions tellement, toutes les deux. C'est en m'occupant d'elle que j'ai appris à m'occuper d'un enfant, lui dit-elle. Je l'emmenais au parc et nous mangions des cornets de glace. Ça soulageait un peu ma mère, tu sais. Sarah était beaucoup plus jeune que moi.

— Quel âge aurait-elle aujourd'hui ?

— Soixante-trois ans, dit Anita avant de se replonger dans ses souvenirs. Sarah tricotait très bien. C'est moi qui le lui avais appris. Ma grand-mère me l'avait appris et je le lui avais montré. Elle avait vraiment l'œil et elle était très adroite.

— Elle était meilleure que toi ? demanda Catherine.

— Oui, dit Anita. Même si je ne l'ai jamais reconnu. Je pense à elle quand je tricote mon manteau de mariée, tu sais. Je nous imagine en train de le faire ensemble. Comme nous irions vite. Comme nous nous amuserions. Nous tricotions des pulls ensemble autrefois. Chacune prenait une manche ; elle se chargeait du devant et moi, du derrière. On les faisait pour l'anniversaire de mon père. »

Catherine se mit à regarder le fleuve Hudson tandis qu'Anita poursuivait. Elle raconta que Nathan adorait sa jeune tante, sa première baby-sitter et celle qu'il avait préférée. Elle dit que Sarah passait la plupart de ses week-ends à jouer avec ses neveux.

« Elle m'aidait comme j'avais aidé ma mère avec elle, dit Anita. Et elle adorait rire, essayait toujours de nouvelles blagues. Je crois que, si elle avait été issue d'une autre génération, elle aurait été comédienne.

— Qu'a-t-elle fait ? » demanda Catherine, mais le visage d'Anita s'assombrit aussitôt. Elle tenta d'obtenir des détails, de comprendre ce qui s'était passé, mais Anita se contenta de secouer la tête.

« Je ne suis pas prête, dit-elle. J'ai peur qu'en parlant d'elle, je ne fasse que confirmer qu'elle n'est plus là. Ne laisse pas les gens te glisser entre les doigts, Catherine. C'est facile à faire, mais très dur à réparer. »

Quant aux filles du Club qui gardaient le fort dans la cité, Catherine ne les avait pas oubliées. Elle avait fait un saut chez Walker & Fille avant de quitter le San Remo pour passer prendre un nouveau sac fourre-tout de la collection été de Peri. Elle ressentait le besoin de voir tout le monde comme si elle voulait tester continuellement sa résolution de ne pas parler de Nathan.

« Tu as vu quelqu'un ces derniers jours, Peri ? » demanda-t-elle à la boutique moins d'un jour avant son départ. En général, Catherine était très organisée dans la préparation de ses voyages en avion, mais la situation l'avait rendue quelque peu distraite.

« Ah ! dit Peri. Je suis l'exemple même de la femme active new-yorkaise d'une trentaine d'années qui découvre, alarmée et choquée, qu'elle n'a pas d'homme dans sa vie. »

Ou d'une quarantaine d'années, pensa Catherine.

« Je croyais que KC avait l'homme parfait pour toi ?

— Oh ! tu connais ce genre de types, dit Peri. Il a passé toute la soirée à parler de lui. »

Nathan lui avait paru intéressant lorsqu'il lui avait parlé de sa vie, de son enfance à New York, d'Anita en tant que mère. À présent, Catherine regrettait qu'il ne l'ait pas bouclée. Elle regrettait de si bien le connaître. Ou du moins de si bien connaître son corps.

Le téléphone sonna. C'était Darwin qui demandait à Peri de lui faire parvenir plus de laine. Depuis que Dakota lui avait montré comment tricoter de minuscules chaussettes, elle était obsédée, enchantée à l'idée que Cady et Stanton allaient mettre leurs petits orteils dans des chaussettes tricotées par maman. Même lorsqu'il aurait été préférable qu'elle fasse une sieste, elle essayait de tricoter quelques mailles avant de s'assoupir.

« Alors, je vais essayer de me concentrer cet été sur les cours particuliers que je vais donner à Darwin chez elle. Quand Rosie ne viendra pas lui rendre visite. Comme elle dit, plus on est de mères, plus on rit.

— Je ne peux pas te dire si c'est vrai », dit Catherine qui faisait de son mieux pour jouer le rôle de l'amie intéressée et engagée. Mais elle se sentait encore sous le choc comme elle ne l'avait jamais été auparavant.

« Je n'en ai pas la moindre idée non plus, dit Peri. Je consacre mes journées à essayer de faire tourner la boutique et à refiler mes sacs à des célébrités de second rang. Pas de voyage en Italie à l'horizon pour moi. »

Peri avait fait savoir qu'elle n'était pas particulièrement ravie que Dakota parte en voyage, mais elle avait fini par revenir sur sa position et accepté que la jeune femme trouve une remplaçante pour l'été qui n'était autre qu'Olivia, sa copine de la fac. Malheureusement, Olivia avait quelques difficultés à enregistrer le prix de la merveilleuse sacoche d'ordinateur portable bleu cobalt que Catherine achetait. Elle avait insisté pour payer le prix normal sans profiter de la réduction que Peri accordait généreusement aux membres du Club de tricot du vendredi soir.

« J'arrive à peine à faire fonctionner la caisse dans ma propre boutique », dit Catherine d'un ton compatissant avant de surprendre le regard furieux de Peri. En réponse, elle acheta un sac à dos gris tricoté et un sac de soirée noir orné de perles.

Peri, qui s'était calmée, se mit à envelopper ses achats avec le plus grand soin en les emballant dans du papier de soie.

« Tu as prévu d'aller dans de grandes soirées en Italie ? demanda-t-elle.

— J'en sais rien, dit Catherine qui pensait ne plus jamais pouvoir s'amuser. Je n'ai même pas d'itinéraire précis.

— Dakota a dit que tu avais beaucoup de travail, que tu avais prévu de chercher des pièces uniques pour ta boutique.

— Oui, bien sûr, c'est mon programme », mentit Catherine. Elle ne savait vraiment pas ce qu'elle allait faire de sa personne. Elle avait déjà annulé le voyage qu'elle avait prévu au vignoble Cara Mia et avait laissé tomber l'appartement qu'elle avait loué. Elle n'avait qu'une envie : être seule et réfléchir. Et cuire au soleil. Et se punir pour avoir osé rêver à un avenir avec Nathan.

« Tu as vraiment de la chance, dit Peri en rangeant soigneusement les achats de Catherine dans un grand sac couleur lavande Walker & Fille. Je t'envie parce que tu as tout pour toi, Catherine.

— Oh ! tu sais ce qu'on dit, répondit Catherine. Les apparences sont trompeuses. »

Anita trouva un plaisir inattendu mais intense à regarder les vagues. Elle passait des heures à fixer les mouvements de l'eau bleue et les bulles d'écume blanche.

« Tout n'est que pardon, ici, dit-elle à Marty tout en se penchant pour profiter de son étreinte tandis qu'il embrassait le sommet de sa tête. Un constant renouvellement. »

Grâce aux bracelets Shiatsu qu'elle portait aux poignets pour se prémunir contre le mal de mer, Anita profitait pleinement de son séjour sur le bateau. Elle grignotait de petits sandwichs dans l'après-midi, faisait tous les matins une partie de trivia avec les deux frères de soixante ans qui dînaient à leur table et savourait tous les soirs trois boules de crème glacée à la vanille accompagnées d'une gaufrette ; elle avait toujours eu un faible pour les desserts sucrés.

Marty l'emmena au casino, où elle gagna quarante-sept dollars qu'elle s'empressa de cacher dans son sac à main. Ils assistèrent également à deux ou trois conférences historiques très intéressantes. Sans compter qu'elle avait apporté beaucoup de laine de superbe qualité. Toutes les pelotes étaient crème, sa couleur de prédilection quoi que Dakota puisse en dire.

Elle voulait avancer son manteau de mariée. En effet, elle avait enfin décidé ce qu'elle allait porter le jour où elle épouserait Marty : une longue robe sans manches avec un manteau tricoté, délicat et léger, qui tomberait en longue traîne derrière elle tandis qu'elle se dirigerait vers la *houppa*. Tu vois, se dit-elle tout en tricotant un énième rang avec ses minuscules aiguilles n° 3, il est préférable que tu aies encore un peu de temps avant le grand jour.

Pourtant, elle savait bien qu'elle ne faisait qu'occuper ses journées en attendant qu'ils puissent se rendre à Southampton pour rencontrer le détective que Marty avait choisi. Elle avait apporté toutes sortes de choses avec elle : de vieilles photos, des papiers de famille, la pile de cartes postales – celle de Big Ben était arrivée en avril 1968 – et des photos actuelles de ses enfants et petits-enfants. Elle avait également ajouté quelques photos du Club, d'elle en train de travailler à la boutique avec Georgia et Dakota encore enfant. Peu importe où et comment elle trouverait Sarah, elle était bien décidée à lui faire partager tous les détails de son existence.

« Il est possible qu'elle soit morte, dit Marty, qui avait retrouvé une fois encore Anita sur le pont en train de regarder l'océan. Il n'y a pas eu de carte postale cette année. Prépare-toi à une déception éventuelle.

— Ça n'a pas de sens, dit Anita qui ne détacha pas les yeux de l'eau. Elle a quinze ans de moins que moi. Elle a seulement soixante-trois ans. » Pourtant, en prononçant ces mots, elle réalisa à quel point le temps avait passé vite et elle fronça les sourcils.

Anita avait prévu toutes sortes de scénarios. Qu'elle ne reconnaîtrait pas Sarah ou que Sarah paraîtrait très fatiguée après des années de dur labeur et de lutte pour survivre, ou encore qu'elle et Sarah se reverraient et qu'elles découvriraient qu'elles n'avaient plus rien à se dire même après toutes ces années de nostalgie. Le fossé qui les séparait était trop grand et il n'y avait plus moyen de le combler.

Elle consacrait chaque jour à une crainte différente pour s'épuiser vraiment à envisager tous les aspects de ce scénario. Anita essayait de se rappeler les chansons, les couleurs et les plats préférés de Sarah. La soupe au poulet, pensa-t-elle. N'était-ce pas plutôt le plat préféré de Nathan ? Et si elle avait fini par tout mélanger et que les fragments de souvenirs qu'elle avait gardés de Sarah fassent en réalité partie de l'histoire de quelqu'un d'autre ? N'était-ce pas, en quelque sorte, pire que de la perdre complètement ?

« Est-ce que tu te disputais avec ton frère Sam ? demanda-t-elle soudain.

— Oh oui, on se chamaillait beaucoup, dit Marty. Mais, quand il s'agissait de choses sérieuses, on s'est toujours arrangés pour que ça marche.

— Sarah était plus une fille pour moi qu'une sœur, en quelque sorte, dit Anita. Nous n'avons jamais pu ricaner ensemble le soir et échanger des secrets, car j'étais pratiquement partie de la maison lorsqu'elle est née. Mais je l'ai toujours considérée comme un don du ciel. »

Marty hocha la tête. Il l'écoutait attentivement, même si, depuis des jours, des semaines à présent, ils n'avaient pour ainsi dire parlé que de Sarah.

« Comme il est facile d'oublier comment c'était à l'époque, finit par dire Anita. Aujourd'hui, il n'y a plus grand-chose qui crée le scandale. »

Une fois seule à Venise – James était rapidement parti pour Rome –, Catherine fit de son mieux pour jouer à la touriste : elle but un verre de vin et écouta un violoniste sur la place Saint-Marc, puis elle se rendit dans l'atelier de l'un de ses souffleurs de verre préférés et dépensa une somme astronomique dans sa boutique. Quand enfin il hocha la tête en signe d'approbation, elle se sentit, l'espace d'un instant, valeureuse.

Un sentiment de dégoût l'envahit immédiatement après.

Te voilà encore perdue, Catherine, se dit-elle tout en prenant une vedette pour retourner à son hôtel où elle s'apprêtait à déjeuner, seule. Tout allait si bien et… quoi ? Quand on est seule, on est seule, alors pourquoi passer sa vie à se prendre pour la moitié d'un mystérieux tout ?

À quoi bon traîner les pieds dans une ville aussi glorieuse que Venise, se dit-elle tout en coiffant un grand chapeau pour protéger sa peau claire du soleil et en se dirigeant vers le Musée d'archéologie. Elle étudia les sculptures en ivoire et les momies, puis admira des bustes et des bustes de généraux et d'empereurs romains tous aussi beaux les uns que les autres. Au bout d'un moment, en dépit du talent, en dépit de la présentation, elle se mit à glousser. Ils étaient tous semblables. Encore et toujours. Les têtes, la pose. Ou peut-être un nez variait-il ici ou là. Mais les bustes étaient tout simplement répétitifs.

« Il aurait fallu que quelqu'un rompe avec la tradition », dit-elle à un touriste vêtu d'un short Madras derrière elle. Il fronça immédiatement les sourcils pour lui montrer qu'il était un véritable connaisseur et qu'il prenait chaque visite de musée avec le plus grand sérieux.

Chaque statue paraissait confiante et belle. Les personnages représentés respiraient la confiance, même deux mille ans plus tard. Catherine se dit qu'ils avaient certainement eu peur parfois à la veille de dangereuses batailles ou lorsqu'ils voyaient mourir leurs amis.

Ils souffraient certainement le martyre à cause de maîtresses capricieuses, même s'ils avaient sans doute eu le luxe d'en faire étrangler plus d'une.

Comme c'était étrange, réalisa-t-elle tout à coup, qu'en tant que spécialiste de l'histoire de l'art, elle ait passé des années à admirer la forme – la beauté et la perfection – sans jamais s'interroger sur les hommes qui se cachaient derrière ces belles statues. Ces sujets, qui mettaient en avant leurs plus belles qualités, tout en gardant leurs problèmes intimes pour eux.

Les artistes qui choisissaient de ne représenter que les traits idéaux, ignorant par exemple les doubles mentons, les cicatrices, les rides. Et, en procédant ainsi, ces hommes d'un immense talent avaient effacé tout ce qui rendait unique chacun de leurs modèles.

Tout ce qui restait, c'était le sentiment de leur puissance. Cette approche paraissait autrefois tout à fait logique à Catherine. Mais plus maintenant.

« Je suis ma propre artiste », dit-elle à haute voix. Pendant toutes ces années où elle s'était concentrée pour être parfaite, parfaite, parfaite, elle avait essayé de cacher Catherine, la femme. Encore et toujours : elle faisait toujours la même chose. Et, contrairement à ces beaux visages, en agissant ainsi, elle avait perdu tout pouvoir et toute estime pour elle-même.

Il est temps d'essayer un nouveau modèle, se dit-elle sans parler tout haut cette fois. Elle n'avait pas été amoureuse de Nathan, elle le savait. Elle était tombée amoureuse de l'idée de vivre la vie enchantée d'Anita. De recevoir en prime une famille toute faite dans un beau paquet-cadeau. De savoir, sans le moindre doute, qu'elle avait une place.

Mais elle avait toujours eu une place. Auprès d'elle-même. Elle avait juste oublié.

« Merci, Jules. Tu m'as été d'une grande aide, dit-elle à la statue sans prêter attention aux visiteurs qui faisaient un grand détour pour ne pas s'approcher de la femme qui parlait aux œuvres d'art. Je te paierai un coup quand je te verrai à Rome. »

21

Le vol pour Rome avait été un véritable miracle. Ginger voulait faire exactement comme Dakota : rester assise calmement, parler à voix basse et siroter son jus de fruits doucement.

« Si on discutait », dit la petite fille de cinq ans et demi à Dakota qui était assise à sa droite. Ginger était installée sur le siège du milieu, entre sa mère et sa nouvelle meilleure amie.

« Excellente idée, approuva Dakota qui fouilla dans son sac à dos et en sortit un catalogue *American Girl*. Parlons des poupées que nous aimons et expliquons pourquoi nous les aimons », dit-elle. Ginger hocha énergiquement la tête, et Lucy, ravie d'avoir persévéré avec James, s'empressa de sortir un repose-tête douillet et sombra dans un sommeil profond. Elle était tellement épuisée qu'elle n'entendit même pas les rires de Ginger et Dakota qui s'amusaient de ses ronflements.

Leur arrivée à l'aéroport de Rome fut moins glorieuse lorsqu'elles découvrirent que leurs bagages avaient été expédiés inexplicablement à Chicago.

« Ils vont bientôt arriver », dit un homme équipé d'un bloc-notes. Il avait un fort accent italien lorsqu'il parlait anglais.

« Quand ? demanda Lucy avec fermeté.

— Demain, peut-être, dit l'homme avant d'ajouter : ou après-demain.

— Tu avais dit que Polly serait en sécurité, dit Ginger d'un ton accusateur tout en pointant son doigt potelé sur sa mère.

— Un jouet », dit Lucy à Dakota en guise d'explication avant de préciser à sa fille que Polly et ses copains avaient tout simplement pris un vol plus long.

« Tout va bien se passer, dit Dakota. J'ai un t-shirt en plus dans mon sac à dos. Tu pourras le porter. »

Ginger oublia instantanément tous ses soucis concernant son sac de jouets.

Elles prirent leurs bagages à main et Sucre d'orge, le doudou de Ginger, seul membre de la communauté des jouets autorisé à voyager avec les personnes, puis elles passèrent la douane et se frayèrent un chemin pour rejoindre la voiture qui allait les emmener à l'hôtel V de Rome, récemment réaménagé. James avait insisté pour que Lucy, Dakota et Ginger logent dans cet établissement.

C'était l'une des nombreuses conditions qu'il avait imposées. Mais Lucy était tout à fait satisfaite de ce logement. En revanche, frustrée par l'attitude de son père qui avait tout fait pour s'immiscer dans son aventure, Dakota avait été beaucoup moins enthousiaste. Elle se disait qu'il continuerait à la poursuivre autour du monde jusqu'à ses trente ans.

« Nécessité fait loi. » Telle avait été la réponse de

Catherine aux supplications de Dakota pour qu'elle empêche James de se joindre au voyage. « Il y a pire que de travailler dans le bureau de développement international des hôtels V en Italie. Ton père est un homme talentueux et tu verras qu'au bout du compte tu auras appris, malgré toi, quelque chose. »

Catherine avait vraiment été enquiquinante ces derniers temps. Il était presque impossible de discuter avec elle. Elle paraissait inaccessible.

Pourtant, Dakota fut enchantée par sa première vision de la campagne italienne tandis que la petite voiture qui les emportait roulait sur l'autoroute en direction de Rome.

« J'adore découvrir de nouveaux endroits ! s'écria Dakota en regardant par la vitre du véhicule.

— Moi aussi », dit Ginger qui prit la main de Lucy d'un air absent.

La voiture atteignit rapidement la ville, et les filles regardèrent les boutiques et les bâtiments défiler devant leurs yeux, les gens qui se promenaient sur les trottoirs, qui choisissaient des fruits, qui parlaient dans leur téléphone portable. C'était exactement comme à New York sauf que c'était complètement différent.

« Même les vieilles dames sont à la mode ! s'exclama Dakota qui tourna la tête pour pouvoir regarder par l'autre vitre.

— Ouais, dit Ginger avec enthousiasme. Elles sont belles, ces dames. »

Le taxi entra dans la vieille ville par l'une des portes ouvertes dans les remparts en pierres brunes et en briques, remarquablement bien conservés.

« Vous n'entendez pas les pas des centurions qui avancent sur la ville ? demanda Dakota.

— C'est juste un scooter au loin, dit le chauffeur de taxi en riant. L'énergie de Rome va conquérir votre cœur. Vous allez aimer.

— Ô mon Dieu ! » dit Dakota en guise de réponse. Les grandes arches du Colisée se dressaient devant eux, encore plus impressionnantes que ce qu'elle avait pu voir à la télévision.

« C'est là tout près, sur le côté de la route.

— Ouais, approuva Ginger, regarde, maman. »

La voiture continuait à se faufiler à travers la circulation – ils n'avaient pas le temps de s'arrêter, ni la place pour le faire –, mais Dakota n'entendait plus ni les klaxons ni le bruit de la ville alors qu'elle regardait autour d'elle bouche bée. De chaque côté de la rue se trouvaient des colonnes qui avaient autrefois soutenu des bâtiments et qui se dressaient maintenant, majestueuses et seules, vestiges d'une époque révolue.

« C'est vraiment… réel, dit Dakota. Le passé est présent, là tout près. Ce sont des gens. On dirait des fantômes. »

Même son voyage en Écosse et la visite de ses châteaux n'avaient pas procuré à Dakota la même sensation. Elle se sentait presque intimidée comme elle ne l'avait jamais été auparavant. Les acteurs romains des temps modernes déguisés en gladiateurs et occupés à se faire photographier avec les touristes ne parvinrent pas à ternir la joie de Dakota devant les vestiges de cette ancienne civilisation. Un monde qui avait laissé derrière lui des traces, des preuves de son existence. « Regardez-nous, semblaient dire les ruines. Nous étions là. Tout cela nous appartenait. Et maintenant nous sommes partis. Tout disparaît. Tout reste. »

Finalement, c'était une ville qui comprenait son âme.

« Dakota pleure, elle n'aime pas Rome, dit Ginger à Lucy avec beaucoup d'assurance.

— Tu plaisantes ? » Dakota tendit le bras et caressa la tête de Ginger. « J'adore, au contraire.

— Moi aussi ! » cria Ginger, ce qui leur valut un regard sévère du chauffeur tandis qu'ils s'approchaient de l'hôtel V.

Dakota savait que l'été allait être consacré à la découverte. Chaque seconde passée révélait quelque chose de nouveau et de merveilleux. Et elle n'était encore même pas sortie de la voiture !

Elle n'avait aucune idée de ce qu'elle recherchait. Mais elle allait le trouver ici, à Rome. Elle le savait, c'est tout.

Aller à l'hôtel, se présenter à la réception, prendre l'ascenseur jusqu'à leur suite – une chambre pour Lucy et Ginger, une chambre pour Dakota – et commander un plateau pour le petit-déjeuner, voilà qui suffisait amplement pour une journée… déclara Lucy. Ginger était presque comateuse sur le canapé. Elle luttait pour garder les yeux ouverts et écouter Dakota qui continuait de son côté à parler du Colisée.

« Et tu n'es même pas encore allée à l'intérieur, fit remarquer Lucy.

— Je sais ! cria Dakota avant de baisser un peu la

voix. Si c'est aussi cool de la rue, j'imagine ce que ça va être quand je vais entrer à l'intérieur.

— Nous verrons tout ce qu'il y a à voir, je te le promets, dit Lucy. Nous visiterons des sites ensemble, tu pourras aussi en voir pendant ton temps libre. Mais, pour le moment, allons dormir un peu.

— Non », marmonna Ginger par habitude. Elle pouvait à peine garder les yeux ouverts. Lucy la couvrit avec une couverture, s'assura que la porte était bien fermée à clé, alla dans sa chambre et prit une longue douche chaude – elle se sentait toujours crasseuse après un voyage en avion – avant de se laisser tomber sur ses oreillers et de s'endormir.

Lorsqu'elle ouvrit les yeux, il faisait sombre dans la pièce. Et lorsqu'elle ouvrit les stores, il faisait sombre à l'extérieur. Elle s'habilla rapidement et se hasarda dans la salle de séjour. Ginger, qui serrait Sucre d'orge dans ses bras, ne broncha pas. Et les quelques coups frappés à la porte de Dakota restèrent sans réponse. Elle alla chercher son téléphone portable universel et consulta l'heure : 1 h 45 du matin. Avaient-elles vraiment dormi pendant dix heures ? Waouh ! Elle n'avait pas réalisé qu'elles étaient épuisées à ce point. Elle prit Ginger, la porta jusque dans sa chambre, la déshabilla et glissa son bébé et Sucre d'orge sous les couvertures. J'aurais dû apporter des protège-tibias, se dit-elle quand elle repensa aux coups de pied que donnait Ginger dans son sommeil. Puis elle se mit au lit à côté de sa fille et s'endormit rapidement.

Lorsqu'elle se réveilla de nouveau, il faisait toujours noir. Non. Encore plus noir. Il n'y avait aucune lumière. Les stores remplissaient leur fonction très efficacement et ne laissaient rien filtrer. Il manquait quelque chose dans la pièce. Il n'y avait pas de radio-réveil avec des chiffres rouges qui brillaient. C'était ça. Lucy se sentait quelque peu désorientée ; elle avait soif, faim aussi. Elle se dirigea en titubant vers la partie séjour de la suite, juste au moment où Dakota sortait de sa chambre, vêtue d'un long t-shirt.

« Quelle heure est-il ? demanda-t-elle en se frottant les yeux et en bâillant.

— Franchement, je n'en ai pas la moindre idée, dit Lucy, qui prit son téléphone pour appeler la réception. Dakota attendit pendant qu'elle demandait l'heure. Lucy raccrocha.

« Il est 2 h 45 du matin, dit-elle à Dakota. Pourtant, je te jure que je me suis levée à cette heure-là exactement, il y a de cela des… heures.

— Nous avons dormi jusqu'au beau milieu de la nuit ?

— Ouais », dit Lucy en fouillant dans son sac dont elle sortit son téléphone portable pour consulter l'heure : il semblait penser qu'il était 9 h 45. « Oh ! mince, dit-elle. J'aurais pu nous réveiller à une heure normale, mais l'horloge interne de mon téléphone n'a pas fonctionné. Nous avons donc officiellement passé notre première journée à Rome à dormir.

— Je meurs de faim, dit Dakota. On peut se servir sans limites dans le minibar ?

— Oui, pour ce soir, dit Lucy. Allons le dévaliser et manger toutes les barres chocolatées et tous les gâteaux hors de prix que nous pourrons trouver.

— On réveille Ginger ? demanda Dakota.

— Oh ! Dakota ! Surtout pas ! dit Lucy. Je vois que tu as encore beaucoup à apprendre. »

Trois billets en première classe. C'est ce qu'avait acheté Catherine, le lundi matin. Un pour elle et les deux autres pour le jeune couple avec les énormes sacs à dos qui attendait à la gare.

« Pourquoi ? demandèrent-ils vraiment confus lorsqu'elle leur tendit les billets.

— Parce que je ne l'avais encore jamais fait », dit-elle plutôt satisfaite d'elle. Elle n'avait pris ni livre ni magazine pour son voyage en train à destination de Rome. Elle allait donc s'asseoir seule pendant quelques instants et regarder par la fenêtre. Puis elle utiliserait ses quelques unités de téléphone très chères et appellerait quelqu'un qu'elle n'avait jamais pris le temps d'apprendre à connaître : KC. La seule personne qui, dans sa vision, n'avait pas paru horrifiée par le fiasco Nathan. Catherine soupçonnait qu'elles avaient en fait beaucoup de points communs.

Ensuite, elle allait manger un délicieux sandwich, style panini, aux tomates séchées et au poulet, sans se soucier que des miettes tombent sur son chemisier en soie rose et sa jupe crème, et elle n'allait pas se limiter à la moitié du sandwich même s'il devait aller sur ses hanches.

Catherine s'installa à sa place, mit ses lunettes de soleil, prête à se laisser éblouir par la campagne italienne verdoyante.

Après avoir passé une heure à admirer toutes les belles maisons qu'elle pouvait voir, elle composa le numéro de KC au bureau. C'était presque la fin de la journée de travail.

« KC Silverman, dit une voix tonitruante avec un fort parfum de New York.

— KC, c'est Catherine, dit-elle. Catherine Anderson.

— Oh ! voilà qui est plutôt inhabituel, dit KC qui ne se retenait jamais de dire ce qu'elle pensait. Quelque chose ne va pas ? On t'a jetée en prison ? Laisse-moi te dire que je ne m'occupe pas des affaires pénales. Je m'occupe de contrats.

— Non, je voulais juste te dire bonjour, dit Catherine.

— Eh bien, c'est adorable, dit KC d'une voix égale. En quel honneur ?

— Je n'ai pas de raison précise.

— En cinq ans, tu ne m'as jamais parlé en dehors des réunions du Club. Tu vois Lucy, tu passes à la boutique, tu as des liens avec Anita et Dakota. Je parie que tu vois même Darwin. Mais tu ne m'as jamais téléphoné auparavant. »

Catherine ne dit rien d'abord ; elle réfléchissait à la conduite à suivre. Elle pourrait rendre KC responsable de la situation, lui dire qu'elle ne s'était pas spécialement montrée amicale avec elle. Elle pourrait faire aussi comme si la communication avait été interrompue parce qu'elle n'avait plus de réseau. Ça serait plus facile. Mais, finalement, elle décida d'assumer sa vraie personnalité et d'être franche.

« Tu as raison, reconnut-elle. C'est marrant : on peut fréquenter un cercle d'amies sans être proche de certaines personnes du groupe. Je ne te connaissais pas vraiment et je n'ai rien fait pour y remédier.

— Tu n'es pas la seule responsable », dit KC d'un ton plus calme. Chien qui aboie ne mord pas. « Je pense que tu es du genre bégueule en tout cas.

— Oh ! » La voix blessée de Catherine traversa l'océan avec un léger décalage de dix secondes.

« Allons, ne te formalise pas, dit KC. Tu as aussi le sens de l'humour.

— N'est-ce pas ? approuva Catherine avec enthousiasme.

— Catherine, il s'est passé quelque chose ? Il t'est arrivé quelque chose, je veux dire ? Et je suis sérieuse à présent. Cet appel est si inattendu. Je veux que tu saches que tu peux me parler.

— C'est bien pour ça que j'appelle, dit Catherine. J'ai un mauvais coup de blues postrupture. Mais je voulais parler en femme célibataire triomphante à une autre femme célibataire triomphante.

— Suis-je triomphante ? demanda KC. Je n'étais pas au courant. Mais, la plupart du temps, je me sens bien dans ma peau. Je pense que ça pourrait être mieux encore.

— Je passe beaucoup de temps à faire semblant, dit Catherine. Les gens me prennent-ils au sérieux ? Je me demande.

— Tu peux être un peu… difficile à cerner.

— KC, tu as dit à la *baby shower* de Darwin que nous étions pareilles parce que nous ne voulions pas d'enfants », dit Catherine légèrement embarrassée. Mais puisqu'elle avait décidé de s'ouvrir à KC, autant aller jusqu'au bout. « Mais la vérité, c'est que je n'ai tout simplement pas d'enfant. Pas que je n'en voulais pas.

— Voilà quelque chose de nouveau pour moi, dit KC. Mais pourquoi est-ce que tu me dis ça ?

— Je me le dis à moi-même, dit Catherine. Mais la dernière fois que j'ai mis les choses au clair, on m'a lancé de drôles de regards. » Elle rit.

« Je suppose que je pensais que tu comprendrais, ajouta-t-elle.

— Parce que mon heure est passée et tu te demandes si j'ai des regrets ? demanda KC.

— En quelque sorte », dit Catherine. Puis : « Oui.

— Je changerais sûrement beaucoup de choses, mais certaines personnes ne sont pas faites pour être mères et d'autres n'ont pas besoin de le devenir, dit KC. Je fais partie de la dernière catégorie. Le fait de ne pas avoir d'enfants ne me pèse pas.

— Alors, tout marche comme sur des roulettes pour toi ?

— Pas vraiment, dit KC. J'ai fait des erreurs.

— Quel genre d'erreurs ?

— Qu'est-ce que c'est ? Je participe à une émission d'Oprah Winter à distance ou quoi ? » KC soupira, puis se laissa fléchir. « J'ai sacrifié ma vie à ma carrière quand j'étais éditrice. Et quand j'ai été renvoyée, il y a quelques années, j'étais complètement perdue.

— Comme lorsque j'ai quitté mon mari, dit Catherine.

— Un peu, dit KC. Seulement, toi, tu as fait un choix. Alors que, dans mon cas, ce sont les autres qui ont fait ce choix pour moi. Mais, au bout du compte, nous avons toutes deux dû réinventer. Dorénavant, je consacre la plupart de mon énergie à moi-même. Ma carrière de juriste est stimulante d'un point de vue intellectuel, mais elle ne me définit pas.

— Je suis toujours à la recherche de ce qui me définit, dit Catherine. J'ai pris mon indépendance, mais tout semble tourner autour de moi. Je suis complètement égocentrique.

— Nous avons toutes remarqué.

— Eh bien, j'en ai assez.

— La nécessité est mère de réinvention. Alors, tu vois ? Nous sommes des mères, après tout.

— Je regarde par la fenêtre et il y a une femme un peu corpulente qui étend son linge, dit Catherine. Ça paraît si merveilleux. Parfois, j'aimerais savoir de quoi chaque jour va être fait.

— Tu le sais, dit KC. Chaque jour t'apporte de nouvelles questions. Et d'ailleurs, j'espère que tu ne vas pas nous faire le coup du « retour à la terre et à la nature ».

— Non, c'est juste que…

— Le syndrome de l'herbe qui devient de plus en plus verte ne connaît pas de frontières apparemment, dit KC. Ne t'envoie pas des fleurs en pensant que les défis que tu as à relever sont plus complexes que ceux de la femme qui étend son linge. Tu ne connais pas son histoire. Elle ne connaît pas la tienne.

— Tu sembles différente, hors contexte, dit Catherine. Plus subtile. Je suis bien contente d'avoir appelé.

— Oh non ! tu ne vas pas faire ça, dit KC.

— Faire quoi ?

— M'appeler pour me soutirer des conseils et ne rien donner en retour. Tu étais sur le point de raccrocher alors que tu viens de me dire que tu essaies de ne plus tout rapporter à toi.

— Oh ! dit Catherine. Tu as raison, je suis désolée.

— Alors, je vais bien, merci de me l'avoir demandé, dit KC avant d'avoir une quinte de toux.

— Tu n'as pas l'air d'aller si bien, dit Catherine d'un ton hésitant.

— C'est vrai, dit KC. Je n'arrive plus à m'arrêter avec ces cigarettes. Ça paraît ridicule, mais ça a commencé comme une plaisanterie, quelque chose qui me donnerait la sensation d'être jeune. Et maintenant, je suis à cran si je n'ai pas une cigarette dans la main. Le livre que m'a conseillé Anita n'a pas fait grand-chose pour arrêter mon désir insatiable de fumer.

— Je sais ce que tu pourrais faire, dit Catherine.

— Je sais, Anita avait la même idée. J'en suis à mon huitième torchon.

— Quoi ? J'allais te suggérer de prendre un chien, dit Catherine. Tu as trouvé un job de plongeuse ?

— Non, je tricote, bécasse, dit KC. Je suis allée dans une boutique à Soho pour m'acheter du fil à tricoter.

— Tu n'es même pas allée chez Walker & Fille ? » Catherine ne put s'empêcher de sourire.

« Pour que Peri soit au courant ? dit KC d'un ton bourru. J'ai passé des années à afficher une attitude de non-adepte du tricot. » Elle s'interrompit quelques secondes.

« En plus, elle ne m'autorise pas à entrer dans la

boutique tant que je ne suis pas allée en haut dans son appartement pour enlever mon manteau, poser mon sac et parfois même enfiler une tenue de jogging. C'est une vraie plaie depuis qu'Anita a embarqué sur le bateau.

— Peri essaie juste de te faire arrêter de fumer, dit Catherine. Et de protéger ses sacs.

— Je sais, dit KC. Le problème, c'est que ça ne marche pas. D'autres suggestions ?

— Autres que le chien ? Le tricot ? Arrêter brutalement, d'un seul coup ? demanda Catherine. Oui. Mâche ces chewing-gums à la nicotine. Prends des cours de yoga. Va voir Peri et dis-lui que tu as besoin de son soutien et pas seulement de sa liste de restrictions.

— Je vais considérer tes conseils avec le plus grand soin, dit KC.

— Sinon, je crois que tout ce qu'il nous reste, c'est de travailler à corriger ce qui ne va pas, dit Catherine avant de prendre congé et de mordre dans le délicieux sandwich. Et de travailler encore plus. »

22

Dakota avait emporté un tailleur à la demande de son père, une jupe et une veste en lin mélangé, et le porta pour sa première demi-journée au bureau.

« Salut, papa, dit-elle lorsqu'il se présenta à la porte de la suite. Ou dois-je t'appeler monsieur Foster ?

— Papa fera l'affaire, dit James. Si tu laisses tomber ce ton sarcastique. »

Ils descendirent tous deux le couloir pour prendre l'ascenseur. Ils firent le trajet en silence avec un groupe de voyageurs qui regardaient leur plan de la ville tout en bavardant. Dakota envia leur temps libre.

« J'aurais préféré aller visiter les monuments, dit-elle.

— Ce n'est pas de ma faute si tu as dormi pendant toute une journée, dit James d'un ton taquin en passant son bras autour de son épaule. Tu auras de nombreuses occasions de flâner dans la ville. Mais, pour l'instant, je veux que tu viennes avec moi et que tu rencontres le personnel de l'hôtel.

— Pour que je leur demande si le café leur convient ? » dit Dakota en plaisantant. James lui avait déjà expliqué qu'elle consacrerait ses journées à prendre des notes pendant ses réunions et à d'autres tâches encore plus ennuyeuses. « C'est un bon moyen pour toi de te faire une idée du fonctionnement d'une entreprise. Tu pourras voir aussi comment les gens travaillent ensemble dans différents environnements. » Pour combler le tout, elle aurait du classement (très palpitant !) à faire et, plus tard, à rédiger un rapport dont le sujet précis restait à déterminer.

« Tu auras un projet, ne t'inquiète pas, dit James. Mais mettons-nous au travail, nous n'en sommes pas encore là. »

Un bon plan, vraiment. De plus, elle ne devait travailler au bureau que lorsqu'elle n'avait pas à s'occuper de Ginger. Lucy avait la matinée libre et, lorsque Dakota quitta la suite, elle faisait de son mieux pour convaincre Ginger qu'elle pourrait survivre à quelques heures loin de sa baby-sitter préférée. Et même si elle n'était pas vraiment ravie de travailler avec son père, Dakota se réjouissait de ne pas avoir à s'occuper de la petite fille de cinq ans et demi pendant la matinée. De plus, il y avait quelque chose d'étrangement agréable dans la façon dont son père la présentait à tout le monde. Il était visiblement très enthousiaste.

« … et voici ma fille, Dakota », dit-il pour la énième fois tandis qu'ils traversaient différents services. Ils arrivèrent enfin au premier étage de l'hôtel qui semblait abriter plusieurs bureaux.

« Nous travaillerons ici, dit James en la faisant entrer dans une grande pièce avec deux bureaux.

— Dans la même pièce ? demanda Dakota avant d'ajouter d'un ton qui se voulait professionnel : C'est parfait. »

Le visage de James s'illumina. « C'est super, n'est-ce pas ? dit-il. Nous n'avons pas passé de temps tous les deux depuis que tu es allée t'installer sur le campus. Certains jours, nous pourrons même déjeuner ensemble avant de partir travailler. » Il semblait si content que Dakota ne voulut pas lui rappeler qu'elle n'allait travailler avec lui qu'une ou deux fois par semaine au grand maximum.

« Bonne idée, papa », dit-elle.

James claqua des doigts. « Je sais ce qu'on va faire, dit-il. C'est l'un des avantages d'avoir un hôtel à sa disposition. Allons chercher un cappuccino et des biscottes directement auprès du chef cuisinier. »

De tous les endroits captivants que Dakota avait vus jusqu'à présent – l'extérieur du Colisée, le château d'Édimbourg, le cottage de son arrière-grand-mère à Thornhill, la maison de sa grand-mère Lillian à Baltimore, la ferme de ses grands-parents en Pennsylvanie –, aucun ne lui paraissait plus attrayant qu'une simple cuisine de restaurant en pleine effervescence.

Elle pourrait peut-être même rencontrer un vrai chef pâtissier, occupé à battre les œufs et à incorporer la crème. Elle pourrait lui demander si elle pouvait rester et l'observer, et pourquoi pas prendre une cuillère et goûter.

« Je suis bien habillée ? Bien coiffée ? demanda-t-elle tandis que son père la regardait d'un air interrogateur.

— Aussi bien qu'il y a cinq minutes, dit-il. Et il me semble t'avoir dit que tu étais superbe.

— Très bien, dit Dakota. Merci, papa. »

Ils étaient sur le point de partir lorsqu'un membre du personnel frappa à la porte ouverte et demanda à son père de regarder quelques documents. Elle vit la façon dont l'employé gigotait ; il était à l'évidence un peu nerveux en présence de James. Peut-être Catherine avait-elle vu juste : son père était très considéré par ici.

« Nous irons plus tard, Dakota, dit-il en s'asseyant à son bureau, les documents à la main. Tu pourrais t'asseoir, jouer un peu avec l'ordinateur pour t'habituer avant que nous n'allions à la réunion de projet à 11 heures.

— D'accord, papa », dit-elle en veillant à ce que sa voix ou son attitude ne trahissent pas sa déception. Son père pouvait être agaçant, c'était vrai, mais il était difficile de lui en vouloir alors qu'il semblait si content de l'avoir à ses côtés. Il fallait bien reconnaître ça à son père : il était sincèrement heureux de passer du temps avec elle. Si seulement elle pouvait mettre en bouteille un peu de cet enthousiasme et nourrir en douce Andrew Doyle avec quand elle retournerait à l'université !

Le train arriva à Rome en début d'après-midi, mais Catherine avait passé la dernière heure à dormir, bercée par le mouvement incessant et régulier. Elle n'avait que très peu de bagages avec elle, car elle avait fait envoyer la plupart de ses affaires directement à Rome. Elle avait aussi la sacoche d'ordinateur qu'elle avait achetée à Peri. Elle avait trouvé l'énergie, dans le train, d'ajouter quelques pages à son thriller *Les morts ne se remarient pas*.

Elle avait introduit un nouveau personnage, appelé Nathan, qui connut lui aussi une mort prématurée. C'est bien mieux, pensa-t-elle, s'éveillant complètement lorsque le train s'arrêta.

Elle ferma son ordinateur, le rangea, prit ses sacs et quitta le quai d'un pas nonchalant pour rejoindre le hall de la gare aux plafonds hauts. Un nombre impressionnant de taxis attendaient juste devant le bâtiment à la façade vitrée, et Catherine se dirigea vers eux d'un pas confiant.

« Non, dit un chauffeur tandis qu'elle s'approchait de lui.

— Pardon ?

— Pas de travail », dit-il.

Confuse, elle tenta sa chance auprès du taxi d'à côté ; elle aurait peut-être plus de succès, pensa-t-elle.

L'homme leva les bras. « *Sciopero*, dit-il.

— Vous pouvez répéter ? » demanda Catherine alors que le jeune couple aux sacs à dos dont elle avait payé les billets passait près d'elle.

« C'est la grève, dit l'homme. Les taxis ne travaillent pas aujourd'hui.

— Oh ! » dit Catherine qui ne savait pas comment elle allait se rendre à l'hôtel V. Elle se dit qu'elle pourrait appeler James pour lui demander d'envoyer une voiture. Ou elle pourrait y aller à pinces, en portant ses sacs. Elle fit quelques pas pour tenter de se rendre compte si elle était capable de marcher plusieurs kilomètres sur ses nu-pieds à talons. Pas idéal, se dit-elle.

Elle scruta les abords de la gare jusqu'à ce que son regard se porte sur une rangée de scooters, dont certains étaient occupés par leurs conducteurs qui montaient dessus ou en descendaient, et d'autres seuls, attendant le retour de leurs propriétaires. Le commentaire de Dakota à propos des vespas (elle voulait en conduire une au moins une fois) lui revint en mémoire.

« *Scusi* », dit-elle à un conducteur équipé d'un casque qui se tenait près d'une vespa rouge. Il était visiblement sur le départ. Elle agita un billet de cinquante euros devant elle et fit comme si elle allait monter sur le scooter.

Le chauffeur se contenta de hausser les épaules. « OK », dit-elle. C'était une femme. Catherine sourit. Et toc ! Elle n'avait pas besoin d'un homme pour venir à sa rescousse, pensa-t-elle tandis qu'elle posait son sac sur le porte-bagages. Elle allait se hisser sur le scooter, son ordinateur portable à la main, et rejoindre sa destination à bord d'une vespa avec un équipage exclusivement féminin.

L'hôtel V était grand, mais pas disproportionné par rapport à son environnement. Il y avait beaucoup de vitres et de nombreux étages qui montaient vers le ciel. Catherine descendit du scooter, paya l'ersatz de chauffeur et entra sans se presser dans le hall. Cela faisait longtemps qu'elle ne s'était pas sentie aussi bien. Un court passage dans les rues de Rome – un peu sales, il est vrai, mais les gens ici avaient construit leurs maisons pour l'éternité –, et Catherine avait absorbé l'énergie et la vitalité de la ville. Ce n'était certes pas la première fois qu'elle venait à Rome, mais la cité n'avait jamais paru offrir autant de possibilités.

Elle avait l'impression que la ville elle-même la nourrissait tandis qu'elle passait en scooter devant la colonne Trajane et Santa Maria di Loreto, une petite église compacte surmontée d'un dôme, l'un des endroits où elle aimait s'asseoir et réfléchir après un long après-midi de marche.

Pour une raison qui lui échappait, il paraissait beaucoup plus facile d'arpenter les rues de Rome en talons, comme toutes les femmes ici avec leurs talons aiguilles, que celles de New York. Et à présent, elle était là. Rétablie. Reposée. Prête à voir ses amis.

Sa chambre était prête comme prévu, et il y avait une immense corbeille remplie de fruits, de chocolats et ce qui ressemblait à plusieurs bouteilles de vin sur la table en marbre juste à côté de la porte. La suite était spacieuse, dans des tons crème et dorés, avec un joli coin séjour et une chambre à sa droite. Elle vit un grand bouquet de fleurs sur la table de nuit.

Et, alors que la ville était connue pour les minuscules salles de bains de ses hôtels, il suffit à Catherine de jeter un coup d'œil dans la sienne pour se rendre compte que le confort américain ne lui manquerait pas. En effet, la pièce était dotée d'une grande baignoire et d'une douche séparée.

Les hôtels V rendaient à l'évidence la vie plus facile, grâce au design avisé de James Foster. Dès qu'elle put se défaire de sa jupe et de son corsage, Catherine se mit sous un jet d'eau bien chaude, et elle testa le savon fourni par l'hôtel, car elle n'avait même pas pris la peine de regarder dans son sac avant d'entrer dans la douche. Elle avait très envie de chanter, mais elle se retint. Elle voulait d'abord se faire une idée de l'épaisseur des murs. Inutile de tourmenter les voisins, pensa-t-elle tandis qu'elle ouvrait une savonnette.

Elle n'était pas entièrement guérie, elle le savait. Elle sentait qu'il fallait qu'elle reste active, qu'elle se couche le plus tard possible pour ne pas risquer de sombrer dans la morosité ou de s'apitoyer sur elle-même en repensant au fiasco avec Nathan. Catherine sentait ses émotions la tourmenter. Mais elle n'allait pas capituler. Elle était plus résistante que ça. Elle le savait.

Une heure et demie plus tard, vêtue d'une robe noire sans manches infroissable qu'elle emportait toujours dans son bagage à main, les cheveux secs, remaquillée, quoique très légèrement, Catherine était prête à retrouver ses amis autour d'un verre de vin. Elle réalisa qu'elle n'était séparée de Dakota que depuis quelques jours et déjà sa présence lui manquait.

C'était peut-être un signe aussi, pensa-t-elle. Personne ne lui avait envoyé de SMS depuis des jours. Elle se réjouissait même de revoir la petite Ginger. Le signal extérieur qu'elle avait attendu pour savoir si elle était bel et bien intégrée relevait peut-être plutôt d'un processus intérieur : il ne s'agissait pas tant des sentiments qu'avaient ses amis à son égard que des siens à leur égard.

Catherine jeta un coup d'œil dans la corbeille et ouvrit un chocolat, un seul, puis le laissa fondre dans sa bouche tout en cherchant la carte. Les fleurs dans sa chambre étaient de James et de Dakota. Elles étaient accompagnées d'un mot l'invitant à passer boire un verre dans la suite de Lucy à 20 heures. Alors, qui lui avait envoyé ce présent ?

Bienvenue à Rome. Avec les compliments du vignoble Cara Mia. Marco Toscano.

Marco ! Bien sûr. Son exportateur de vin préféré : celui à la voix douce et aux conversations téléphoniques taquines. Même si Catherine avait prévu à l'origine d'aller visiter le vignoble, le fait est qu'elle s'était déjà engagée à vendre le vin. Il n'était donc pas nécessaire qu'elle fasse le voyage. De toute évidence, pourtant, Marco craignait que le manque d'intérêt de Catherine pour son exploitation familiale ne cache autre chose. Une crise de confiance peut-être. Eh bien, de ce côté-là, il avait raison, mais cela n'avait rien à voir avec le travail.

Catherine ramassa une poignée de chocolats, prit deux bouteilles de vin sous son bras, puis se dirigea vers l'ascenseur pour se rendre dans la suite de Lucy.

« Ô mon Dieu », dit Dakota à voix basse lorsqu'elle ouvrit la porte et vit Catherine. Elle se glissa ensuite dans le couloir. « Isabella est là ! Tu sais, la chanteuse ? » Elle parlait toujours à voix basse et regardait à droite et à gauche comme si elle était à la tête d'une mission d'espionnage.

« Salut à toi aussi, lui dit Catherine en lui tendant les bouteilles de vin.

— Oui, bisou, bisou, câlin, câlin, dit Dakota en levant les yeux au ciel.

— Depuis quand est-ce que tu t'intéresses aux pop stars italiennes ?

— Depuis qu'elle est assise dans notre salon, répondit Dakota tout excitée. De plus, elle a sorti un album en anglais. Elle était aux Grammys l'année dernière ! Elle a brisé le mariage de ces stars de cinéma, tu sais ? » Dakota attendit vainement que ça fasse tilt. Mais Catherine ne réagit pas.

Dakota soupira, essaya de réexpliquer pourquoi Isabella était aussi intéressante pour une étudiante à l'université de New York. Au bout de quelques minutes, elle fronça les sourcils. « Tu as l'air différente. Ta peau est plus lisse, non ? Tu n'as pas changé quelque chose à tes cheveux ? Ils paraissent moins apprêtés ? Mais nous n'avons pas le temps de parler de secrets de beauté maintenant, Catherine ! » Catherine n'avait pas dit un mot pendant que Dakota jacassait et parlait de stars de cinéma, de chanteurs et du magazine *People*. On aurait dit que Dakota ne lui avait pas parlé depuis des mois, elle avait tellement de choses à raconter.

« Et alors maintenant, Isabella est dans la pièce d'à côté avec à peu près huit millions de personnes de son entourage et elle vient de complimenter ma tenue. »

Catherine resta silencieuse pendant qu'elle examinait ce que Dakota portait : une tunique rouge tricotée dans un mélange de cachemire léger avec une série de torsades qui s'enchevêtraient devant. La bande en bas de la tunique tombait juste sous ses fesses et effleurait le haut de ses cuisses.

« Tu portes un caleçon ce soir à ce que je vois, dit Catherine. Ce n'est pas le pull que tu as tricoté quand tu étais en terminale ?

— Exactement, dit Dakota. Je l'ai transformé en robe. Cool, n'est-ce pas ? Isabella veut exactement le même. Elle fait du trente-quatre. Tout le monde a l'air gros à côté d'elle, même toi.

— Tu nous fais un numéro de charme ce soir, n'est-ce pas ? demanda Catherine. Dois-je vraiment prendre part à cette fantaisie ? Je ne savais pas qu'il s'agissait d'une véritable fête.

— La fête n'aura lieu que plus tard sur la terrasse du toit. Mais Isabella et son manager sont venus pour régler quelques détails avec Lucy. Le tournage commence demain.

— James est là ?

— Je croyais que tu venais de voir ma tenue ? dit Dakota. Je ne serais certainement pas habillée comme ça. Il travaille tard. Il y a un problème à Singapour.

— Tu n'es pas censée savoir ce qui se passe ?

— Ce ne sont pas les stagiaires qui tiennent les rênes, Catherine, dit Dakota. Mon travail se limite à prendre des notes et à faire du classement.

— Tu as travaillé combien de jours depuis ton arrivée ?

— J'ai travaillé aujourd'hui, pratiquement toute la journée. Alors, jusqu'à maintenant je n'ai vu la ville que depuis la voiture. »

Spontanément, Catherine prit Dakota dans ses bras et la serra bien fort contre elle tout en prenant garde aux chocolats qu'elle tenait à la main et aux bouteilles de vin qu'elle lui avait données.

« C'est vraiment dur d'avoir dix-huit ans et d'être coincée avec un job d'été sur les bras dans la ville la plus glorieuse du monde, dit Catherine en imitant le ton de Dakota.

— En fait, ce n'est pas si mal que ça », dit Dakota en haletant. Elle regarda par-dessus son épaule d'un côté et de l'autre avant de dire d'une voix plus basse : « J'ai rencontré le chef. »

Elle attendit la réaction de Catherine qui aurait dû exprimer sa stupéfaction.

« C'est bien, dit Catherine. Tu sais, tu m'as vraiment manqué. Mais si ton père te voit dans cette robe – je ne dis pas qu'elle ne te va pas bien – je ne vais pas endosser la responsabilité si tu essaies de lui faire croire que c'est moi qui t'ai suggéré de porter ça. *Capice* ?

— Compris, dit Dakota. Mais on s'en fiche de la robe. Ce qui compte, c'est que je puisse traîner dans la cuisine.

— Traîner ?

— Tu ne m'as pas entendue ? demanda Dakota. J'ai rencontré Andreas. Dans la cuisine. La cuisine ! » Elle sauta en l'air, exposant chaque centimètre de ses longues jambes. Catherine tourna la tête et regarda autour d'elle, s'assurant que personne – surtout pas James – ne passait dans le couloir.

« Il faisait une tarte au chocolat et m'a laissée le regarder, puis il a dit : "Tu veux bien aller chercher la crème dans la chambre froide ?" et c'était immense, rempli de toutes sortes de fruits et de lait et de tout ce qu'on peut imaginer, et j'ai dit : "Bien sûr, chef." Je l'ai juste appelé "chef", comme si je travaillais pour lui ! Et ensuite, je l'ai regardé mettre la tarte dans le four.

— Ah… super », dit Catherine qui cuisinait rarement et faisait encore moins souvent de la pâtisserie.

— Super ? dit Dakota. Ça a été une révélation. Mon père n'a même pas remarqué que j'étais partie pendant deux heures. Andreas a fait de la pâtisserie, puis de minuscules gâteaux pour accompagner le café et ensuite il a fait un granité aux framboises et au citron vert. Et il m'a laissée goûter.

— C'était bon ? demanda Catherine dont le ventre s'était mis à gargouiller.

— Bon ? Bon n'est pas un terme approprié pour décrire la magie opérée par Andreas, dit Dakota comme si elle vendait sa carrière. C'était sublime. Comme devrait l'être toute nourriture.

— Demande à cet Andreas si tu peux me faire des muffins, dit Catherine. J'ai besoin d'une petite douceur préparée par Dakota.

— Tu crois qu'il accepterait ? dit Dakota en ouvrant de grands yeux.

— J'en doute, admit Catherine, regrettant de lui avoir donné de faux espoirs.

— Ça fait rien, dit Dakota. Il a dit que je pouvais venir quand je voulais après les heures d'affluence. C'est bien, hein ?

— Merveilleux, dit Catherine. Et maintenant, est-ce qu'on pourrait sortir de ce couloir, s'il te plaît ?

— Bien sûr », dit Dakota en ouvrant la porte. Lucy était en pleine conversation avec un homme dans un angle de la pièce. Une fille très menue – elle devait avoir tout juste vingt ans – était assise sur le canapé devant plusieurs bouteilles de vin rouge sur la table. Elle avait une énorme crinière de cheveux bouclés et était vêtue de plusieurs couches de mouchoirs, c'est du moins ce que pensa Catherine qui appréciait en général l'art du vêtement qui dévoile presque tout.

« *Vino !* » cria Isabella en faisant un signe de tête à Dakota comme si elle était sortie dans le seul but de trouver Catherine et de rapporter du vin.

« Catherine ! » dit Lucy en se levant et en s'approchant pour la saluer.

Son soulagement lorsqu'elle vit les bouteilles de vin dans les bras de Dakota était visible. « Ça ne te fait rien si on les ouvre ? J'en ai commandé d'autres, mais nos convives sont très… assoiffés. »

En l'espace de quelques secondes, on ouvrit les bouteilles et on fit les présentations. Isabella but un verre, puis deux.

« J'aime ce vin, dit-elle dans un anglais presque parfait. Excellent et léger.

— Il vient du vignoble Cara Mia, dit Catherine. Je le vends dans ma boutique de New York.

— À New York ? Comment peuvent-ils laisser ce bon vin italien quitter le pays ? dit Isabella.

— De la même façon qu'on vous exporte, je suppose, répondit Catherine immédiatement interrompue par Lucy.

— Si vous appréciez ce vin, nous pourrons en

avoir plus pour vous, proposa Lucy en regardant la célèbre rock star.

— Oui, s'il vous plaît, dit Isabella. Et pas seulement quelques bouteilles. Je veux plusieurs caisses. »

Dakota ouvrit de grands yeux.

« Oh ! Non pas pour boire en un jour, dit-elle. Mais je sais reconnaître ce qui est bon et je n'ai pas peur de m'engager dans ces cas-là. Faites venir du vin et veillez à ce qu'il y en ait sur le plateau. »

Isabella s'approcha de Lucy et prit sa main d'un air solennel. « Je sais que vous saurez capter ma beauté avec votre caméra. Et je ne plaisantais pas à propos de la robe de Dakota. Je veux que la styliste me fasse quelque chose dans le genre.

— C'est tricoté à la main, dit Lucy. C'est Dakota qui l'a tricoté. »

En un éclair, Isabella se tourna vers Dakota et concentra toute son attention sur elle en jouant de son charme. « Tu n'aimerais pas tricoter quelque chose comme ça pour moi ? demanda-t-elle.

— Oui, dit Dakota », enchantée d'être approchée par une personne célèbre. Ne serait-ce pas l'histoire idéale à raconter à Andrew Doyle ?

« Alors, c'est réglé, dit Isabella. Le tournage commence jeudi. Vous me procurez mon vin et vous me faites ma robe. Comme la tienne. Mini, mini. Et peut-être un peu plus moulante.

— C'est impossible en deux jours, dit Dakota. Ça irait plus vite si je laissais tomber les manches.

— Très bien, dit Isabella en prenant la bouteille du vignoble Cara Mia, non entamée, sur la table et en la coinçant sous son bras.

— Et le tournage commence demain », lui rappela Lucy.

Isabella sourit, les yeux pétillants. « D'accord, dit-elle d'un ton désinvolte. Mais vous ne me verrez pas avant jeudi. »

Et sur ce, elle quitta la pièce, suivie de son agent et de ses amis, laissant Lucy, Catherine et Dakota quelque peu dubitatives. Dans quoi s'étaient-elles fourrées ?

23

Enfin ! Après avoir gardé Ginger pendant une journée – passée en grande partie à regarder un clown sur la Piazza Navona et à hanter plusieurs magasins de jouets – et après avoir consacré un autre après-midi à taper des lettres pour son père, Dakota avait enfin un jour pour elle. Lucy aurait besoin d'elle dans la soirée, car le tournage commençait la nuit – la présence d'Isabella avait été confirmée –, mais elle avait sept heures devant elle pour faire ce qu'elle voulait.

Elle se laissa guider par ses yeux, attirés ici ou là par des dômes qui se dressaient au-dessus des toits, et par son nez attiré quant à lui par les odeurs alléchantes de cuisine préparée dans des bâtiments tout proches. Dans chaque direction, il y avait quelque chose pour piquer sa curiosité, et elle courait presque d'un endroit à l'autre, fascinée par tout ce qu'elle voyait : des jeunes hommes en grande conversation autour d'un cappuccino à l'étalage étrange de minuscules figurines représentant Mussolini et des nazis dans la vitrine d'un magasin de jouets.

« Voilà quelque chose qu'on ne voit pas tous les jours », dit-elle à voix haute à personne en particulier.

Elle rangea son plan dans la poche de son blouson en jean et erra sans but précis, tout heureuse de découvrir une fontaine avec des tortues en plein milieu d'un quartier sans aucun indice pour expliquer sa présence, si ce n'est des appartements et des voitures. C'était donc cela, Rome : une ville construite sur une ville, construite sur une ville.

Elle poussa une porte qui s'ouvrit en tintant et entra dans une boutique de porcelaine chic. Le seul employé était assis derrière un bureau élégant et semblait ne prêter aucune attention aux magnifiques assiettes qui recouvraient les murs jusqu'au plafond à caissons à plus de trois mètres de hauteur. Le royaume de l'assiette en porcelaine. Le bâtiment lui-même se dressait juste derrière deux immenses colonnes.

À quelques pas de là, un immeuble d'habitation avait été construit sur les ruines de ce qui ressemblait à un ancien théâtre avec des briques modernes et de grandes vitres au-dessus de plusieurs rangées d'arches. La « cour » elle-même était constituée de morceaux de marbre et de pierre dont certains étaient finement sculptés. Ils gisaient ainsi à la portée de tous. Un petit écriteau indiquait en plusieurs langues qu'il était interdit d'emporter des pierres en souvenir. Combien de vestiges y a-t-il ici, pensa Dakota, pour qu'on laisse des ruines sans surveillance en attendant les fonds et le temps nécessaires pour les collecter et les étudier ?

Elle prit des photos d'églises, de cafés, d'ateliers de cordonniers et de vitrines de drogueries. De vespas garées et en circulation. Elle s'acheta plus de gâteaux qu'elle ne pouvait en manger tant elle avait envie de goûter tous les parfums. Elle était enthousiasmée par le papier de soie et les rubans fins qui entouraient chacune de ces pâtisseries.

Quand elle pensait aux pains aux raisins qu'on se contentait de mettre dans un sac blanc chez elle, il y avait incontestablement un aspect amateur à côté de l'amour que le boulanger et sa femme mettaient dans chacun des gâteaux qu'ils confectionnaient. Leur don au monde.

Dakota mit les doigts dans la Bouche de la Vérité à Santa Maria in Cosmedin, puis elle admira, de l'autre côté de la rue, le temple de Portunus, surprise qu'elle fut par cette collision entre l'ancien, le plus ancien et le contemporain tandis que des bus et des voitures se faufilaient dans la circulation en klaxonnant pour se diriger vers le monument à Victor Emmanuel II, qui, d'après ce que Catherine lui avait dit, était surnommé « le Gâteau de mariage », et le forum romain.

Pourtant, Dakota se sentit attirée par la direction opposée malgré son désir d'aller au Colisée. Elle traversa un grand pont – le Ponte Fabricio – sur le Tibre, puis jeta un coup d'œil dans l'église de l'Isola Tiberina avant d'errer dans les rues du quartier de Travestere, goûtant et savourant des pâtisseries et des glaces de toutes sortes de boulangeries et de glaciers.

Catherine lui avait dit que, pour trouver la glace la plus fraîche et la plus naturelle, il suffisait de regarder la couleur de la crème glacée à la banane.

Si elle était jaune, c'était artificiel. Si elle avait une couleur crémeuse tirant sur le gris, alors c'était le vrai parfum.

Dakota marcha le long des murs interminables d'un couvent en s'interrogeant sur la vie des femmes cloîtrées à l'intérieur, puis elle se joignit à un match de foot improvisé sur une place quelconque. Elle essayait désespérément de suivre le rythme des garçons de dix ans débordant d'énergie qui ne pouvaient s'empêcher de rire devant son incapacité à taper suffisamment fort dans le ballon.

C'est à cet instant que ses pieds commencèrent à manifester leur mécontentement. Dakota avait cavalé toute la journée, et son corps douloureux réclamait un peu de repos. Et Rome, contrairement aux autres villes qu'elle avait vues, disposait d'une église à chaque coin de rue. L'abri idéal pour délasser ses pieds qu'elle pourrait poser sur le prie-Dieu tout en ayant l'air très pieuse. Dakota n'était pas d'une nature très religieuse.

Sa mère était presbytérienne, mais n'allait jamais à la messe, et son père, qui était baptiste, n'allait à l'église que lorsque sa mère, Lillian, était en ville ou que Dakota et lui allaient rendre visite à ses parents. Dakota, qui aimait profiter de ses dimanches matin pour faire de la pâtisserie, était très satisfaite de ne pas aller à la messe.

Pourtant, elle trouva apaisants ses courts séjours dans les églises et les basiliques. Le calme et la fraîcheur à l'intérieur des édifices lui procuraient un peu de répit avant qu'elle ne reprenne son exploration grisante, mais épuisante de la ville.

« *Si, si,* crièrent les garçons pour qu'elle reste encore et continue à jouer avec eux. *Viva il football.* »

Dakota leur fit signe de la main et passa sous une arche pour se diriger vers une vieille fontaine sur la place devant l'église Santa Cecilia. Elle espérait profiter des gouttelettes d'eau qui s'échappaient de la fontaine pour se rafraîchir.

La grande fontaine se trouvait au milieu d'une petite parcelle d'herbe, et le tout était entouré d'un muret de pierres et de tuiles.

Elle traversa la place et entra dans l'église où elle admira la magnifique sculpture de sainte Cécile, représentée telle qu'elle fut retrouvée, la tête retournée contre le sol dans sa souffrance… et pourtant, elle projetait l'image d'une force éternelle. Dakota avança sans se presser jusqu'à la crypte.

Elle donna quelques euros à une religieuse vêtue de blanc pour voir les fouilles au-dessous : les vestiges d'une maison, l'autel d'un temple, une église plus ancienne. Tout ensemble. Des mondes qui entrent en collision.

Dakota sortit de l'édifice et se retourna pour admirer les frises de mosaïque sur la façade. Tout bien considéré, elle avait bien profité de sa journée. C'est alors qu'elle la vit : une femme avec des cheveux bruns bouclés, assise non loin de la fontaine. Elle tournait le dos à Dakota. Les coudes de la femme dépassaient légèrement sur le côté, et ses épaules étaient voûtées dans une position que Dakota connaissait très bien.

Elle tricotait.

Comme elle ne pouvait pas voir son visage, elle put imaginer sans peine, l'espace d'une seconde, qu'il s'agissait de sa mère. Elle avait attendu sa venue tout l'après-midi pour discuter tranquillement avec elle dans l'église. Dakota se demanda combien de temps elle était restée à l'intérieur. La femme n'était pas là lorsqu'elle était entrée dans l'église et à présent elle se trouvait tout près d'elle.

Ça fait longtemps que ça ne m'est pas arrivé, se dit Dakota en repensant à la période qui avait suivi la mort de Georgia où elle avait eu l'étrange sentiment que sa mère allait surgir devant elle à chaque coin de rue. Ou bien elle voyait une grande silhouette avec des cheveux bouclés et se mettait à courir pour la rattraper, espérant qu'une sorte de miracle ou un retour dans le passé (peu importe lequel) s'était produit.

Bien sûr, cette femme ne pouvait pas être sa mère. Et pourtant, sa gorge se serra tandis qu'elle regardait cette étrangère tricoter ses rangs tout en profitant de l'après-midi ensoleillé. La dame était tellement absorbée par son ouvrage qu'elle ne remarquait pas ce qui se passait autour d'elle.

Dans son désir fou de voir tout ce qu'il y avait à voir à Rome en un jour, Dakota ne s'était pas attendue à être confrontée à quelque chose – le tricot – qui faisait entièrement partie de son être. C'était tellement personnel.

Cela lui paraissait complètement incongru de voir cette femme simple, cette Romaine, tricoter, et pourtant, c'était parfait. Une belle découverte de plus dans cette ville magnifique.

Dakota s'approcha tout doucement, repoussant le plus possible le moment où elle verrait vraiment son visage et où elle saurait sans aucun doute que ça n'était pas Georgia.

Elle s'assit juste à quelques pas derrière la femme et légèrement sur sa droite tout en lui jetant des coups d'œil furtifs. Ses cheveux étaient un peu fous et cachaient son visage. Et elle ne portait pas de jean contrairement à Georgia. Mais ses mailles étaient belles, Dakota le vit, alors qu'elle tricotait une manche rouge. Un pull pour quelqu'un. Pour sa fille peut-être ?

Dakota ferma les yeux. Elle sentait la chaleur du soleil sur son visage et entendait le léger murmure de la fontaine et le clic-clac régulier des aiguilles. C'était donc aussi le voyage de Georgia à Rome. Elle la suivait dans ses souvenirs. Dakota aimait tricoter, elle aimait la sensation de la laine qui glissait entre ses doigts.

Mais elle ne voulait pas tenir une boutique de fils à tricoter. Elle voulait avoir la liberté et la flexibilité de réaliser son projet à elle.

La femme tira un peu plus de laine, dans un mouvement fluide, sans rompre le rythme. Georgia tricotait ainsi. Sans effort, et vite.

Comme ça serait bien d'avoir juste une petite conversation, se dit Dakota, qui repensa à tous les endroits et à tous les gens qu'elle avait vus en une seule journée. Finalement, elle n'exprima qu'une seule pensée.

« Tu me manques, maman », dit-elle à haute voix.

Elle se leva à contrecœur, mais elle avait tout juste le temps de retourner à l'hôtel V pour aller regarder la télévision italienne quelque peu déroutante avec

Ginger et Sucre d'orge avant de baigner la petite fille et de la coucher.

« *Si, si* », dit la femme en lui souriant et en levant légèrement son tricot en guise de salut tandis que Dakota poursuivait son chemin.

24

Même s'il était merveilleux d'être à Rome, Catherine restait une lève-tard, peu importe si elle était en Italie depuis plusieurs semaines déjà. Elle restait tout simplement fidèle à son rythme magique bien à elle : aucun lever de soleil ne parviendrait à lui faire ouvrir les yeux avant au moins 9 heures. Et pour parer à l'éventualité d'une interruption de son paisible sommeil, elle avait pris soin d'apporter plusieurs masques de repos en soie assortis à ses chemises de nuit. C'est pourquoi elle ne fut pas très réceptive aux coups frappés à sa porte à 7 heures du matin. Pas du tout, même.

« Catherine ! » Elle entendit certes qu'on murmurait énergiquement son nom, mais tenta de l'ignorer en espérant que ces chuchotements peu discrets finiraient par cesser. Une femme de chambre particulièrement matinale, peut-être ? Il était peu probable qu'on l'appelle par son prénom.

« Catherine ! » Et ça ne ressemblait pas à la voix de Dakota. Les autres clients de l'hôtel n'allaient pas tarder à ouvrir leur porte et à faire taire cette cinglée.

Catherine plongea la tête sous son oreiller en attendant que le bruit s'arrête.

« Catherine, c'est Lucy. »

Ah ! c'était foutu ! Elle ne pouvait quand même pas ignorer Lucy. Pourtant, Lucy était suffisamment intelligente pour savoir qu'il lui suffisait de prendre son téléphone et d'appeler sa chambre. Catherine se redressa en gémissant, puis se leva et alla regarder par le judas de la porte.

« Ouvre ! » Ouais, c'était bien Lucy.

« Je ne suis pas réveillée et je ne crois pas aux rendez-vous qui ne sont pas annoncés, dit Catherine en ouvrant la porte d'un ou deux centimètres, pas plus.

— C'est une urgence, dit Lucy. Une vraie situation de crise ! »

Catherine la laissa entrer. « Vraiment ? dit-elle d'un ton inquiet. Il est arrivé quelque chose à Dakota ? À Ginger ?

— Oh non, pas une vraie, vraie situation de crise, dit Lucy en faisant la grimace. Une crise du genre : « Je suis sur le point de perdre mon job. »

— Eh bien, dit Catherine. Je suis certaine que je vais t'être d'une grande aide. Tu as besoin d'une personne de plus derrière la caméra ?

— Non, dit Lucy. C'est Isabella. Elle s'est entichée de ton maudit vin que tu as eu la bonne idée d'apporter.

— J'ai cru que tu t'étais arrangée pour lui faire parvenir une caisse en achetant le stock de plusieurs boutiques locales ?

— C'est ce que j'ai fait, dit Lucy. Mais ça n'a pas suffi. Elle ne veut pas le boire maintenant, dit-elle.

Elle veut juste être certaine de pouvoir en boire quand bon lui semble.

— Alors, elle exige plus de vin parce qu'elle pourrait en vouloir à une date incertaine à l'avenir ? demanda Catherine. Rappelle-moi pourquoi tu m'as réveillée pour une urgence qui n'en était pas une et pourquoi je risque d'avoir des rides par manque de sommeil réparateur ?

— Parce que c'est une star, dit Lucy. Et elle veut être livrée gratuitement.

— Gratuitement ?

— Les célébrités ne paient pas la moitié des choses qu'elles possèdent, expliqua Lucy. On les leur donne. Merci de porter les lunettes de soleil que mon entreprise produit : pouvons-nous vous offrir la plus belle paire de notre collection ?

— Super, dit Catherine. Ceux qui ont le plus les moyens de se les payer les ont gratuitement.

— C'est une histoire de publicité, dit Lucy. Une célébrité utilise un produit et nous, les sous-fifres, nous précipitons pour l'acheter.

— Je n'ai jamais acheté un produit dont j'ai lu quelque chose dans le magazine *People*, dit Catherine. À part Crème de la mer. Mais c'est tout. »

Elle se dirigea d'un pas tranquille vers le canapé et s'assit en ramenant les pieds vers elle, puis elle prit un coussin qu'elle plaqua contre son ventre. Catherine ferma involontairement les yeux, le dos bien droit contre le canapé.

« Non ! cria Lucy. Il faut que tu m'aides. Elle veut que le vignoble Cara Mia lui envoie une sélection de vins gratuitement.

— Quelques bouteilles ?

— Plusieurs caisses, dit Lucy d'un air sombre.

— Elle n'a pas une assistante qui pourrait les appeler ? » Catherine décida de cracher le morceau. « Je leur ai fait faux bond. Je n'ai pas arrêté de leur dire que je voulais aller visiter leur vignoble et à quel point c'était important pour moi, et puis j'ai tout laissé tomber. J'ai annulé. Mon contact, Marco, m'a envoyé trois ou quatre e-mails en suggérant différentes dates, et je n'ai répondu à aucun d'eux. Ça me gêne de me pointer maintenant et de dire : "J'aimerais que vous envoyiez plusieurs caisses de vin à Isabella. Gratuitement, cela va de soi." Je ne la connais pas. Je ne les connais même pas, eux. »

Lucy se mit à arpenter la suite. « Je dois être sur le plateau dans une demi-heure, dit-elle. C'est ça le problème : Isabella fait une fixation. C'est d'ailleurs comme ça que j'ai été engagée. Elle était obsédée par un clip que j'avais fait pour un boys band aux États-Unis. Elle n'aurait pas accepté de prendre quelqu'un d'autre.

— La compulsion serait-elle une recette du succès ? demanda Catherine. À moins qu'il ne s'agisse que d'un moyen pour faire tourner les gens en bourrique.

— Son obsession, c'est aussi ce qui lui a permis d'être la première des hits-parades par ici. Elle répète jusqu'à ce qu'elle soit tout simplement renversante. Mais elle a décidé qu'elle voulait ce vin. Rien ne pourra lui faire changer d'avis. En fait, je crois qu'elle aime surtout l'étiquette. »

Catherine se laissa retomber sur le canapé. « Je ne te promets rien, dit-elle.

— Tu es une fille bien, Catherine, dit Lucy avec un grand sourire. Même si tu passes ton temps à faire comme si tu étais le contraire.

— Et maintenant tu vas partir et je pourrai retourner dormir ?

— Et maintenant je vais partir et tu vas rester debout pendant une heure et appeler ce Marco, dit Lucy. On m'a dit qu'Isabella ne sortirait pas de sa caravane tant qu'elle ne serait pas certaine d'avoir le vin.

— Tu n'as pas l'impression qu'elle tire un peu sur la corde ?

— Au prix où ils me paient, ce n'est pas dans mon intérêt de contester quoi que ce soit, dit Lucy. Ginger va entrer à l'école primaire en mocassins Prada.

— Comme c'est mignon !

— Euh, en fait, je plaisantais, dit Lucy. Nous pourrions certes nous les payer à la fin de l'été, mais je vais plutôt mettre l'argent de côté pour financer ses études et je l'enverrai à l'école en Crocs à la place. »

Elle se dirigea vers la porte. « Ne dors pas, ordonna-t-elle. Je t'appellerai dans quelques heures pour voir où tu en es. »

« Salut, Marco, fit Catherine dans sa tête, imaginant ce qu'elle allait dire à son interlocuteur téléphonique préféré. Je me demandais si vous pouviez m'envoyer un chargement de *vino* pour cette rock star gâtée que je ne connais même pas. Non, non, je doute qu'elle fasse de la publicité pour votre vin. Je ne crois pas qu'elle puisse se faire photographier avec une bouteille dans son sac. Alors, qu'allez-vous recevoir en contrepartie de votre généreux cadeau ? Rien, absolument rien. »

Catherine conclut que cette approche avait peu de chances de fonctionner.

Son téléphone portable sonna. C'était Lucy qui, comme elle avait menacé de le faire, appelait pour vérifier où elle en était. Catherine ne répondit pas à l'appel.

Puis elle prit une profonde inspiration et, quelque peu embarrassée, appela Marco. Elle envisagea de jouer un personnage séducteur au téléphone, mais cela ressemblait trop à la Catherine d'autrefois. À ce qu'elle était avant sa rencontre au sommet avec Jules César.

« Catherine ! s'écria Marco en entendant sa voix. Je me faisais du souci pour vous. Un jour, j'attends votre venue et le lendemain je n'ai plus la moindre nouvelle. J'ai cru que vous étiez tombée malade ou que vous aviez eu un accident.

— Non, non, Marco, dit Catherine. J'ai juste été très… occupée par mes affaires à Venise et Rome. J'ai dû modifier mon programme. » Elle s'interrompit.

« Non, Marco, dit-elle. En vérité, j'avais quelques problèmes personnels à régler. Je me suis mal conduite envers vous et je suis désolée.

— Y a-t-il quelque chose que je puisse faire pour vous ? Vous avez des ennuis ?

— Merci, non, répondit Catherine. Mais je dois vous demander une faveur. Pour une amie. Je ne sais pas par où commencer, car je ne suis pas vraiment en position de vous demander cela, et…

— Demandez-moi, c'est tout, dit Marco. Je ferais n'importe quoi pour vous.

— Marco, vous ne me connaissez même pas, dit Catherine. Vous ne savez même pas ce que je vais vous demander. Nous ne nous sommes jamais rencontrés.

— Ça m'est égal, dit-il. Je vous aime déjà. Vous êtes une de mes Américaines préférées.

— Vous en avez rencontré d'autres ?

— Oui, dit-il. Et je vous aime beaucoup. »

Catherine lui exposa rapidement la situation en s'attendant à ce que Marco refuse ou à ce qu'il consente à envoyer une caisse. Au lieu de cela, il s'empressa d'accepter d'envoyer une quantité substantielle de vin à Isabella.

« Ce n'est vraiment pas nécessaire, dit Catherine.

— Mais si, dit Marco. Puisque vous me l'avez demandé.

— Que puis-je faire pour vous remercier ?

— Oh ! rien, vous me vexeriez, dit Marco. J'envoie ce vin sans aucune arrière-pensée. Je le fais parce que vous êtes mon amie. »

Comme c'est agréable, pensa Catherine. Elle n'avait encore jamais rencontré un homme qui avait fait quelque chose pour elle sans attendre quoi que ce soit en retour. Sans même l'avoir jamais vue, sans même qu'elle ait à montrer un bout de sein ou de cuisse. C'était tout à fait rafraîchissant. Elle lui communiqua les détails que Lucy lui avait donnés sur l'adresse et l'emplacement, puis elle retourna se coucher, plutôt satisfaite d'elle-même. Elle avait fait sa bonne action de la journée. Et, à bien y réfléchir, de tout l'été, probablement.

L'idéal pour un travailleur indépendant, c'est de pouvoir décider de son emploi du temps. C'est ce que disait souvent Catherine à Dakota.

« Parfois, tu dois travailler jusqu'au milieu de la nuit, lui dit-elle. Et d'autres jours, tu peux faire la grasse matinée et prendre le petit-déjeuner à midi. »

En ce qui la concernait, Dakota avait déjeuné tôt, car Ginger s'était réveillée quand Lucy était partie travailler et n'avait pas voulu entendre parler de retourner se coucher.

« Allez, lui disait-elle à présent. Allons prendre un peu l'air. » Son objectif n'était pas particulièrement honorable. Elle avait l'intention de faire marcher Ginger jusqu'à ce que la petite fille la supplie de rentrer à la maison pour faire la sieste.

En sortant, elles virent James devant l'ascenseur.

« Salut, papa, dit Dakota.

— Bonjour, monsieur Foster, dit Ginger. Vous voulez emmener Sucre d'orge au travail avec vous ?

— C'est très généreux de ta part, dit James avec le plus grand sérieux. Mais j'ai peur de ne pas savoir quoi faire si Sucre d'orge se sent seul. Je crois qu'il préfère aller se promener avec vous deux. »

Ginger réfléchit quelques instants à l'argument de James. « Je crois que vous avez raison, lui dit-elle. Mais vous pourrez nous rendre visite un peu plus tard.

— Avec plaisir », dit-il en donnant une tape sur l'épaule de Dakota tandis qu'ils entraient dans l'ascenseur.

Le temps était couvert lorsqu'elles sortirent du hall de l'hôtel. Le premier jour maussade après deux semaines particulièrement ensoleillées et occupées.

« Ginger, dit Dakota. Tu es déjà allée dans un musée ?

— Ouais, dit Ginger d'un ton renfrogné en regardant Dakota à travers sa frange d'un blond vénitien. Regarde ici. Ne cours pas. Ne touche pas. Il n'y a pas de glace. C'est pas marrant.

— D'accord, dit Dakota. Essayons autre chose. Tu sais compter jusqu'à dix ?

— Bien sûr, dit Ginger, offensée. Un-deux-trois-quatre-cinq-six-sept-huit-neuf-dix ! cria-t-elle pour le prouver.

— Et si nous allions voir un magnifique bâtiment et que nous comptions dix choses, dit Dakota. Dix choses que tu choisis et ensuite tu dois me raconter une histoire à propos de chacune d'elles.

— Non, dit Ginger. Nous échangeons des histoires.

— Marché conclu, dit Dakota en serrant la main de la fillette. Et si tu ne te plains pas une seule fois, tu auras une glace. »

Dakota guida Ginger dans les rues, la fit traverser tout en regardant son plan pour s'assurer qu'elles allaient bien dans la bonne direction. Plusieurs fois, sur le trajet, Ginger courut devant.

« Attends-moi, Ginger, dit Dakota. Je risque de me perdre si tu cours devant.

— Oh ! d'accord », dit Ginger en reculant pour aller prendre la main de Dakota.

Quelques minutes plus tard, elle lui lâchait de nouveau la main et, attirée par la vitrine colorée d'un magasin, s'élançait sur le trottoir.

« Ralentis, petite fille pressée, dit Dakota.

— Mais j'veux voir, dit Ginger.

— Non, dit Dakota, tu dois marcher à côté de moi. »

Ginger fourra les mains dans les poches de son pantacourt et s'immobilisa. Elle n'était qu'à quelques pas de Dakota. « Alors, tu viens, là ? dit-elle.

— Non », dit Dakota, qui resta elle aussi immobile. Apparemment, ses négociations avec la fillette de cinq ans et demi étaient dans l'impasse.

« Non », dit Ginger.

Dakota s'appuya contre le bâtiment derrière elle et attendit calmement. Contrairement à Lucy, elle n'était attendue nulle part. Elle pouvait jouer à ce jeu avec Ginger toute la journée.

« Je pourrais me sauver, dit Ginger.

— Je pourrais te rattraper », dit Dakota.

Ginger réfléchit un moment, puis fit quelques pas en direction de Dakota.

« Tu es marrante, dit-elle à Dakota.

— Tu es rigolote », dit Dakota qui ne le pensait pas tout à fait. Elle réalisait peu à peu que le mot préféré de Ginger était « non ». Elle n'aimait pas seulement le dire – même si elle le faisait vraiment très souvent –, elle aimait l'entendre. Elle aimait que Dakota lui tienne tête.

Dakota, qui savait à quel point il était stressant de prendre sa vie en main, imagina comme il devait être difficile d'avoir cinq ans et d'être en position de prendre toutes les décisions.

« Allons acheter une glace, dit-elle, même si l'heure du déjeuner approchait.

— Je peux choisir le parfum que je veux ? demanda Ginger.

— Non, dit Dakota. Tu peux choisir entre le chocolat et la vanille. Et la prochaine fois que nous irons, tu auras encore le choix entre deux parfums. Juste deux choix. »

À sa grande surprise, Ginger ne fit aucune histoire. Au contraire, la main sur le menton, elle réfléchissait à l'offre de Dakota. « Je peux avoir deux boules ? demanda-t-elle.

— Non, dit Dakota. Tu n'en auras qu'une.

— D'accord, dit Ginger aimablement. J'accepte. »

La soirée promettait d'être palpitante : Lucy avait appelé pour faire savoir à Dakota qu'elle pourrait emmener Ginger sur le tournage. Et Dakota, qui n'avait jamais été sur un vrai plateau, put à peine dormir alors qu'elle avait espéré faire une sieste à côté de Ginger.

Elle s'habilla avec soin et remit son pull à torsades rouges qui ressemblait à une tunique, mais cette fois elle le porta sur un jean et des bottes.

Catherine passa la prendre. Elle était vêtue d'un pantalon noir et d'une cape beige qui tombait sur ses hanches. Elle portait également de très hauts talons. On aurait dit une géante. Ginger aussi choisit elle-même sa tenue : un haut rose à manches longues par-dessus lequel elle enfila un t-shirt Bob l'Éponge.

« Et un jean, comme Dakota, expliqua-t-elle à Catherine.

— C'est très joli », dit Catherine qui, fascinée par la douceur de sa chevelure ondulée et par l'odeur de son shampoing, essayait d'enlever les nœuds dans les cheveux de Ginger. Elle avait conservé quelques traits de bébé, ses membres un peu potelés et ses joues rondes, qui donnaient envie de couvrir son petit ventre de baisers. Au cours de moments comme celui-ci, tandis que Dakota enfilait les chaussures sur ses petits pieds et faisait ses lacets, et que Ginger se demandait si Sucre d'orge aimerait tourner dans un clip, Catherine se disait que Lucy était une femme très futée. Elle n'avait pas attendu qu'un hypothétique beau parti pointe le bout de son nez. Elle avait eu le courage de décider de faire un enfant toute seule.

Bien sûr, lorsque Ginger faisait des caprices, Catherine se disait que Lucy était complètement cinglée. Alors, tout dépendait de l'instant, vraiment.

Mais Ginger se montrait sous son meilleur jour, et les trois filles prirent un taxi pour aller rejoindre Lucy sur le plateau.

Catherine s'attendait à trouver une Lucy soucieuse, courant dans tous les sens et marmonnant dans sa barbe. Elle paraissait souvent débordée lorsqu'elle venait aux réunions du Club. Frustrée et agacée. Ce fut donc une véritable révélation d'arriver sur le tournage, de passer devant les hommes de la sécurité et d'assister à une opération quasiment militaire : Lucy dirigeait la scène. Tout le monde – les caméramans, les chefs électriciens, la styliste et même Isabella – suivait la moindre instruction donnée par la réalisatrice.

« Et coupez ! » cria Lucy pour prendre dans ses bras Ginger qui s'était élancée vers elle.

« Tu es si intelligente, maman », dit Ginger. Et, pour la deuxième fois de la soirée, Catherine envia Lucy.

« Catherine, dit Lucy en aplatissant les cheveux de Ginger pour voir. Merci beaucoup. Ta touche personnelle a fait des miracles.

— Je n'ai fait que passer un coup de téléphone, dit Catherine, plutôt contente d'elle-même malgré tout.

— Je sais, mais pour qu'ils fassent tout ce chemin, dit Lucy. Je te voue une reconnaissance éternelle.

— Qui a fait tout ce chemin ?

— Ces messieurs », dit Lucy en montrant un homme aux cheveux noirs et un garçon beaucoup plus grand que lui, d'une vingtaine d'années, qui faisait des signes d'un air enchanté et qui s'approchait.

« Qui est-ce ? demanda Dakota. Parce qu'il est mignon.

— C'est Roberto Toscano, dit Lucy, et son père Marco. »

Catherine ne sourcilla pas. Elle ne s'était pas attendue à ce qu'il vienne personnellement. Et c'était une chose d'avoir une relation platonique avec quelqu'un au téléphone, mais une autre de le rencontrer en personne. Il était différent de ce qu'elle avait imaginé. Pas aussi grand que sa voix ne le laissait supposer et, s'il était d'un physique plutôt agréable, il n'avait rien d'une star de cinéma contrairement à ce que Catherine avait pu imaginer. En fait, c'était un homme plutôt ordinaire. C'est alors qu'il ouvrit la bouche et elle entendit cette merveilleuse voix de baryton.

« Je suis tellement ravi de vous rencontrer, Catherine, dit Marco en lui tendant la main.

— Je pensais que vous alliez lui baiser la main,

dit Dakota. N'est-ce pas ce que font tous les Italiens lorsqu'ils rencontrent une dame ? »

Marco inclina la tête et sourit. Puis il prit la main de Dakota et la baisa. « Voilà une très jolie jeune dame, dit-il. Votre fille ? » demanda-t-il à Catherine. Et, pour la troisième fois de la soirée, Catherine eut le sentiment d'être passée à côté de quelque chose.

« Je n'ai pas la chance d'être sa mère, dit-elle. Mais Dakota est la fille d'une amie très chère.

— Eh bien, nous allons tous vous emmener dîner ce soir, pour fêter notre rencontre, mes nouveaux amis, dit Marco.

— Bien sûr », dit Dakota, les yeux rivés sur Roberto, qui avait les traits burinés contrairement à son père. Ce gamin pourrait être mannequin, pensa Catherine, qui comprenait les prévenances de Dakota.

« Nous ne pouvons pas accepter, dit Catherine. Vous avez déjà trop fait.

— J'insiste, dit Marco.

— Je ne sais pas vous, dit Lucy, mais moi je meurs de faim. La journée a été longue, très longue. Monsieur Toscano, vous avez déjà beaucoup fait pour nous. Mais pour ma part, j'accepte de bonne grâce.

— Alors, c'est décidé, dit Marco. Ce soir, vous allez goûter les parfums de l'Italie. »

25

Il y eut encore une demi-heure de tournage avant le dîner. Demi-heure au cours de laquelle Catherine fit semblant d'être fascinée par le va-et-vient sur le plateau. Marco tenta, plus d'une fois, d'engager la conversation : il commenta le temps. Lui demanda comment s'était passé son vol. Lui dit à quel point il était heureux qu'elle vende son vin dans sa boutique. Pourtant, il ne parvint pas à ébranler la résolution de Catherine : elle se montra carrément froide.

Son premier instinct était de flirter et d'essayer d'attirer l'attention sur elle. C'était avant, mais à présent qu'elle essayait de se ressaisir, elle n'allait certainement pas se laisser distraire. La présence de Marco était un test. Le test d'un type bien qui vendait du vin et qui avait une voix profonde. Au restaurant, elle insista pour s'asseoir entre Ginger et Dakota, laissant à Lucy la place à côté de Marco sur la banquette. Dakota, de son côté, était trop heureuse de s'asseoir à côté de Roberto qui semblait tout aussi ravi. Tandis que Marco avait le plus grand mal à engager la conversation avec Catherine, Dakota et Roberto étaient en grande discussion à propos d'Isabella.

« Elle m'a redit à quel point elle aimait ma tunique, dit Dakota à la tablée. Elle a redit qu'elle voulait que je lui en fasse une.

— Oh non, dit Lucy. Me revoilà dans de beaux draps. Marco vient à peine d'apporter le vin, et elle fait déjà une fixation sur autre chose.

— Je lui ai dit qu'elle pouvait l'avoir, dit Dakota en prenant une cuillérée de soupe à la carotte fraîche.

— Tu n'avais pas à le faire, dit Catherine. Elle n'est pas obligée d'avoir tout ce qu'elle veut. »

Lucy et Dakota échangèrent un regard, et Catherine comprit immédiatement qu'elle était visée.

« Nous avons tous le droit d'avoir l'occasion d'apprendre, dit-elle.

— Et d'entendre le mot « non », dit Dakota. Ginger et moi avons passé un accord, n'est-ce pas, Ginger ?

— Mmm, dit Ginger dont les paupières se fermaient presque. Maman, c'est le grand chef, Dakota le sous-chef, et moi je suis le petit chef de Sucre d'orge.

— Je crois qu'on va devoir y aller, dit Lucy lorsque Ginger posa la tête sur son épaule. J'étais tellement ravie de me joindre à vous que je n'ai pas réfléchi.

— Laissons-la se coucher », dit Marco en se poussant de quelques centimètres et en invitant Lucy à faire la même chose. Elle se poussa donc, puis allongea Ginger qui posa sa tête sur ses genoux. L'enfant s'endormit immédiatement.

« Merci, dit Lucy. Je suis contente de rester.

— Je suis content que vous soyez là aussi, dit Marco. La petite fille me rappelle la mienne quand elle était plus jeune. Allegra.

— C'est ma sœur, expliqua Roberto obligeamment tandis que Dakota hochait la tête devant une information si éclairante. Elle a dix ans.

— Vous êtes marié alors ? demanda Catherine avant de se rappeler qu'elle n'était pas du tout intéressée.

— Je l'étais, dit Marco. Ma femme était une très belle dame. Intelligente. Mais elle est morte il y a quelques années dans un accident de voiture.

— Parlons d'autre chose, *papà*, l'implora Roberto.

— Bien sûr, c'est une belle soirée, dit Marco. Le trajet à travers la campagne a été très agréable et puis nous avons eu la joie de faire votre connaissance. En particulier, celle de mademoiselle Dakota qui m'a laissé lui baiser la main. » Il leva son verre et but. Il avait naturellement choisi son propre vin sur la carte.

« Alors, où est votre fille à présent ? demanda Lucy. Est-elle à Rome avec vous ?

— Non, dit Roberto. Elle est à la mer avec notre grand-mère.

— Ça doit être chouette ! Tu aimes la mer ? demanda Dakota qui imaginait déjà Roberto en slip de bain.

— J'aime toutes sortes de choses, dit-il. Surtout rencontrer des gens nouveaux et pratiquer mon anglais.

— Tu parles très bien, dit Lucy. Je ne connais que quelques mots d'italien par ma mère.

— Votre mère était italienne ? demanda Marco. C'est merveilleux. Elle doit savoir cuisiner, je pense.

— Oh oui, dit Lucy qui parla des ziti de sa mère et de son poulet parmigiana. Vous savez, beaucoup de plats italo-américains. Mes frères et moi adorons ça.

— Bien sûr, dit Marco. Alors, parlez-moi de vos frères.

— Ils sont plutôt furieux contre moi, dit Lucy. Ils pensent que je devrais rester à la maison et m'occuper de ma mère. Elle devient un peu… étourdie.

— Mais vous avez un travail important à faire », dit Marco.

L'espace d'un instant, Lucy se demanda s'il ne se moquait pas d'elle. Mais elle s'aperçut ensuite qu'il s'intéressait vraiment à ce qu'elle disait. Elle n'aurait pas cru une telle chose possible alors que Catherine Anderson se trouvait dans la même pièce. Mais Catherine était d'humeur morose. Elle ne prit que quelques bouchées des plats devant elle et ne dit pratiquement pas un mot. Lucy pensa que c'était agréable d'avoir quelqu'un qui s'intéressait à elle. Elle but une bonne gorgée de vin.

« Il est délicieux, dit-elle à Marco qui fut manifestement ravi. Votre famille a beaucoup de talent.

— Oui, dit Marco sans se sentir le moins du monde présomptueux. Mais celui-là veut devenir pilote de ligne. Pas de raisin pour lui », dit-il.

Roberto haussa les épaules et inclina timidement la tête.

« Comment peux-tu ne pas vouloir travailler la terre de ta famille ? demanda Lucy. J'aimerais bien avoir une sorte d'héritage, de patrimoine familial.

— Il a peut-être envie de faire ce qui l'intéresse vraiment, intervint Dakota. On n'est pas obligé de faire la même chose que ses parents.

— Qu'est-ce que vous en pensez, Catherine ? demanda Marco. Vous devriez vous joindre à notre débat. C'est une discussion saine.

— Ce n'est pas à moi d'avoir une opinion, dit-elle. Alors, je n'en ai pas. Mais n'oubliez pas que vous avez toujours votre Allegra. Elle reprendra peut-être Cara Mia si vous lui laissez cette chance. »

Il était tard lorsqu'elles rentrèrent à l'hôtel. Mais un message agréable les attendait dans leurs chambres. Anita et Marty étaient arrivés. Ils ne les avaient pas prévenues qu'ils venaient à Rome, et Dakota était folle de joie.

« Allons les voir maintenant, dit Dakota, s'attendant à ce que Catherine la rappelle à la raison.

— D'accord », dit Catherine. Elle avait très envie de voir Anita pour dissiper le malaise de la soirée, mais aussi pour lui parler de toutes les chaussures qu'elle avait repérées pour le mariage. Catherine avait pris son rôle de demoiselle d'honneur très à cœur, en particulier depuis l'histoire avec Nathan. Elle voulait vraiment être bien vue d'Anita.

Comme deux enfants qui sont restés debout trop tard, elles sortirent de l'ascenseur et s'approchèrent à pas de loup de la chambre d'Anita et de Marty, échangeant des « chuuuts » en chemin. Au lieu de frapper, elles grattèrent à la porte, ne voulant pas réveiller Anita qui dormait peut-être.

« Il était temps ! dit Marty d'une voix tonitruante.

Ça fait une demi-heure qu'Anita réchauffe au micro-ondes le chocolat chaud qu'elle a demandé au service en chambre. Je commençais à me dire que je n'aurais jamais l'occasion de le boire.

— Salut, Marty », dit Dakota avant de se diriger vers les bras d'Anita qui l'attendaient pour la serrer bien fort. Catherine aurait aimé faire la même chose, mais elle se contenta d'embrasser délicatement Anita sur la joue.

« Je parie que vous voulez savoir ce que j'ai fait, dit Dakota. D'abord, mon père a essayé de me transformer en architecte. Il m'a donné plein d'informations sur le dessin et des trucs dans le genre. Mais ça va parce que je me suis liée d'amitié avec le chef de cuisine. Je peux descendre le voir quand je veux. En plus, nous venons de passer une soirée des plus étonnantes au restaurant, et il y avait ce type nommé Roberto. Et il va rester à Rome pendant quelque temps parce que sa grand-mère a un appartement, et son père a dit qu'il pouvait rester pour pratiquer son anglais, et j'ai dit "D'accord", parce qu'il est vraiment, vraiment mignon.

— Tu devrais reprendre ta respiration, ma chérie, dit Anita en distribuant les tasses de chocolat chaud tandis qu'on frappait à la porte.

— C'est excitant, dit Marty en passant la main dans ses épais cheveux blancs. Une vraie fête.

— En tout cas, ce type, Roberto… » commença Dakota avant de s'interrompre. Elle venait de voir son père à la porte. « Plus tard. Ne dites *rien*. »

James salua Marty et Anita, puis s'assit sur le canapé.

« Dakota, j'ai organisé une sortie éducative pour toi et moi, demain, dit-il. Nous allons au Colisée. J'ai réservé une super visite et je pourrai te montrer un peu comment c'est construit. Qu'est-ce que tu en dis ?

— Je vais peut-être devoir garder Ginger », dit-elle d'un ton morne. Elle avait l'espoir de passer la journée avec Roberto qui lui avait parlé du marché aux fleurs de Campo de' Fiori. Il lui avait dit à quel point il aimait s'y promener. Et, même s'il ne l'avait pas formulé clairement, ses mots semblaient indiquer à Dakota qu'il apprécierait vraiment sa compagnie.

« Non, j'ai envoyé un e-mail à Lucy aujourd'hui et elle m'a répondu avec son BlackBerry qu'elle n'avait pas besoin de toi le matin, dit James. Alors, nous sommes libres. Et tu avais tellement envie d'y aller et tu as travaillé si dur. Je me suis dit qu'une sortie père et fille nous ferait le plus grand bien. » Il rit. Il était à l'évidence content de lui.

« Bonne idée ! » dit Anita, et Dakota sut qu'elle était foutue. Elle fit semblant de s'intéresser à la vue nocturne – elle pouvait regarder pendant des heures les lumières de Rome scintiller – afin de s'éloigner des autres qui s'exclamaient sur la bonne journée qu'elle allait passer en compagnie de son père.

Non seulement Roberto était intelligent, drôle, séduisant, de bon goût puisqu'il écoutait la même musique qu'elle, mais en plus il était doté d'une autre grande qualité qui n'avait pas échappé à Dakota : il lui parlait. Et voilà qu'elle allait passer à côté du premier jour du reste de sa vie, uniquement parce que son père se sentait seul. Parfois, ça craignait vraiment, la vie !

Elle pensait que Catherine lui viendrait en aide. Mais son amie avait à l'évidence très envie de prendre des nouvelles d'Anita et d'écouter les détails de son voyage.

« La traversée de l'Atlantique s'est bien passée, disait Anita. Le voyage a été très agréable.

— Les problèmes ont commencé lorsque nous sommes arrivés en Grande-Bretagne, dit Marty. Le détective privé était absolument adorable.

— Et il a fait tellement de recherches, poursuivit Anita. Il a pris tout ce que nous lui avons donné – son nom, les informations liées à son passeport, sa profession de comptable – et il a pu reconstituer assez précisément les allées et venues de ma sœur à la fin des années soixante.

— Nous avons retrouvé une de ses anciennes collègues, dit Marty. Elle est à la retraite maintenant, bien sûr. Mais elle se souvenait d'une Sarah qui allait tout à fait bien.

— Ce fut une très bonne journée, reprit Anita. Mais il y a beaucoup de pistes qui n'ont débouché sur rien.

— Et n'oubliez pas que le détective privé avait les cartes postales, dit Marty. Elles semblent suivre ses déplacements, ses déménagements. Elles partent de l'Angleterre…

— Puis viennent de Paris. Beaucoup de Big Ben et de tour Eiffel. Mais ensuite, il y en a beaucoup du sud de l'Autriche, du sud de la France, de Yougoslavie et de Grèce. Et finalement le détective privé repasse toute la pile en revue et commence à les trier. Puis il nous regarde et nous dit que quelque chose lui paraît bizarre : il y a beaucoup de cartes qui viennent du même pays, mais une seule d'Italie, celle du Colisée, il y a des années. »

En entendant ces mots, James donna un coup de coude à Dakota qui essaya d'afficher une expression agréable.

« Je ne comprends pas, dit Catherine.

— Qu'ont tous ces pays en commun ? demanda Anita.

— Ils ont une frontière commune avec l'Italie, marmonna Dakota, qui espérait conclure le plus rapidement possible pour pouvoir envoyer un SMS à Roberto avant qu'il ne soit trop tard.

— Exactement, dit Marty. Il n'y a qu'une carte postale de Rome. Mais toutes les autres ont été envoyées d'endroits accessibles en train.

— Tout près de la frontière italienne, ajouta Anita.

— Elle a révélé l'endroit où elle vivait, dit Marty. Puis elle est peut-être devenue nerveuse. Elle n'était pas prête, mais elle a quand même continué avec les cartes postales. Elle tendait la main à sa grande sœur. C'est un message en soi.

— À part cette année », dit Anita avec un sourire un peu tendu.

Catherine sentit un malaise croissant dans son ventre.

« La bonne nouvelle, c'est que nous croyons en cette théorie, dit Anita. Je pense qu'elle est là. À Rome. Et dès demain, je vais partir à la recherche de Sarah. Enfin. Je vais ramener ma petite sœur à la maison. »

26

Une fois à l'intérieur du Colisée, Dakota écouta le guide expliquer le système de cordages qui permettait de tendre une toile, le vélum, au-dessus de l'amphithéâtre et de protéger les Romains pendant qu'ils regardaient les gladiateurs se battre avec des animaux ou entre eux. C'était beaucoup plus fascinant qu'elle ne l'aurait cru. Ce qui était encore plus surprenant, et même un peu déconcertant, c'était de voir à quel point son père était enthousiaste de se trouver dans une merveille architecturale. Elle avait bien pensé qu'il serait tout excité, mais là, il en faisait carrément des tonnes. Il se lançait dans une grande conversation avec le guide sur le fait que l'amphithéâtre pouvait se remplir ou se vider en quelques minutes grâce au système de numérotation des portes. Quant aux arches ! Il ne pouvait pas s'arrêter de parler des calculs mathématiques qui se cachaient derrière les arches.

Ouais, James était du genre à lever le doigt toutes les trente secondes pendant une visite pour réciter des passages entiers du guide qu'il avait appris par cœur et pour faire passer son point de vue. Il était aussi du genre à poser une tonne de questions alors que les personnes qui l'accompagnaient avaient vraiment besoin d'une pause toilettes.

Pourtant, Dakota ne se formalisait pas trop, finalement, car elle avait réussi à entrer en contact avec Roberto. Et, non, son intérêt pour elle n'était pas uniquement le fruit de son imagination : il s'était invité lorsque Dakota lui avait dit qu'elle allait emmener Ginger pique-niquer et passer l'après-midi dans le parc.

Chaque fois qu'elle gardait Ginger, Dakota lui appliquait une couche épaisse d'écran total, lui mettait une casquette, et elles partaient toutes deux comme des touristes aventurières.

Elles jetèrent des pièces par-dessus leurs épaules dans la fontaine de Trevi, descendirent dans les ruines d'un sanctuaire dédié à Mithra sous la basilique Saint-Clément, flânèrent dans les thermes de Caracalla – Ginger déclara qu'elle préférait avoir une baignoire pour elle toute seule.

Elles mangeaient des pâtes dans de minuscules restaurants quand l'envie leur prenait. Une semaine auparavant, elles avaient passé vingt minutes à regarder un défilé fascinant qui bloquait la rue : il y avait des drapeaux partout, et beaucoup d'enfants qui descendaient la rue. Ils étaient précédés d'un groupe de policiers qui semblaient conduire le cortège. Ils faisaient signe aux passants qui leur répondaient.

« Et les chars, quand est-ce qu'ils arrivent, Dakota ? » demanda Ginger.

Dakota, qui n'en avait aucune idée, aborda un passant italien et lui posa la question.

« Ce n'est pas un défilé, dit-il dans un anglais hésitant. Ce sont les communistes. Un rassemblement.

— Oh ! » dit Dakota avant d'expliquer à Ginger qu'il n'y aurait pas de clown cet après-midi.

Pourtant, même ce rassemblement semblait nouveau et différent – peut-être même dangereux – et par conséquent captivant. Les sons, les odeurs, le style de vie : Rome était tellement différente de New York. Dakota se sentait plus vieille, plus élégante par le simple fait de se trouver dans cette ville. Mais elle appréciait surtout la liberté de ne pas savoir de quoi chaque jour serait fait : pas de boutique où aller, pas de discussion avec Peri, pas de fixation sur le fil à tricoter. Bizarrement, elle n'avait jamais autant tricoté que depuis son arrivée à Rome.

Elle avait trouvé une minuscule boutique non loin de l'hôtel et acheté toutes les fournitures dont elle avait besoin : puisqu'elle ne disposait pas de sa propre cuisine pour faire des gâteaux, elle allait se tricoter un cupcake. Et un muffin. Et pourquoi pas une tranche de quatre-quarts. Qu'allait-elle faire avec tout ça ? Elle n'en savait rien.

Elle pourrait donner ses créations à Ginger pour qu'elle joue avec. Mais, depuis qu'elle avait vu cette Romaine tricoter quelque temps auparavant, elle avait retrouvé du plaisir à s'adonner au tricot. Parce qu'elle n'était pas obligée de le faire. Elle le voulait. Tout était mieux à Rome.

Et maintenant, il y avait Roberto.

« Dakota ? » James la regardait d'un air interrogateur, et Dakota vit qu'elle était seule : le guide et le reste du groupe étaient loin devant. « Ça va ?

— J'étais juste en train d'imaginer de fausses batailles navales dans l'amphithéâtre, papa », dit-elle, embarrassée. Elle ne voulait surtout pas dire à son père qu'elle allait passer l'après-midi avec Roberto. Sans discuter, il trouverait soudain une raison pour que Dakota emmène Ginger au bureau et lui fasse faire des dessins pendant qu'elle effectuerait des recherches quelconques sur l'ordinateur. Et avec Ginger dans les parages, il lui serait impossible d'aller en douce dans la cuisine pour rendre visite à Andreas, le chef pâtissier, qui lui laissait souvent goûter ses dernières créations.

James ne semblait jamais remarquer qu'elle s'était absentée.

Pourtant, même la perspective de goûter à un gâteau bien frais (elle pouvait pratiquement sentir la pâte crue) ne lui paraissait pas aussi séduisante que celle de passer un après-midi à marcher dans le parc en compagnie de Roberto. Et de Ginger, bien sûr. Il faudrait qu'elle veille à ne pas se laisser distraire et à ne pas la perdre de vue. Elle se demanda, l'espace d'un instant, si elle ne devrait pas demander à Lucy d'acheter une de ces laisses pour enfants.

James passa le bras autour des épaules de sa fille et baissa les yeux pour la regarder, même si elle n'était plus si petite que ça à côté de lui.

« Tu ne trouves pas que nous avons passé une bonne matinée ensemble ? » demanda-t-il. James se souvenait très bien des premiers jours où il avait fait la connaissance de Dakota. Elle entrait tout juste dans l'adolescence et débordait d'énergie. C'était une enfant heureuse, très heureuse, pensa-t-il à présent, qui était devenue plus calme et plus introvertie au fur et à mesure que les années passaient. Georgia manquait à tout le monde. Mais il se revit lorsqu'il était à l'université, désireux de savoir qui il était et qui il voulait être, sans se soucier de l'opinion et des habitudes de ses parents. Il y avait des filles aussi. Des filles qu'il aimait, des filles qui l'aimaient, des filles dont il aurait souhaité qu'elles l'aiment plus. C'était une période excitante où tout ce qui était nouveau s'offrait à lui. C'était sans doute le début de cette période pour Dakota, une longue période où il ne la connaîtrait plus véritablement jusqu'à ce qu'elle revienne vers lui quand elle serait plus vieille.

Du moins fallait-il l'espérer. Elle avait déjà commencé à garder des secrets. C'est l'impression qu'il avait. Mais il supposait que c'était une partie de sa vie qui ne le concernait pas. Ça paraissait injuste, vraiment. Il voulait tout savoir à propos de Dakota, maintenant et toujours. Elle faisait partie de lui. Quand il se sentait incapable de communiquer avec elle, il avait le sentiment de perdre une partie de son âme. Il était surpris qu'elle ne veuille pas ce qu'il désirait pour elle. Ne pouvait-elle pas voir qu'il voulait que ses propres erreurs servent à quelque chose et qu'il lui fallait la protéger pour l'empêcher d'en faire à son tour ? Des choix stupides peuvent changer le cours d'une vie.

« Allons manger un morceau, dit James en conduisant Dakota dans un café avec terrasse en face du

Colisée. Tu pourras me raconter ce que tu as fait ces derniers jours. »

Dakota comprit immédiatement : son père voulait « avoir une discussion ».

Ils s'assirent, commandèrent des cocas et regardèrent les voitures passer.

« Alors, papa, qu'est-ce que tu as dans la tête ?

— Je voulais te demander ce que tu pensais de ton job d'été, commença-t-il. Ça te plaît ?

— C'est bien, dit Dakota. Mais ça ne correspond pas vraiment à ce que je veux faire dans la vie.

— Personne n'attend de toi que tu prennes des notes toute ta vie », dit James.

À la table d'à côté, deux dames se disputaient au-dessus d'un plan. Dakota ne comprenait pas ce qu'elles disaient – était-ce de l'allemand ? –, mais elle connaissait ce genre de bataille. L'une voulait aller dans une direction, l'autre voulait faire quelque chose de différent.

Comme il serait facile de dire à son père qu'elle avait trouvé sa voie et qu'elle voulait devenir architecte. Ou avocate. Ou qu'elle acceptait avec reconnaissance de reprendre la boutique de fils à tricoter.

Il était tout prêt à lui donner son assentiment, à lui sourire, à la prendre dans ses bras, à jouer le père comblé si seulement elle donnait la bonne réponse à sa question non formulée. Qui vas-tu être ? Que vas-tu faire ?

« C'est le fait de travailler dans un bureau, papa », finit par dire Dakota. James prit un air froissé. « Ce n'est pas ce que je veux.

— Tu as dix-huit ans, dit James. Tu ne sais pas ce que tu veux.

— Quand est-ce que ça commence alors ? demanda-t-elle. Quand est-ce que je serai autorisée à prendre mes décisions ? À vingt et un ans ? Vingt-cinq ans ? Quand je me marierai ? Et si je ne me marie jamais ?

— Qu'est-ce que tu mijotes ? demanda James tout en se calant sur sa chaise pour laisser la serveuse poser l'assiette de bruschetta qu'il avait commandée.

— J'attends, dit Dakota. J'attends le moment où je pourrai parler de mes rêves. Mais je ne suis plus une enfant.

— Tu es encore très jeune, dit James. Tu ne sais pas autant de choses que tu crois.

— Non, c'est justement ça le problème, dit Dakota. Je commence à réaliser à quel point je connais peu de choses. Chaque journée passée à Rome est comme un cadeau qui attend d'être ouvert. De nouvelles personnes, de nouvelles idées. De nouveaux goûts.

— De nouveaux goûts ? »

Elle envisagea de s'arrêter, de ne rien dire du tout. Mais à quoi bon alors ?

« Je vais en douce dans la cuisine quand je suis censée faire du classement, dit Dakota. Pas tout le temps. Mais suffisamment souvent pour qu'Andreas soit heureux de me voir. J'y vais même quand Lucy est chez elle et que je n'ai pas à garder Ginger.

— Qu'est-ce que tu dis ? » James était vraiment perplexe.

« Je dis que j'aime manger des pâtisseries, dit Dakota. J'aime penser à la pâtisserie, j'aime improviser, j'aime créer. Je dis que le seul moment où je me sens vraiment à ma place, c'est quand je fais des gâteaux. Même quand je regarde quelqu'un d'autre faire – quelqu'un dont le talent dépasse le mien –, j'ai l'impression d'assister à un magnifique concert. Tout semble si naturel, si merveilleux. »

Ses visites secrètes à Andreas ne se limitaient plus à l'observation. Il lui faisait mettre la main à la pâte. « Puisque tu viens si souvent, dit-il, tu peux râper ça ou nettoyer les ustensiles. » Le mixeur en inox tout reluisant. Ce fut un honneur pour elle.

Un jour, un client s'était présenté particulièrement tard pour le repas de midi, et Andreas, d'humeur généreuse, lui avait montré comment napper de coulis un cheese-cake à la ricotta qui avait été commandé pour le dessert.

Le reste du personnel de cuisine la regardait d'un air suspicieux, mais c'était normal, pensait Dakota. Après tout, elle faisait partie de la nouvelle vague. Elle allait leur prendre leur travail. Un jour, elle dirigerait sa propre cuisine.

Mais comment le faire comprendre à son père ? Jusqu'à présent, ça n'avait pas marché.

« Nous en avons déjà parlé, dit James. La pâtisserie, ce n'est pas un métier pour toi.

— Je suis désolée, papa, dit Dakota. Mais je dois avoir suffisamment foi en moi pour réaliser mes rêves, pas les tiens. »

Les deux touristes s'étaient murées dans un silence bougon. Elles tenaient leur verre, buvaient de petites gorgées, le reposaient sans se regarder. Leurs plans concurrents étaient posés sur la table, mais elles n'avaient pas bougé. Dakota regarda son père, la peur semblait resserrer son étreinte dans sa poitrine.

« Je sais, dit-elle. Je sais qui a financé mes études jusqu'à présent. Toi et le legs par fidéicommis de maman. Je sais que tu peux resserrer les cordons de la bourse. Mais tu sais quoi ? Si j'ai un rêve, c'est à moi de trouver comment le réaliser. Il faut que je trouve d'autres sources de financement, je pense. Un emprunt ou quelque chose dans le genre.

— Tu n'as pas uniquement le choix entre l'Université de New York et la rue, Dakota, dit James. Ce n'est pas la peine d'être aussi tragique.

— Mais je dois l'être, dit-elle en haussant la voix. Tu ne vois pas, papa ? Tout le monde me dit où je dois aller et qui je dois être. La fille de Georgia, la fille de James. Le problème, c'est que je ne suis aucun de vous deux. Je suis moi. Et je ne veux pas de la boutique.

— Alors quoi ?

— Vends-la à Peri, peut-être. Je n'en sais rien. » Elle but une grande gorgée de Coca-Cola, puis croqua les glaçons. « Je ne sais pas, dit-elle plus calmement cette fois. Mais je veux aller à l'école de pâtisserie. Je veux avoir cette chance.

— Tu perds ton temps, dit James. Ce n'est pas un métier pour toi. Debout toute la journée, dans une cuisine étouffante. C'est quoi, cette vie ?

— Une vie délicieuse, dit Dakota. La vie que je veux. Même si tu ne comprends pas, ou si tu ne m'approuves pas. Je ne peux pas prendre mes décisions en fonction de toi. Je ne serai jamais satisfaite si je vis pour toi. Et si je garde la boutique parce qu'elle était à maman, alors je gâcherai ma vie pour elle.

— Je te l'ai déjà dit. Tu peux t'occuper de la boutique à côté.

— Ce n'est pas ce que je veux non plus. Walker & Fille mérite quelqu'un qui l'aime tout le temps. Pour la bonne personne, c'est une véritable aubaine, dit Dakota. Mais pour moi, c'est un boulet.

— Je ne savais pas que tu voyais les choses comme ça, dit James avec raideur. Ta mère était tellement fière de cet endroit qu'elle avait fait figurer ton nom sur l'enseigne.

— Est-ce une raison suffisante pour que je reste ? dit Dakota. J'étais une enfant. Je n'ai rien demandé.

— C'est à toi de décider, je suppose. Puisque tu veux être une adulte, tu dois être capable de savoir ce que tu veux faire.

— Je n'ai encore jamais rencontré un adulte capable de savoir tout, tout le temps, dit Dakota. Papa, j'ai passé la plupart de mes vendredis soir assise autour d'une table avec un groupe de femmes plus âgées que moi. Et, la plupart du temps, elles ne semblaient pas plus éclairées que moi sur ce qu'elles voulaient faire ou comment elles voulaient être. On essaie, on fait des erreurs, on recommence. C'est tout ce que je veux dire. Il est temps que je sorte un peu et que je fasse des erreurs par moi-même.

— Le monde… commença James. C'est bien d'aller de l'avant. Beaucoup mieux sur le papier que dans la pratique, Dakota. Tu crois que tu seras heureuse tous les jours, uniquement parce que tu auras l'occasion de faire des gâteaux, vraiment ? Ça ne sera pas le cas, Dakota.

— Je sais, dit Dakota avant de lever la main. Non, attends. Laisse-moi réessayer. Je n'en ai pas la moindre idée, papa. Mais je ferais mieux de commencer à apprendre. »

Voilà ce qu'il était advenu de sa belle excursion avec sa fille. Il se souvint d'une époque où Dakota ne rêvait que d'une chose : d'un nouveau vélo. À présent, elle insistait pour affronter le monde.

Les quelques jours que Roberto devait passer à Rome s'étaient transformés en semaines avec l'accord tacite de son père.

« Je crois qu'il veut avoir une raison de retourner à Rome, dit Roberto à Dakota tandis qu'ils se promenaient dans les jardins de la villa Borghèse, avec ses grandes pelouses comme à Central Park. Il me parle souvent de ton amie Catherine.

— Ils se voient beaucoup ? » demanda Dakota, et Roberto haussa les épaules.

Elle avait vaguement remarqué que Catherine se faisait discrète ces derniers temps, mais elle était trop préoccupée par sa propre vie pour se poser des questions. Son père avait essayé plusieurs fois d'expliquer son point de vue sur les études universitaires de sa fille. Pendant ce temps, Dakota avait cherché avec le plus grand zèle des écoles, des possibilités de financement, des opportunités en général.

Le vent soufflait légèrement dans leur direction, agitant les branches des grands arbres et offrant un peu de résistance à Ginger qui courait dans l'herbe à côté. Elle faisait la course avec Sucre d'orge qui bondissait alternativement dans sa main ou sur ses épaules.

« J'ai encore gagné ! cria-t-elle d'un ton triomphant après une énième victoire sur son doudou qu'elle emportait partout avec elle.

— Cette créature est ravie que tu t'occupes d'elle », dit Roberto. Dakota sourit. En plus des cupcakes qu'elle créait, elle avait aussi tricoté une minuscule veste pour Sucre d'orge ainsi qu'un bonnet avec deux trous pour laisser passer les oreilles. Elle l'avait fait pour Ginger, bien sûr, mais elle était ravie de voir que Roberto avait remarqué. Elle aurait bien aimé tricoter quelque chose pour Roberto aussi, mais ça faisait vraiment trop années 1950. Elle se contenta donc de confectionner des vêtements pour le doudou.

Ils avaient passé un sacré après-midi, tous les trois. Ils avaient loué des vélos pour se promener dans le parc, puis s'étaient reposés sur l'herbe ensuite avec des grosses bouteilles d'Orangina.

« Eh ! eh ! dit Ginger en se précipitant vers eux. Je peux sauter d'un arbre, Dakota ?

— Non », dit Dakota. C'était leur nouveau jeu. Ginger réfléchissait aux suggestions les plus folles, puis attendait que Dakota lui dise qu'elle ne pouvait pas le faire.

« Je peux voler sur les ailes d'un oiseau ?

— Non.

— Je peux te regarder embrasser Roberto ? »

Dakota rougit, regarda Roberto, puis s'empressa de détourner les yeux. Il est vrai qu'ils ne s'étaient jamais embrassés. Ils se tenaient la main, parfois, mais la plupart du temps ils traînaient avec Ginger, qui faisait office de chaperon, et flirtaient par SMS plus tard.

« Non, dit-elle ostensiblement.

— C'est ton petit ami, Roberto ? demanda Ginger.

— Non, dit Dakota.

— Si », dit Roberto.

Dakota sourit pour elle-même. « D'accord », dit-elle d'un ton désinvolte. Quel été !

Marco fit des allers et retours entre le vignoble et Rome plusieurs fois, et il invitait toujours Catherine à se joindre à lui quand il se rendait à la campagne.

La plupart du temps, elle rechignait. Pourtant, une fois, elle se laissa fléchir pour tenter l'expérience. Elle noua un foulard bleu autour de ses cheveux blonds dans l'espoir d'empêcher le vent de la décoiffer.

Elle n'avait pas l'intention de s'amuser beaucoup et elle se dit que, si elle acceptait une fois, Marco arrêterait peut-être de lui casser les pieds. Mais en fait, elle n'eut aucun mal à discuter avec lui. Ce qui l'ennuya encore plus d'être venue, bien sûr.

« Allegra aime quand je l'emmène promener en voiture, dit-il en parlant de sa fille tandis qu'il filait à toute allure sur la route sinueuse. Elle s'assoit à l'arrière et me dit où je dois tourner.

— J'ai aidé Dakota à apprendre à conduire, dit Catherine tout en admirant les arbres verts et les maisons aux toits de tuiles. James l'emmenait à Cold Spring et elle s'entraînait à faire des créneaux. Il est plutôt difficile de conduire à New York. Les taxis changent de voie constamment.

— Dieu merci, Allegra ne va pas conduire avant plusieurs années, répondit Marco. C'est suffisamment dur de la voir devenir si grande. Et Roberto ! C'est pratiquement un homme déjà. Il est plus grand que moi, plus élégant aussi. »

C'était vraiment agréable de passer du temps avec un homme qui à l'évidence ne pouvait pas s'arrêter de parler de ses enfants. Catherine prenait garde à bien enregistrer tous les détails concernant Roberto – comment il aimait citer les répliques des films américains lorsqu'il était au lycée, comment il était tombé d'un arbre, un après-midi, et comment il s'était cassé le bras – pour pouvoir faire profiter Dakota de ces informations, car elle adorait discuter avec sa jeune amie et elle savait que Dakota n'avait qu'une chose en tête : Roberto. Et la pâtisserie. Ça n'avait pas changé. Mais Catherine avait encore moins à dire sur un tel sujet. C'est pourquoi elle aimait mieux parler de Roberto.

Marco veillait toujours à appeler Catherine chaque fois qu'il allait à Rome pour voir comment Roberto se portait. Il alla même dîner plusieurs fois avec Lucy, Ginger, Dakota et son fils. Catherine, bien qu'invitée toutes les fois, n'y alla qu'une seule lorsque James se joignit aussi à eux.

Ils passèrent une bonne partie de la soirée à manger de la salade, à goûter des vins et à discuter des avantages de travailler pour son propre compte ou pour celui de quelqu'un d'autre. James était circonspect, mais il semblait très intrigué par ce qu'avait à dire le viticulteur.

« Ce Marco, c'est un type cool, lui dit-il plus tard alors qu'ils prenaient un dernier verre au bar de l'hôtel. Pas comme les nigauds avec qui tu traînes d'habitude.

— Je le connais à peine, dit Catherine. Je vends juste son vin au Phénix.

— À propos, comment vont les affaires ? » demanda James. Il trouvait plutôt amusant que Catherine ait tout naturellement confié son magasin à quelqu'un d'autre pendant qu'elle allait faire un tour en Europe. Peri, au moins, possédait une partie de Walker & Fille et était pour une large part responsable de son succès.

« J'ai entendu qu'elles n'allaient pas trop mal », dit-elle, sachant pertinemment qu'il pensait qu'elle tenait un commerce futile. Elle préférait le voir comme une certaine philosophie de la vie.

« Dakota veut vendre la boutique, lui dit-il en sirotant un whisky. Ça me fend le cœur.

— Georgia n'est pas dans la boutique, tu sais », dit Catherine. Elle buvait aussi un whisky, mais juste un. Cela faisait bien longtemps qu'elle n'avait pas pris un GW avec James, ni qu'ils avaient ressenti le besoin d'aller dans un restaurant et de faire comme s'ils dînaient avec Georgia. Dakota n'arrêtait pas de dire à Catherine que Rome allait renouveler son âme. Peut-être savait-elle vraiment de quoi elle parlait.

« Certes, dit James en haussant un sourcil. Elle est dans la robe dont ton magasin porte le nom.

— Je pensais plus généralement, dit Catherine. Elle est dans nos cœurs et tout ça.

— Ouais, dit James d'un air contrit. Mais la

boutique ne nous donne-t-elle pas le sentiment qu'elle est encore un peu là ?

— C'est peut-être ça, dit Catherine doucement, comme si elle venait de réaliser quelque chose. La boutique est peut-être une pierre d'achoppement pour Dakota. D'un point de vue émotionnel, je veux dire.

— Je ne sais pas. Je n'arrive pas vraiment à la faire parler, dit James. Elle pense que je suis l'ennemi qui détruit ses rêves de gâteaux.

— Non, dit Catherine. Elle croit que tu ne la comprends pas. Mais elle ne te déteste pas.

— J'ai l'impression d'être un ogre, dit James. Pourtant, je sais juste ce qu'il y a de mieux pour elle. »

Catherine se mit à rire de bon cœur. « Oh ! James Foster, dit-elle. C'est l'une des choses les plus drôles que j'aie jamais entendues. Non, tu ne sais pas. Tu veux juste qu'elle fasse ce qu'il y a de plus raisonnable, pas ce qu'il y a de mieux pour elle. Ce n'est pas la même chose. »

James fut bien obligé de le reconnaître : elle venait de marquer un point.

« Bon, dit-il. À propos de raisonnable. Je ne dirai qu'un mot.

— Vas-y », dit Catherine.

James vida son whisky avant de tapoter ses lèvres avec une serviette et de se lever du tabouret de bar. Il embrassa Catherine sur la tête et s'approcha pour murmurer son mot : « Marco ? »

27

Le granité aux framboises et au citron vert fondait plus vite qu'elle ne pouvait le manger avec la cuillère, et il se transforma en délicieuse fondue de fruits alors que Catherine tuait le temps sur le toit en terrasse de l'hôtel V.

Elle se cachait, une fois encore, en plein jour. Tout le monde pensait qu'elle partait à l'aventure et qu'elle évitait leur compagnie. En réalité, elle se contentait de prendre l'ascenseur, de monter plusieurs étages et de contempler les chefs-d'œuvre architecturaux dans chaque direction, la silhouette de la basilique Saint-Pierre en toile de fond.

Il y avait bien des jours où elle se promenait dans la ville – l'art y était présent partout, et un rapide séjour d'une demi-heure dans une église pouvait combler son désir de voir les œuvres de grands maîtres –, mais à présent que Marco continuait à surgir inopinément, elle restait la plupart du temps à l'hôtel.

Lors des quelques occasions où ils s'étaient vus sans le reste de la troupe, par exemple lorsque Marco avait harcelé Catherine pour qu'elle l'aide à choisir une nouvelle étiquette pour les vins de Cara Mia destinés à l'exportation, elle l'avait interrogé sans pitié.

Pourquoi ne s'était-il jamais remarié ? Il avait failli se remarier, lui dit-il, mais il avait fini par réaliser qu'il essayait juste d'oublier sa solitude et qu'il n'était pas l'homme qu'il fallait à cette fille. Il ne pourrait jamais lui donner ce qu'elle méritait vraiment.

Elle détestait cette réponse : c'était un gentleman même lorsqu'il brisait les rêves de quelqu'un d'autre.

Était-ce difficile d'élever seul ses enfants pour un homme ? Oui, dit-il, mais ça ne faisait rien. Ses enfants avaient besoin d'un amour constant, pas d'une succession de femmes jouant à la maman.

Elle détesta cette réponse aussi.

Avait-il déjà eu des clients à Cara Mia qui ne pouvaient pas payer ? Oui, dit-il, et ils avaient tous fini par régler leurs dettes. Alors, il avait traversé avec eux cette mauvaise passe. La loyauté, lui dit-il, finit toujours par payer.

Marco était, sans nul doute, un problème. Et le problème, c'était que Catherine l'aimait bien. Elle n'avait pas apprécié non plus que James le lui fasse remarquer.

Eh bien, nous savons tous comment ça finit, se dit-elle, le nez dans son verre glacé pour gratter les derniers restes de saveur.

C'était un petit plaisir bien mérité, car elle s'était levée tôt. Elle était sortie de l'hôtel ce jour-là après s'être levée aux aurores pour présenter ses respects à son nouveau meilleur ami imaginaire : ce bon vieux

Jules César, qui reposait dans le forum romain. Elle avait pris des fleurs, elle avait entendu que beaucoup de gens faisaient ainsi, et avait passé quelques instants à réfléchir.

Elle n'avait pas médité sur César, mais sur elle-même. Sur ce qu'elle souhaitait que les gens pensent d'elle quand elle ne serait plus là. L'héritage de son humanité, tel qu'il était. Et elle se concentra sur la nouvelle résolution qu'elle avait prise.

C'était ça le truc : Catherine n'avait pas encore réussi à avoir une relation et à avoir une vie. Ses aventures occasionnelles n'avaient été rien d'autre qu'une distraction agréable. Mais les relations sérieuses, les types qui avaient compté pour elle avaient toujours causé des problèmes. Elle avait toujours essayé de disparaître et de se fondre dans l'identité de quelqu'un d'autre au lieu de garder la sienne.

Elle l'avait fait avec son ex-mari, ce coureur de jupons, ce salaud cruel, elle l'avait fait avec Nathan en l'espace d'une semaine. « Jules, dit-elle. Je promets d'arrêter de me comporter ainsi et j'y arriverai. » Il ne pourrait donc pas y avoir de Marco, pas d'autre homme tant qu'elle n'aurait pas trouvé un moyen de ne pas tomber dans le piège. Même s'il était trop tard pour obtenir un rôle de vestale.

Il était étrange qu'après avoir passé des années à se demander si les gens avaient du temps pour elle, elle se fasse subitement rare, juste au moment où ils voulaient tous traîner ensemble. Elle communiquait régulièrement avec KC par e-mails, ce qu'elle n'avait jamais fait auparavant. Juste pour lui donner des nouvelles. Elle lui avait parlé de Marco. Lui avait dit que ça n'allait pas être sérieux. *Si tu le dis*, avait écrit KC en guise de réponse. Et Lucy semblait l'appeler tous les deux jours avec une nouvelle idée ou une réflexion qu'elle s'était faite. Dakota passait de temps en temps, quand elle mourait d'envie de lui faire part des derniers détails concernant sa relation avec Roberto ou de se plaindre de James.

Parfois, Catherine recevait Roberto et Dakota quand ils revenaient à l'hôtel après avoir passé l'après-midi ensemble et qu'ils n'avaient plus envie de consacrer cinq minutes de plus à Ginger. Elle écoutait Roberto parler de son rêve de devenir pilote de ligne et Dakota de son rêve de devenir chef pâtissière. C'étaient les soirées qu'elle préférait : quand les enfants passaient la voir et qu'ils buvaient tous trois un expresso même s'il était tard. Ils parlaient alors de tout et de rien : de la femme folle qui traquait les groupes de touristes sur le mont Palatin, du pour et du contre des idoles américaines et européennes, de la tristesse qu'ils ressentaient souvent parce que leurs mères n'étaient plus là. Catherine hochait la tête à tout ce qu'ils disaient. La plupart du temps, elle pouvait parfaitement comprendre ce qu'ils ressentaient : il lui suffisait de penser à Georgia ou à sa propre mère ou du moins de se rappeler les moments où elle avait ressenti des émotions qui ressemblaient aux leurs. Elle se dit qu'il était peut-être préférable qu'elle ne soit la mère de personne. Ainsi, elle pourrait toujours être l'amie qui écoute et qui compatit.

Et même lorsque Dakota ne passait pas, il y avait toujours Anita. Elle était certes très préoccupée par la quête de sa sœur, mais elle passait tous les jours en compagnie de Marty pour voir comment Catherine se portait. Elle disait qu'elle ne pouvait pas laisser sa demoiselle d'honneur broyer du noir.

Pourtant, Catherine ne se morfondait pas. Elle se cachait, oui. Ce n'était pas la même chose. Elle avait le sentiment de n'avoir jamais été aussi calme. Parfois, elle écrivait quelques lignes de son roman, ce qui lui plaisait de plus en plus. « Il y a longtemps, dit-elle à Dakota, j'étais la meilleure chroniqueuse de la *Harrisburg High Gazette*, et Georgia était ma rédactrice en chef. » D'autres fois, elle lisait des classiques qu'elle avait empruntés dans le coin lecture du café de l'hôtel.

Elle redevenait elle-même, voilà ce qu'elle faisait. Elle créait un modèle meilleur pour se sentir mieux dans sa peau. Dans sa vie telle qu'elle était.

Son téléphone portable sonnait sur la table. Lucy. Elle avait appelé toute la journée. Une autre urgence concernant Isabella sans doute. Il y en avait eu plusieurs au cours de l'été. Eh bien, Catherine la rappellerait. Plus tard. Une fois qu'elle aurait savouré un deuxième granité.

Ce n'était pas toujours une partie de plaisir de travailler avec Isabella : elle avait de nouvelles exigences jour et nuit, elle faisait sans cesse des suggestions sur la façon dont Lucy devrait tourner telle ou telle scène et de plus elle changeait constamment d'entourage. Quant à sa dernière requête, c'était vraiment le comble.

Le téléphone de Lucy sonna et elle le sortit brusquement de son jean.

« Catherine ? demanda-t-elle. Il faut que je te demande une immense faveur.

— Maman s'est perdue », dit une voix. Pas de bonjour. Pas de comment ça va. Juste les faits. Rien que les faits. Et une bonne dose d'agacement dans la voix. « Je me suis dit que ça t'intéresserait peut-être de savoir.

— Salut, Mitch », dit Lucy d'une voix égale. Si Rosie avait vraiment été en danger, il aurait commencé par cette nouvelle. Elle se dit qu'il valait donc mieux garder un ton posé. « Où est-elle à présent ?

— Elle est à la maison et je suis avec elle, dit Mitch. Ce n'est pas grâce à toi.

— Cinq minutes de pause pour tout le monde ! » cria Lucy. Puis elle demanda en baissant la voix : « Elle va bien ?

— Pour le moment, dit Mitch. Mais qui sait ce qui nous attend demain ou même après-demain ?

— Tu as dû rentrer plus tôt de vacances ?

— Nous aurions dû, dit Mitch avec brusquerie. Si nous n'étions pas déjà rentrés à la maison ce week-end.

— Mitch, je suis sur un plateau de tournage, et le temps c'est de l'argent, et pas le mien en plus, dit Lucy. Tu ne pourrais pas me donner une version condensée ? »

Apparemment, Rosie avait décidé qu'il lui fallait quelques provisions et qu'elle ne pouvait pas attendre que son fils cadet, Brian, passe la voir après le travail et l'emmène au magasin. Elle était donc partie à pied. Et lorsque Brian était arrivé à 18 heures, elle était introuvable. Elle n'était ni dans le magasin, ni dans la rue, ni chez les voisins.

« Elle s'est pointée comme si de rien n'était, il y a tout juste un quart d'heure, dit Mitch. Je viens d'appeler Brian au commissariat où il s'apprêtait à remplir un formulaire de disparition de personne.

— Combien de temps est-elle partie ?

— Suffisamment longtemps, Luce, pour que Brian attende ici jusqu'à 21 heures sans le moindre signe de maman ! aboya Mitch. La nuit commençait à tomber et elle était toujours dehors. »

Lucy entendit sa mère décrocher le combiné, puis respirer fortement dans l'appareil.

« Salut, maman, dit-elle.

— Oh ! quelle histoire ! dit Rosie. Je vais me promener dans ma propre ville, et mes fils appellent la police. Ils ne font pas réparer ma voiture et maintenant ils vont m'envoyer en prison, et tout ça parce que je voulais une tranche de pain. Bientôt, ils vont me faire mourir de faim, me voler ma nourriture !

— Personne ne vole ta nourriture, maman, dit Lucy. Tu aurais peut-être pu laisser un mot ?

— Pour qui ? Pour moi ? "À tout à l'heure, Rosie. On se verra quand je rentrerai. Bisous, Rosie" ». Elle fit un tss tss tss avec la langue. « J'étais tout à fait capable de me prendre en charge avant votre naissance à tous les quatre et je le serai encore longtemps.

— C'est juste qu'on était inquiets, m'man, dit Mitch.

— Mes propres enfants me traitent comme un prisonnier de guerre, dit Rosie. Tu sais qui est vraiment gentil avec moi ? Cette Darwin. Son mari et elle m'ont amené leurs bébés la dernière fois.

— Je ne sais pas de quoi elle parle, dit Mitch à Lucy. M'man, les amis de Lucy ne sont pas venus. Bon, maintenant, est-ce que tu peux raccrocher pendant que je parle à Lucy ?

— Ce n'est pas bien d'appeler Lucy en Italie pour dire du mal de moi, dit Rosie. Je n'ai rien fait de mal, si ce n'est vivre ma vie comme je l'ai toujours fait. Vous n'allez quand même pas me poursuivre en justice parce que je voulais un sandwich.

— La glace était complètement fondue, dit Mitch. Tu as dû l'acheter il y a au moins cinq heures. Où est-ce que tu étais ensuite ?

— Je te l'ai déjà dit, maugréa Rosie en prenant le même ton que lorsque Brian et Mitch se battaient un peu trop près de sa collection de figurines Hummel dans la salle de séjour. Je me promenais.

— M'man, laisse-moi parler quelques minutes avec Lucy, s'il te plaît.

— Très bien, dit Rosie en traînant sur la dernière syllabe. Et Darwin et Dan sont passés vendredi avant que tu n'arrives. Je n'ai pas rêvé. Tu n'as qu'à leur téléphoner et leur demander si tu ne me crois pas. Un garçon qui ne croit pas sa mère… »

Lucy entendit Rosie faire un maximum de bruit. Elle connaissait ce truc : sa mère feignait de raccrocher pour pouvoir continuer à écouter incognito. Oh ! elle perdait peut-être la mémoire, mais elle était toujours aussi rusée, cette Rosie.

« La situation devient incontrôlable, dit Mitch qui

pensait être seul sur la ligne avec Lucy. Je crois qu'il faut que tu rentres à la maison.

— Mitch, tu veux que je résolve le problème, mais je ne peux pas, dit Lucy en essayant de parler à voix basse pour ne pas attirer l'attention de l'équipe ou d'Isabella. Maman vieillit. Elle a de mauvais jours.

— À moins que tout le monde ne devienne un peu trop fouineur pour soigner ses intérêts, s'empressa de dire Rosie avant de réaliser qu'elle venait de révéler à son fils qu'elle écoutait aux portes.

— M'man, s'il te plaît ! cria Mitch tandis que Rosie se raclait la gorge et raccrochait brutalement le téléphone. Je sens que je vais avoir une attaque, ici, Lucy. » Sa voix se brisa. « Ça me sape vraiment le moral. Tu ne vois pas de quoi je parle parce que tu ne viens pas assez souvent. »

Mitch était incontestablement agaçant. Ergoteur. Dédaigneux. Autoritaire. Mais c'était aussi son frère aîné. Et Lucy n'aimait pas le reconnaître, mais il y avait certainement un fond de vérité dans ce qu'il disait. C'est ce qu'elle détestait le plus dans l'histoire.

Des heures plus tard, Lucy arriva dans sa suite à l'hôtel. Elle était particulièrement lasse. Ginger était presque endormie dans son lit, et Dakota somnolait sur le canapé tandis qu'un film mélodramatique italien incompréhensible passait une fois de plus à la télévision. Ils devraient vraiment proposer une option sous-titres, pensa Lucy.

Elle emporta son téléphone dans la chambre de Dakota, afin de ne pas déranger sa fille, et composa le numéro de Darwin.

« *Ciao*, dit Darwin. J'ai reconnu le numéro.

— À l'aide, marmonna Lucy dans le téléphone. On vient de me servir de force une énorme portion de culpabilité.

— Rosie, dit Darwin immédiatement.

— Ô mon Dieu, dit Lucy. Si tu le sais déjà… Est-ce que tu es passée voir ma mère, le week-end dernier ?

— Je t'avais dit que j'allais y aller, dit Darwin. La dernière fois que je t'ai eue au téléphone.

— Je sais, je sais, dit Lucy. Ça paraissait juste vraiment hors contexte d'entendre Mitch prononcer ton nom.

— Il n'était pas là, dit Darwin. Brian venait juste de partir quand nous sommes arrivés. Il était venu nettoyer le collecteur d'eaux pluviales.

— Tu n'étais pas obligée de faire tout ce trajet, Dar », dit Lucy en se frottant les yeux. Mon Dieu qu'elle était fatiguée !

« Bien sûr que si, dit Darwin. Ta mère nous a tricoté de la layette pour chacun des enfants. C'était magnifique.

— Parce que tu t'y connais maintenant en tricot ? » demanda Lucy en riant. Même si Darwin était dans sa phase socquettes tricotées main, elle était connue dans le groupe pour ne jamais reprendre ses mailles perdues ou ne jamais utiliser de jauge. En bref, ses tricots n'étaient pas très soignés.

« Tu vas voir quand tu rentreras, dit Darwin. J'ai arrêté les chaussettes, mon amie. Les petits n'ont que deux pieds. Maintenant, je me suis attaquée aux couvertures en laine et ça déménage ! C'est moi qui vais gagner cette année.

— Et Anita ? demanda Lucy. C'est toujours elle qui en tricote le plus.

— Eh bien, Catherine a dit à KC qui l'a dit à Peri qu'Anita est en train de tricoter un manteau de mariée.

— Je la vois pratiquement tous les jours et je ne suis même pas au courant.

— C'est sûrement parce que tu passes ton temps à traîner avec ce viticulteur, dit Darwin. Alors, tu as quelque chose d'intéressant à me raconter ? »

Lucy enleva son jean et se glissa sous les couvertures de Dakota en espérant qu'elle ne lui en voudrait pas.

« Non, reconnut-elle. Il est très gentil. Ami avec tout le monde. Je me demande si je n'ai pas loupé quelque chose. Mais nous sommes toujours entourés d'un tas de gens. C'est comme quand on faisait des sorties au cinéma quand on était au collège. Tu vois ce que je veux dire ?

— Pas vraiment, dit Darwin. Dan a été mon premier petit ami et je l'ai rencontré à l'université. Mais j'ai vu un truc dans le genre dans *Sauvés par le gong*.

— En fait, il semble surtout s'intéresser à Catherine, dit Lucy. Ce qui m'écœure un peu parce qu'elle obtient toujours ce qu'elle veut, tu sais. D'abord, elle vient en Italie, puis une petite idylle…

— Catherine sort avec lui, alors ? demanda Darwin.

— C'est un peu bizarre en fait, dit Lucy. Elle rumine et il la regarde fixement.

— Tout ça est très dramatique ! s'exclama Darwin avec enthousiasme.

— Ennuyeux, la reprit Lucy. Ce n'est pas que j'aime Marco Toscano. Je suis bien trop occupée pour tout ce baratin. Mais j'aime l'idée d'être courtisée.

— Eh bien, dit Darwin. Il n'y a pas qu'un homme en Italie, que je sache.

— Non, mais c'est le seul que j'ai rencontré.

— Je croyais que tu étais allée en Italie parce que c'était bon pour ta carrière ?

— Oui, professeur, dit Lucy.

— Alors, pourquoi est-ce que tu te disperses ? Pourquoi est-ce que tu cherches une idylle amoureuse maintenant ? Je sais que nous devons tous dîner le soir, mais n'essaie pas de transformer ces repas en autre chose.

— J'aimerais bien avoir un partenaire, moi aussi, tu sais », dit Lucy. Elle n'était pas d'humeur à entendre deux sermons dans la même soirée.

« Je croyais qu'il était veuf et qu'il avait des enfants ?

— Oui, dit Lucy. Il a vraiment l'air de bien s'occuper d'eux.

— Tu cherches donc un père pour Ginger, dit Darwin. Il s'agit de Will en fait ?

— Non, dit Lucy. Je l'aime bien. Il m'intéresse.

— Ça t'intéresse aussi d'être une mère pour ses enfants ? »

Silence à l'autre bout de la ligne.

« Tu dors ?

— Non, dit Lucy, même si elle avait en fait les yeux fermés. Tu sais, je ne cherche pas à avoir plus d'enfants. Ginger me suffit. Mais on ne sait jamais. Nous pourrions trouver un moyen de nous arranger. Ou peut-être juste avoir une aventure à Rome.

— Oh non, ça ressemble trop à *La Mélodie du bonheur*. C'est un rituel de pensionnat. Si tu te souviens bien, le type finit par épouser la religieuse avec l'horrible coupe de cheveux. Celle qui aime ses enfants. Pas la baronne blonde ambitieuse qui se cache pour lui faire de l'œil.

— Je ne suis pas blonde », dit Lucy avant de prendre un fou rire… Les nerfs, la fatigue. « C'est Catherine, la blonde.

— Luce, dans une minute Stanton va se mettre à hurler pour une raison ou une autre, dit Darwin. Est-ce que tu t'es entichée de ce vendeur de vin, Marco, oui ou non ? »

Lucy grogna et roula sur elle-même dans le lit.

« Non, reconnut-elle. J'aime juste l'idée.

— S'agit-il de Will ? demanda une nouvelle fois Darwin.

— Oui, marmonna-t-elle. Tu es psychologue maintenant ? » Lucy remonta les couvertures sur sa tête.

« C'est en voyant Marco être si gentil avec Ginger. Je me suis demandé si je ne devrais pas appeler Will pour lui dire. Faire plaisir à tout le monde.

— Si c'est ce que tu veux, je te soutiendrai, dit Darwin. Mais est-ce que tu as pensé qu'il risque de réclamer un droit de visite ? Est-ce que tu es prête à partager Ginger en respectant les conditions d'un autre ? »

Lucy ouvrit de grands yeux.

« Je n'avais pas pensé à ça, reconnut-elle. Je dois

être perturbée. Il se passe trop de choses autour de moi.

— Je sais, dit Darwin. Ta mère…

— Darwin, dis-moi la vérité. Comment est-ce que tu as trouvé Rosie ?

— Elle va bien. Elle est pétillante, aimable, elle était aux petits soins pour les bébés, dit Darwin. Mais elle a fait quelques étourderies. Elle a oublié d'éteindre le four après avoir sorti les gâteaux, par exemple. Elle nous a fait manger et manger encore tout en disant ce qu'elle allait faire et que ce n'était pas grave. Mais, parfois, on dirait qu'elle a l'esprit un peu embrumé. Dan m'a dit de vous suggérer, à toi et à tes frères, d'aller voir son docteur et de l'emmener consulter un neurologue.

— Alors, Mitch n'a pas entièrement tort ?

— Je ne sais pas, dit Darwin. Je ne suis docteur qu'à la maison. Dan est juste le médecin. Mais il peut t'appeler quand il rentrera de l'hôpital.

— Pas ce soir, dit Lucy. Je suis cuite. Isabella a décidé qu'elle devait porter une pièce de haute couture tricotée main dans le clip et sur la double page du *Vogue* italien.

— Qu'en est-il de la minirobe que Dakota lui a tricotée ?

— Elle est superbe, dit Lucy. Isabella la porte tout le temps maintenant que le tricot est sa lubie de la semaine. Ou du mois. Il est difficile de dire combien de temps ses mini-obsessions vont durer. Mais elle est très insistante. Elle veut que je lui trouve une robe de soirée tricotée main.

— J'espère que tu n'as pas fait ça ? dit Darwin.

Juste parce que tu es énervée contre Catherine à cause de cette histoire de Marco qui ne sera peut-être même pas une aventure ? Elle t'a aidée plus d'une fois, déjà. Tu te rappelles le vin ? C'est aussi un peu grâce à elle que Dakota a pu venir.

— Qu'est-ce que j'y peux ? dit Lucy, d'une voix qui trahissait son manque de sommeil. Isabella est la personne la plus inconstante, la plus difficile avec qui j'ai travaillé. Mais ce job est très lucratif et pourrait avoir une grande influence sur ce que je vais faire par la suite.

— Alors, tu lui as dit…

— Que je connais quelqu'un qui possède une superbe robe de soirée à New York, une robe si somptueuse qu'elle porte un nom, dit Lucy. Je lui ai promis que je pourrai lui avoir le Phénix. »

28

Anita sélectionna sa tenue avec beaucoup de soin. Elle veilla à choisir une paire de boucles d'oreilles qui avait appartenu à sa mère. Quelque chose que Sarah pourrait reconnaître. Quelque chose qu'elle aurait vu souvent. Et elle n'avait en fait qu'un choix possible : des disques en nacre et en argent fin que sa mère portait pour les grandes occasions. La famille Schwartz ne manquait pas d'argent, mais elle était loin d'être riche. Elle ne vivait pas dans le luxe. De plus, si les parents d'Anita avaient pu se permettre quelques folies quand ils furent plus âgés, c'était grâce à Anita et Stan. C'est Anita qui avait offert à sa mère la plupart des bijoux qui lui restaient à présent.

« C'est aujourd'hui », rappela-t-elle à Marty. Elle était assise, déjà habillée, au bord du lit et secouait doucement son futur époux pour le réveiller. « Si nous voulons avoir le temps de nous préparer, il faut se lever. »

Il était 5 heures du matin.

Anita n'avait pas fermé l'œil de la nuit ; elle

s'était tournée et retournée dans son lit. Elle essayait d'imaginer à quoi sa sœur ressemblerait. Aurait-elle les cheveux argentés comme elle ou les aurait-elle teints ? Et si elle n'était pas heureuse de les revoir ? Et si, et si, et si. Anita avait tout envisagé.

Après des semaines de recherche, ils en avaient été réduits à payer un détective privé et un jeune étudiant pour éplucher les documents officiels – y compris les actes de mariage – et trouver toutes les Sarah Schwartz qui étaient dans la ville. Puis ils avaient élargi leurs recherches à tout le pays. Ils cherchèrent des femmes portant ce nom, ou une variante de ce nom, telle que Schwartzman et Schwartzmann, et qui figuraient dans les actes officiels entre 1968 et l'époque actuelle. C'était l'Italie : il n'y en avait pas tant que ça. Ce n'était pas aussi difficile que de rechercher un John Smith à New York.

C'était donc un avantage. Ils étaient aussi allés à la synagogue, bien sûr, un édifice imposant qui se dressait dans l'ancien ghetto juif depuis des temps reculés. Beaucoup de boutiques étaient encore spécialisées, même si le nom du quartier appartenait à une autre époque et à un autre endroit.

Et Anita s'était jointe à l'équipe qu'ils avaient engagée pour effectuer des recherches sur l'ordinateur. Elle faisait défiler des fichiers qui avaient été téléchargés au cours du temps. Elle enfila aussi des gants en latex – pour protéger ses mains soignées – et fouilla dans les documents sur papier qui se morfondaient dans des boîtes. Ils cherchèrent des Sarah qui s'appelaient Schwartz (et toutes les variantes possibles) dans le présent, et des Sarah qui portaient ce nom dans le passé, avant de se marier ou de changer de nom, par exemple. Et ensuite, ils partirent systématiquement à la rencontre de toutes les Sarah qu'ils avaient trouvées. Ils se déplacèrent plusieurs fois hors de Rome au cours de l'été avec leur détective privé pour retrouver Sarah. Pourtant, chaque fois qu'ils frappaient à une porte et qu'Anita retenait sa respiration en attendant le moment où elle verrait enfin la femme qui avait autrefois été sa petite fille d'honneur dans une robe vert menthe, la femme qui leur ouvrait n'était pas Sarah. Oh ! c'était une Sarah, bien sûr. Mais pas la Sarah qu'ils recherchaient.

Il ne restait plus qu'un nom à présent. Et si on procédait par élimination, celle qui restait devait être la bonne Sarah.

Plus tard dans la matinée, ils se recroquevillèrent pour entrer dans la Smart de leur détective privé. Ils allaient se rendre dans la banlieue de Saxa Rubra, pas très loin de la ville. Anita, bien que nerveuse – elle serrait tellement fort son mouchoir que les articulations de ses doigts étaient blanches – riait et plaisantait comme elle ne l'avait pas fait depuis qu'ils avaient entrepris leurs recherches.

« Je le sais, dit-elle à Marty. Je sens dans ma chair que je vais revoir Sarah. »

Ils s'arrêtèrent dans un café douillet pour prendre des forces avant de monter les marches de la maison de banlieue bien entretenue de Saxa Rubra. Il y avait des rangées de fleurs blanches sous chaque fenêtre.

« Les fenêtres sont très propres, dit Anita en les montrant à Marty. Sarah a toujours été une fée du logis. »

Ils frappèrent et attendirent. Ils frappèrent de nouveau.

« *Buongiorno*, dit la femme, d'une soixantaine d'années, qui les regardait avec curiosité. Je peux vous aider ? » demanda-t-elle en anglais avec un léger accent. Quelque chose dans ses vêtements ou dans ses gestes montrait qu'elle n'était pas italienne. « Vous vous êtes perdus ? »

Anita ne put s'en empêcher : les larmes lui montèrent aux yeux et coulèrent sur ses joues. Elle sentit l'humidité sur son visage avant même de prendre conscience qu'elle pleurait.

La femme fronça les sourcils ; elle semblait sincèrement inquiète.

« Vous voulez que j'appelle un docteur ? demanda-t-elle à Marty. Elle va bien ? »

Elle se tourna vers leur assistant de recherches. « Il y a un hôpital à environ dix minutes d'ici, dit-elle. Votre grand-mère a peut-être besoin d'aide. »

Anita, qui était restée si digne lorsque Stan était mort, puis lorsqu'elle avait perdu Georgia, qui gardait toujours son sang-froid lorsque Nathan vociférait et que Dakota faisait la tête, avait fini par le perdre. L'amertume, la peur, les regrets, la colère qu'elle avait ravalés semblaient remonter à la surface d'un seul coup, et elle était incapable de les retenir plus longtemps.

Anita savait et puis elle ne savait plus. Ce qu'elle ressentirait.

« C'est votre sœur, dit Marty d'une voix tonitruante. De New York ! »

La femme secoua la tête, ferma la porte de quelques centimètres, comme si elle venait de se souvenir qu'il fallait se méfier de ces trois étrangers sur le seuil de sa porte. Même des touristes américains de sa génération à l'air inoffensif pouvaient être des escrocs, ou pire.

« Je n'ai pas de sœur », dit-elle en essayant de fermer la porte. Marty leva la main comme pour la retenir et empêcher la femme de réduire leur dernier espoir à néant. Son cœur se brisa quand il devina ce qu'Anita était sur le point de lui dire.

« Ce n'est pas elle », furent les seuls mots qu'elle parvint à prononcer avant de perdre toute contenance et de se laisser tomber sur les marches. Marty s'assit à côté de la femme qu'il aimait, il passa les bras autour de ses épaules, et Anita pleura tout son soûl. Depuis la fenêtre de la salle de séjour où elle s'était réfugiée, la pauvre Sarah Schwartz, du même nom que sa sœur, mais pas de la même famille, regardait ces étrangers américains pour le moins bizarres.

Ce n'est pas la peine d'être en retard, se dit Anita. Elle avait pleuré dans la voiture, elle avait pleuré dans la baignoire, elle avait pleuré dans le lit, elle avait pleuré pendant le dîner, puis pendant le petit-déjeuner. Marty se faisait du souci, elle s'en rendait bien compte. Elle lui dit que c'était la déception. Il s'agissait plutôt de dévastation en fait.

Elle n'avait pas réalisé que sa confiance lui avait fait croire qu'il lui suffisait de franchir correctement les étapes, comme lorsqu'on résout un problème de mathématique, et qu'une fois qu'elle aurait effectué ce dur travail, elle obtiendrait sa récompense : trouver Sarah.

Mais Catherine allait passer pour voir comment avait progressé son manteau de mariée – pas assez, il fallait bien le reconnaître –, puis elles iraient toutes deux faire du shopping sur la Via Veneto. Elle appliqua une couche supplémentaire de fard à joues et de fard à paupières, pour essayer de masquer ses yeux gonflés, son visage ravagé, mais elle eut le sentiment de paraître… vieille.

Tout le monde passait un été formidable, et Anita avait l'impression de s'effondrer. « Regarde qui est là », dit Marty en passant la tête dans l'embrasure de la porte. Il voulait vraiment voir Anita se ragaillardir. « C'est Catherine. »

Elles avaient l'intention d'aller dans autant de boutiques que nécessaire pour chercher la robe couleur crème qu'Anita envisageait de porter sous son manteau de mariée. Le tricot, qu'elle montra à Catherine, n'en était encore qu'au début, et Catherine ne s'y connaissait pas suffisamment pour comprendre ce qu'elle voyait. Pourtant, l'ouvrage qu'Anita avait réalisé semblait très élaboré, avec un motif en relief sur un fond lisse. Les mailles étaient si serrées et uniformes qu'on aurait presque cru que le tricot avait été réalisé à la machine.

« Tu es incroyable », dit Catherine avant de prendre Anita par la main et de l'emmener hors de l'hôtel dans les rues ensoleillées. Elles se promenèrent un moment dans un silence complice, puis Catherine essaya d'aborder le sujet des derniers jours. Marty lui avait raconté leur dernière visite.

« Tu as l'air épuisée, dit-elle. Pourquoi on n'irait pas prendre un café ?

— Je n'ai pas besoin d'être dorlotée, c'est certain, répondit Anita. Je viens d'essuyer un revers de fortune, un gros. Ce sont des choses qui arrivent, même à moi.

— Je suis désolée, dit Catherine en passant son bras sous celui d'Anita. Nous ne sommes pas obligées d'en parler si tu ne le souhaites pas.

— Eh bien, si je n'en parle pas avec toi, avec qui alors ? dit Anita. Marty m'a écoutée suffisamment longtemps. »

Catherine ne put s'empêcher de ressentir un peu de fierté à l'idée qu'Anita la considère comme une confidente. C'était comme si elle avait terminé première de la classe en sport. Elle aimait jouer le rôle de la fille sur qui on peut compter.

« Ma sœur était une voleuse, dit Anita. Voilà ! Je l'ai surprise, mon père a fait un infarctus lorsque je le lui ai dit, et elle est partie. C'est l'histoire. Quarante ans plus tard, nous partons à sa recherche avec pour seul indice les cartes postales vierges qu'elle envoie chaque année à la date anniversaire de son départ.

— Ta sœur était une cambrioleuse ?

— Non, une voleuse, dit Anita. Elle volait, elle ne cambriolait pas les maisons. Ce n'était pas vraiment une criminelle. Elle était juste malhonnête. »

Catherine ne savait pas quoi faire. Que devait-elle demander à présent ? La conversation était-elle terminée ? Anita voulait-elle qu'elle lui pose plus de questions ?

« Qu'a-t-elle volé ? » demanda-t-elle. En vérité, elle s'était réjouie de passer la journée avec Anita pour soumettre ses problèmes à son jugement, pour lui demander ce qu'elle devait faire. Il était plutôt inhabituel de jouer le rôle de la personne qui écoute, qui donne des conseils face à une femme qu'elle avait toujours admirée.

Elle vit les yeux d'Anita se remplir de larmes.

« De la dignité, dit Anita. Du respect. De l'honneur. De la confiance. Elle a pris beaucoup de confiance.

— Alors, elle a couché avec Stan ? conclut Catherine en hochant la tête avec compassion.

— Pourquoi est-ce qu'on en revient toujours aux hommes avec toi ? dit Anita en lui lançant un regard désapprobateur. Sarah était comme une petite sœur pour Stanley. Il ne risquait pas de me tromper et de l'amener dans son lit. Tu n'as vraiment qu'une seule idée en tête ! Le sexe n'est pas la seule chose qui pose des problèmes.

— Il peut en causer des tonnes, dit Catherine qui s'arrêta de marcher pour regarder Anita dans les yeux. Il n'y a que l'argent qui puisse pousser les gens à se battre, sinon. »

Anita soupira. « Oui, c'est vrai.

— Ta sœur Sarah a volé de l'argent ? À qui ? À toi ?

— À mes parents, dit Anita. Et je ne parle pas de billets de vingt dollars qu'elle aurait pris dans le porte-monnaie de ma mère. Elle travaillait comme comptable dans l'entreprise de mon père et elle a tenu une comptabilité très habile. »

Catherine était sidérée. Elle avait fait quelques exploits en son temps, mais détourner des fonds ? Voler ses parents ?

« Sarah doit être une horrible personne, dit-elle. Pourquoi veux-tu la retrouver ?

— Elle n'avait pas le vice dans le sang, dit Anita. C'était une jeune fille désespérée. Tu ne comprends donc pas ? J'étais sa sœur aînée et j'aurais dû l'aider. »

Catherine connaissait assez bien Anita pour savoir qu'il était préférable qu'elle tienne sa langue cette fois et qu'elle la laisse poursuivre.

« Sarah avait tout juste vingt ans, dit Anita. Elle était beaucoup plus jeune que moi. J'avais déjà trois garçons à la fin des années soixante et je devais tenir ma maison. J'avais un tiroir rempli de gants de chevreau – les broches rondes ont eu la vie dure avec moi. »

Catherine sourit. Elle pouvait tout à fait imaginer cette femme élégante en gants blancs et coiffée d'une toque.

« Mais ma sœur voulait tout faire et tout essayer, dit Anita. Même les choses les plus inoffensives nous choquaient à l'époque. »

Elles attendirent que le feu passe au rouge, et Anita montra une adolescente avec des cheveux bruns bouclés qui se promenait dans la rue avec ses amis. « Elle ressemblait un peu à cette fille, dit-elle. Elle souriait tout le temps.

— Jusqu'au jour où… l'encouragea Catherine.

— Jusqu'au jour où elle a ramené à la maison un garçon qui ne plaisait pas à mes parents. C'est à partir de là que tout a commencé.

— J'avais donc raison, dit Catherine. On en revient toujours aux hommes.

— On en revient toujours aux relations entre les gens, dit Anita. Nous sommes poussés par le besoin de pouvoir, d'attention, de réconfort. Sarah sortait avec beaucoup de garçons, certains n'étaient même pas juifs ; c'était quelque chose que mes parents ne pouvaient pas tolérer, ajouta-t-elle. Et puis, apparemment, elle s'est décidée pour un type – il s'appelait Patrick ou Paul ou un nom dans le genre – et c'est devenu sérieux entre eux. Je ne l'ai jamais rencontré, car bien sûr elle ne l'amenait pas à la maison. Mais, un jour, elle est venue et m'a dit qu'ils l'avaient fait.

— Ta sœur avait couché avec lui. Et alors, dit Catherine, elle était adulte, non ?

— Elle avait vingt-deux ans, dit Anita. Elle n'était donc plus si jeune, mais pas très informée. Elle avait été très protégée.

— Et ça t'a choquée ?

— Non, je n'étais pas choquée, dit Anita. Mais inquiète. Je n'approuvais pas sa conduite. Depuis combien de temps le connaissait-elle, par exemple ?

— Et tu lui as dit de rompre avec ce type et elle ne l'a pas fait.

— Pas vraiment, dit Anita. Ils n'avaient pas utilisé de moyen contraceptif et elle était inquiète. Pour combler le tout, il venait d'être appelé sous les drapeaux.

— Le Vietnam, dit Catherine.

— C'était un véritable gâchis, une époque troublante, dit Anita. Mais les hommes appelés devaient faire leur devoir. C'est ce que pensait mon père. Stan aussi.

— Et Sarah…

— Ils avaient le projet de s'enfuir, elle me l'a dit. Désertion. Ils voulaient aller au Canada, je suppose.

— Et c'est là que tu lui donnes de l'argent en douce, Anita, insista Catherine. C'est ça ?

— C'est ce que je te dis toujours à propos des mauvaises décisions. On en souffre toujours, mais on peut aussi en tirer une leçon. Parce que ce n'est pas ce que j'ai fait. Je lui ai reproché d'avoir déçu toute la famille. Je croyais tout savoir avec mon mariage heureux, mes enfants parfaits, si bien que je ne l'ai pas écoutée avec suffisamment d'attention. Je n'ai pas posé les bonnes questions.

— Et c'est là qu'elle a pris l'argent, dit Catherine. Pour qu'ils puissent s'enfuir.

— Au cours des semaines qui ont suivi, oui, dit Anita. Elle a rempli des chèques libellés à son nom, puis a contrefait la signature de mon père. C'est Stan qui l'a découvert. Mon père vieillissait et il avait essayé de faire les comptes par rapport aux chèques émis, mais il ne comprenait pas. Stan était venu l'aider et il a eu des soupçons.

— Et tu l'as dénoncée à la police ?

— Ma propre sœur ? Jamais, dit Anita. Au lieu de cela, je suis allée tout droit vers mon père et je lui ai raconté toute l'histoire. Ce qui me choque à présent, c'est à quel point je me sentais vertueuse. Mais je n'étais pas au bout de mes surprises : la tension de mon père a tellement augmenté qu'il a fini à l'hôpital avec des douleurs dans la poitrine.

— Et puis il a fait un infarctus ? » Elles se trouvaient tout près d'un café en terrasse, et Catherine haussa les sourcils d'un air interrogateur pour savoir si Anita avait besoin d'une dose de caféine. Anita hocha la tête, reconnaissante, et la suivit à l'intérieur. Elle s'assit à une petite table ronde et attendit que Catherine apporte deux cafés.

« Sarah est rentrée à la maison au milieu de la nuit avec sa valise, et j'étais là pour l'accueillir tandis que ma mère dormait à l'étage, dit Anita. Ils lui avaient donné du Valium ou quelque chose dans le genre pour qu'elle puisse se reposer.

— Tu as donc dit à Sarah que tu l'avais démasquée.

— Je ne me suis pas contentée de cela ! Je lui en ai mis plein la figure, dit Anita avant de s'expliquer quand elle vit le regard alarmé de Catherine. Avec des mots. Je lui ai dit sans ambages qu'elle était un être horrible. Je lui ai dit qu'elle avait tué notre père qui se mourait dans un lit d'hôpital.

— Tu n'avais pas tort sur ce point, concéda Catherine.

— J'ai dit à ma propre petite sœur qu'elle devrait prendre un bus et partir d'ici pour ne jamais revenir, dit Anita. « Tu n'existes plus pour moi, lui ai-je dit. À compter de maintenant, je n'ai plus de sœur. Je n'ai jamais eu de sœur. » Et elle ne pouvait pas s'arrêter de pleurer. Tu vois, elle avait donné l'argent au garçon et il l'avait pris. Mais il avait laissé tomber Sarah. Elle voulait rentrer à la maison.

— Ô mon Dieu, dit Catherine. Il s'était servi d'elle.

— Je ne sais même pas s'il avait été appelé sous les drapeaux, dit Anita. C'était un arnaqueur et elle était naïve. Mais je ne le savais pas, il y a quarante ans. J'étais moi-même encore une enfant sous bien des aspects. Mais ce que je savais, me suis-je dit, c'est que Sarah était une voleuse qui avait détruit notre famille. Eh bien, j'ai eu largement le temps d'analyser ce qui s'est passé jadis et ce n'est pas très honorable. »

Anita se tut. Elle regarda ses mains un long moment avant de lever les yeux. « Je lui ai crié dessus pendant quelques instants, puis je lui ai donné de l'argent. J'ai vidé le contenu de mon porte-monnaie et je le lui ai jeté à la figure. "C'est ça que tu veux, petite voleuse ?" ai-je hurlé. J'ai prétendu que ma mère avait dit qu'elle ne voulait plus jamais la revoir dans notre maison. Sauf que ça n'était pas vrai. Je lui ai menti. Mais j'étais persuadée d'avoir raison, tu vois ? De protéger mes parents.

— J'ai toujours cru que tu étais parfaite, dit Catherine en finissant son verre. Que tu ne faisais pas le genre d'erreurs que nous commettons tous.

— Si tu savais comme je regrette. Ce n'était pas à moi de lui dire de partir. Je me suis octroyé un pouvoir que je n'étais pas en droit d'avoir. Ce qui a fait de *moi* une voleuse aussi. »

Anita défit le bouton de son corsage. Elle avait chaud. Elle avait les joues en feu à ce souvenir.

« J'ai suivi ma sœur dans les escaliers, j'ai jeté quelques-uns de ses vêtements dans un sac et je lui ai dit que je ne voulais plus jamais entendre parler d'elle. "N'oublie jamais que tu n'es pas la bienvenue ici." Tels ont été mes derniers mots.

— Alors, elle était enceinte ? demanda Catherine. Parce que ça paraît gros comme une maison. »

Anita se mit à pleurer. « Je ne sais pas, reconnut-elle.

— Et les cartes postales ?

— C'est Sarah qui les a envoyées, dit Anita. Je le sais. Je l'ai toujours su. Que dit-elle ? Difficile de savoir. Pendant des années, j'ai pensé qu'elle voulait me faire savoir qu'elle allait bien. Qu'elle m'avait pardonné. Dans des moments plus sombres, je me demandais si elle ne me raillait pas en me disant : tu auras beau me chercher, tu ne me trouveras pas.

— Anita, tu es humaine, dit Catherine, l'air pensif et surpris. J'ai toujours cru que tu connaissais toutes les réponses.

— Oh ! je sais beaucoup de choses à présent, ne t'y trompe pas, dit Anita en essuyant ses yeux avec un mouchoir. Je suis beaucoup plus intelligente maintenant que je ne l'étais alors.

— Tu as vu Georgia dans le parc, dit Catherine qui venait de comprendre. Tu as vu Georgia sur un banc et tu as vu en elle une chance de rédemption.

— Oui, reconnut Anita, soulagée de pouvoir le dire haut et fort. Et j'ai fait quelque chose de bien avec elle. Je l'ai aimée comme ma propre fille et je l'ai écoutée. Quoi qu'elle ait eu à dire, je l'écoutais d'abord et je laissais mes préjugés derrière moi.

— Anita, j'ai quelque chose à te dire. Il y a eu une autre carte postale. Je ne l'ai pas mise là où il fallait. Et ensuite, je me suis persuadée que je n'arrêtais pas d'oublier de te le dire. Mais, en fait, je me sentais mal et je ne voulais pas te décevoir.

— Tu l'as avec toi ?

— Dans la chambre, oui, dit Catherine.

— Eh bien, nous la regarderons à l'occasion, plus tard, dit Anita. Nous avons de toute façon retourné ciel et terre pour la retrouver. Je ne crois pas que ça nous apporte grand-chose.

— Il y a des fleurs, dessus, dit Catherine. Des camélias.

— Je ne pense pas que ça nous aide beaucoup, dit Anita.

— Je viens de réaliser que si tu vends l'appartement du San Remo, Sarah ne saura plus où te trouver, dit soudain Catherine.

— Je sais, ma chère, dit Anita. Je n'ai pensé pratiquement qu'à ça cet été. Et au mariage, bien entendu. Mais vient un moment où il faut tout simplement accepter et continuer à avancer. Ce n'est pas idéal, mais c'est nécessaire parfois. Et j'ai décidé qu'il est temps pour moi de laisser Sarah tranquille. Je vais arrêter de la chercher. »

Quelques heures plus tard, Anita se sentait vraiment soulagée. Elle n'avait jamais fait part de son sentiment de culpabilité concernant Sarah à quelqu'un d'autre que Stan et Marty. Mais Catherine, qui avait fait tellement d'erreurs de son côté, comprenait. En fait, Anita avait même le sentiment que Catherine ne s'était jamais sentie aussi à l'aise en sa présence. Elle ne paraissait plus aussi nerveuse, désireuse de séduire. Et ce changement plaisait à Anita.

« Alors, au cas où tu te poserais des questions, je ne sors avec personne », dit Catherine. Anita avait essayé douze tenues dans différentes boutiques. Catherine ne s'était pas contentée d'être spectatrice ;

elle avait elle-même passé vingt tenues pour elle. « Même pas avec Marco.

— Tu fais bien, dit Anita en essayant d'enlever un pli sur la soie de sa tenue.

— Pourquoi tu dis ça ?

— Parce que tu penses peut-être un peu trop aux hommes, dit Anita. Nathan m'a raconté à propos de New York.

— Vraiment ?

— Oui, dit Anita. Et je ne t'en veux pas.

— Non ?

— C'est un bel homme, dit Anita. Il m'a dit que tu semblais avoir le béguin pour lui, que tu passais souvent à l'appartement quand il s'y trouvait.

— Je vois », dit Catherine qui bouillait de rage intérieurement. Qu'en était-il de sa résolution de garder cette histoire pour elle ? Bien sûr, sa première réaction aurait été de le balancer. Elle était forcée d'admirer sa stratégie sournoise pour déterminer ce que sa mère pouvait savoir ou ne pas savoir. Mais à quoi bon ? Elle pensa à Anita et à son histoire avec Sarah. Si elle lui racontait la vérité à propos de Nathan, elle ne s'en sentirait pas mieux pour autant et ça ferait un problème de plus pour Anita. Elle n'en avait pas besoin.

« J'ai peut-être pris mes désirs pour des réalités, dit-elle à Anita. Tu vois, je sortais avec quelqu'un en ville à cette époque, mais ça n'a pas marché. Alors, je pense que Nathan a peut-être un peu embrouillé les choses. »

Anita sembla s'égayer.

« Oh ! c'est merveilleux, ma chère. Je n'aimerais

pas que tu coures après quelque chose que tu ne peux pas avoir. »

Des centaines de phrases vinrent à l'esprit de Catherine : ton fils est un tricheur. Ton fils est un menteur. Ton fils est si furieux contre toi qu'il a voulu coucher avec moi dans ton lit. Mais elle se contenta de prendre une profonde inspiration et de se taire. J'apprends vite aujourd'hui, se complimenta-t-elle.

« Alors, Lucy a dit à la rock star préférée de tout le monde, Isabella, qu'elle pourrait porter ma robe Phénix », dit Catherine qui espérait à la fois changer de conversation et obtenir l'assentiment d'Anita. Elle avait décidé de ne pas prêter sa robe.

« C'est un peu présomptueux ? devina Anita.

— Oui, exactement, dit Catherine. J'ai donné beaucoup d'argent pour cette robe.

— Je m'en souviens », dit Anita, un sourire sur les lèvres. Ses yeux étaient toujours gonflés, mais elle avait déjà meilleure mine.

« Eh bien, je ne peux pas la lui laisser porter. Et si elle l'abîme ?

— Tu pourrais la traiter comme ces diamants qu'ils prêtent pour la cérémonie des Oscars, dit Anita en se levant, quelques secondes, avec une paire de talons aiguilles blancs de dix centimètres. Tu pourrais embaucher Dakota et son nouvel ami, Roberto, comme gardes du corps.

— Je ne veux pas, dit Catherine.

— Et j'ai trop d'assurance pour avoir besoin de torturer mes pieds ainsi, dit Anita en ôtant les chaussures. Nous devrions peut-être nous marier pieds nus sur une plage à Hawaï.

— Et ton manteau de mariée, alors ?

— Suffisamment léger pour qu'on puisse le porter à n'importe quelle saison, dit Anita d'un ton neutre. J'aime être parée. Le problème, c'est que je vais mettre une éternité à le tricoter.

— Alors, tu ne me trouveras pas stupide si je dis non à Lucy et à Isabella ? demanda Catherine.

— Si c'est ce que tu veux, dit Anita. Mais tu l'exposes bien dans ta boutique ; ce n'est pas comme si tu la cachais. Et pourquoi voudrais-tu partager le talent de Georgia avec le reste du monde ? Tu devrais le garder rien que pour toi. »

Catherine rejeta la tête en arrière et se mit à rire.

« Tu viens de marquer un point, Anita, dit-elle. Je vais considérer avec soin ce que tu viens de dire.

— Georgia aurait aimé que ses créations figurent dans *Vogue*. » Anita la poussait à accepter, mais Catherine ne le prenait pas mal. « Qu'en est-il de la deuxième robe que Georgia a tricotée pour toi ?

— La rose ? dit Catherine. Elle est magnifique aussi, avec ce col mandarin et cette fente jusqu'à la cuisse. Ce qui ne me plaît pas, c'est le nom que Georgia lui a donné : "Houppette". »

Ce fut au tour d'Anita de rire. « Alors, trouve un autre nom », dit-elle en effleurant la joue de Catherine. Trouve-lui un nom qui correspond mieux à la personne que tu es aujourd'hui. Je crois que tu devrais l'appeler "Floraison". »

29

Un cri pour manger, un autre pour la couche mouillée, un troisième pour signifier l'ennui, un quatrième pour exprimer qu'ils avaient chaud ou froid. Les bébés semblaient utiliser des millions de sons, chacun étant distinct de l'autre, et pourtant ils communiquaient dans un langage que personne ne comprenait aussi bien que Darwin. Pas même sa mère. Ou sa belle-mère qui était venue prendre la relève et aider Darwin à s'occuper des jumeaux, mais aussi pour manifester sa désapprobation concernant toutes les décisions que prenait sa belle-fille.

Et pourtant, Darwin savait qu'elle connaissait ses enfants mieux que quiconque. C'était sa victoire secrète. D'un point de vue purement académique, c'était fascinant : l'instinct et le conditionnement qui surpassent tout le reste. D'un point de vue émotionnel, c'était très satisfaisant.

Darwin allaitait ses enfants à la demande –et Cady et Stanton demandaient très souvent –, mais madame Leung n'était pas convaincue. La mère de Dan, une femme imposante malgré sa petite taille, avait donné le choix à Darwin, lorsqu'elle épousa son fils, de l'appeler soit maman, soit madame Leung. Darwin avait préféré prendre la deuxième option.

« Il vous faut un plan, Darwin Leung », dit madame Leung, qui savait pertinemment que Darwin n'avait pas changé de nom de famille quand elle s'était mariée avec Dan. « Dès le départ, vous devez faire comprendre aux enfants qui est le chef dans la maison. Ils ont faim. Eh bien, ils devront attendre jusqu'à la prochaine tétée.

— C'est la théorie », dit Darwin dont les seins se mettaient à couler dès qu'elle entendait un de ses enfants renifler. Elle n'avait donc aucune objection à les vider. « Mais ce n'est pas ce que nous faisons.

— Vous n'allez pas tarder à comprendre que toutes vos petites théories ne sont pas d'une grande utilité avec les vrais enfants, dit madame Leung. Tous les livres que vous avez lus sur l'art d'être parent vous donnent beaucoup d'imagination. C'est tout ce qu'ils vous apportent. Les techniques qui ont fait leurs preuves, voilà ce qui marche le mieux. L'innovation n'a rien à voir avec l'art d'être parent.

— Peut-être, dit Darwin. Mais avec ses propres enfants, on tâtonne jusqu'à ce qu'on parvienne à les comprendre, comme l'ont fait nos parents avec nous. »

Toutefois, l'arrivée de sa belle-mère lui avait été d'une plus grande aide que prévu : madame Leung agaçait si souvent sa belle-fille que Darwin emmitouflait ses jumeaux – même en été, il fallait prévoir plusieurs couches à enfiler et à enlever en fonction de leur thermomètre interne – et allait se promener avec eux dans la ville. Merci, madame Leung, se disait-elle. Grâce à vous, je vais retrouver la forme et je redécouvre New York.

La liste de tout ce qui pourrait mal tourner restait dans sa poche, mais elle la consultait beaucoup moins souvent à présent que l'été touchait à sa fin.

« Je ne suis plus une novice, dit-elle à Dan. Je suis en passe de devenir une mère qui sait ce qu'elle fait. En quelque sorte. Je construis mon propre modèle pour le genre de mère et de professeur que je veux être. »

Elle n'était pas la seule femme à avoir le sentiment que sa façon d'être mère était la bonne. La mère de Dan venait de l'école de pensée « C'est ma méthode ou rien » et elle entreprit de refaire tout ce que la mère de Darwin avait déjà fait : ainsi, elle renettoya à fond la cuisine, cira la table basse d'occasion et rangea les placards.

« Vous devriez vraiment plier vos serviettes en trois », dit madame Leung. Darwin avait soigneusement évité d'apprendre à connaître sa belle-mère pendant toutes ces années de mariage. Oh ! il lui arrivait certes d'accompagner Dan quand il rendait visite à sa mère, mais la plupart du temps elle restait à la maison ou retournait à Seattle pour voir sa sœur. Et à présent, elle réalisait avec surprise qu'elle s'y rendrait volontiers pour voir sa mère aussi.

Betty, la mère de Darwin, avait débordé d'énergie pendant le mois qu'elle avait dormi sur le canapé. Elle s'était plainte, bien sûr, mais elle n'allait certainement pas accepter de loger à l'hôtel, loin de ses petits-enfants. Elle s'était occupée de tout et était même allée jusqu'à acheter un minicongélateur-bahut qu'elle avait branché dans un coin de la salle de séjour, puis elle avait cuisiné d'innombrables plats.

Darwin l'avait même surprise, tard dans la nuit, en train de lire les pages écrites à la main du nouveau livre qu'elle avait entrepris. Elle ne le finirait pas aussi rapidement que ses collègues qui avaient pris un congé paternité, mais elle n'avait nullement l'intention de se laisser distancer.

Darwin était fascinée par le retour de la famille élargie et l'impact potentiel du vieillissement de la génération du baby-boom sur les femmes et leurs possibilités de carrière. Si elle s'intéressait à cette idée, c'était naturellement en raison des changements qui étaient survenus dans sa propre vie. Elle était devenue mère et devait désormais jongler pour concilier carrière et vie de famille.

Mais il y avait beaucoup de personnes qui, soit par choix, soit par nécessité, vivaient de nouveau sous le même toit que leurs parents plus âgés. Cela constituait-il un frein aux progrès enregistrés au cours des quarante dernières années en matière de droits et de libertés des femmes ? Comment allons-nous réunir toutes nos expériences, pensa Darwin, et construire un modèle qui marche ? Et comment notre place au sein d'une famille peut-elle limiter ou au contraire encourager nos progrès ?

Darwin pensa au club : ses membres formaient une famille aussi. Une famille qu'elles avaient choisie. Pour sa part, elle regrettait leurs réunions régulières du vendredi soir suspendues pendant l'été. KC, Peri et elle avaient estimé qu'il serait trop compliqué de se réunir toutes les trois. Elle réalisait à présent qu'elles avaient eu tort. Le Club n'était pas uniquement le Club lorsqu'elles se trouvaient toutes dans la même pièce.

Elles n'allaient certainement pas se trouver toujours toutes dans la même ville, surtout à présent que la carrière de Lucy semblait décoller. Il était tout à fait concevable que l'une d'elles parte habiter ailleurs. Dan et elle pouvaient très bien, par exemple, aller s'installer dans une petite ville universitaire où ils pourraient se rendre au travail en vélo. Et le Club, réalisait-elle à présent, n'était pas indissociable de la boutique. Ça n'avait jamais été le cas. La boutique n'avait été que le point de départ.

C'est pourquoi Darwin décida qu'il était temps qu'elle organise une réunion du Club de tricot du vendredi soir chez elle. Dan accepta de sortir avec sa mère ce soir-là. Il avait dû négocier longuement, car elle affirmait qu'elle n'était pas venue à New York pour s'amuser. Ainsi, Darwin pourrait avoir l'appartement pour elle et ses amies si les bébés voulaient bien dormir et ne pas se réveiller constamment.

C'était la première fois qu'elle organisait un dîner chez elle. Elle ne l'avait jamais fait auparavant. Pas une seule fois. Darwin était tout excitée.

Risotto aux champignons, pennes primavera et salade de tomates et de mozzarella au basilic : Darwin avait commandé un délicieux dîner à trois plats dans le restaurant italien à deux rues de son appartement. Ce n'était pas parce que la moitié des membres du club avait la chance de manger italien en Italie que les autres n'avaient pas le droit de profiter des saveurs de ce pays !

« Mesdames ! » cria KC en entrant dans l'appartement de Darwin. Peri était déjà là et piochait des olives, du fromage et du pain que Darwin avait mis en apéritif. « J'ai amené le vin, dit KC. Pas pour toi, je sais : tu allaites.

— Mais moi j'en veux bien, dit Peri. L'avantage de vivre dans une grande ville, c'est que le métro me ramène à la maison. » Elle mit une olive dénoyautée dans sa bouche tout en levant le bras droit comme pour demander au professeur de l'interroger.

« Oui, madame Gayle ? dit KC. Vous avez des informations à nous communiquer ?

— Ouais, dit Peri en mâchant et en avalant rapidement son olive. Vous ne devinerez jamais ce qui s'est passé cette semaine ! Catherine a appelé et, franchement, ce qu'elle a dit m'a sidérée.

— Elle entre au couvent ? demanda KC. J'ai bien peur qu'elle n'aille un peu trop loin, comme elle en a l'habitude.

— Non, je suis sérieuse, dit Peri. Elle m'a demandé d'aller dans son magasin, de prendre les deux robes que Georgia avait tricotées pour elle et de les envoyer par FedEx à l'hôtel V à Rome.

— Ah oui, c'est bizarre, dit Darwin. Elle a pratiquement construit une châsse pour la robe qu'elle a exposée dans son magasin. Alors, elle ne peut pas s'en passer cet été.

— Elle veut peut-être juste les porter, dit KC. Certaines personnes deviennent dépendantes de choses très étranges, tu sais ?

— On sait, dit Darwin. N'oublie pas que tu te trouves dans un appartement non-fumeurs.

— Non, non, les filles, vous n'y êtes pas. Elle va prêter ces robes à la chanteuse pour qui Lucy travaille.

— Tu es sûre que tu n'as pas rêvé ? demanda KC. Je lui ai demandé une fois si je pouvais essayer la robe dorée, avec un Wonderbra bien sûr, je ne me fais pas d'illusions, et elle m'a répondu : « Le Phénix ne quitte pas sa maison, KC. »

— Eh bien, le Phénix est dans l'avion, en ce moment même, les filles, dit Peri. Jusqu'à Rome.

— Pourquoi est-ce qu'elle t'a demandé de t'en charger ? Elle a bien quelqu'un qui tient sa boutique, dit Darwin. On exige beaucoup de toi, Peri, et parfois j'ai l'impression que tu ne t'affirmes pas assez. Les femmes doivent absolument apprendre à dire non. »

Darwin la laissa méditer cette pensée tandis qu'elle se glissait dans la cuisine pour aller chercher la salade. Elle versa un filet d'huile d'olive par-dessus et invita ses amies à s'installer à table.

« J'ai parfois eu ce sentiment, dit Peri. J'avais peur qu'on ne m'apprécie pas à ma juste valeur. Mais je comprends Catherine : elle n'a pas envie de confier sa robe à quelqu'un qui ne fait pas partie du Club. Et franchement, j'aimais Georgia aussi : elle m'a donné un travail, la chance de monter ma société de sacs à main, et m'a laissé une partie de sa boutique. Lorsque Catherine a dit que les robes devaient partir, je n'allais pas laisser n'importe qui les toucher. Ce sont de véritables pièces de haute couture.

— Alors, comme ça, une chanteuse italienne va porter la robe de Georgia, dit KC. C'est bien. Georgia aurait trouvé ça très amusant, je pense.

— Tu plaisantes ? dit Peri. Elle en aurait profité pour s'en mettre plein les poches. Cette femme n'avait pas peur d'exiger son dû.

— Ouais, dit Darwin. Elle n'était pas timorée.

— En fait, si Isabella porte cette robe, c'est une formidable publicité, dit Peri. Exactement ce dont un créateur a besoin. Et ça ne m'a pas échappé : un service qu'on rend à une amie, même s'il est particulièrement ennuyeux, peut se transformer en véritable occasion.

— Pour faire quoi ? Donner une seconde vie à la robe de Georgia ? demanda Darwin.

— Peut-être, dit Peri. Mais je me suis dit que je pourrais en profiter pour vanter mes mérites.

— Les femmes le font trop rarement, approuva Darwin. Alors, qu'est-ce que tu as fait ?

— J'ai envoyé toute ma collection à Isabella, avec mes compliments et aux frais de Catherine pour l'expédition. Chaque modèle de sac à dos, de sacoche pour ordinateur portable, de sac Hobo, de sac de soirée, de fourre… » Peri débita la liste des modèles et des couleurs.

« Ça représente une fortune, dit KC. Tu es sûre que tu peux te permettre de faire cadeau de tout ce stock ? Pourquoi est-ce que tu ne m'as pas appelée ?

— Parce qu'une femme d'affaires doit pouvoir compter sur ses meilleures amies pour la conseiller, dit Peri. Mais elle doit aussi parfois trouver la solution elle-même.

— C'est vrai, dit Darwin. Parfois, c'est l'instinct qui nous guide. » Elle était enchantée par sa réunion : elles attaquaient tout juste les pâtes et elle avait le sentiment qu'elles n'avaient jamais eu une discussion aussi intéressante depuis la fondation du Club.

« J'ai longtemps eu le sentiment d'être coincée chez Walker & Fille, reconnut Peri en acceptant un deuxième verre de vin. Mais j'ai bien regardé mes sacs pendant que je les emballais et j'ai réalisé qu'ils sont beaucoup mieux réussis et beaucoup plus audacieux que lorsque je me suis lancée.

— Tes sacs ont toujours été magnifiques, dit Darwin. J'adore mon sac à langer. Je suis sortie cinq fois de la maison depuis la naissance des enfants, et chaque fois j'ai eu des compliments de personnes que je ne connaissais pas. Je leur parle toujours de toi.

— C'est exactement ce que je veux dire, dit Peri. Il y a quelques années, je n'aurais jamais pensé à me lancer dans des sacs à langer. Et pourtant, je l'ai fait en partie parce que je suis plus vieille. Que j'ai plus d'expérience. »

KC hocha la tête pensivement tout en se servant de risotto. « C'est plus facile de penser à long terme, approuva-t-elle. C'est pourquoi j'arrête de fumer.

— Le patch de Dan t'a aidée ? demanda Darwin.

— Eh ! dit KC. Qu'est-ce que tu fais du secret médical ? J'allais faire comme si j'étais capable d'arrêter toute seule.

— Désolée, dit Darwin.

— Je ne t'aurais pas crue de toute façon, dit Peri.

— Eh bien, tu n'es pas au bout de tes surprises, dit KC. Alors, allons chercher les petits monstres. J'ai fait un cadeau.

— Tu veux dire que tu as acheté un cadeau, rectifia Peri.

— Non », dit KC en sortant un mobile avec des triangles, des cercles et des carrés tricotés. Certains étaient rayés, d'autres, unis.

« C'est adorable ! s'exclama Darwin.

— Qui a fait ça pour toi ? demanda Peri.

— Je viens de te le dire : je l'ai fait moi-même, gronda KC. Je vais même te montrer les endroits où je me suis trompée. » Elle montra plusieurs trous pour convaincre Peri.

« Mais où est-ce que tu as acheté la laine ? » demanda Peri. KC ne savait plus où se mettre.

« Pas étonnant que les ventes n'aillent pas fort. Mes amies ne se servent même pas dans ma boutique.

— Tu ne vas pas me dire que tu comptais sur nous pour maintenir la boutique à flot, dit Darwin. Il nous a fallu toutes ces années pour arriver à faire quelque chose d'à peu près correct.

— Plus que correct, tu veux dire, intervint KC. Je me surprends moi-même.

— Moi aussi, je suis stupéfaite, dit Peri. Mais si je surprends encore l'une de vous avec de la laine qui ne vient pas de la boutique, ça va barder.

— En parlant de barder, dit KC, je suis plutôt en rogne quand je pense que la moitié de la troupe est partie à l'aventure. La prochaine fois, nous devrions partir en voyage toutes ensemble.

— Nous pourrions choisir une destination exotique, proposa Peri.

— Comme Staten Island, dit KC, qui adorait décidément Manhattan.

— Ou Seneca Falls. Ainsi, Cady et Stanton

pourraient voir où leurs homonymes ont signé la *Déclaration des sentiments*[1], dit Darwin.

— Nous pourrions peut-être opter pour un endroit avec une plage, dit Peri. Il y a plus de chances que ça plaise à tout le monde.

— Proposons-le, dit KC. Le problème de cet été, c'est que Lucy a décroché un fichu job et que toutes les filles qui travaillent en free-lance ont suivi le mouvement. Bien sûr, je suis allée en Europe après Barnard. Mais maintenant je vis dans le monde réel. Et nous autres, pauvres salariées, nous devons poser nos vacances longtemps à l'avance.

— Oui, nous pourrons en parler quand nous mangerons ensemble à la boutique après la marche », dit Darwin qui aimait l'idée que des femmes se rassemblent pour sauver leurs sœurs. Voilà qui ferait encore un bon projet de recherche. Marcher pour se sauver mutuellement. Si simple et pourtant si efficace pour collecter des fonds et pour se sentir utile.

« C'est moi qui vais tricoter le plus de couvertures en laine Georgia cette année et je vais gagner les Aiguilles d'or, poursuivit-elle. Les jours de championne en titre de la charité sont comptés pour Anita.

— Nous devrions les appeler pour le dire à Anita, proposa KC. Maintenant, ça me paraît bien.

— Tu veux dire maintenant, maintenant ? demanda Peri. Ce n'est pas encore l'aube.

— Je n'ai rien bu ce soir, dit Darwin. Je ne pourrais même pas prétexter que je suis ivre pour justifier ma décision d'appeler en Italie.

---

1. La *Déclaration des sentiments* a été signée à l'issue de la Convention de Seneca Falls (1848). Elle est considérée comme l'acte fondateur du mouvement féministe américain. Cette convention a été organisée entre autres par Elizabeth Cady Stanton.

— Vous êtes beaucoup trop sérieuses, toutes les deux, dit KC. Nous appelons et organisons une réunion du Club en prétextant que nous sommes incapables de calculer quelle heure il est là-bas. » Darwin et Peri n'eurent pas le temps d'intervenir, que déjà elle appuyait sur les touches. « Tu as le téléphone par Internet, n'est-ce pas, Darwin ?

— Oui, mais il n'en reste pas moins qu'il est tard, même si l'appel ne coûte presque rien.

— C'est vrai, dit KC sans se laisser décourager. Je vais appeler Catherine, puis j'organiserai une audioconférence avec Lucy. Bon, ça sonne. Allez prendre l'autre téléphone, les filles, ou appuyez sur l'ampli.

— Pas d'ampli, dit Darwin. Pense aux bébés. Aux bébés qui dorment.

— Allo ? dit Catherine d'une voix endormie.

— Coucou, c'est KC ! cria l'instigatrice.

— Tu sais quelle heure il est, là ? Je viens d'aller me coucher après avoir passé la soirée à l'opéra avec Marco et… » commença Catherine avant d'être interrompue au milieu de sa phrase.

« Ne quittez pas, s'il vous plaît », dit KC en prenant la voix d'une standardiste. Puis elle composa le numéro de Lucy que Darwin lui avait donné à contrecœur.

« Isabella, c'est le milieu de la nuit ! gémit la voix qui répondit. Ça ne peut pas attendre demain ?

— Surprise ! » cria KC. Peri et Darwin échangèrent un regard. Elles se sentaient toutes deux horriblement gênées de réveiller tout le monde. Ginger n'allait pas tarder à protester.

« Euh… qui est-ce ? demanda Lucy avant de répondre à sa propre question. KC ? C'est toi ?

— Tout à fait, dit KC. Et j'appelle parce que j'ai quelque chose à vous proposer.

— Au fait, tu as oublié de reconnecter Catherine, murmura Peri qui se tenait dans la salle de séjour de Darwin.

— Ah oui, dit KC en appuyant sur un bouton pour que tout le monde soit en ligne. Alors, que diriez-vous de vacances en groupe, l'année prochaine ?

— Des vacances avec toi ? demanda Lucy. Ou des vacances de toi ? Je suis épuisée, les filles.

— Désolée, Luce. KC est incontrôlable.

— Quoi ? Tu es là aussi ?

— Surprise ! C'est une réunion du Club à laquelle vous pouvez participer grâce à la technologie, dit KC. Alors, qui connaît le numéro de chambre d'Anita ?

— Non », dirent Peri, Lucy, Catherine et Darwin en chœur. Contrairement aux autres, Catherine savait que, même si Anita faisait bonne contenance, elle avait encore du mal à renoncer à son rêve de retrouver Sarah. Catherine se dit qu'elle n'avait vraiment pas besoin qu'on la dérange à cette heure, même si elle ne pouvait certainement pas dormir et qu'elle devait tricoter son manteau de mariée.

« Eh bien, qu'en est-il de Dakota alors ? demanda KC.

— Tu ne vas pas la réveiller non plus, dit Lucy. Même si on dirait que c'est trop tard. Je l'entends avancer en trébuchant dans la salle de séjour. » Tout en marmonnant et en se lamentant, Lucy enfila un peignoir et ouvrit la porte de sa chambre pour dire à Dakota qu'elle avait décroché le téléphone. Consciente qu'elle jouait avec le feu, Lucy n'alluma pas la lumière dans l'espoir de ne pas réveiller Ginger.

« Ô mon Dieu ! cria-t-elle dans le combiné.

— Quoi ? crièrent quatre voix en réponse. Ça va ? Qu'est-ce qui se passe ?

— Il y a un homme dans le salon ! hurla-t-elle.

— Merde, et alors ? »

Lucy reconnut instantanément la voix. Elle l'avait entendue souvent au cours de l'été.

C'était Roberto.

30

L'avait-elle fait ou non ? C'était la question que chacune se posait. La conversation téléphonique avait été brutalement interrompue au grand regret de KC qui aurait vraiment, vraiment aimé qu'elle dure une éternité.

Mais la question était restée sans réponse, et Catherine admirait Dakota dans sa détermination à ne rien dire. Elle était sortie précipitamment de sa chambre en chemise de nuit et avait enfilé les talons hauts qu'elle portait pour aller à l'opéra.

Elle n'avait même pas pris le temps d'enfiler un peignoir. Elle ne savait pas si elle se précipitait dans la suite de Lucy pour réprimander Dakota ou pour la protéger. Tout ce qu'elle savait, c'est que Georgia aurait attendu d'elle qu'elle prenne la situation en main.

Lorsque Catherine arriva dans la suite de Lucy, quelques minutes plus tard, Dakota était assise sur le canapé avec Roberto, et Lucy faisait les cent pas dans la pièce.

Elle était, à l'évidence, furieuse.

« Que penserait ton père s'il voyait ça ? dit Lucy. Sa chambre est juste au bout du couloir. Et il a vraiment fallu batailler pour qu'il accepte que tu viennes.

— C'est mon problème, dit Dakota d'un ton neutre. Tu n'es pas responsable de ce que je fais pendant mon temps libre. Si j'allais dévaliser une banque, personne ne t'arrêterait. Parce que ça me concerne, moi, un point, c'est tout. »

Dakota s'excusa d'avoir effrayé Lucy. Elle dit qu'elle comprenait qu'il n'était pas bien d'avoir fait venir Roberto sans demander son autorisation parce qu'elle travaillait pour elle et que la chambre n'était pas la sienne.

« Mais pour ce qui concerne le reste, je vais être honnête : ça ne vous regarde pas. Et vous ne pourrez pas me persuader d'en dire plus. »

La conversation tourna en rond jusqu'au lever du jour, mais Dakota n'en démordit pas : elle n'était pas disposée à parler.

« Vous abusez de votre autorité », dit Dakota à Lucy et Catherine après des heures passées à se renvoyer la balle. Elle parlait d'une voix égale et assurée. Sans sarcasme, sans brusquerie. « Je ne suis vraiment pas la mascotte du club, dit-elle. Ma vie n'est pas un projet de groupe. Et le sujet est clos. »

Catherine s'était demandé plusieurs fois quand elle saurait que Dakota deviendrait vraiment adulte. Il ne s'agissait pas d'avoir ou non des relations sexuelles, bien sûr.

Des tas d'enfants immatures et non préparés avaient des rapports sexuels. Non, elle serait adulte quand la façon dont elle se voyait changerait. Elle ne serait plus l'adolescente gémissant qu'elle voulait mener sa vie et demandant à tout le monde de ne pas se mêler de ses affaires, mais elle aurait cette certitude qu'une partie de sa vie concernait aussi les autres et qu'une autre, beaucoup plus importante, ne regardait qu'elle et qu'elle était libre d'en parler comme bon lui semblait.

Elle avait certainement encore beaucoup à apprendre de la vie en général. Mais Catherine ne pouvait pas lui faire le reproche de protéger son intimité, elle qui avait mis près de quarante ans à comprendre ce qui lui donnait vraiment la sensation d'être bien. C'était justement quand elle se sentait entière, même alors qu'elle était seule.

Elle avait passé une merveilleuse soirée avec Marco. Ils avaient assisté à une représentation du *Mariage de Figaro* et avaient pris un verre sur la terrasse du toit.

« Maintenant, vous savez où je me cache, lui dit-elle en riant. Je vous ai évité pendant une grande partie de l'été.

— Pourquoi ? demanda Marco. Je ne suis pas très dangereux.

— Je ne sais pas », dit Catherine. Elle le regarda droit dans les yeux. « Si, je sais. Je n'ai pas vraiment eu de chance en amour. Pas ces derniers temps. Jamais d'ailleurs.

— Nous avons à peine eu le temps de faire connaissance, dit Marco. Nous ne savons même pas à quoi ressemblerait une relation amoureuse entre nous. Je suis pourtant venu à Rome tout l'été pour essayer de me faire une idée.

— Que pensez-vous du fait que je sois divorcée ? demanda-t-elle soudain.

— Votre mari devait être un homme stupide, dit Marco. Ou méchant. »

Catherine baissa les yeux.

« Alors, nous savons maintenant lequel des deux adjectifs lui convient, dit Marco doucement.

— Votre femme, dit Catherine, elle doit vous manquer.

— Tous les jours. Elle m'a dit que je ferais mieux d'entrer dans les ordres si quelque chose lui arrivait. » Il rit de bon cœur en surprenant le regard consterné de Catherine.

« Ne vous inquiétez pas, dit-il. J'ai passé beaucoup de temps à lui parler en pensée. Elle n'était pas sérieuse.

— Qu'est-ce que vous voulez dire ? demanda Catherine.

— Je fais comme si je lui parlais dans ma tête, dit Marco. J'essaie d'imaginer comment elle résoudrait les problèmes ou ce qu'elle dirait. Je suis désolé, ce n'est pas très intéressant pour vous.

— Non, dit Catherine. Cela faisait longtemps que je n'avais pas eu une conversation aussi agréable. »

Elle lui parla de Georgia, de ses dîners avec James, de ses parents qui étaient morts dans un accident de voiture des années auparavant et du temps qu'il lui avait fallu pour assumer sa vie telle qu'elle était.

« Je ne peux pas tout gâcher maintenant », lui dit-elle.

Il hocha la tête, puis proposa gentiment d'organiser une fête de fin de tournage au vignoble de Cara Mia pour Lucy et son équipe. Il reconnut que le trajet était un peu long, mais il promit que la fête serait vraiment spéciale. Il lui dit qu'il allait appeler Lucy et étendre son invitation. Chacun savait qu'Isabella serait très intéressée, et Lucy marquerait forcément des points.

« Vous êtes vraiment un type bien », dit-elle. Marco se mit à rire.

« Je connais le proverbe, dit-il. Ce sont les types bien qui partent en premier.

— Quelque chose dans le genre, reconnut Catherine. Mais ce n'est pas exactement ce que je voulais dire. J'entends juste par là que vous n'êtes pas le genre de type que je fréquente habituellement.

— Les gens ne sont pas des genres, dit Marco. Les gens sont des gens. Uniques. Vous et moi, Catherine, nous savons ce que signifie la perte d'un être cher. Mais nous risquons de nous perdre si nous pensons sans cesse à cela. Je crois qu'il est temps que nous nous concentrions sur ce que nous pourrions gagner. »

Isabella vint dès qu'elle apprit que les robes étaient arrivées. Elle était accompagnée du photographe et du rédacteur de mode du *Vogue* italien. Normalement, bien sûr, les robes auraient dû leur être envoyées directement.

Mais Catherine avait été intraitable : les robes ne la quitteraient pas, et elle avait bien fait comprendre à l'équipe que si Isabella les portait, elle se rendrait personnellement à la séance photo.

Ainsi que James, Dakota et Anita. Ce fut un grand moment pour eux tous et pour Georgia. Ils étaient heureux d'assister tous ensemble à son triomphe.

« Notre amie Peri Gayle vous a envoyé un cadeau », dit Catherine à Isabella en lui donnant les sacs tricotés. La chanteuse en fut ravie. Catherine avait embauché deux mannequins pour montrer les robes à Isabella. La première avait une silhouette androgyne et une très petite poitrine, et Catherine lui fit porter le Phénix qui avait été spécialement conçu pour mettre en valeur ses courbes et sa poitrine généreuse.

« Oh non, ce n'est pas ce que je recherche, dit Isabella, et Catherine eut le sentiment de trahir un peu Georgia. Mais elle savait ce qui allait venir.

« L'autre est ma préférée, dit-elle à Isabella. Je n'ai presque pas envie de vous la montrer.

— J'ai fait tout ce chemin », dit Isabella qui avait pris un taxi pour traverser la ville.

Catherine fit mine de pousser un profond soupir. « D'accord, dit-elle. Elle s'appelle Floraison et c'est la dernière robe réalisée par cette créatrice.

— Je ne sais pas si tu dois la lui montrer, dit Anita en saisissant intuitivement la perche tendue par Catherine.

— Une promesse est une promesse, dit Catherine d'un ton très solennel. Nous devons honorer celle que nous avons faite à Isabella. »

Elle demanda à Lucy de faire venir le deuxième mannequin – un sosie d'Isabella naturellement – qui portait la robe rose reprise à certains endroits par des épingles pour qu'elle tombe parfaitement. Le rose vif de la robe ressortait sur la peau mate du top model ; la jupe fendue associée au col mandarin lui donnait un look agréable, vaguement exotique.

« Je la veux, déclara Isabella en se levant. Oui, c'est décidé ! » Et sur ce, elle se tourna pour fouiller dans l'immense boîte contenant les sacs tricotés ou en feutre de Peri. Elle poussait de temps à autre des petits cris de ravissement.

« Dites-moi, demanda-t-elle à Catherine sans se détourner de la boîte. Les Américains ont-ils des tricoteurs particuliers comme des secrétaires particuliers ? Quelqu'un qui se charge de créer tous leurs vêtements tricotés ?

— Si ce n'est pas le cas, dit Catherine en roucoulant, je suis certaine qu'ils ne tarderont pas à en avoir. »

Isabella sortit un sac à dos vert trop grand avec de larges bretelles et afficha un sourire diabolique. « Vous pensez à ce que je pense ? demanda-t-elle à l'assemblée.

— Bien sûr », dit Lucy qui avait pris l'habitude de se plier aux caprices d'Isabella. Ce n'était pas la peine de changer alors que la fin du tournage approchait.

« Moi aussi ! s'exclama Isabella. Cette robe et ce sac vont me permettre de jouer avec mon image. Dans la robe, je suis l'innocente qui se réveille doucement. Avec le sac, je deviens l'écolière coquine.

— Pardon ? demanda Dakota.

— Regardez ces bretelles, dit Isabella en les passant sur ses épaules et en les ajustant sur son t-shirt. Une couverture parfaite. Comme un bikini. Je vais poser les seins nus avec le sac à dos.

— Génial ! s'écria le photographe. J'adore.

— Je ne pense pas que Peri ait eu une telle idée en tête, dit James.

— Mais une femme d'affaires compétente sait que toute publicité est une bonne publicité », intervint Dakota. Elle devait tellement à Peri qui s'était occupée de la boutique tout l'été, mais aussi au cours des cinq dernières années. Elle ne pourrait jamais lui rendre ce qu'elle avait fait pour elle. Alors, c'était la moindre des choses de donner un coup de pouce à l'initiative intelligente de Peri. « Que la volonté du *Vogue* italien soit faite ! Je vous rappelle le nom de la créatrice, Peri, ça s'écrit P-E-R-I… »

C'était décidé. Isabella allait faire la couverture du magazine dans la robe de Georgia, et la double page comporterait plusieurs photos provocantes d'Isabella cachant son corps derrière les sacs de Peri. L'heure de Georgia était enfin arrivée. Celle de Peri aussi. Et le Phénix resterait à Catherine pour l'éternité.

Lucy avait vu Isabella sous toutes les coutures pendant les semaines de tournage du clip vidéo, qui était d'une complexité ridicule, et elle la vit encore un peu plus… dénudée pendant la séance photo de *Vogue* à laquelle elle avait accompagné Catherine. Et si elle trouvait que ces photos étaient tout à fait appropriées pour Isabella, elle savait aussi qu'elle n'aurait pas aimé que Ginger les voie. Dire que Ginger adorait toutes ces jeunes chanteuses qui se trémoussaient dans leurs t-shirts courts et moulants.

Elle appela Darwin.

« Salut, professeur, dit Lucy.

— Salut, madame la réalisatrice très célèbre. J'ai appris que tu avais convaincu Isabella de poser seins nus.

— Même pas vrai ! dit Lucy. Sérieusement, j'ai une crise de conscience ou plutôt de contenu. Je n'arrête pas de me dire que je n'ai pas envie que Ginger voie ce que je fais.

— Tu ne fais pas des vidéos pour les Wiggles, Luce. Tu tournes des clips pour des rock stars. Et chacun sait que, dans ces clips, il est surtout question de sexe, même s'ils font semblant de parler d'amour.

— Je sais, dit Lucy. Tu crois que je ne m'en suis pas rendu compte ? Mais je me dis juste qu'il devrait y avoir une chaîne de télévision pour les filles. Quelque chose avec des émissions scientifiques ludiques, des séries policières intelligentes et des conseils appropriés sur la mode. Quelque chose de plus… de moins choquant.

— Excellente idée, dit Darwin. Et tu as les compétences requises.

— Toi, tu as les connaissances, dit Lucy. Tu pourrais être mon comité consultatif à toi toute seule. »

Les deux femmes se mirent à rire et échangèrent des « Si nous le faisions vraiment » avant de se taire quelques instants pour imaginer les possibilités qui s'offraient à elles.

« Il nous faudrait beaucoup d'argent, dit Lucy.

— Et de temps, ajouta Darwin.

— Et tout ça, pour échouer au bout du compte.

— C'est une idée complètement folle, dit Darwin. Mais je m'acharne à tricoter des couvertures Georgia, si bien que j'ai les doigts en feu, alors que je ne l'aurais jamais fait il y a quelques mois. Je crois que nous devrions y réfléchir. »

Elles conclurent un marché : chacune allait dresser une liste des pour et des contre – ou de ce qui pourrait mal tourner, pour Darwin – et elles décideraient ensuite si elles avaient vraiment envie de se lancer dans une folle aventure.

« En parlant de fou, dit Lucy. Je n'arrive pas à croire que l'été touche presque à sa fin. Et je n'ai pas fait la moitié de ce que j'avais prévu.

— Comme contacter le père de Ginger, fit remarquer Darwin.

— Ouais, je sais, dit Lucy. Pour être honnête, je n'ai pas beaucoup pensé à lui depuis la nuit où j'ai trouvé Roberto dans mon salon. J'ai cru un moment que j'avais besoin de lui. Puis je me suis demandé si n'importe quel homme ne ferait pas l'affaire.

— Marco, dit Darwin.

— Ouais, reconnut Lucy. Mais, si gentil soit-il, si attaché à Catherine, j'ai fini par comprendre quelque chose.

— Quoi ?

— Je dois déjà m'occuper de suffisamment de gens, dit Lucy. Ça ne me déplairait pas d'avoir un ami occasionnel pour avoir une compagnie adulte, si tu vois ce que je veux dire, et la présence de Dakota m'a fait comprendre la valeur d'une assistante. Mais un partenaire ou un mari ? Non, pas pour le moment. Peut-être jamais.

— Will ne saura donc jamais pour Ginger ?

— Pas pour le moment, dit Lucy. Ça toucherait trop de monde : Ginger, les enfants de Will, sa femme. Ça créerait sans doute beaucoup de problèmes. Je vais refermer cette porte pour l'instant.

— Tu sais que je te soutiens quoi que tu fasses, dit Darwin. Même quand tu m'abandonnes pour aller à Rome.

— J'aurais pu tout aussi bien tourner dans un studio de Brooklyn, dit Lucy. Je n'ai rien vu de l'été. Pas même la chapelle Sixtine. Rosie va me tuer.

— Comment va-t-elle ?

— Eh bien, c'est difficile à dire. Mitch me raconte des histoires interminables pour me montrer qu'elle a besoin qu'on s'occupe d'elle. Et puis ma mère me raconte tout autre chose. La vérité doit se trouver quelque part entre les deux. Je serai de retour dans une semaine et je suis impatiente de me faire ma propre idée.

« Eh bien, Dan et moi sommes enfin débarrassés de la belle-mère. Je dois emmener les enfants chez le pédiatre pour les peser, mais je pourrais demander à Dan d'aller la chercher samedi et de l'amener passer l'après-midi avec nous. Franchement, j'aurais bien besoin d'un peu d'aide pour terminer mes couvertures Georgia.

— C'est de la triche, dit Lucy. Tu ne peux pas faire appel à ma mère pour terminer des couvertures que tu destines à une œuvre de charité.

— Euh… ouais, dit Darwin. Tant que tu es en Italie, tu n'es pas là pour voir ce qui se passe.

— Je n'en ai pas tricoté une depuis le mois d'avril.

— Et une personne de plus que j'ai distancée, dit Darwin avec jubilation. J'aimais vraiment Georgia, tu sais. Nous étions certes différentes, mais nous avions aussi beaucoup de points communs. Je pense qu'elle m'encourage cette année et je ne vais certainement pas la décevoir. »

« Cet été entrera dans l'histoire comme l'été sans sommeil », marmonna Catherine en se levant péniblement pour aller répondre une fois de plus au téléphone.

« Catherine, je suis désolé, dit Marco. Je suis vraiment désolé de vous réveiller.

— Tout va bien ?

— Oui, très bien, dit Marco. J'ai quelques amis, vous savez, et j'ai tiré quelques ficelles. »

Catherine retira son masque de sommeil en se demandant de quoi il pouvait bien parler. C'est alors qu'elle se souvint : Marco lui avait promis qu'il pourrait la faire entrer dans les musées du Vatican avant l'ouverture. Avant la foule. Au moins une heure, une heure pour admirer les tapisseries et la chapelle Sixtine, et les artefacts égyptiens aussi. Toutes ces belles choses.

« Oh ! Marco, vous savez ce qui serait merveilleux ? dit Catherine.

— Je sais, je sais, dit-il. Amenez tous vos amis. Passer tu temps avec vous, c'est un peu comme passer du temps avec une jeune vierge, il y a cinquante ans. Tout le village sort pour se promener avec nous.

— Ça vous dérange ? demanda-t-elle d'un ton hésitant.

— Non, dit-il. Au moins, j'aurai ainsi l'occasion de voir mon fils. Il se fait rare depuis qu'il a rencontré votre Dakota. C'est sa première vraie petite amie.

— Oui », dit Catherine qui avait gardé pour elle la découverte de Roberto et Dakota et qui avait conseillé à Lucy de faire de même. Elles n'avaient rien dit à personne, pas même à James. Elles s'étaient dit que les pères n'étaient pas obligés de tout savoir. De plus, Dakota ne leur avait jamais vraiment répondu. Alors, elles ne savaient même pas ce qu'elles diraient à James si elles lui racontaient tout. « Dakota ne fait pratiquement que parler de Roberto. C'est sans doute ça, l'amour.

— Ah ! dit Marco. Il n'y a que le premier amour pour être aussi pur et simple. Nous savons tous deux que ça devient plus difficile au fur et à mesure que nous vieillissons, n'est-ce pas ? Mais, Catherine, nous n'avons pas le temps de débattre comme nous le faisons d'habitude. Vous devez être en bas dans une demi-heure si vous voulez que le taxi vous amène aux musées à l'heure.

« J'amène le groupe, dit-elle. J'aimerais que vous fassiez enfin la connaissance d'Anita. Elle a été tellement préoccupée par la recherche de sa sœur, et vous nous entendez parler d'elle tout le temps… » Elle ne termina pas sa phrase.

« Marco ? Nous parlons vraiment beaucoup, n'est-ce pas ?

— Bien sûr, dit-il. Nous sommes amis.

— Non, nous sommes vraiment amis, dit Catherine, de plus en plus enthousiaste. Vous savez tout sur Georgia, sur Adam, sur ma boutique, sur Anita et sa sœur, sur mes parents, sur toutes ces relations qui n'aboutissent jamais. »

Marco s'empressa d'intervenir lorsqu'elle s'interrompit pour reprendre sa respiration. « Nous allons être en retard, ma chère Catherine, et il y aura une horde de touristes à la chapelle Sixtine si nous ne nous dépêchons pas. Levez-vous, passez vos vêtements et je vous vois bientôt. »

Catherine raccrocha le téléphone. Cela faisait des mois qu'elle n'avait pas eu autant d'énergie. Elle s'était tellement amusée avec ses amis de New York pendant l'été. Mais elle avait aussi passé des moments très agréables, seule. À porter des fleurs à Jules César. À lire. À écrire.

À manger. À marcher. À dormir (quand quelqu'un ne trouvait pas le moyen de la réveiller). Elle s'était mise en quatre pour aider Lucy. Et elle était restée sur la réserve avec Marco. Elle ne s'était pas précipitée dans une idylle sans lendemain pleine d'étincelles qui s'éteignent si rapidement. Au lieu de cela, elle s'était laissée aller à parler, parler, parler. Et si ça ne plaisait pas à Marco, il n'avait qu'à passer son chemin. La même chose valait pour elle.

La grande surprise, c'est que Marco semblait vraiment apprécier ce qu'elle avait à dire. C'est qu'il voulait partager avec elle ses opinions et ses idées. Il pensait que sa boutique était une excellente idée et pas seulement sa cave à vins. Il l'écouta avec la plus grande attention lorsqu'elle lui dit qu'elle travaillait sur un livre et sourit de plaisir lorsqu'elle précisa que tous les hommes méchants étaient assassinés par un tueur en série dans le roman.

« Mais bien sûr, dit-il. Je n'en aurais pas moins attendu de votre part. »

En bref, il était devenu un super pote. Un pote dont elle voulait plus et qui lui avait fait clairement comprendre qu'il avait plus à offrir. Mais, pour le moment, c'était très bien comme ça.

Elle enfila un pull léger, un pantalon et une grande paire de bottes à talons hauts. Elle mit une touche de rouge à lèvres et laissa tomber le reste de son maquillage. Elle se dit que si Marco écoutait ses histoires, il pourrait bien supporter de voir ses yeux sans mascara.

Catherine n'avait plus besoin de masque.

31

Dakota n'en crut pas ses yeux lorsqu'elle se leva et regarda par la fenêtre de sa chambre les collines ondulantes de Cara Mia tout près de Velletri et les rangées de ceps de vigne chargés de raisin pour produire le vin.

Tous les New-Yorkais étaient arrivés la veille au soir, formant une caravane de décapotables et de Smart se dirigeant vers le vignoble. L'été touchait à sa fin et, comme promis, Marco avait organisé une fête de fin de tournage pour Isabella et toute sa clique. Il avait installé des chapiteaux en toile blanche tout près de la villa. La soirée promettait d'être mémorable.

Tout comme son séjour à Rome. Il s'était passé beaucoup de choses : son dix-neuvième anniversaire était dans quelques jours, et Dakota avait trouvé un chef pâtissier pour l'inspirer, avait dit à son père qu'elle voulait vendre la boutique et s'était imprégnée de toutes les belles choses – l'art, l'architecture, les odeurs de pâtisserie dans les rues toutes proches ou au loin – qu'elle avait vues en quelques semaines.

Elle avait fait beaucoup de progrès.

Sans oublier qu'elle était tombée amoureuse. Ou c'était tout comme. C'était difficile à dire puisqu'elle n'avait rien pour comparer. Une chose était claire en tout cas : elle avait un petit ami – un petit ami très mignon – et il embrassait très bien en plus. Elle aimait penser aux moments qu'ils avaient passés ensemble ; elle avait envoyé un SMS à son amie Olivia après son premier baiser avec Roberto. Elle était à la fois enchantée et reconnaissante de ne plus avoir l'impression d'être la seule étudiante américaine à n'avoir jamais embrassé un garçon sur la bouche.

Roberto était d'un naturel décontracté et riait facilement, ce qui contrastait agréablement avec le sérieux de Dakota. Elle trouvait qu'ils faisaient une belle paire et elle avait découvert depuis bien longtemps qu'il parlait presque parfaitement l'anglais. Elle ne l'en appréciait que plus, car il avait cherché des raisons pour lui donner envie de passer plus de temps avec lui. Comme c'était agréable de se faire courtiser. D'être désirée.

De se sentir admirée. De partager un humour complice avec une autre personne qui parvenait à la comprendre d'une façon complètement nouvelle. Différente de tous les autres. Mais elle n'allait certainement pas dire à qui que ce soit ce qui s'était passé cette fameuse nuit dans la suite de Lucy.

Ce moment n'appartenait qu'à elle et Roberto.

« Je sais ce que je veux et je sais ce que je ne veux pas, dit-elle à haute voix tout en s'étirant pour chasser les derniers restes de sommeil. C'était aussi ce que cet été en Italie lui avait apporté : une meilleure compréhension. De tous les aspects de la vie pratiquement.

Mais il lui restait encore beaucoup à voir : le domaine et la villa de Cara Mia, et un après-midi à passer à la cuisine. James s'était arrangé pour faire venir le chef Andreas de l'hôtel V qui avait certainement très envie de cuisiner pour la célèbre Isabella et devait être très satisfait d'avoir Dakota comme aide.

« Merci, papa, dit Dakota lorsqu'elle l'apprit.

— J'essaie toujours, Dakota, dit James. Tu ne t'en rends peut-être pas compte, mais j'essaie. »

À la fin de l'après-midi, les convives arrivèrent en masse : les acteurs du clip, l'équipe de tournage et toutes sortes d'amis célèbres d'Isabella, Américains et Européens. Mais Dakota était bien plus curieuse de rencontrer la famille de Roberto. Elle se réjouit tout particulièrement lorsque Roberto parla d'elle comme de sa petite amie à son grand-père.

« Et voici Allegra », dit Marco en présentant sa fille timide aux cheveux bruns à Anita et Dakota. Allegra se cacha derrière une vieille femme qui se tenait à ses côtés.

« C'est ma grand-mère », dit Roberto. Le ballet des poignées de main et des hochements de tête reprit lorsqu'Anita présenta tous les membres du groupe new-yorkais. La mère de Marco était une femme très menue à la peau mate et aux yeux sombres un peu écartés. Tiens, pensa Dakota, je sais à présent de qui il tient ses yeux magnifiques.

« Bienvenue », dit Paola Toscano. Tout comme Marco, elle semblait ravie d'avoir une foule d'invités qui arrivaient dans son coin pittoresque du monde. « Cara Mia est dans ma famille depuis des générations et je suis vraiment heureuse de vous la faire découvrir.

— Merci, dit Anita. C'est très gentil à vous de nous ouvrir votre maison. »

Anita avait passé une très bonne nuit dans un lit somptueux et confortable. Elle avait pleuré pendant plusieurs jours, dans sa suite avec Marty, elle se sentait complètement désorientée : tout le monde avait trouvé ce qu'il recherchait en Italie cet été, sauf elle. L'acceptation semble plus élégante qu'elle ne l'est, pensa Anita en son for intérieur. C'était son combat, le défi qu'elle devait relever : il lui fallait renoncer, reconnaître que sa tentative de réaliser son rêve s'était transformée en malédiction.

Alors, comment dire adieu à un fardeau qu'on porte depuis quarante ans ? Anita prit les cartes postales qu'elle avait aimées, et détestées, qu'elle avait gardées dans son tiroir et dans son cœur, puis elle les donna à Marty et lui demanda de les brûler. Il promit qu'il le ferait et enfin elle dormit.

Catherine avait eu une idée, mais elle hésitait. La porter ou ne pas la porter. La séance photo était terminée, les épreuves n'allaient pas tarder à arriver sur le bureau du directeur artistique.

Mais il suffirait à Isabella de voir Catherine vêtue du Phénix pour comprendre qu'elle s'était fait avoir. Au bout du compte, pourtant, elle voulait que Marco sache. « Regardez ce que mon amie Georgia a fait pour moi, dirait-elle. Elle m'a montré comment je devais reprendre ma vie en main. Elle a tricoté cette robe de ses propres mains et l'a cousue avec suffisamment de force pour me faire renaître. »

« Vous êtes sublime, dit Marco en voyant Catherine arriver dans le jardin, vêtue de sa robe dorée, ses cheveux blonds remontés en chignon, tandis que des mèches bouclées encadraient son visage. Vous ressemblez à une reine.

— Merci, dit Catherine. J'ai toujours été sensible à la flatterie.

— La flatterie est fausse, dit Marco. Je vous parle des faits. »

C'est ce dont ils discutaient tandis qu'ils se promenaient dans le vignoble et que le reste du groupe savourait la nourriture et le merveilleux vin. Certains essayèrent même de danser sur les chansons d'Isabella remixées.

« Je suis venue en Italie pour fuir certaines de mes erreurs, reconnut Catherine. Mais si je m'engageais tête baissée dans une nouvelle relation, il se pourrait bien que j'en commette une de plus.

— C'est pourquoi nous ne devrions pas le faire, dit-il.

— J'ai tendance à me perdre dans mes relations. J'oublie qui je suis vraiment et je ne suis pas certaine de savoir comment arrêter de faire ça.

— Je peux attendre, dit Marco. Je suis un vigneron, nom d'un chien ! Je suis bien placé pour savoir qu'il faut laisser les opportunités mûrir à leur propre rythme. »

Vers minuit, Anita en eut assez de la fête et de la musique d'Isabella. Elle avait goûté toutes les pâtisseries que Dakota avait aidé à confectionner et elle avait gardé un œil sur Ginger parce que Dakota était très occupée à faire du charme à la famille de Roberto.

Mais Ginger ne tarda pas à aller se coucher, et Anita était lasse de tout ce tohu-bohu.

« *Buonasera.* » Elle entendit la voix de Marco retentir tandis qu'elle s'éclipsait. « Venez faire connaissance de mes chers amis américains. »

« Je vais me coucher avant d'avoir à rencontrer de nouvelles personnes, murmura-t-elle dans l'oreille de Dakota. Dis à tout le monde qu'à soixante-dix ans, j'ai besoin de mon compte de sommeil.

— Mais tu as soixante-dix-huit ans, dit Dakota.

— Ne reprends jamais Anita quand elle ment sur son âge, Dakota. Moi qui croyais que tu avais tout compris, cet été », dit Catherine en les rejoignant. Dakota ne l'avait jamais vue aussi détendue.

« Bonne nuit, les filles », dit Anita, mais Catherine lui prit le bras. « Prends un dernier verre avec nous, Anita. Trinquons à l'été que nous venons de passer.

— Oui, dit Dakota. Allons chercher Lucy et papa, aussi. Mais où sont-ils donc ? » Elle regarda autour d'elle.

« Ils sont sur la piste de danse, dit Roberto. Ils dansent comme des robots, c'est un peu ringard.

— Oh ! je suis horrifiée ! s'exclama Dakota, pas le moins du monde sérieuse. Pourquoi n'irions-nous pas les rejoindre avant de partir joyeusement en dansant à la Isabella ?

— Et ensuite, nous trinquerons, dit Catherine. N'est-ce pas, Anita ? »

C'est à cet instant que Marco rattrapa enfin leur groupe. Il tenait le bras à une dame d'un certain âge plutôt charmante.

« Nona, dit Roberto avec enthousiasme. Ma petite amie et moi allons danser. » Dakota se retourna, s'attendant à voir Paola de nouveau. Mais elle vit une femme mince, aux cheveux argentés, qui lui paraissait vaguement familière. L'avait-elle déjà croisée au cours de la soirée ? Catherine comprit plus vite qu'elle et mit immédiatement ses bras autour d'Anita tandis que la vieille dame se mettait à trembler.

La femme qui tenait le bras à Marco Toscano était autrefois une New-Yorkaise du nom de Sarah Schwartz.

Anita avait enfin retrouvé sa sœur.

« Je n'en reviens pas », dit Marco quelques instants plus tard en regardant les deux femmes tour à tour. Elles se ressemblaient certes, mais c'étaient toutes deux des femmes d'âge mûr. Et les hommes ne font pas toujours très attention à ce genre de choses. « Vous avez passé tout ce temps à chercher votre sœur et il se trouve que c'est la mère de ma femme. C'est incroyable. À présent, vous faites vraiment partie de notre famille.

— C'est comme ce jeu, dit Dakota. Si tu connais quelqu'un, qui connaît quelqu'un, qui connaît quelqu'un, alors vous vous connaissez tous.

— Six degrés de séparation, dit Catherine. C'est

peut-être parce que ce que nous cherchons se trouve tout près de nous depuis le début.

— J'aurais peut-être dû poser plus de questions, dit Anita, qui semblait parler à l'ensemble du groupe, mais dont les paroles étaient en fait uniquement destinées à Sarah.

— Tu es enfin là, dit Sarah, une femme menue et charmante qui se cramponnait au bras de Marco.

— Heureusement qu'Anita est juste ma grand-mère de substitution, murmura Dakota dans l'oreille de Roberto tandis qu'ils regardaient les deux femmes tomber dans les bras l'une de l'autre et se parler en chuchotant, quarante ans de séparation à combler d'un coup. Car, sinon, nous aurions un gros problème. »

À New York, Darwin et Rosie passèrent une très bonne journée à jouer avec Cady et Stanton. Elles regardèrent les couvertures que Darwin avait tricotées pour l'association caritative, et Rosie tricota plusieurs rangs. Elles laissèrent ensuite les bébés avec Dan et déjeunèrent chez Sarabeth's, sans oublier de faire des provisions de bonne confiture à ramener à la maison. Puis elles firent un saut chez Walker & Fille pour choisir de la laine pour Darwin. Son congé maternité touchait à sa fin, elle était très fatiguée et pourtant elle avait bien progressé dans son nouveau projet de recherche. Et puis, il y avait toutes les couvertures qu'elle avait tricotées pour l'association caritative. Ce projet aussi se portait à merveille. Dans l'ensemble, elle avait passé un très bon été, même si elle n'était pas allée dans un autre pays et avait dû subir la visite prolongée de madame Leung.

Darwin trouva en revanche que Rosie paraissait fatiguée. Elle prit des cafés pour toutes les deux et un pour Peri, puis monta jusqu'à la boutique où Peri venait de terminer un cours qu'elle donnait le week-end. Elle leur fit signe en les voyant arriver.

« Encore de la laine ? » demanda-t-elle à Darwin. Elle avait déjà mis de côté les pelotes que Darwin avait commandées par téléphone.

« Ouais, dit Darwin. Je crois que je prendrai officiellement ma retraite une fois que j'aurai gagné cette année.

— Les grands de ce monde ne prennent jamais leur retraite, fit remarquer Peri tout en disant au revoir à ses élèves. Ils vivent dans toute leur gloire pour l'éternité.

— Les filles, dit Rosie. Où est passée la salle de bains ?

— Je l'ai enlevée, dit Peri. L'arrière-boutique a complètement disparu quand j'ai rénové.

— Les boutiques de fils à tricoter n'ont pas vraiment besoin de toilettes et de salles de bains. On n'est pas dans un Starbucks ici, dit Darwin.

— C'est très bien, dit Rosie. Mais j'ai besoin de me rafraîchir. J'aimerais me passer un peu d'eau sur le visage. »

Peri sortit les clés de son appartement. « Je ne peux pas refuser ça à la mère de Lucy, dit-elle. Pour la salle de bains, c'est la deuxième porte à gauche. Ne regardez pas l'évier dans la cuisine. Il y a dedans encore ma vaisselle du petit-déjeuner.

— Ta vaisselle du petit-déjeuner ? dit Darwin. L'évier de ma cuisine accueille actuellement la vaisselle de mon petit-déjeuner, de mon déjeuner et de mon dîner d'hier.

— Il n'y a plus de mères ?

— Plus qu'une, dit Darwin. Et c'est moi. Personne ne me paie en plus pour faire la vaisselle rapidement. Alors, je fais ce que je peux, quand je peux. »

Dix minutes plus tard, Rosie rendit les clés à Peri, et Darwin prit ses provisions de laine pour la semaine. Elles s'apprêtaient à partir quand le téléphone de la boutique sonna.

Peri couvrit le combiné du téléphone avec sa main, une expression d'excitation et de surprise sur le visage. « Le *Vogue* italien, articula-t-elle en silence. C'est pour une interview. »

Darwin s'empressa de tirer une chaise dans un coin et encouragea Peri à s'asseoir. Puis elle prit la relève dans la boutique et tenta d'utiliser la caisse, ce qu'elle n'avait jamais fait auparavant, pour servir les dernières clientes de la journée. Rosie l'aida en rangeant les casiers et en triant les pelotes par couleurs.

« Waouh ! cria Peri en raccrochant une demi-heure plus tard. Ils vont faire un article sur moi dans le magazine. Mes sacs seront présentés et il y aura un miniportrait de moi.

— Il faut fêter ça, dit Darwin. Il faut que je rentre à la maison, mais nous pouvons prendre une bouteille de vin pour toi et aller dans mon appartement.

— Je ferai une petite sauce, dit Rosie. On pourra manger des pâtes. »

C’était d’accord. Elles partirent dès que la boutique fut vide. Il n’était pas nécessaire de prendre une veste en ce soir d’août humide à Manhattan. C’est pourquoi Peri ne remonta pas dans son appartement au-dessus de la boutique.

Ce qui était plutôt malencontreux. Car Rosie avait ouvert le robinet, puis oublié pourquoi ou comment le fermer. Le lavabo de la salle de bains de Peri se remplissait plus vite qu’il ne se vidait : Walker & Fille était sur le point d’être inondé.

Ce n’était plus qu’une question de temps.

32

« Ce n'est pas parce que je voulais vendre la boutique, que je voulais qu'elle disparaisse », avait crié Dakota pendant qu'ils faisaient leurs bagages. Elle ne prit pas la peine de cacher ses larmes dans l'avion. Le week-end de détente et de fête s'était terminé pour Catherine, James, Dakota et Marty lorsqu'ils avaient reçu l'appel de Peri : un océan d'eau avait suinté de l'appartement à travers les murs et le plafond et s'était répandu dans la boutique en coulant sur les fils à tricoter et les sacs à main.

« Le sol est recouvert d'eau, dit Peri. Je crois que le robinet a coulé pendant au moins six heures, peut-être encore plus. » Ça paraissait tellement injuste. Elle avait passé tellement de temps à garder la boutique et, lorsqu'elle avait enfin profité d'une soirée de repos…

Ils eurent à peine le temps de remercier Roberto et Marco avant de foncer à l'aéroport.

« La boutique n'a pas vraiment disparu, dit Catherine. Elle est juste un peu humide. Très humide. » Mais bien sûr, elle ne savait pas ce qu'ils allaient trouver lorsqu'ils arriveraient dans leur boutique de fils à tricoter adorée au coin de la 77e Rue et de Broadway.

« Je ne comprends pas comment la mère de Lucy a pu laisser un robinet couler, dit Dakota. C'est impossible.

— Je sais, dit Catherine en passant son bras autour de Dakota. Il n'y a pas que les tuyaux et les cloisons sèches qui sont cassés. » Elle ne dit rien de plus, sachant que les frères de Lucy allaient emmener Rosie chez le médecin ce lundi même à New York. Lucy avait été sidérée lorsqu'elle avait appris l'incident. Elle avait été contrainte d'affronter certaines vérités, plutôt difficiles à digérer, à propos de sa mère.

Ils ne passèrent pas par leurs appartements, mais prirent deux taxis – il était impossible de faire entrer les bagages de Catherine dans une seule voiture – et se rendirent directement à la boutique. De l'extérieur, tout paraissait normal. L'écriteau était toujours sur la grande fenêtre, les horaires restaient parfaitement lisibles. C'était lundi, le jour de fermeture habituel. Et la boutique était bel et bien fermée. Lorsqu'ils arrivèrent, Peri portait des bottes en plastique et des gants en caoutchouc, et avançait les pieds dans l'eau : une eau immobile qui semblait sale. Une pompe de puisard avait été installée dans un coin de la pièce. KC tentait de disposer les pelotes de fil à tricoter sur plusieurs rangées pour les faire sécher et faisait le bilan de ce qui était irrécupérable en l'inscrivant sur un bloc-notes. Elle portait aussi des bottes. Darwin était au téléphone et essayait de joindre les services d'entretien et de réparation tout en faisant sécher les papiers importants à l'aide d'un sèche-cheveux. Des filets d'eau sombre dégoulinaient partout sur les murs de la boutique, laissant derrière eux des auréoles brunâtres. Le mur de sacs à main était encore plus endommagé que les autres, les étagères en acrylique clair se détachaient du mur à plusieurs endroits, et d'autres flottaient sur l'eau qui recouvrait le sol. La plupart des sacs eux-mêmes, en particulier les dernières sacoches pour ordinateur créées par Peri, étaient humides, tachés ou gonflés. Ils étaient empilés sur la table qui trônait au milieu de la pièce, enveloppés dans plusieurs couches de serviettes éponge.

« Qu'est-ce que nous allons faire ? » demanda Peri en pleurant tandis que James, Catherine, Marty et Dakota, qui avaient grimpé les marches quatre à quatre, restaient bouche bée sur le seuil de la porte. Tout son travail, tous les aménagements qu'elle avait faits, tous ses sacs, toutes les années qu'elle avait passées à s'occuper de la boutique de Georgia, tout avait été réduit à néant ou dégoulinait encore. Imbibé d'eau du robinet, grâce à Rosie, la mère de Lucy.

Personne n'avait de réponse à lui donner.

« Oh ! Dakota, murmura Peri. Ses yeux bouffis trahissaient son chagrin et sa fatigue. Qu'est-il arrivé à notre boutique ? »

Et même James et Catherine restèrent sans voix, quand Dakota, qui avait été incapable de se contenir pendant le vol entre Rome et New York, avança dans l'eau froide pour aller prendre Peri, qui pleurait toujours, dans ses bras.

Anita appelait Marty toutes les deux ou trois heures pour avoir des nouvelles de la boutique de

Georgia. Elle n'avait pas pu prendre l'avion, bien sûr, en raison de sa phobie.

Il était désormais temps pour elle de s'asseoir avec sa sœur et d'écouter tout ce à côté de quoi elle était passée pendant quarante ans.

De compatir avec elle pour la perte de sa fille comme elle avait perdu Georgia et de pleurer la nièce qu'elle n'avait jamais eu l'occasion de connaître.

La mère de Roberto et d'Allegra. Il était temps pour elle de faire vraiment connaissance de Roberto qui n'était plus uniquement le charmant petit ami de Dakota, mais aussi son propre petit-neveu. Elle avait cherché Sarah et avait trouvé une famille entière qui l'attendait, qui lui était liée. Grâce au Club de tricot du vendredi soir. C'était un hasard extraordinaire, bien sûr. Georgia n'y était peut-être pas entièrement étrangère. Après tout, du contrat de Lucy, aux relations de Catherine grâce à sa cave à vins, sans compter le travail de James à l'hôtel… tout avait conspiré pour qu'ils se rendent en Italie et pour qu'elles se retrouvent.

« Je suis d'abord allée en Angleterre, expliqua Sarah. J'ai envoyé la carte postale et j'ai pensé que tu viendrais pour moi. Mais tu n'es pas venue. »

Anita baissa les yeux et rougit. Elle aurait l'occasion d'expliquer ses actes et de demander pardon, mais, pour l'heure, c'était à Sarah de se confier.

« J'ai changé de nom, il y a longtemps, dit-elle. Je me suis dit que puisque j'avais été rejetée, il valait aussi bien que j'aille jusqu'au bout.

— Nous n'avons pas trouvé ces documents, dit Anita. Nous avons cherché partout en Europe. »

Sarah regarda sa sœur aînée d'un air pensif. « Anita, dit-elle. J'ai changé de nom à New York. »

Anita était choquée. Il ne lui était jamais venu à l'esprit de chercher des actes officiels concernant sa sœur à sa porte.

« Puis je suis allée en Angleterre après mon changement de nom, dit Sarah. J'ai vécu dans différents pays au cours de toutes ces années, et j'ai rencontré un bel Italien alors que j'étais serveuse dans un restaurant, dit Sarah. Il était beau et gentil, et il m'a donné une maison et une famille.

— Tout, dit Anita, tout ce que je t'ai pris.

— Notre fille unique a épousé Marco il y a plus de vingt ans. Ce furent vraiment des jours heureux. J'ai passé la plupart du temps dans cette villa depuis. Même lorsque notre fille est morte et qu'elle nous a laissés continuer à nous faire du souci sans elle.

— Et ton mari ? demanda Anita.

— Il est à la maison, en fait, dit Sarah. Il dort probablement dans son fauteuil. Roberto n'a pas pu le convaincre de venir rencontrer Isabella.

— Je suis stupéfaite, dit Anita. Mais je ne comprends toujours pas pourquoi tu m'as envoyé ces cartes postales vierges.

— N'est-ce pas évident, Anita ? J'avais ainsi l'impression d'être encore liée à toi et je me sentais mieux, dit Sarah. Mais nous vieillissons. J'ai envoyé la dernière depuis notre village. C'est pratiquement un indice. Une photo de notre célèbre fête des Camélias. »

Anita se souvenait vaguement que Catherine avait parlé de fleurs sur la carte postale. L'indice qui leur manquait était là dès le départ.

« Pourtant, quand j'ai vu que je n'avais toujours pas de nouvelles, j'ai pensé que la réponse était claire, ou pire. »

Anita se pencha en avant et gloussa. « Je sais. J'ai pensé que tu étais partie, toi aussi », dit-elle dans un grand sourire de soulagement. Puis elle redevint sérieuse.

« Ça paraît injuste que les gens ne soient pas là pour toujours parce que, quand tout va bien, c'est extra.

— Mais quand ça va mal… » Sarah baissa la voix. « Papa et maman m'ont manqué, bien sûr.

— Je sais », dit Anita qui aurait aimé ne jamais avoir à parler des sujets délicats. Des personnes qui n'étaient plus là. « Ma décision hâtive t'a coupée de tout.

— Et les garçons ? demanda Sarah. Ma fille n'aura jamais connu ses cousins. Nathan était toujours si sérieux.

— Il reste très obstiné, dit Anita. Il me ressemble sur ce point. Il semble penser qu'il porte le poids du monde sur ses épaules. Qu'il doit arbitrer chaque situation.

— Tu tricotes toujours ? demanda Sarah.

— Oui, dit Anita en souriant. Tu pourrais peut-être m'aider à terminer mon manteau de mariée. Comme ça, Marty ne sera pas obligé d'attendre éternellement la cérémonie.

— Bien sûr, et je serai là, dit Sarah. Mais nous avons beaucoup de choses à rattraper, Anita. Je ne suis plus une petite fille, et nous n'allons pas reprendre nos anciens rôles. Tu ne peux pas arriver en Italie au bout de quarante ans et commencer à me dire ce que je dois faire.

— Je sais », dit Anita, mais au fond d'elle-même elle sentait qu'elle ne savait pas vraiment. Elle avait passé des mois à regarder les photos de son premier mariage et elle était assez grande pour savoir qu'elle n'était pas entièrement préparée à découvrir que Sarah avait les cheveux gris. Qu'elle avait vieilli, elle aussi, que le temps ne l'avait pas figée sur place en attendant qu'Anita soit prête à demander pardon.

Parfois, lorsqu'on obtient ce qu'on veut, on se pose encore plus de questions. Mais à présent, elles étaient enfin prêtes à trouver les réponses, ensemble.

Ils allaient chercher tour à tour des cafés. Des serpillières. Des serviettes en papier. Des torchons, des sacs-poubelles. Et des mouchoirs pour essuyer les larmes.

La boutique, c'est ce que sa mère avait laissé. C'était l'endroit où elle semblait le plus fidèle à elle-même. La photo de Georgia et Dakota, une chute du film de Lucy, était toujours suspendue. Des morceaux de cloison sèche étaient tombés tout autour, là où elle avait été accrochée. Derrière ce qui avait été autrefois la caisse. Dakota avait été furieuse au départ. Contre Rosie. Contre Peri.

« Comment a-t-elle pu la laisser aller dans sa salle de bains comme ça ? » C'était l'une des questions que Dakota avait lancées à Catherine dans l'avion. Elle avait toute une série de mots choisis qu'elle voulait dire à Lucy, des demandes et des accusations. Et puis elle avait pensé à Ginger, à la petite Ginger qui était née le jour de la mort de Georgia. La petite-fille de Rosie. Et elle imagina comme ça allait être triste pour tout le monde de regarder Rosie vieillir. De s'adapter. De ne pas savoir quoi faire pour que les choses s'améliorent.

« Elle ne l'a pas fait exprès. » C'est ce que Darwin était venue dire peu de temps après leur arrivée à la boutique. Elle avait anticipé la question lorsqu'ils avaient enfilé leurs gants en caoutchouc achetés à la hâte et qu'ils avaient commencé à nettoyer. Il aurait été plus facile de blâmer quelqu'un, bien sûr, mais ce n'était pas ce qui allait ramener la boutique. Le magasin n'était plus – des morceaux de plafond étaient tombés sur le sol et étaient venus se coller sur les articles en stock –, tout était foutu.

Dakota aurait aimé ordonner à tout le monde de partir. « Sortez, sortez ! » voulait-elle crier pour pouvoir se percher sur le comptoir près de la caisse et passer plus de temps – toute la journée, des semaines, qui sait ? – à s'imprégner de ce qui s'était passé. Elle voulait fermer les yeux et se revoir dans la boutique telle qu'elle était lorsqu'elle était petite, puis telle qu'elle était devenue après la rénovation réalisée par Peri. Elle voulait revenir en arrière. Elle voulait que tout revienne en arrière. Annuler toutes les mauvaises choses. Elle était prête pour cela à renoncer à toutes les bonnes choses qu'elle avait vécues depuis : Roberto, l'été en Italie, même ce voyage de deux semaines au cours duquel elle avait vu son arrière-grand-mère écossaise pour la première fois. Il y avait eu trop d'événements. Trop à digérer.

Elle négociait. Avec qui ? Avec Dieu ?

« Je veux juste… » C'est ainsi qu'elle commençait chaque phrase. « Je veux que la boutique soit telle qu'elle était quand je suis partie », « Je veux que la boutique soit telle qu'elle était quand j'étais petite », « Je veux que ma mère soit encore en vie et que tout redevienne comme avant ».

« Pourquoi ? » criait Dakota de temps en temps pendant qu'elle nettoyait. Le reste de l'équipe était plongé dans ses propres pensées et la laissait exprimer sa frustration.

C'était tellement injuste. Ils étaient confrontés à cette perte, et, à Cara Mia, Anita renouait avec Sarah. Dakota aurait dû se réjouir pour Anita, bien sûr. Elle adorait Anita qui répondait à ses appels et à ses SMS, qui l'écoutait parler de ses inquiétudes, l'aidait à résoudre ses problèmes. Mais ce n'était pas juste. Pourquoi Anita avait-elle pu retrouver Sarah ? Pourquoi avait-elle eu cette chance ? Qui n'aimerait pas qu'une personne aimée revienne du royaume des morts ?

Dakota voulait avoir cette chance aussi. Pouvoir passer plus de temps avec sa mère. Revenir en arrière et s'excuser pour toutes les fois où elle s'était comportée comme une mademoiselle je-sais-tout et peut-être même remercier Georgia de l'avoir fait travailler dans la boutique. Dakota se rendait compte à présent qu'elle n'avait jamais apprécié le magasin à sa juste valeur. Qu'allait-elle faire avec les morceaux de plafond qui se détachaient et les lattes qui se décrochaient ? Qu'allait-elle faire avec les sacs à main de Peri posés en tas sur la table, avec KC qui descendait et montait l'escalier et tentait de sauver ce qui était récupérable, avec Catherine qui nettoyait et nettoyait encore sans jamais progresser – Dakota était certaine que son amie ne savait pas vraiment utiliser un balai à franges, mais elle ne voulait pas lui ôter l'illusion qu'elle faisait quelque chose, n'importe quoi, pour endiguer ce gâchis. Qu'allait-elle faire avec James qui semblait ne plus pouvoir s'arrêter de marcher le long des murs de la boutique ? Il tendait le bras pour toucher la peinture qui s'effritait comme s'il essayait de se raccrocher à Georgia.

Toutes les erreurs que Dakota avait commises lui revenaient à l'esprit à présent. Sa fuite en vélo quand elle avait eu l'intention d'aller à Baltimore. Toutes les choses méchantes qu'elle avait dites à sa mère. Annoncer à James qu'elle voulait vendre la boutique. Crier sur Peri. C'était là aussi, mêlé à tout le reste.

Qu'allait-elle faire avec toutes ces choses qu'elle était censée faire comme il faut à son âge ?

« On est tenté de regarder en arrière et d'imaginer comment on pourrait ne garder que les bonnes choses, dit Catherine qui continuait à pousser son balai à franges de long en large, répandant ainsi l'eau sale au lieu de l'absorber. Mais ce n'est pas comme ça qu'on devient soi-même. Tes mauvaises décisions, les petites choses te construisent autant que tes grandes victoires et tes grandes décisions. »

Tout comme Dakota voyait son enfance se refléter dans les flaques, Catherine se revoyait entrer chez Walker & Fille dans l'espoir de punir Georgia, de lui montrer à quel point elle avait réussi, à quel point elle était heureuse avec son mari Adam. Sauf qu'elle ne l'était pas. Et Georgia ne l'avait pas reconnue. *Qui suis-je ?* C'était la question qu'elle s'était posée ce jour-là. Une question qui la taraudait encore, mais elle commençait à comprendre, à saisir. À accepter que la réponse ait changé tout comme elle.

C'est parce que Georgia Walker ne rejetait personne. C'est ce que Lucy avait dit dans la voix off de son film sur la boutique et le Club, celui qui avait été sélectionné pour plusieurs festivals. Comme c'était vrai, pensa Catherine. Georgia donnait et donnait, et ils avaient tout gâché. Encore et encore.

Elle épongeait, mais elle ne comprenait pas pourquoi l'eau ne partait pas. Elle avait les mains irritées et douloureuses. Pour toi, Georgia, rien que pour toi, pensait Catherine en regardant ses doigts. Qu'est-ce que son corps n'avait pas fait depuis cinq ans, bientôt six, depuis ce jour d'octobre fatidique ! Ici, dans la boutique. À l'endroit même où Catherine se tenait. Nous tricotions, nous nous asseyions autour de la table et riions. C'est ce qu'avait été Walker & Fille : un endroit où le rire était roi. Un endroit où l'amitié était reine. Un endroit pour le renouveau et la réinvention.

C'était un après-midi tout à fait normal, le jour où Georgia était morte. C'est ce qui frappait toujours Catherine. Il n'y avait eu aucun signal d'alarme le matin même pour leur faire savoir que quelque chose de capital allait se produire. Elle ne s'était pas réveillée au San Remo en sachant qu'elle reviendrait ce soir-là le cœur brisé et perdue. Qu'il y aurait désormais toujours un avant et un après et qu'ils devraient apprendre à continuer à vivre sans Georgia.

Pourtant, depuis ce jour, ils avaient toujours eu la boutique. Toujours. Cet endroit symbolisait à lui seul l'amour de Georgia, un sentiment encore plus parfait quand Dakota venait à une réunion du Club. Où allaient-elles se retrouver dorénavant ? Elle n'y avait pas réfléchi jusqu'à présent. Catherine regarda KC qui transportait les cartons de laine les uns après les autres jusqu'au *deli* de Marty. L'établissement était fermé lui aussi pour permettre d'accélérer le nettoyage de la boutique. Elle regarda Darwin qui classait les papiers, Peri avec ses gants en caoutchouc qui frottait et frottait encore. Où iraient-elles si elles n'avaient plus la boutique ? Qu'arrive-t-il à un club lorsque son lieu de prédilection disparaît ? Elle n'en avait aucune idée et elle était inquiète.

Elle aurait aimé que les gens fassent autre chose que de pleurer. C'était si négligé, si évident. Et pourtant, tout le monde avait les yeux remplis de larmes. Elles n'avaient pas plutôt séché chez l'un que l'autre se remettait à pleurer. En entendant Dakota marmonner et en voyant James errer dans la boutique minuscule, quelqu'un recommençait à sangloter.

Catherine pensait en avoir fini avec les pleurs. Elle croyait que les séances de thérapie qu'elle avait suivies avec James constituaient la dernière étape d'un processus qui touchait à sa fin. À présent, elle savait parfaitement, en regardant les ravages de l'eau dans la boutique de Georgia, à quel point la frontière était mince entre sa vie et le chagrin qui menaçait toujours de remonter à la surface. Il ne s'agissait pas uniquement de Georgia, elle en était consciente. Ses propres regrets se mêlaient à sa peine et, même si elle continuait à avancer, la tristesse restait. Elle la renseignait. Elle lui rappelait le chemin qu'elle avait parcouru.

Après une journée de nettoyage, de sanglots et de nettoyage encore, Marty et James firent venir des experts pour évaluer les dégâts de la boutique. Le bâtiment n'était pas trop endommagé, leur dirent-ils, et ils se sentirent immédiatement soulagés. Puis ils regardèrent la boutique et se sentirent de nouveau abattus.

« Peri, dit Dakota en épongeant le sol qui avait été refait quelques mois auparavant. Tu as beaucoup donné pour cette boutique sans recevoir grand-chose en retour de ma part. Merci.

— De rien, Dakota, dit Peri. Tu es un peu la petite sœur qui me rend folle. Parfois, je te déteste, mais la plupart du temps je t'adore.

— Pareil pour moi, dit Dakota.

— Georgia a peut-être détesté la façon dont j'ai réaménagé la boutique.

— Au point d'inonder son propre magasin ? dit KC. Elle t'aurait envoyé une lettre recommandée de l'au-delà. Non, c'est un désastre qui vient bien de ce monde.

— C'est peut-être un signe pour que nous soyons plus attentives. Aux problèmes, aux autres, dit Catherine.

— Peut-être, dit Dakota. Mais c'est peut-être aussi juste comme ça, il n'y a peut-être aucune explication. » Tandis que Darwin, KC, Peri et Catherine s'escrimaient à la tâche pour nettoyer et ranger et que la pièce semblait pourtant toujours aussi chaotique, Dakota réalisa qu'à l'évidence la boutique Walker & Fille ne serait plus jamais la même.

« Papa ? demanda-t-elle. J'aimerais te parler et

j'aimerais que Marty vienne aussi. » Ils descendirent tous les trois dans le *deli*.

« J'ai besoin d'un whisky, dit Marty. Je t'en offre un aussi, ma fille. Les derniers jours ont été rudes. » Il donna une petite tape sur l'épaule de Dakota.

« Je n'ai que dix-neuf ans, lui rappela Dakota.

— Oh ! tu as déjà tellement vécu de choses à ton âge », dit Marty. Ses habits étaient couverts de petits morceaux de cloison sèche. « Je me souviens de l'époque où ta mère travaillait dans mon *deli* à mi-temps pour se faire un peu plus d'argent. Tu n'étais encore qu'un bébé et elle n'était guère plus vieille que toi à présent. » Puis Marty se pencha en avant, prit son visage entre ses mains et se mit à pleurer. James et Dakota ne voyaient plus que ses cheveux blancs et son corps qui tremblait. Dakota réalisa alors que, pendant toutes ces années, elle n'avait pas vu Marty pleurer une seule fois pour sa mère. En découvrant qu'il était lui aussi anéanti, qu'il avait, tout comme Anita, Peri, Catherine et James, sa propre histoire avec Georgia et que toutes ces histoires s'ajoutaient à la sienne, Dakota se sentit émue, mais aussi inspirée. Elle savait, elle savait enfin.

La boutique ne concernait pas uniquement Georgia. Ni elle. Ni Peri. Elle les concernait toutes, en tant que groupe, en tant que personnes disponibles les unes pour les autres.

Lorsqu'ils revinrent dans la boutique, Peri était sur une échelle en train d'enlever des dalles tachées au plafond, Darwin se tenait contre le mur, à moitié endormie, et KC trimballait des sacs remplis de déchets.

« Eh bien, les filles, dit Dakota. Nous avons un plan. Nous allons reconstruire, ici même, la boutique que ma mère a créée. Parce qu'il y aura toujours un Walker & Fille. Ce n'est pas ce que je voulais, du moins c'est ce que je croyais. Mais la situation m'a aidée à comprendre que c'est vraiment ce que je souhaitais.

— Moi aussi », dit Peri, toujours perchée sur son échelle. Elle tendit le bras pour replacer une autre dalle, puis pour ajouter les dalles tachées à celles qu'elle avait déjà collectées tout en essayant de calculer mentalement à combien reviendrait le remplacement du plafond. Des murs, du sol, de la laine. Même de la caisse qui ne fonctionnait plus comme avant et dont le tiroir ne sonnait plus en s'ouvrant. Tout cela allait coûter une somme astronomique.

Mais elle se dit que tout était réparable. Que tout pouvait être réparé. Que tout allait être réparé.

« Et si on prenait un café pour reposer un peu nos mains, dit Catherine en souriant. C'est une annonce très positive, Dakota.

— Eh bien, dit Peri, les mains remplies de dalles et le corps en équilibre précaire sur l'échelle. Encore une et j'en aurai fini avec ce coin… »

Elle perdit l'équilibre et battit des bras en direction du plafond comme pour s'agripper. Elle se mit à crier, puis une poussière blanche s'abattit sur la pièce quand Peri tomba de l'échelle dans un bruit sourd.

Une fraction de seconde plus tard, l'échelle bascula et un classeur rouge tomba du trou dans le plafond. Il heurta avec fracas le sol en bois gauchi et atterrit à quelques centimètres de la tête de Peri.

« Ça va ? » cria Marty en se précipitant vers Peri qui tremblait de tout son corps, mais qui n'avait que quelques contusions.

« Qu'est-ce qui s'est passé ? » demanda James en s'approchant de l'échelle pour aider Peri à se relever.

Darwin vint aussi, dans un sursaut, et regarda, épuisée et confuse, Dakota lever le poing en l'air comme elle le faisait quand elle était petite.

« Ah ! dit Dakota. Ça fait des années que je fouille l'appartement pour le retrouver.

— Qu'est-ce que c'est ? demanda KC qui venait d'entrer dans la boutique après avoir descendu les sacs-poubelles dans la rue. Qu'est-ce qui se passe ? » demanda-t-elle en voyant Peri, l'échelle sur le sol et Dakota qui dansait.

« C'est le classeur top secret de ma mère. Il contient des modèles qu'elle a créés elle-même, dit Dakota en se penchant pour ramasser le classeur bien rempli.

— Oh ! Dakota, il doit être foutu, dit Catherine.

— Non », dit Dakota qui se sentait soudain très calme. Elle souriait sereinement. « Raisonnez comme Georgia Walker. Préparez-vous à toute éventualité. »

Elle ouvrit le classeur qui contenait des pochettes en plastique dans lesquelles se trouvaient les modèles originaux créés par Georgia Walker. Le lancement d'une carrière qu'elle n'avait pas eu l'occasion de concrétiser. Jusqu'à présent.

Experte

Vous avez suffisamment d'expérience à présent pour ne plus avoir à suivre le modèle d'une autre. Ou pour toujours reproduire le modèle que vous avez créé. Vous pouvez vous défaire du modèle. L'améliorer. Le perfectionner. Changer le projet. Adaptez-vous et improvisez. Faites ce qui vous convient le mieux. Vos compétences et votre savoir-faire vous permettent à présent d'aller où vous voulez.

33

Le jour de la marche au profit de la lutte contre le cancer commença comme chaque septembre par un appel d'Écosse.

« Tu as mis tes baskets ? demanda Mam.

— Je suis prête à marcher jusqu'au bout du monde, répondit Dakota. Comment vas-tu, Mam ? »

Son arrière-grand-mère gloussa.

« Aussi bien que possible, je dirais. Allez, va vite rejoindre la marche et récolte des millions de dollars, jeune fille.

— Je ne suis pas encore arrivée, mais je suis sur le chemin », dit Dakota.

Les choses se mettaient en branle : comme la boutique avait été réaménagée très simplement, elle pourrait rouvrir le plus rapidement possible.

En attendant, Peri avait prévu un voyage d'affaires pour se renseigner sur la production de masse : elle avait de plus en plus de commandes en ligne en provenance d'Europe et ne pouvait plus s'en sortir toute seule. Grâce au *Vogue* italien et au pouvoir d'Isabella, même ses sacs légèrement endommagés avaient intéressé des acheteurs. Elle avait déjà procédé à sa première embauche : une juriste du nom de KC Silverman.

Mais elle ne s'était pas contentée de ça : elle avait décidé de s'inscrire sur un site de rencontres en ligne pour trouver un partenaire si c'était vraiment ce qu'elle voulait.

« Ce n'est pas la peine de rester les bras ballants à attendre. Il vaut mieux prendre la situation en main », dit-elle à Dakota.

De son côté, Dakota triait les modèles de Georgia. Elle mettait d'un côté ses chefs-d'œuvre et de l'autre ses modèles plus abordables. Dakota avait l'intention de rendre les robes de haute couture de sa mère accessibles aux quelques privilégiées qui pourraient se les payer.

Ces robes seraient réalisées par une équipe qu'elle engagerait personnellement. Pour le reste, Peri, Anita et elle étaient en train de préparer un catalogue de modèles, disponible à la vente. Dans ce catalogue, elles créèrent plusieurs rubriques en classant les modèles en fonction de leur difficulté, de sorte que chaque niveau était représenté.

Elles écrivirent des introductions pour chaque rubrique, tout comme Georgia avait autrefois expliqué à Dakota comment tricoter un pull. Tous les bénéfices seraient reversés à une association de lutte contre le cancer de l'ovaire.

« Ta mère aimerait beaucoup cette idée : son travail va aider quelqu'un d'autre à guérir du cancer de l'ovaire qui l'a emportée, dit Anita. C'est une très bonne idée, Dakota. Ta mère serait fière de toi. »

Dakota n'avait pas pour autant renoncé à ses rêves pour réaliser ceux de sa mère. Bien au contraire. Avec l'accord de son père, elle allait étudier un an de plus à l'Université de New York, puis elle préparerait un diplôme de pâtisserie et de gestion au Culinary Institute of America à Hyde Park.

Cet arrangement convenait à tout le monde. Dans quelques années, lorsque Dakota aurait terminé, Marty prendrait sa retraite. Il n'avait nullement l'intention de s'arrêter avant ses soixante-quinze ans.

Le premier étage, qui abritait son *deli*, serait transformé en café-tricot, qui s'appellerait « Les Pâtisseries de Dakota chez Walker & Fille ». Les clientes pourraient ici savourer tous les muffins, les scones et les gâteaux de leur choix tout en tricotant avec leurs amies, de longue date ou nouvelles. Le concept ? Le meilleur des réunions du Club transformé en commerce.

Et au deuxième étage, il y aurait les « Sacs à main de Peri ». Une boutique pour elle toute seule. Des sacs à main, des sacs à langer, des sacoches d'ordinateur pour les stars et pour toutes celles qui pourraient se les payer.

Le réaménagement du bâtiment constituait le premier projet d'une nouvelle entreprise, Cabinet d'architecture James Foster, qui disposait déjà d'une excellente réputation.

Dakota et Roberto continuaient à correspondre par SMS et se téléphonaient occasionnellement. Il avait décidé de passer un an à travailler auprès de son père à Cara Mia pour savoir si son manque d'intérêt pour la vigne venait plus d'un désir d'indépendance ou s'il était vraiment réel. Il avait toujours l'intention d'apprendre à piloter un avion, mais il avait encore le temps.

Elle vit Andrew Doyle aussi, à la fin de l'été, tandis qu'elle se rendait à un concert à Jones Beach avec sa copine Olivia. Il leur avait fait signe en les apercevant, et Dakota lui avait rendu son salut. Il est toujours aussi mignon, pensa-t-elle. Mais ce n'était qu'un type.

Elle avait beaucoup d'objectifs à atteindre avant de s'engager, avec qui que ce soit.

Darwin et Lucy travaillaient d'arrache-pied à leur plan d'activité pour la création d'une chaîne de télévision qu'elles avaient appelée *Poulette*. Elle correspondait à tout ce qu'elles souhaitaient apprendre aux petites Ginger et aux petites Cady.

L'intelligence, la confiance en soi, la croyance en la beauté individuelle de chacune. De son côté, l'album d'Isabella (et l'ensemble des clips qui l'accompagnaient) était en tête des hits-parades, ce qui assurait un peu plus encore la réputation professionnelle de Lucy.

Rosie était en train de passer une série de tests et, juste au moment où Lucy se demandait comment elle pourrait l'aider au mieux, Dan et Darwin réalisèrent que leur petit appartement ne pourrait pas abriter plus longtemps Cady et Stanton. La solution qui convenait à tout le monde et qui satisfaisait même les frères de Lucy ? Acheter un duplex dans le New Jersey et coordonner tous les types de soins nécessaires – gardes d'enfants, soins aux personnes âgées. Darwin et Dan occuperaient un niveau, Lucy et Ginger l'autre. Et Rosie aurait une chambre rien qu'à elle. Elle pourrait aller et venir à son gré en fonction des personnes présentes.

Voilà qui constituait un sujet de recherche parfait pour le travail universitaire de Darwin sur la génération sandwich. Elle avait également présenté un premier jet pour une publication trimestrielle et avait de grands espoirs d'être publiée.

Anita et Marty s'étaient de nouveau lancés dans les préparatifs de leur mariage, et Anita était sur le point de coudre le manteau de mariée qu'elle avait tricoté pour la cérémonie qui se déroulerait au printemps prochain.

L'événement aurait lieu à l'extérieur et serait suivi d'une réception au Pierre.

Nathan avait accepté d'accompagner Anita vers la *houppa*. Il était beaucoup plus heureux depuis qu'il s'était remis en ménage avec Rhea.

Et Anita, qui avait toujours juré qu'elle ne quitterait jamais New York, voulait à présent passer de grandes parties de l'année en Italie, auprès de Sarah.

De son côté, Sarah avait accepté de lui rendre bientôt visite à New York, et Marco avait promis de l'accompagner. Il espérait acheter le tableau de Catherine portant le Phénix, mais il avait suffisamment d'intuition pour ne pas le lui dire. La robe, plus belle que jamais, avait regagné sa vitrine.

Catherine travaillait occasionnellement à son roman de vengeance, mais uniquement parce que ça l'amusait. La plupart du temps, elle restait dans sa boutique. Elle avait commencé à écrire une nouvelle histoire. Une meilleure histoire. Celle de deux amies qui s'étaient rencontrées au lycée en Pennsylvanie.

C'était une belle journée de septembre, fraîche et ensoleillée. L'odeur de l'automne planait dans les rues de New York.

« C'est notre cinquième marche, dit Anita qui portait le jogging rose qu'elle ne mettait qu'une fois par an. Nous avons vu beaucoup de choses en route.

— Regarde-nous », dit Darwin qui poussait Cady et Stanton dans la poussette qu'elle avait reçue en cadeau pour la *baby shower.* Les bébés portaient les vestes qu'Anita leur avait tricotées (elles étaient un peu justes à présent) et des chaussettes rayées que leur mère avait faites. « Regarde le chemin que nous avons parcouru.

— Le chemin que nous avons parcouru ? » dit KC. Elle avait attaché ses cheveux avec un chouchou qu'elle avait tricoté elle-même. Peri lui avait même fait des compliments. « Nous ne faisons que quelques kilomètres chaque année.

— Mais au moins nous avançons, répondit Catherine en remontant la fermeture éclair de son blouson à capuche rouge. Nous ne restons pas immobiles. »

Dakota hocha la tête tandis que l'organisatrice de l'événement annonçait le départ de la marche. Elle trépignait dans son survêtement bleu marine, impatiente de commencer. Autour d'elles, des mères, des filles, des sœurs et des amies de survivantes ou de personnes disparues se mirent à avancer.

Et, bras dessus, bras dessous, les membres du Club de tricot du vendredi soir avancèrent.

La couverture en laine Georgia

La couverture originale réalisée par le Club était de grande taille et était composée de plusieurs carrés de laine. Ce plaid peut être tricoté en un morceau ; il risque donc d'être un peu lourd quand vous aurez bientôt terminé, mais ça reste gérable. Il a la taille idéale pour qu'une personne en train de faire une sieste ou, mieux encore, de lire se sente bien au chaud !

Aiguilles : votre couverture avancera plus rapidement si vous utilisez un fil à tricoter plus épais et des aiguilles plus grosses. Optez pour des aiguilles rondes n°15, 17 ou 19.

Laine : choisissez une laine lavable à la machine, douce au toucher. Rendez-vous dans la boutique de fils à tricoter de votre ville et choisissez quelque chose dont l'aspect et la texture vous plaisent.

Le motif : utilisez le point mousse pour la bordure, puis enchaînez avec deux mailles à l'endroit et trois mailles à l'envers pour obtenir une texture compacte et créer un motif intéressant.

Montez 90 mailles.

Tricotez 10 rangs.

Puis suivez le schéma suivant :

Rangs 1-10 : 5 mailles à l'endroit (pour la bordure), 2 mailles à l'endroit, 3 mailles à l'envers, 2 mailles à l'endroit, 3 mailles à l'envers, 2 mailles à l'endroit, 3 mailles à l'envers, 2 mailles à l'endroit, 3 mailles à l'envers, 2 mailles à l'endroit, 3 mailles à l'envers, 2 mailles à l'endroit, 3 mailles à l'envers, 2 mailles à l'endroit, 3 mailles à l'envers, 2 mailles à l'endroit, 3 mailles à l'envers, 2 mailles à l'endroit, 3 mailles à l'envers, 2 mailles à l'endroit, 3 mailles à l'envers, 2 mailles à l'endroit, 3 mailles à l'envers, 2 mailles à l'endroit, 3 mailles à l'envers, 2 mailles à l'endroit, 3 mailles à l'envers, 2 mailles à l'endroit, 3 mailles à l'envers, 2 mailles à l'endroit, 3 mailles à l'envers, 2 mailles à l'endroit, 3 mailles à l'envers, 5 mailles à l'endroit pour la bordure.

Rangs 11-20 : 5 mailles à l'endroit (pour la bordure), 3 mailles à l'envers, 2 mailles à l'endroit, 3 mailles à l'envers, 2 mailles à l'endroit, 3 mailles à l'envers, 2 mailles à l'endroit, 3 mailles à l'envers, 2 mailles à l'endroit, 3 mailles à l'envers, 2 mailles à l'endroit, 3 mailles à l'envers, 2 mailles à l'endroit, 3 mailles à l'envers, 2 mailles à l'endroit, 3 mailles à l'envers, 2 mailles à l'endroit, 3 mailles à l'envers, 2 mailles à l'endroit, 3 mailles à l'envers, 2 mailles à l'endroit, 3 mailles à l'envers, 2 mailles à l'endroit, 3 mailles à l'envers, 2 mailles à l'endroit, 3 mailles à l'envers, 2 mailles à l'endroit, 3 mailles à l'envers, 2 mailles à l'endroit, 3 mailles à l'envers, 2 mailles à l'endroit, 5 mailles à l'endroit (pour la bordure).

Répétez le motif jusqu'à ce que vous atteigniez la longueur souhaitée.

Tricotez 10 rangs, puis arrêtez le tricot.

Gardez la couverture pour vous ou donnez-la à une noble cause.

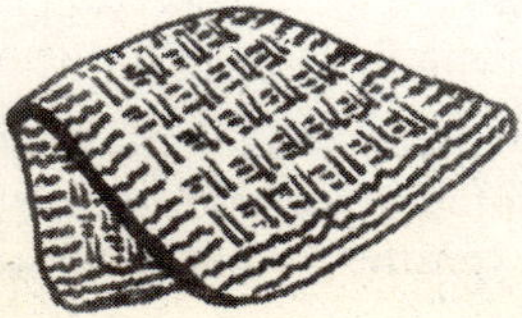

Les muffins aux pommes et au sirop d'érable du Club des tricoteuses du vendredi soir

Des gâteaux faciles à réaliser pour toute réunion de club. Pour 12 muffins :

Ingrédients
245 g de farine complète ou de farine sans gluten
4,5 g de levure chimique
2,5 g de bicarbonate de soude
4,5 g de cannelle
Une pincée de sel
2 gros œufs
60 ml d'huile
125 ml de compote de pommes
80 ml de sirop d'érable
4 g d'extrait de vanille pure
110 g de cassonade
4 pommes épluchées, épépinées et grossièrement hachées
Noix de pécan broyées (facultatif)

- Préchauffez le four à 180 °C.
- Beurrez légèrement les moules à muffins.
- Dans un saladier, mélangez la farine, la levure chimique, le bicarbonate de soude, la cannelle et le sel.
- Battez les œufs dans un autre saladier. Puis ajoutez l'huile, la compote de pommes, le sirop d'érable et l'extrait de vanille. Remuez, puis ajoutez la cassonade.

- Versez la farine et la levure dans le saladier contenant les œufs, puis mélangez.
- Ajoutez les pommes et les noix de pécan.
- Répartissez la pâte dans les moules. Pour décorer vos muffins, vous pouvez ajouter deux fines tranches de pomme sur chaque muffin et les saupoudrer de cassonade et de cannelle avant la cuisson.
- Placez au four 20 à 25 minutes. Démoulez les muffins et faites-les refroidir sur une grille.
- Dégustez !

Le granité aux framboises et au citron vert préféré de Catherine

Ce granité peut faire office de dessert glacé (type sorbet). Il rafraîchit le palais et fond délicieusement dans la bouche.
Pour 6 à 8 personnes en fonction de la taille des verres.

Ingrédients
120 ml de jus de citron vert (2 à 3 citrons)
100 g de sucre très fin (vous pouvez passer le sucre semoule dans votre robot pour le rendre plus fin)
120 ml d'eau
500 g de framboises
16,5 g de sucre
180 ml d'eau
Feuilles de menthe fraîches pour décorer

- Pressez le jus des citrons et réservez.
- Ajoutez 100 grammes de sucre à 120 millilitres d'eau dans une casserole. Faites chauffer à feu doux et remuez jusqu'à ce que le sucre se dissolve.
- Enlevez du feu et ajoutez le jus de citron. Remuez et réservez.
- Réduisez en purée les framboises fraîches à l'aide d'un mixeur. Ajoutez le mélange à base de jus de citron, les 16,5 grammes de sucre et les 180 millilitres d'eau, puis mélangez à nouveau.
- Tamisez la purée de framboises et de citron à l'aide d'une passoire fine que vous placerez au-dessus d'un plat en verre aux bords pas trop hauts. Utilisez une spatule pour faire passer le mélange. (Le but est d'en-

lever le plus de petites graines possible ! Si vous ne voulez pas perdre de temps à tamiser la purée de fruits, utilisez des fraises à la place des framboises. Vous pouvez aussi sauter cette étape, mais le parfum du fruit sera moins puissant.)

- Couvrez le plat avec un film et posez-le bien à plat dans le congélateur.
- Toutes les vingt minutes, prenez une fourchette et raclez la couche de cristaux de glace qui se forment sur les bords et ramenez-les au centre du plat. Ne jetez pas, laissez bien les cristaux de glace au milieu et remettez le plat dans le congélateur. Répétez l'opération jusqu'à ce que le mélange soit glacé et granuleux (de une heure et demie à deux heures).
- Lorsque la glace a bien pris, raclez le mélange avec une fourchette jusqu'à ce que plus rien n'attache au fond. À l'aide d'une cuillère, répartissez le mélange dans des verres à martini ou des verres à dessert et décorez avec des feuilles de menthe.
- Dégustez avec une cuillère !

Remerciements

Merci à *vous*.

À toutes celles et tous ceux qui m'ont envoyé des messages sur *Katejacobs.com*, qui m'ont abordée lors de séances de dédicace et qui m'ont invitée à téléphoner à leur club de lecture, puis qui m'ont demandé quand j'allais écrire une suite. Le Club a suscité beaucoup d'enthousiasme et j'en suis très heureuse. Et vous savez quoi ? Je n'ai jamais cessé de penser à Dakota, Catherine, Anita et à tout le groupe, et lorsque je me suis assise pour écrire, j'avais l'impression de retrouver de vieilles amies. Vos encouragements ont donc été un merveilleux cadeau.

Je voudrais exprimer toute ma gratitude à toute l'équipe de Putnam et Berkley, en particulier à Ivan Held, Leslie Gelbman, Shannon Jamieson Vasquez, Rachel Holtzman, et tout le personnel des départements ventes, marketing, publicité, édition, production et conception. Mais je tiens à adresser avant tout mes sincères remerciements à ma brillante éditrice, Rachel Kahan, dont la bonne humeur et le soutien sont primordiaux et dont l'œil vif a rendu mon livre bien meilleur.

Comme toujours, je dépends beaucoup du soutien de mon agent, Dorian Karchmar, de l'agence William Morris, qui connaît les réponses dont j'ai besoin avant même que je ne pense à poser les questions, et de l'assistant de Dorian, Adam Schear, parce qu'il se charge volontiers de toutes les tâches, de la plus insignifiante à la plus importante.

Comme les membres du Club, j'ai la chance d'être entourée de femmes intelligentes et indépendantes qui sont toujours là pour moi quand j'ai besoin d'aide. Je remercie de tout cœur ma super équipe de copines qui répondent toujours présentes pour lire les premiers jets, notamment

Rhonda Hilario-Caguiat, Kim Jacobs, Shawneen Jacobs, Tina Kaiser, Alissa MacMillan, Robin Moore et Sara-Lynne Levine. Merci aussi à Dani McVeigh et à Olga Jakim pour la mise à jour de mon site web et sa mise en pages soignée.

Et je ne peux pas oublier ma mère, qui appelle de temps à autre pour savoir combien de pages j'ai écrites (euh… merci, maman ?), mais qui a aussi fait de la place sur son bureau pour que je puisse m'installer et procéder aux dernières modifications alors que j'étais en visite dans ma ville natale. Je tiens aussi à remercier mon père qui s'est occupé de sortir mon chien, Baxter, pour que je puisse travailler sans interruption, mais aussi ma sœur Deenee Jacobs qui aime parler tricot. Un grand merci aussi aux personnes qui se sont proposé de goûter et d'adapter les recettes, dont Jackie Blonarowitz, ma belle-sœur Shawneen (qui a eu une double tâche, la relecture et la confection de pâtisseries) et mon mari, Jonathan Bieley, qui goûte tous les gâteaux pour s'assurer qu'ils sont bons.

Vous voyez, c'est une chose, d'écrire sur les liens d'amitié et l'entraide dans mes romans, et une autre d'être entourée par des amis de la même trempe dans la vie. Je sais que j'ai beaucoup de chance.

Du même auteur

Le Club des Tricoteuses : d'une vie à l'autre

Elles sont sept. Sept femmes de 18 à 78 ans qui forment le Club des Tricoteuses. Tous les vendredis soirs, elles se retrouvent pour tricoter… et parler d'elles.

Alors que les vacances d'hiver approchent, leurs vies sont sur le point de changer. Il y a par exemple Anita, qui renoue avec sa sœur et s'apprête à se marier malgré l'opposition de sa famille. Il y a aussi Dakota qui se demande si elle doit suivre son compagnon à l'étranger. Et puis il y a Catherine : est-elle prête à s'engager dans une nouvelle voie ?

Au fil de ces soirées, des liens se tissent, des amitiés se nouent. Au fur et à mesure que les membres du club tricotent, elles dévoilent leurs joies, leurs bonheurs et leurs difficultés. Pour, au final, essayer de transformer leurs vies et se rapprocher de leurs rêves.

Le destin extraordinaire de femmes ordinaires : un roman émouvant comme la vie.

ISBN : 978-2-35288-784-3